KB187075

욕하라 욕망하라

욕하다 욕망하다

초판 1쇄 찍은 날 | 2015년 7월 17일
초판 1쇄 펴낸 날 | 2015년 7월 27일

지은이 | 다미레
펴낸이 | 서경석

편집책임 | 조윤희
편　　집 | 주은영

펴낸곳 | 도서출판 청어람
등록번호 | 제387-1999-000006호
등록일자 | 1999. 5. 31
어람번호 | 제5-0419호

주소 | 경기도 부천시 원미구 부일로 483번길 40 서경B/D 3F (우) 420-822
전화 | 032-656-4452 팩스 | 032-656-4453
http://www.chungeoram.com
E-mail | chungeorambook@daum.net

ISBN 979-11-04-90313-7 03810

욕하다 욕망하다

Chungeoram romance novel

다미레 장편 소설

목 차

프롤로그

교교한 홍콩의 달빛 아래.

꼭 닮은 언어, 똑같은 진폭으로 파동하는 거친 호흡과 가쁜 숨결. 곱아드는 손가락이 속절없이 떨리면서도 서로의 옷을 벗겨주는 정성스런 손길. 에로틱하다기보다는 예의와 정성을 다한 남녀의 정성스런 행위를 어느 순간부터 거울 뒤에 숨어 지켜보는 난, 관음증 환자도 아니면서 연신 마른 침을 삼켰다.

똑같이 뛰는 심장, 동일한 숨소리, 서로 다르지 않은 긴장감, 무언의 맹세를 하듯 서로의 가슴 안에 박히듯 꼭 마주 잡은 두 손.

남자는 군살 하나 없는 아름다운 나신으로 여자에게 다가간다. 난생 처음 보는 남자의 나신에 여자는 침을 삼키고 숨을 멈췄다. 남자는 여자의 정수리를 시작으로 입술을 내리고 여자는 부드러운 키스에 호흡을 삼킨다.

두 남녀의 미세한 떨림과 모든 동작을 뷰파인더 안에 고스란히 담는 난, 조금 더 다가가 엿보고 싶은 마음에 미지의 공간으로 한 발 더 내디뎠다.

마치 거대한 포처럼 바투 선 남자의 몸끝은 보는 것만으로도 충격적이다. 긴장한 여자로 인해 몸이 달아오르고 심장이 폭발할 듯 요동치는 남자.

여자는 남자에게 시선을 고정한 채 본능적으로 팽팽해진 자신의 가슴을 가린다. 봉긋하면서도 소담한 가슴을 가리는 여자는 여자인 내가 봐도 무척이나 아름답다. 마치 우아하게 성장한 순혈의 순록 같다.

섬세한 얼굴선을 따라 움직이는 남자의 입맞춤. 키스는 보는 내가 다 녹아내릴 만큼 달곰하고 감미롭다.

갈망을 담은 눈빛도 처음, 불안정한 호흡도 처음, 비릿한 욕망도 처음, 알 수 없는 미묘한 마음도 처음, 모든 것이 처음인 순정한 남자와 순결한 여자.

목을 파고드는 남자의 키스에 여자가 간지러운 듯 웃는다. 그 같은 웃음에 비로소 긴장을 푸는 남자의 입술이 목뒤에서 귓불과 쇄골, 가슴께를 지나 수줍은 분홍빛 돌기에 가 닿는다. 그러다 기습적으로 분홍빛 돌기를 깨무는 남자. 생경한 자극에 놀란 여자는 두 손으로 입을 막고, 남자는 과일 사탕 같은 핑크빛 돌기를 쉴 새 없이 빨아 깨물어 먹는다. 남자의 입안에 퐁당 빠진 분홍빛 사탕은 점차 머리와 하반신으로 강렬한 자극을 흘리고, 그 같은 기기묘묘한 전율에 여자는 저도 모르게 양다리를 한껏 오므린다.

조심스런 행보를 보이던 남자는 아찔한 돌기를 빨고 삼킬수록 호흡이 거칠어지고 몸짓은 대범해져 간다. 점점 밑으로 입술을 내려 마침내 여자의 사타구니를 순식간에 파고들어 흡착하는 남자.

"으흣!"

기습적이고도 파격적인 외설에 놀라고 당황한 여자는 남자를 밀어내려 부산하게 움직이고, 그 같은 움직임을 예상한 남자는 더 깊게 파고들어 무작스레 빨아들인다.

추읍추읍. 적나라하고 자극적인 소리에 여자는 귀가 멀고 눈에서는 눈물이 차오른다. 벌어지는 입은 허공을 향해 비명과 탄식을 내뱉는다.

그럴수록 더 거세게 파고들어 분탕질을 하는 남자는 자신의 의지로는 결코 멈출 수 없는 놀이에 미친 듯 잠식된다.

도망가지도, 정주하지도 못하고 온몸을 부들부들 떨면서 조금씩 생소한 쾌락과 미묘한 열감에 순종하는 순록 같은 여자.

여자의 희열과 만족을 위해 부드럽고도 치밀하게 파고드는 남자의 뜨거운 혀와 비밀스런 손길이 타고난 마에스트로처럼 현란하다.

여자는 생애 처음으로 느끼는 질펀한 혼란과 기묘한 자극, 열탕 같은 감각에 어쩔 줄 모르다 급기야 울음을 터뜨린다.

타액과 애액이 주는 절묘한 맛에 취한 남자는 아쉽고도 아쉬운 듯 입술을 뗀다. 그 어떤 무기보다 강력해진 몸끝을 인내로 누르며, 남자는 격앙되고 흥분한 여자를 달래듯 보듬어 안아준다.

남자의 진심에 조금씩 진정되며 울음이 잦아지는 여자가 왠지 애잔하다. 여자와 눈을 맞추며 천천히 안으로 진입하는 남자의 몸짓은 조심스러우면서도 다정하다.

그러나 어느 순간, 자석처럼 끌리고 당겨지는 매혹적인 내벽에 굴복해 단번에 꿰뚫어 박는다.

"아…… 악!"

아픔과 충격으로 하얗게 변하는 여자의 밀랍 같은 입술을 나눠 삼키는 윤기 가득한 물성의 남자. 둘이면서 한 몸인 두 사람은 숨죽인 비명까지 함께한다.

충격으로 인해 굳어버린 나신을 소중히 감싸는 더 크고 거대한 육체. 남자는 완벽한 결합과 긴밀한 결속을 위해 조금 더 자신을 밀어 넣고는, 달디단 감각에 취해 좁고 타이트한 비단 길 위에서 결국 신음을 토한다.

"으윽!"

대책 없이 솔직한 여자의 몸은 예민한 감각선을 가진 남자의 몸 끝을 촘촘히 자극하며 지독하게 조여왔다. 마치 물기 가득한 가죽끈에 조이듯 점점 더 조여오는 내벽은 간신히 참고 있는 남자를 미치도록 유혹하고 유린했다.

이로써 완벽하게 하나가 된 두 남녀. 남자는 신천지를 횡단하듯 천천히, 그렇지만 결코 멈추지 않고 앞으로 나아간다. 그 거대한 파동에 잔물결처럼 흔들리며 가차 없이 떨리는 여자의 나신. 점점 다가오는 극한, 인내의 한계에 남자는 성급하게 달리기를 시작한다.

낯선 자극에 여자는 본능처럼 내벽을 조이고, 그 기막힌 사슬과 마술에 남자는 완전히 미쳐버렸다. 이성을 배신한 몸뚱이는 거칠고 격렬한 허리 짓을 유도한다.

밑에서 사정없이 흔들리는 여자와 위에서 질주하듯 깊이 파고드는 남자. 그들의 서툴고도 격렬한 행위에 숨어서 보는 내 몸이 다 흔들린다.

그 어떤 단어로도 형용할 수 없는 생경한 아픔과 낯선 파격에 눈물이 나면서도, 따뜻한 호흡과 눈길에 여자는 눈물과 비명을 삼킨다. 야생마처럼 젊고 싱싱한 남자의 움직임이 빨라지다 믿을 수 없을 만큼 강렬하고 격렬해진다.

"아…… 윽!"

몰아치는 절정에 당황하며 생소한 환락에 어쩔 줄 몰라 하는 젊은 청춘들. 남자는 거친 파도를 타듯 연신 여자를 타고 넘고, 여자는 거대한 너울과 해일에 속수무책으로 부서져 점점이, 표표히 파괴된다.

어딘가 있을 끝을 격렬하게 추적하며 뜨거운 호흡을 시작한 두 사람. 쾌락에 빠져 버린 여자는 울부짖고, 절제를 잃어버린 남자는 으르렁거린다. 좁다란 침대 위에서 혼란에 빠져 천지사방으로 길을 찾는 두 사람으로 인해 실내는 과열된 정신과 가열된 육체만이 오롯이 공존한다.

시간의 흐름에 역주행하듯 진행되던 축제는 간신히 격랑과 파고를 넘고, 다시 또 치달아 조여오는 기기묘묘한 열탕에 마침내 두 무릎이 꺾이고야 만다.

똑같은 호흡, 똑같은 비명, 너무나 닮은 표정. 끝남과 동시에 이제 막 시작되고 발화된 비릿한 육욕의 향연.

처음엔 그저 호기심이었을 뿐, 같은 또래 젊은 연인들의 아찔한 행위에 놀란 난 그대로 방을 가로질러 나오려는데 문은 도무지 열리지가 않는다. 놀람과 난처함에 점점 이성을 잃고 문고리를 잡아 마구 비틀어 흔들던 난, 본능에 가까운 절규로 문을 열어달라고 소리를 내질렀다.

내 톤 높은 비명과 절절한 외침에도 침대 위, 이제 막 쾌락의 절정과 시작점에 도달한 젊은 연인들은 아랑곳 않고 격렬하게 몸을 섞고 서로를 탐한다. 마치 약에 취하고 몸에 취해 서로에게 무서운 최면이 걸린 몽중인처럼.

점점 야해지고 격해지는 여자의 비명은 절대 아픔으로 인한 항변이 아니었다. 여자를 부추기고 격려하는 것처럼 치달아 오르는 남자의 거친 행위도 위협이나 강압이 아니다. 조심스럽고 정적이던 처음과 달리 두 사람이 보여주는 음행적이고 현란한 비주얼에 난 숨이 막혔다.

어느새 몸을 타고 떨어지는 땀과 뒤섞인 타액, 야릇하게 오르다 결국 낭떠러지 앞에서 꺾이고 마는 비음, 서로를 향한 선동적이면서도 선정적인 몸짓.

"그…… 만!"

겁도 없이 엿보다 금방이라도 덮칠 듯 다가오는, 적나라하고 요사스런 욕망에 난 또 한 번 소리를 질렀다. 침실을 잠식하다 못해 출구를 찾지 못한 거대한 쾌락과 열락에 금방이라도 압사당할 것 같은 난, 낯설고 날 선 공포에 두 눈을 질끈 감았다. 그럼에도 여지없이 숨과 귀를 파고드는 남녀의 가파르고 절박한 호흡. 각혈하듯 터지는 원색적인 신음과 교성이 내 발밑까지 바싹 추격했다.

결국 창문은 물론 그 어떤 출구나 비상구도 찾지 못한 채 구석에 쪼그리고 앉은 난, 귀를 막은 손끝에서 주저앉은 발끝까지 저리고 뜨거워 하염없이 눈물만 났다.

지옥은,

그 밤 그렇게 시작됐다.

수완 이야기

1장

전혀 예상 못한 주인공 교체다.

중국으로 가기 전, 내가 추천했던 이신과 미팅한 김 감독은 담수진주가 아닌 숨어 있는 천연진주를 추천해 줘서 고맙다는 인사를 하며 대번에 주연을 확정했었는데, 중국을 다녀오니 모든 게 바뀌어 있었다. 아주 길지도, 그리 짧지도 않은 3주라는 시간 동안 벌어진 일.

김 감독은 중간에 몇 번이나 연락을 했었는데 내가 받지 않았다고 스스로를 강력하게 변호했다. 내가 핸드폰을 손에서 놓은 적이 있던가……. 그러고 보니 빠르고 요란한 중국어에 반쯤 넋이 나가, 쥐고 있어야 할 핸드폰을 가방 안에 고이 모셔 미라처럼 보관하고 있었던 게 생각났다.

중국은 안 갈 수 없었다. 직원들의 숙원 중 하나인 중국 백화점 입점과 공장 인수 건으로 회사의 모든 인력이 중국에 올인된 상태였다. 생산을 담당하는 구리 공장의 공장장과 샘플성형팀의 탑인 한 실장까지 전부 투입된 이번 건은 회사의 사활까지는 아니더라도 무산되면 큰 타격을 입는 건 기정사실인지라 모두가 예민한 상태였다.

다행히 각종 제약과 인가로 속 썩이던 공장 인수 건도 그렇고, 가을 백화점 입점 날짜가 확실하게 서류로 인증돼 모두가 샴페인 터트리며 기뻐하고 있는 상황에서 나만 지극히 개인적인 상황으로 기쁠 수가 없었다.

이신을 추천했다고 해서 그 배우를 개인적으로 알거나 친분이 있는 건 아니다. 그저 대본을 쓴 작가로서 이미지 면에서 적합하다 생각했고, 더 솔직히 말하자면 확인하고 싶었으며, 최종적으로는 그 확인으로 인해 허무라는 감정까지 전부 털어내고 싶었다.

털어낸 후, 우빈에게 아무렇지 않게 일상적인 톤으로 말하려했다. 이제야 과거의 망령을 전부 다 털어버렸다고. 털어낸 것뿐만 아니라 이젠 적당한 사람을 만나, 기회가 오면 절대 몸 사리지 않고 가벼운 연애란 전제하에 위험 없는 열정, 상처 없는 관계인 육체의 미학도 스스럼없이 즐길 테니 걱정하지 말라고 호언장담하려 했다.

서른도 훨씬 넘은 나이, 늦은 감은 있지만 마음가짐과 준비태세는 끝났다고. 그러니 너도 네 사랑을 하라고. 이제 나에 관한 모든 걱정은 줌 아웃시키라고.

그 마지막 리추얼을 대신 해줄 주인공이 바뀌었다, 하영우로 인해. 망할 하 배우 때문에.

[사실, 지 작가 같은 신인한테는 굉장한 득이고 무시 못 할 커리어지.]

김 감독은 이번 캐스팅이 마치 신의 계시라는 듯 시작부터 단어 선택이 셌다.

[생각해 봐요. 하영우야, 하영우. 그리 대단할 것도 없는 특별 2부작에 언감생심 생각지도 못했던 탑 배우가 자진해서 하겠다고 하는데, 하영우 슬럼프가 우리한테 이렇게 은혜로운 일이 될 줄은 몰랐네.]

은혜롭다라……. 대체 우리 중 누구한테 은혜로운지 모르겠다.

[탑 배우가 출연 의사를 밝히는데 어느 감독이 작가랑 약속했다고 단편 몇 개가 전부인 신인을 고집하겠냐고. 나 그리 대단한 감독 아니다, 지 작가. 이번에 꼭, 반드시 성공해야 해. 내가 얘기했지, 나 기러기 아빠에 6년은 더 돈주머니 물고 태평양 날아다녀야 한다고.]

기러기 운운하는 김 감독 입장을 모르진 않는다. 예상 밖으로 히트 친 미니시리즈 두 편으로 정상에 올랐으나, 100억이 넘는 대작을 연이어 두 개나 말아 드신 위인이 핫한 하영우란 배우를 거절하기는 어려웠겠지.

같은 소속사 이신에게 간 시놉이 무슨 이유, 어떤 경로로 하영우에게 넘어갔는 지는 모르나 3주 사이 모든 게 쓰나미의 재앙과 잔재처럼 완전히 뒤집어졌다.

[이신은 우리 작품보다 더 좋은 16부작 미니시리즈 주역 꿰찼으니까 걱정하지 말고. 사실 같은 소속사에서 서로 득이 되게 일을 진행하겠지, 나쁘게야 하겠어? 그러니까 지 작가는 상황 이해하고

마지막 대본이나 빨리 넘겨요. 마지막 신만 쓰면 된다고 했지? 그러니까…….]

신이고 뭐고 엎어버리고 싶었다. 약속은 그쪽에서 먼저 깼으니 배 째라고 패악이라도 부리고 싶었지만, 을 중의 대표 을인 까마득한 신인 작가가 대체 무얼 할 수가 있을까. 을질이 갑질 만큼이나 효력이 있을라고. 이미 계약을 하고 계약에 따른 쥐꼬리만큼의 돈도 오갔는데.

그나저나 그 하영우란 인간은 무슨 마음으로 내 작품에 발을 담근 건지. 1년 전 영화 촬영 중 인대가 나가며 데뷔 이후 처음 찾아온 슬럼프라고 신문에서 대대적으로 보도했던 건 기억하는데 이급 반전스런 행보는 뭔지.

개인적인 판단이지만 이번 드라마의 남자 주인공으로 최종 당첨된 하영우는 최악의 미스 캐스팅이라고 할 수 있다. 드라마 주인공의 섬세하고 쓸쓸한 이미지와 하영우는 전혀 매치가 되지 않는다. 그 배우의 쓸데없이 화려하고 뚜렷한, 이국적이면서도 이질적인 이목구비는 은은한 극의 이미지와 전혀 어울리지 않았다. 사실 완전히 따로 논다고 해도 과언이 아니다. 그런데도 이 드라마를 하겠다고 했다니, 새로 시작하는 신인의 자세로 슬럼프를 극복하고자 하는 본인의 의지는 그렇다 쳐도 소속사 사장의 안목이 대단히 의심스러웠다.

'짠' 하고 재기를 하려면 '별에서 온 그대' 처럼 처음부터 끝까지 호사스러우면서도 극적이고 환상적인 드라마나 '해무' 처럼 은근히 강렬하면서도 밀도 높은 심리 스릴러 영화로 재기를 할 것이지, 도대체 왜 이런 작고 기사거리도 안 되는 드라마에 참여 하겠다고 난리를 쳐 갑의 전횡을 휘두르는지.

"사장님, 점심 드셔야죠?"

이번에 입사한 신지혜의 과거도 상당히 의심스럽다. 어떻게 들어오는 소리도 없이 눈앞에 나타났다 귀신처럼 사라지는지.

인터뷰 때 이쪽 분야에 전무한 이력으로 인해 모두가 반대를 했지만 묘하게 시선을 잡아끄는 단정함과 단아한 느낌이 마음에 들어 사장에게만 주어지는 와일드카드를 써 어렵게 뽑았는데, 겪어보니 일의 스타일이나 행동거지가 장인이 만든 스위스 시계만큼 정밀한 것이 완전 미스터리다.

"나중에 먹을게, 먹고 와."

"그럼 들어올 때 간단하게 드실 거라도 사다드릴까요?"

"아니, 됐어."

신지혜가 나가고 의자에 주저앉듯 앉았다.

비단길 중국 기행이 끝나고 또다시 사막의 노마드 같은 서울 생활이 시작됐다.

한숨과 함께 눈을 감으니 어디선가 우빈의 듣기 좋은 저음이 울리는 듯했다.

'수고했어, 지수완. 어서 와.'

어서 오기는. 너나 빨리 돌아와, 강우빈. 보고 싶어 죽겠다.

사계절 빠먹지 않는 안구건조증으로 인해 대책 없이 뻑뻑한 눈을 돌리니 한낮인데도 후암동의 좁고 휘어진 골목길이 마치 미로처럼 빽빽한 게 무척이나 심란하게 보였다.

만족스런 세팅이라 생각했는데 주인공 교체라니……. 할 수 없는 일이다. 계획한 대로 술술 풀리면 그건 인생이 아니겠지.

그래, 그런 거다. 특별하다 할 수 없는 일. 대비하지 못한 교통사고처럼 누군가를 만나 처녀지를 허락하고 3일 밤낮 교성과 함께 신음하다 몰아애는 물론 몰아치는 벅찬 쾌감에 할렐루야를 외치다가도, 벼락처럼 가차 없이 뒤통수를 때리는 게 인생인 건 이미 10년 전에 배운 삶의 지혜이자 살가운 팁이다.

새삼 놀랄 것도 없다. 유한한 삶 속에서 건방지게 영원을 꿈꾸듯, 수십억 인구 중에서 나에게만 할당되는 해피엔딩이란 없으니까.

엔딩곡이나 쓸쓸한 종료음조차 없이 갑작스레 정적을 맞은 나쁜 연애는 진정한 인연도 아니다. 난 그때 사랑은 물론이고 연애를 한 게 아니다. 그저 운 나쁘게, 일진 사납게 무작위 테러를 당한 것 뿐.

21세기 에로스 자본이라 명명했던 나만의 특화된 섹시함과 아름다움, 빛나는 청춘이란 재화로 겁도 없이 섹스를 즐기다 나 혼자만 이 세상 속에 내던져지고 고꾸라진 것뿐.

난,

절대로

연애를, 사랑을 한 게 아니다.

스위치를 올리고 몇 초. 거실에 불이 들어왔다.

무심하고 무감한 두 주인의 경쟁적 장기 외박으로, 안 그래도 레지던스 호텔처럼 넓고 휑한 집은 한 마디만 해도 메아리로 휘돌

다 금세 돌아올 것 같았다.

오늘은 우빈이 두 달 만에 귀국하는 날.

어느 순간부터 우빈의 집, 우빈의 지붕은 산이 됐다. 그것도 동네 뒷산도, 북한산도 아닌 세계 7대륙 최고봉. 시간과 세월은 개인의 선택이니 그렇다 쳐도, 그 위험한 크레바스에 빠져 몇 번이나 생사의 위기를 넘겼다면서 왜 그렇게 꾸역꾸역 그곳을 찾아가는지.

언젠가 지나가듯 우빈이 한 말이 생각났다.

"처음엔 죽으려고 했었어. 어디에도 나란 인간을 받아주고 반기지 않을 테니까. 집안, 가문, 가족들은 어쩌면 다 핑계고 내 자신이 가장 절박하고 괴로웠어. 나란 존재를 인정한다는 게. 그래서 찾아간 산이었는데…… 살고 싶더라. 크레바스에 빠지지 않기 위해 걷고, 추위와 눈사태, 그 모든 것들로 인해 고립된 상황에서도 나, 살고 싶어 하더라고. 그렇게 죽으려고 내 무덤 찾듯 살았는데……."

내내 삶이 두려웠는데 그곳에서는 삶이 아쉽고 소중했다고 했다. 이 나라 안에서는 어쩔 수 없이 겉도는 삶이었는데 그곳에서는 한순간도 아니었다고. 산이 자신을 품고 어느 틈에 고산병과 고질병에 걸린 자신을 치유했다고. 나도 이참에 우빈이 손잡고 세상 각처에 흩어져 있는 산을 전부 쏘다녀야 하나 싶다.

급한 대로 모든 창문을 열고 환기를 시켰다. 앞뒤로 탁 트인 구조로 인해 맞바람이 불었다. 동시에 더운 열기도 무섭게 엄습

했다.

여름이기에 너무도 당연하다는 걸 알면서도 언젠가부터 사계절 중 여름이 가장 싫었다. 낮은 그렇다 쳐도 밤까지 사방이 열기로 가득해 싫고, 그 어떤 타협 없이 총천연색 부감 샷으로 재생되는 잔인한 기억이 버겁고 지겨워 진절머리 나게 싫었다.

여름은 끔직한 형벌이자 매번 꼼짝없이 당하고 겪어야 하는 약속된 형기다. 마치 감형 없는 무기수처럼.

한편으론 억울했다. 왜 나 혼자만 10년이 지난 지금까지 이러고 살고 있는 건지 의문도 들었다. 누군가 더 많이 사랑한 사람이 약자라고 결코 인정하기 싫은 말을 쉽게도 하던데…….

사랑은 무슨. 사랑은 아니다. 허망한 망상일 뿐. 그 같은 정신병적 충동 장애가 사랑이었을 리 없다. 적어도 사랑이라면 그렇게, 그 정도로 비겁하고 무책임하지는 않을 테니까. 누군가는 분명 아무렇지 않게 잘 살고 있을 것을, 왜 나 혼자만 이 지옥행 특급열차에 당첨돼 이렇게 매해 지독한 여름 병에 걸려 여름 감기를 앓아야 하는지.

10년이면 강산도 변한다는데, 강산과 비교해도 지극히 견고한 기억은 지난 10년이 수능 100일과 다르지 않았다. 한 계절 전부터 긴장돼 두려우면서도 꼬박꼬박 카운트를 하게 됐다. 순번에 따라 어김없이 돌아오는 계절을 이렇게 악 소리 못하고 속절없이 당할 수밖에 없다는 사실에 어느 해부터는 신랄하게 욕도 했다. 드라마에 전매특허로 나오는 주인공처럼 교통사고라도 당해 모든 기억을 잃어야 하나, 그런 자극적이고 자학적인 생각까지 했다.

그런 이기적인 이유로 드라마를 썼고 기적처럼 당선된 작품에 이신을 추천했다. 꼭 된다는 보장은 없지만 의견을 내지 않을 수 없었다. 글을 쓴 내 자신이 남자 주인공 역에 가장 적합하고 이상적인 이미지를 알기에 어느 정도 설득력이 있다 판단했다. 그렇게 이루어진 캐스팅을 하영우란 인간이 너무도 가볍게 말아먹었다.

꾸준한 출석률을 자랑하며 출몰하긴 했지만 당선된 이후 거의 매일 반복되는 지옥 같은 악몽.

덜컥 응모를 한 건, 깨끗이 털어내고자 하는 유종의 미이자 발악이었다. 선뜻 특별극을 하겠다고 한 것도 극단의 꼼수였다.

주인공으로 이신을 지목한 건 객기다, 명백한 객기. 10년이 지나도록 멍울이 져 절대 내려가지 않는 지겨운 체기. 추억 속 그 사람을 꼭 빼닮은 이신을 통해 장렬하고 통렬하게 끝내려나 했는데, 하영우란 인물이 모든 걸 망쳤다.

마지막 방법이라고 생각한 일이 생각지도 않게 발목을 잡아 걸었다. 인생지사 새옹지마라더니 어떻게 매번 어김없이 배신당하고 뒤통수를 치는지. 뒤통수가 아직까지 남아 있다는 게 신기할 정도다.

서정적인 도어락 소리가 내 생애 봄날 같은 강우빈의 도착을 알려왔다.

버선발로 뛰어나가고 싶었으나 한발 늦었다. 선탠과는 격이 다르게 까맣게 그을리고 탄 얼굴에 생고생한 이력이 역력한 우빈이 환하게 웃으며 두 팔을 벌렸다.

저 자세, 제 포즈가 더할 나위 없이 그립고 절절히 필요했다.

"왜 이렇게 빨리 왔어? 아직 저녁 준비도 못 했는데."

난 눈을 흘기면서도 내 모습이 예뻐 보이길 바랐다. 오랜만에 보는 우빈에게 되도록 생기 있고 탄력 넘치며, 피부에서는 없던 광도 나는 모습을 보이길 바랐다. 그래서 이 여름이면 고박 세 달을 아픈 나보다, 그런 나를 염려하고 걱정하느라 진이 다 빠지는 우빈을 위해 이 순간 어느 여배우처럼 얼굴에서 뽀얀 광채가 나길 빌었다.

"뭐해? 빨리 와. 나 피곤해 기절하기 일보 직전이니까."

난 말이 떨어지기 무섭게 이 시대 한 어깨 한다는 남자 배우들과 비교 불가한, 특급 어깨발을 자랑하는 강우빈에게 달려들었다. 지난 두 달 동안 이 품이 너무 많이 그리웠다. 든든하고 안전한 이 품이 죽을 만큼 필요해 숨이 꽉꽉 막혔었다.

"무사히 돌아와 줘서 고마워, 강우빈."

"너도 무사해서 고맙다, 지수완."

우빈에게 매달린 난 익숙한 체향에 비로소 그가 귀향했다는 안도감이 들었다.

캐스팅이 뒤바뀌었다는 사실에 하루 종일 실망했던 기분이 어느 정도 상쇄되면서도, 결국은 무참히 어그러져 버린 상황이 비로소 현실감 있게 다가왔다.

처음 만났던 카페에서 기다리고 있으니 나오라는 느닷없는 호출도 기가 막힌데, 급작스레 홍콩행을 제안하는 김 감독은 나와 달리 상당히 흥에 겨워 보였다.

"같이 가서 대본에 없는 디테일한 것도 좀 챙겨주고 현지 상황에 따라 대본을 수정할 수도 있으니까 같이 가서 작품 완성도를 높이자고. 이 작품 지 작가 데뷔작이잖아. 일필휘지로 써내려서 작가 필모그래피에 큰 획을 그어야 하지 않겠어?"

상당부분 날 위한 말인 건 알겠는데 꼭 나만을 위한 건 아니기에 대답하지 않았다. 이런 내가 의외인지 김 감독은 조금 더 분분한 표정으로 또 다른 브리핑을 시작했다.

"별 다섯 개 파급력을 자랑하는 하영우 캐스팅으로 이번에 방송국에서 투자를 많이 하게 됐어. 그래서 지 작가 비행기 표나 머물 호텔도 특급이니까, 공짜로 여행한다 생각하고 같이 가자고. 가서 주연 배우들도 보고 개인적으로 인사하는 것도 나쁘지 않을 거야. 또 언제 어느 작품으로 만나게 될지 모르잖아. 이참에 눈도장 찍고 황금 인맥도 쌓아야지."

계속 드라마를 쓸지 소설가로 전향할지는 아직 생각하지 않고 있지만 차기작이 드라마가 아닌 건 확실했다. 당선이 돼 이 자리까지 왔지만 결코 드라마 작가가 목표는 아니었다. 그런 이유로 김 감독의 제안은 그리 매력적이거나 유혹적이지 않았다.

더군다나 홍콩은 지난 10년 동안 한 번도 가지 않았다. 보석과 디자인 페어를 비롯해 사업적인 면에서 꼭 가야 하는 일이 생기면 안 실장과 못 가서 안달하는 디자인 파트 직원들을 짝지어 보내며 무리 없이 피해왔다. 그럴 때마다 굳이 피할 이유가 없지 않냐는 우빈의 회유와 설득에도 홍콩은 결코 가고 싶지 않은, 뜨거운 적도의 나라였다.

"말씀은 감사하지만 전 못 갈 것 같아요. 아무리 정규직이라도 회사에 갑자기 휴가를 내기도 어렵고 또 개인적으로 더운 나라를 좋아하지 않아서요."

홍콩의 더운 열기와 습도를 좋아하지 않는 건 사실이다. 내 자신에 대한 열패와 쓰디쓴 기억이 여행을 가로막는 가장 큰 장애인 것은 차치하더라도 그 나라의 숨 막히는 여름 날씨는 공짜 여행이란 명분이 있어도 버티고 견디기 힘들 정도다.

"누가 지 작가한테 뜨거운 홍콩 거리를 다니라고 했나? 대본 수정도 그렇고 주연 배우 만나는 것도 호텔에서 하면 되는 거고……."

"그러니까 더욱 가지 않는 게 좋을 것 같아요. 모두가 더운 나라에서 힘들게 일하는데 저만 호텔 방에 앉아서 시간 때우는 거, 기본은 물론이고 예의가 아니죠."

내가 예의범절이 뼛속까지 베인 위인이라 그런 건 결코 아니지만, 적당한 이유가 떠오르지 않아 회사를 팔고 자격과 예의를 거론했다.

내 대답을 들었으면서도 김 감독은 쉽게 뜻을 굽히지 않았다.

"그래도 지 작가 첫 작품이야. 완전히 전향도 하지 않고 지금처럼 갈팡질팡하다가는 이 작품이 처녀작이자 마지막 작품이 될 수도 있다고."

"……."

"이 바닥 버텨내기 절대로 만만치 않아. 더구나 지 작가는 특정 라인도 사수도 없는 완전 초짜 신인이잖아. 썩은 동아줄만 아니면 기회가 왔을 때 뭐든 잡으라고. 다른 사람도 아니고 하영우 급이면 국내 최고야. 또 우리 작품이 아무리 특별 2부작이라고 해도 퀄리티는 최고라고. 그건 내가 장담해."

재기를 노리는 김 감독이 자신을 포함해 덤으로 나까지 챙기고 있는 건 충분히 알겠다. 그렇다 해도 홍콩은 절대 가고 싶지 않다.

몇 번이나 재고해 보라는 김 감독의 말을 정중히 거절하고 사무실로 돌아왔다.

지금도 이렇게 숨 막히도록 더운데 이곳보다 더 뜨거운 홍콩이라니……. 의식적으로라도 생각하고 싶지 않았다.

문득 우빈이 떠올랐다.

돌아온 지 일주일도 안 된 강우빈은 탕아도 아니면서 또다시 집을 비웠다. 오늘은 그 으리으리한 집구석의 제사. 그 대단한 집안에서 유일하게 강우빈을 목 빼고 기다리는 날. 내일 또 얼마나 지치고 아픈 얼굴로 돌아올지 벌써부터 걱정이 됐다.

서로의 보호막과 방어막이 돼주자는 동지의식에서 시작한 우리의 동거는, 우빈에게는 모르겠지만 나에게는 상당 부분 힘이 되고 약이 됐다.

영화 '흐르는 강물처럼' 이란 영화를 본 후, 부부가 반드시 플라잉 낚시를 하겠다고 10년 넘게 호언장담하더니 결국 정년퇴임과 동시에 영화 속 그 강가도 아닌 알래스카로 떠났다. 철없는 부모님이 만들어 준 상황에서 불편 없이 의지할 수 있는 사람은 일반적인 결혼에서 자동 열외된 우빈이 전부였다.

나의 비해 우빈은 찾는 곳도, 갈 곳도 많았다. 굳이 내가 아니어도 우빈의 미스터리급 정보력과 화려한 인맥을 기본으로 한 거처는 훌륭할 정도로 충분했다. 그런데도 그의 눈에는 아직도 휘청이듯 보이는 내가 염려의 대상인 듯했다. 아니라고 할 수 없었다. 10년이란 세월과 시간의 공력으로 인해 완치는 아니더라도 어느 정도 치유를 인정하는 순간, 우빈의 빈자리가 너무도 눈에 선해 용기 있게 완치 선언을 할 수 없었다.

다수의 초능력을 가진 우빈은 경제적으로도 도와준 게 많았다. 내가 소유한 후암동 3층짜리 수빈빌딩과 하남의 공장부지, 남대문의 매장 몇 개도 다 우빈의 신기에 가까운 신개념 투자와 고정관념을 깬 미래지향적 경제관념에서 나온 찬란한 결과물이었다. 물론 내가 전력투구한 결과라 치부할 수도 있지만, 우빈의 본능적인 감과 경제적 도움이 마중물이 된 것은 분명했다.

뭐 하나 모자라거나 부족하지 않은 강우빈의 약점은 바로 커밍아웃을 한 게이라는 것이다. 그것도 보수 중에서도 중심축을 잡고 계신 양쪽 부모님을 대상으로. 그건 정말이지 용기보단 미친 게 분명한 행동이었다.

현 검찰 총장과 사학계의 대모인 부모님은 우빈의 성향을 철저히 무시하고 외면했다. 가족이란 게 외면한다고 단절되는 게 아니란 걸 우린 너무도 잘 알고 있다. 그분들에게 외면이란, 성향을 당신들 취향에 맞게 고쳐서 정상으로 돌아오란 뜻이었다. 그러면서 언제까지 두고 보지만은 않으시겠다는 어필도 하셨다.

만약 그분들의 욕심과 기대가 가능했다면, 그 누구보다 내가 우빈을 가만두지 않았으리라. 그 자리에서 당장에 잡아먹고 말지. 몸도 마음도 그 누구보다 아름답고 섹시한 강우빈을, 에로스가 환생한 환상적인 남신인 그를 말이다.

어르신들이 우빈에게 부여한 유예기간은 나와 동일한 형기일 뿐이다. 그런 이유로 우린 지금까지 같이 살고 있다. 가족이 절대 안전지대가 되어줄 수 없는 냉정한 현실 속에서 우린 서로의 절대적 안전벨트가 되어주고 따뜻한 둥지가 되어주기로 약속했다.

혼잣말하지 않기, 혼자 아프지 않기, 동거인을 투명 인간 취급하며 보이지 않는 곳에서 외로이 절망하지 않기, 어그러진 편견과 무식하고 배려 없는 타인으로 인해 무릎이 꺾이지 않기, 그게 무엇이든 서로에게는 숨기지 않기 위해서 우린 서로의 손을 잡았다.

그 손 하나가 얼마나 위안이 되고 위로가 되는지 우빈이는 알까…….

넌 절대 모를 거야, 강우빈.

나의 아름다운 친구, 우빈아.

❖

중국이 이 정도의 소비력으로 부상하기 전부터 중국을 겨냥해 아이템을 만들었다. 그 꾸준하고 앞선 선택이 지금은 중국 백화점 입점이라는 큰 성과를 낳았다. 중국은 틈새시장만 노려도 안전한 진입과 무한한 성장이 가능한 곳이었다. 꼭 '정글만리' 라는 책이 아니어도 현역에 있는 사람들은 진작부터 중국의 시장성을 익히 알고 있었다. 그러나 결코 투명하지 않은 장막과 수많은 불합리한 절차도 그만큼 많고 복잡했다.

지난 10년, 머릿속을 헤집는 열병 같은 시간들을 염불하며 허송세월한 것은 아니다. 불쑥불쑥 찾아오는 과거 망령을 동반한 치명적인 두통은 상당했지만, 우빈으로 인해 자금의 흐름을 원활하게 하면서 이 정도로 회사를 키울 수 있었다.

계속 이렇게 회사만 키우며 지낼 것을, 더 비상하고 싶은 마음과 지난 망령을 완전히 털어 내고 이참에 연애도 해보자는 기고만장한 마음에 드라마를 써서 욕심을 부린 게 화근이었다. 계약서에 도장을 찍었으니 이제 와 모든 부차적인 사안은 하지 않겠다고 할 수도 없다.

홍콩행을 거절하고 내내 별다른 소리가 없어 잘 찍어 왔나보다 했더니 오늘 김 감독에게 호출이 왔다. 국내 촬영 마지막 신 전에 주연 배우들과 저녁을 함께 하자는 이유로.

대단한 미니시리즈도 아니고 꼴랑 명절 연휴나 월드컵 때 땜방을 담당할 단편인데 그럴 이유가 없다고 자르려는데, 드라마를 다 찍은 것도 아니고 대단하신 남자 주인공 하영우가 약간의 대본 수정을 거론했다고 해 거절하기 쉽지 않았다.

회사 옆 힐튼 호텔이라는 소리에 알겠다고 대답하고 다소 빠른 퇴근 준비를 했다.

나까지 퇴근하고 나면 회사에는 신입인 신지혜밖에 없다. 사무실 인원의 반은 중국 출장 중이고, 나머지 둘은 샘플 공장과 주물 공장, 매장과 스톤 집으로 두루두루 퍼져 있는 상황이었다. 걱정이 되기도 했지만 앞으로도 충분히 이 같은 상황이 반복될 걸 알기에 일단 믿어보기로 했다.

호출로 인해 사무실로 들어온 신지혜의 표정이 평소와 다르게 어두웠지만 먼저 아는 척 하지 않았다. 가끔은 친절을 빙자한 호기심보다 무심한 게 낫기도 하니까.

"나 먼저 퇴근하니까, 신지혜 씨는……."

"저, 사장님……."

고개조차 제대로 들지 못하고 난감해하는 신지혜는 죄 없는 입술을 질겅질겅 깨물기만 했다.

3초, 9초, 15초…….

저대로 그냥 두고 보다가는 결국 입술에 피가 낭자하고 허물이 벗겨질 것 같아 먼저 말을 하지 않을 수 없었다.

"입술 다 터지겠네."

"……."

"여기 나랑 신지혜 씨밖에 없으니까 하고 싶은 말 있으면 해."

나는 조급하지 않은 마음으로 여전히 안절부절못하는 신지혜의 대답을 기다렸다. 바로 말을 하지 못하던 신지혜가 얼마의 간격을 두고 부어오른 입술에 자유를 허했다.

"아…… 아이가 다쳤다고 유치원에서 연락이 와서……."

끝까지 말을 하지 못한 신지혜는 울먹이진 않았지만 금방이라도 자신이 입고 있는 블라우스 단추처럼 굵고 투명한 눈물을 흘릴 것 같았다.

아이, 사고, 간신히 참고 있는 표정. 영락없는 아이 엄마 얼굴이다. 아이 엄마라니, 신지혜가 올해 몇 살이었더라…….

"퇴근해. 정리는 내가 할게."

신지혜는 차마 바로 떨치고 나가지는 못하고 눈치를 보며 그때까지도 죄 없는 입술만 씹어댔다. 나 참, 줘도 챙겨 먹질 못하고 있어요.

"빨리 가서 아이 상태 확인하라니까. 같이 가줘?"

"아…… 아니에요. 고맙습니다."

신지혜는 드디어 인사와 함께 사무실을 박차고 뛰쳐 나갔다.

닫힌 사무실 문을 멍하니 보다 도로 의자에 앉았다. 한숨과 함께 인터뷰 때 보았던 이력서를 급하게 떠올렸다. 그리 오래되지 않아 비교적 선명하게 기억이 났다. 또래에 비해 한 해 늦은 고등학교 졸업과 전문대 중퇴. 너무도 단출해서 황당한 이력에 올해 스물다섯. 이력서엔 분명 미혼이었다.

중국과 서울 사무실 전체 경리와 함께 샘플과 완성품 수량 관리, 스톤 아르바이트 아줌마들까지 두루두루 관리하는 일이라 보기에 따라 비전문적이고 잡다해 보일 수 있지만, 금세 회사 전체 흐름을 파악하는 일이라 직원들은 좀 더 능력 있고 전문성 있는 직원을 뽑길 원했다. 포지션과 상관없이 디자인에 참여하게 되는 직원들이 종종 있었던지라 직원들이 바라고 말하는 게 무언지는 잘 알았다. 그런데도 난 왠지 모르게 눈길이 가고 믿음이 가는 차분한 눈빛과 단정함에 꽂혀 천하무적의 절대 발언권을 썼었다.

노래 제목처럼 예쁜 나이 스물다섯에 아이가 있었구나. 서른다섯인 난, 이 나이까지 도대체 뭐 한 거라니…….

"융통성도 없어요. 집에 일이 생겼다고 해도 될 것을."

그때 사장이라는 레테르를 적극 이용하고 와일드카드까지 써 뽑은 것을 지금에 와 이런 일로 후회하지는 않는다. 내가 그 순간 받았던 인상은 지금도 크게 다르지 않으니까.

저 나이 때 난 어땠더라……. 그 아롱거리며 반짝이던 순간을 충분히 즐겼던가.

나도 사랑이란 것에, 아니 사랑이라 믿었던 감정에 취해 무척이나 솔직하고 무식할 정도로 충실했었다. 그땐 지금처럼 여름 더위에 나자빠질 정도로 멘탈이 취약하지도 않았고, 펄펄 끓는 가마솥 안 같은 홍콩이 그렇게 더운 줄도 모른 채 '좀 덥네' 하는 딱 그 수준이었다. 그때의 난 여유가 있었고, 여유를 부릴 줄 아는 방만한 청춘이었다. 그저 서로 보기만 해도 웃음이 나고 미소가 지어질 수밖에 없는 그런 거짓말 같은 사람과, 그 사람이 주는 아찔한 감정에 취해 웃고 떠들면서 미친 사랑을 했었다.

여름 휴가철, 빡빡한 일정을 좇아 박람회를 참관해 답사하고 귀염둥이 막내답게 스위스로 풍성하게 현지 상황을 리포트해야했던 난, 먹지도 자지도 않고 호텔 안에서 사랑이라는 탈을 쓴 섹스와 육체가 주는 환락에 미친 듯 취했었다. 온 세상이, 따닥따닥 붙어 혼잡한 홍콩이 아름답게만 보였다.

섹스가 사탕보다 점성이 높고 달다는 사실을 그때 처음 알았다. 뜨거운 시작에는 개인의 의지가 전혀 개입되지 않는 다는 것도. 밀착된 몸의 언어가 그 어떤 말보다 강력하고 파괴적이란 사실도 그때 배웠다. 원초적이다 할 만큼 순수한 행위란 게 그 어떤 운동보다 살인적인 체력과 고도의 정신력을 필요로 한다는 것도 그때 갱신했다.

동일한 시간과 청춘을 겪고 지금 뜨겁게 진행 중인 신지혜와 내가 다른 점이 있다면 단 하나, 반짝이던 여름, 뜨거운 젊음과 열정에 취해 맹수처럼 섹스를 하며 3일을 뒤엉켜 보내놓고도 난 임신을 하지 않았다는 것뿐이다.

단지 그뿐이다.

우리 두 사람의 차이는.

프런트에 선 직원에게 이름을 대니 룸으로 안내를 해주었다. 단정하게 동여맨 심플한 머리 장식을 유심히 보면서 뒤를 따르니 어느새 룸 앞에 서 있었다. 여직원은 고개 숙여 인사를 한 뒤 프런트 쪽으로 방향을 틀었다.

난 일단 숨을 고르고 짧고 분명한 노크를 한 번 했다. 약간의 기다림을 예상했는데 몇 초의 간극도 없이 문이 열리면서 수문지기처럼 서 있는 장신의 남자가 보였다. 남자는 현실에서는 그렇지 않지만 TV에서는 짜증날 정도로 빈번하게 보이는 하영우였다.

하영우는 놀란 건지 아님 순간적으로 당황한 건지, 작가의 시각으로 보기에도 해석 불가능하고 애매모호한 표정을 한 채 그 어떤 말도 없이 날 응시했다. 나도 지지 않고 올려다봤다. 문지방이 무슨 경계도 아닐 진대, 우린 꼼짝 않고 서로의 포지션과 눈빛을 사수했다.

내 의지와 상관없이 수시로 TV에서 보던 사람이라 그런지 실물로 보는 건 처음인데도 낯설거나 모두가 인정하는 이국적인 외모가 그리 놀랍지 않았다. 또한 머리 뒤쪽으로 '짠' 하고 후광이 비치지도 않았다. 그저 '당신 한 미모 하는구나', 뭐 그 정도.

"초면에 눈싸움 하는 건 아닐 테고, 두 사람 지금 뭐하는 거예요? 지 작가, 얼른 들어와요. 하영우 씨는 전화하러 간다고 하지 않았어요?"

룸 안에서 톤이 높으면서도 명쾌한 김 감독의 목소리가 들려왔다. 난 마냥 이러고 있을 수는 없어 고개를 살짝 끄덕여 약식 인사를 한 후 한쪽으로 비켜섰다. 그러자 하영우는 잡고 있던 문을 활짝 열며 날 쳐다봤다.

"지수완 작가님, 언제 오실까 무척이나 기다리고 있었습니다."

읽히지 않는 표정과 달리 융숭하고 거창한 인사말에 잠시 어색했지만 티 내지 않고, 왠지 모르게 기죽기 싫어 제법 절도 있는 묵례를 한 뒤 룸 안으로 들어섰다.

김 감독에게 들었을 때는 콧대 높은 주연 배우들과의 의례적인 인사 겸 대본 수정을 위한 미팅이라고 했는데 룸 안에는 딸랑 김 감독과 하영우밖에 없었다. 그보다 더 기가 막힌 건, 내가 자리에 앉자마자 간략한 소개를 얼렁뚱땅 마친 김 감독이 제 할 일은 다 했다는 가뿐한 표정으로 자리를 비우기까지 한 것이다. 왠지 계략과 암약 비슷한 느낌이 마구 들면서 기분이 좋지는 않았다.

김 감독이 나감과 동시에 일식도 중식도 아닌 국적불문의 묘한 음식들이 연이어 테이블을 채웠다. 세팅을 하는 직원들 사이로 언뜻 하영우의 세밀한 눈총이 느껴졌다.

오늘의 자리가 마련되기 전, 캐스팅 건으로 인해 일찌감치 호감보다 비호감이란 단어가 더 적합해진 하영우를 난 지지 않고 주시하며 탐색했다. 잘생기긴 했는데 그 잘생김이 나와는 하등 상관없는 외모인지라 그리 오래 시선을 끌지는 못했다. 사실 외모를 평가하자면 내 개인적인 취향은 CNN 앵커 앤더슨 쿠퍼나 그와 미모 순위를 다투는 강우빈 스타일이었다. 둘 다 첫눈에 코피 쏟을 만큼 감동적인 비주얼은 아니지만 나만의 감성과 여심을 절절하게 공략하는 묘한 매력이 앤더슨 쿠퍼와 강우빈에게는 있었다.

두 사람에게는 남다른 공통점도 있다. 바로 동성애자라는 정체성. 가끔은 그 성적 성향이 안타까울 정도로 그 매력은 절대적이었다. 적어도 나에겐.

"아무래도 지 작가님은 직접 추천하신 이신을 대신해 제가 투입된 게 아직까지도 마땅치 않으신 것 같네요. 제 말이 맞나요?"

동굴 목소리와 또 다르게 묘하게 탁한 음성은 음영이 진 것처럼 여운이 느껴졌다.

저렇게 자신이 제 잘못을 먼저 풀어내는데 면전에서 '그래, 당신 때문에 다 망쳤어' 할 커리어도 군번도 아니기에 그저 연하게 웃으며 아니라고 짧게 답했다.

적절한 타이밍에 김 감독이 다시 들어와 한동안은 음식 논평과 타 방송사 신규 드라마에 대한 편파적 촌평으로 어색한 흐름은 어찌어찌 넘어갔다. 후식과 함께 차가 나오자 김 감독은 또 한 번 들썩거리더니 잠시 자리를 비운다는 말로 내 날카로운 시선과 암묵적 비난을 피해갔다.

조용히 있다 가기는 어렵다 싶어 내가 먼저 말을 꺼냈다.

"감독님 말씀으로는 마지막 신 대본 수정을 했으면 좋겠다고 하셨다던데, 어떤 부분을 말씀하시는 거죠?"

난 아까부터 곁눈질하는 시선만 준 채 별다른 말을 하지 않는 하영우와 비로소 시선을 맞췄다. 하영우는 처음 듣는다는 표정을 하며 김 감독님이 착각하신 것 같다며 자신은 아니라고 못을 박았다. 그럴 리는 없지만 '내가 잘못 들었나' 하는 생각을 하는 순간, 하영우가 기습적인 질문을 던졌다.

"'사랑은 없다' 라는 우리 작품, 지 작가님 개인적인 이야기를 각색한 거 맞습니까?"

"……."

난 이번에도 잘못 들었나 싶어 질문한 남자를 정면으로 응시했다. 질문자의 표정을 보아하니 잘못 들은 것 같지는 않았다. 호기심만으로 하는 질문 같지는 않았지만 그렇다고 이 정도의 질문을 주고받을 만큼 편한 사이가 아닌지라, 어색한 미소보다는 일반적인 말투로 이번에도 아니라고 답했다. 그러자 하영우는 결코 무례하지 않은 톤으로 개인적인 이야기가 맞는 것 같다고 확신했다.

그 같은 확신에 정색하며 아니라고 하는 것도 우스워 '아닙니다' 라는 우아한 답변을 재차 했다.

특별한 사안이 없다면 그만 일어나자는 표현을 시간을 확인하는 걸로 대신했다.

그 순간 하영우는 얇은 종이 뭉치를 내 앞에 놓아주며 오늘 이 만남의 진짜 이유를 말하기 시작했다.

"지수완 작가님이 그 시놉시스, 시나리오 작업하는 걸 도와주셨으면 합니다. 꽤 오래전부터 감독 데뷔작으로 구상하고 있던 작품인데, 저에겐 지 작가님 같은 능력도 없고 또 마땅히 믿고 부탁할 사람이 없어 마냥 묵히고 있었습니다. 그러다 작가님 대본을 보면서 이 정도의 감성과 필력을 가진 분이라면 믿고 부탁을 드릴 수 있겠다 싶어서 오늘 이 자리를 만들어 달라 김 감독님께 특별히 부탁 드렸습니다."

빨간 클립을 껴 정리한 A4용지 맨 위에는 '욕하다 욕망하다' 라는 제목이 제목만큼 진하게 프린트 돼 있었다.

"이 자리에서 바로 대답하지 마시고, 일단 댁으로 가져가셔서 찬찬히 읽어보고 긍정적인 답변을 주셨으면 합니다, 지 작가님."

하영우의 목소리를 통해 듣는 지 작가님이라는 호칭은 알 수 없는 이유로 목에 걸리는 듯했다. 내 자신만큼이나 친근하지도, 그리 정중하지도 않은 목소리는 분명 낯설고 불편했다.

난 종이 위에 반듯하게 프린트 된 제목을 다시 한 번 확인한 뒤,

주저 없이 종이 뭉치를 하영우 쪽으로 밀었다.

"죄송하지만 전 시나리오 작업을 해본 적도 없고 또 타인의 작품은 더더욱 할 생각이 없습니다. 죄송합니다, 도움을 드리지 못해서."

할 생각도 없는데 시놉을 가지고 가는 건 얼마의 여지를 남기는 행동일 것 같아 불편한 상황인 걸 알면서도 내민 종이를 정중히 반려했다.

하영우는 제 앞으로 밀어준 시놉을 보더니 바로 날 주시했다. 남자로서 상당히 큰 눈이 지금까지와는 다르게 여유와 호의를 배제한 채 투명하게 빛났다. 마치 기름을 잔뜩 먹고는 준비운동하는 고가의 엔진처럼.

"물론 부담스러우실 건 압니다. 자질 문제도 그렇고, 남들 입에 쉽게 오르내리는 배우의 자아도취나 자기만족처럼 보여 내키지 않을 수도 있지만, 저에게는 무척이나 중요하고 큰 프로젝트니 일단은 댁으로 가지고 가셔서 제대로 검토라도 해 주셨으면 합니다, 지 작가님."

다시 들어도 저 호칭은 상당히 부자연스러웠다. 첫 만남인데 설명조로 말하는 것도 그렇고 정색을 할 수도 없어 이쯤에서 그만두려했는데, 하영우의 분분한 눈빛이 그걸 용인하지 않는 듯해 난 솔직하게 말했다.

"우려하시는 것처럼 호기나 보여주기로는 안 보여요."

"……."

"그래서 더욱 부담이 돼 할 수가 없습니다. 또 주신 시놉을 가져가 볼 수는 있지만, 그렇게 하면 나중에 더 민망하고 어색한 상황이 연출될까 싶어 예의가 아닌 걸 알면서도 이 자리에서 돌려드린 거고요."

"읽기 전이야 그럴 수 있지만, 읽어본 후에 마음이 변해서 수락할 수도 있잖아요?"

난 예상 못한 발언에 어떤 말을 어떻게 해야 할지 살짝 난감했다. 제 맘대로 캐스팅을 뒤엎더니 갑작스런 만남 주선에 뜬금없는 시나리오 작업 제의까지. 아무래도 이렇게 가다간 결국 하영우란 막강한 네임 밸류에 눌려 어부지리로 할 수밖에 없는 상황이 초래될 것 같았다.

재차 거부 의사를 밝히려는데 하영우가 먼저 선수를 치고 나왔다.

"일단 오늘은 시놉만이라도 가져가 읽어보시고, 충분히 생각하고 숙고한 다음에 답해주길 바랄게요, 지 작가님."

포클레인처럼 밀어붙이는 스타일이라고는 할 수 없지만 생각보다 눈치가 없고 말이 통하지 않는 사람이었다. 아니면 초면에 이럴 수밖에 없을 정도로 뭔가 절박하고 절실한 건가 하는 생각도 잠시지만 들었다.

어쨌든 답을 해야 할 것 같아 고약한 입을 달싹이는데 이런 저주스런 상황을 만드는 데 톡톡히 기여한 김 감독이 등장해 반항기 충만한 입을 다물 수밖에 없었다. 동시에 하영우의 매니저가 들어와 급하게 다음 스케줄을 통보해, 애매한 상황에서 눈을 부릅뜨고 쳐다보는 듯한 이상한 제목의 시놉을 손에 쥐고 나올 수밖에 없었다.

❖

언어의 연금술사도 아니고 늘상 서로의 문제에 대해 똑같은 위로밖에 할 수 없는 우빈과 난 서로의 언어적 빈곤함을 탓하며, 언젠가부터 위로를 빙자한 뻔한 말들을 사어로 인식해 사용하지 않았다. 어쩌면 나와 우빈은 상처와 아픔에 여전히 민감한 우리 자신이 한심하고 지겨운 건지도 모른다.

며칠 전 본가에 다녀온 우빈은 철탑 같은 산을 헤매고 다니느라 기운이 전부 고갈된 몸을 이끌고 꾸역꾸역 삼각지 하비 매장으로 출근했다.

돈의 화신이자 타짜로 칭송받던 일선에서 물러난 채 일반인 열혈 등산가로 변신한 우빈은 식자층 최상위 그룹인 부모님 등쌀에 못 이겨, 건프라와 프라모델, R/C샵을 운영하는 자유로운 영혼을 가진 낭만적인 아들로 이미지 변신을 했다. 샵은 주인의 친절하고 아티스트적인 성향과 설명, 몇 해 전부터 수면 위로 오른 키덜트와 마니아들이 열광하는 다양하고 희소성 높은 제품에 입소문까지 더해 제법 장사가 잘되는 잇 매장으로 각종 잡지를 장식하고 있었다.

이제 좀 집에서 휴식을 취하라고 해도 들어먹을 우빈이 아닌 걸 알기에, 나도 붙잡지 않고 그 어떤 충고도 하지 않았다. 때론 진심을 다한 위로가 거북하고 거추장스러울 때가 있다는 걸 우린 오랜 시간을 함께하면서 자연스럽게 터득했다.

어느 때는 그저 가만히 일상의 흐름과 시간에 기대어 위로를 받기도 하고, 사람이 아닌 일과 그에 따른 부산하고 반복적인 움직임, 무리에서 벗어나 외따로 만들어진 서늘하고 그늘진 공간, 차가운 물 한 잔이나 바람, 나른한 목욕으로도 위안을 받을 수 있다는 걸 알기에 우린 조급해하지 않고 섣불리 아는 척하지 않았다. 다 알지만 오늘은 그냥 넘어가지지가 않았다.

퇴근 한 난 곧장 우빈의 하비 매장으로 향했다. 다행히 갱스터와 힙합 그루브 느낌의 개성 강한 두 명의 직원이 전부 퇴근한 매장 한쪽 구석에 자리를 잡은 우빈은 마이클 부블레의 'Quando Quando Quando'를 듣고 있었다.

콴도, '언제'라는 단어가 감미롭게 반복되는 노래. 노래까지 저를 닮은 노래를 듣는 우빈을 이렇게 몰래 보고 있자면 가끔 눈물이 나기도 한다. 그 이유는 정확히 설명할 수 없지만 어쩌면 너무도 아깝고 아쉬워서인지 모른다. 또한 내 친구의 외로움과 쓸쓸함이 가감 없이 느껴지고 전이돼서 그럴 수도 있고.

차라리 우리 둘, 일상과 함께 열감과 열정까지 공유하고 나누는 관능적인 연인이었으면 얼마나 좋을까 하는 생각을 무시로 했었다. 우빈은 한 번이라도 그 같은 상상을 한 적이 없을까, 새삼 궁금했다.

아직까지도 무척이나 더운 여름이지만 해가 떨어진 저녁이나 밤이면 우빈은 요란한 에어컨 대신 저녁 바람이 주는 끈끈하면서도 물렁한 기운을 기꺼이 즐기고 반겼다.

다양한 층위의 사람은 물론이고 모든 밤과 낮과도 친밀한 나의 친구는 유일하게 가족하고 그 어떤 접점도 없이 상처를 받고 그만큼 줄 수밖에 없는 천덕꾸러기가 되어가고 있었다. 세상에 다시없을 멋지고 섹시한 남자가 지금 이 순간 너무도 작고 약해 보였다.

"완전히 괴물 같아. 일자 어깨만 부각되고 얼굴은 완전 소멸직

전의 몬스터 같다고, 강우빈.”

우빈이 앉아 있는 의자 옆 펼쳐진 간이침대에 몸을 던진 난 눈을 감고 연신 반복되는 음악을 느꼈다. 익숙한 가사가 나른한 리듬을 타고 머릿속에서 빠르게 지나갔다.

Quando Quando Quando
언제, 도대체 언제 내 사람이 될 건지 말해주세요

그래, 제발 말 좀 해줘라. 우리 우빈이가 언제쯤 행복해질 건지.

“피곤해서 그래. 이번 주말에 쉬면 괜찮아져. 주말에 잠 몰아서 잘 거야. 그러니까 심심하다고 깨우거나 옆에서 칭얼칭얼, 옹알거리지 마.”

“내가 말 못하는 애니? 칭얼거리면서 옹알이하게.”

“애보다 더하지. 너 내내 조신하고 조용하다가 한번 포텐 터지면 감당 못할 정도로 쏟아내는 열정적 기회주의자잖아.”

“기회주의자란 사회적 단어를 그렇게 사용하는 사람 처음 봤네.”

언제 들어도 이 가수의 목소리는 감미롭다. 우리 우빈이만큼이나…….

“근데, 난 그런 네가 좋았어. 지금의 너보다.”

“기회주의자란 말의 사전적 의미 좀 다시 확인하고 말해. 그거 좋은 의미 아니다, 친구야.”

내 지적에도 우빈은 굴하지 않고 제 의견을 설파하기 시작했다.

“과거의 넌, 이 사람이다 생각하면 그 순간 너 자신을 완전히 비워내고 쏟아내는 그런 사람이었어. 일종의 태생적 몰아애라고 해야 할까. 아무튼 넌 기질이 뜨거운 사람이잖아."

뜨겁다라……. 그건 뜨거운 게 아니라 무식하고 무지한 거다.

"물론 외모도 빠지지 않지만 위험할 정도로 아찔한 열정이 더 예뻤던 아이. 그게 내가 알고 지지하는 진짜 지수완이야."

그런 시간들이 내게 있었던가. 이젠 기억나지도 않는다. 아니, 기억하고 싶지도 않아. 그렇게 무모했던 나도, 무지했던 시간들도.

"청춘이었잖아. 이 세상 모든 청춘들은 그 시절에 그럴 수 있어. 그 나이가 그런 나이니까. 너무 뜨거우면 델 수도 있고 재생이 불가능할 정도로 화상을 입을 수도 있는데, 절대 그 생각을 못하는 나이."

"……."

"난 돌아가고 싶지 않아. 우빈이 네가 말한 그때의 열정이 부럽지도 않고."

이 가수, 내년 봄에 우리나라에서 공연한다고 했는데 가 볼까……. 현장에서 들어도 느낌이 이렇게나 좋을까. 아니겠지.

난 입으로는 우빈과 대화를 하면서도 머릿속으로는 음악에 빠져 있었다.

이제 난 그 어느 순간에도 진심과 진정을 다해 열정과 매혹적인 사랑을 논하지 않는다. 그건 너무나 바보 같고 소모적이란 걸 진작에 알아버렸으니까.

"지수완."

"응?"

대답과 함께 연신 리플레이되던 음악이 멈췄다. 난 감았던 눈을 떠 우빈을 봤다. 언제부터 그러고 있었는지 모르지만 우빈은 날 보고 있었다.

"왜?"

"너 우리가 몇 살인지 알아?"

이게 무슨 소린가. 갑자기 나이 타령은.

"새삼스럽게 웬 나이 타령?"

"말해봐. 우리가 지금 몇 살이야?"

굴하지 않은 우빈이 재차 물었다. 섹시하지만 무게 있는 표정을 하고선.

"우리? 우리야 예쁜 나이 스물다섯을 지나 어마무시하게 예쁜 서른다섯이지."

언제 이만큼이나 나이를 먹은 건지. 절대 퇴색되지 않을 것 같은 기억은 그대로인데, 나이만 보태지고 외관만 변했다.

"그래, 까먹지 마. 우린 이제 고작 서른다섯이야. 어른들 말씀처럼 살 날이 구만리지. 그러니까 그렇게 인생 다 살고 달관한 사람처럼 말하지 마. 내가 말한 과거는 우리가 지금보다 젊었던 때가 아니라, 네가 네 사랑과 열정을 속이거나 비하하지 않던 때를 말하는 거야. 사실 예쁜 걸로 말하면 너 10년 전보다 지금이 더 예뻐. 완숙해진 섹시미도 더하고."

"정말?"

난 10년에 한 번 들을까 말까 한 강우빈의 진심에 감격해 어깨만큼이나 넓고 단단한 우빈의 다리에 몸을 던졌다.

"지수완!"

다리에 앉은 난, 우빈의 목에 양손을 둘러 다정모드를 연출했다.

"왜? 뭐? 고혹적이라며? 섹시하다며!"

"……."

"좀 더 가까이서 임팩트 있게 즐기라고, 이 탐스런 서른다섯 섹시 마녀를."

" 진지하게 들어."

"무슨 소리야? 나 지금 엄청 진지하구만."

난 손을 뻗어 멈춰버린 핸드폰을 가볍게 터치했다. 그러자 반복의 절대미를 보여주는 부블레의 'Quando Quando Quando' 가 다시금 시작됐다.

"수완아……."

우빈은 한숨 비슷한 숨을 내쉬더니 더 이상은 진지를 거론하지 않았다.

난 노래를 따라 부르며 우빈의 태평양 같은 가슴에 살짝 기댔다.

지금의 나는 열정과 사랑이 부담스러워 싫은 것처럼 너무 진지한 것도 싫다. 도대체 그럴 필요가 뭐가 있을까 싶다. 삶과 일, 더불어 이번 드라마까지 도처에 너무도 진지한 것 투성인데, 지금 이 순간 서른다섯인 내게 아직도 예쁘고 아름답다고 말해주는 매너 좋은 친구와 더 이상은 진지해지기 싫었다.

노래가 이렇게나 달콤한데 이 순간 진지할 필요가 도대체 뭐가 있다고.

그토록 뜨겁던 청춘의 여름날, 세상에 다시없을 것 같던 사랑과 열정도 작은 메모 하나, 사진 한 장 없이 다 녹아서 사라져버렸는데, 이제 와 지금 이 순간 진지하다고 해서 그게 무슨 소용이며 얼마나 가겠다고…….

안 그러니, 우빈아.

❖

딱 이틀 전이다. 자신만만한 눈빛과 왠지 의도한 듯한 묘한 말투로 자신의 시놉시스를 건네며 영화 시나리오 작업을 부탁했던 게. 그런데 지금 온갖 포털 사이트에서는 드라마 촬영 중 사고를 당한 하영우 소식을 경쟁적으로 퍼 올리고 있었다.

난 잘못한 것 하나 없이 알 수 없는 이유로 마음이 무척이나 찜찜했다.

"읽어보고 마음이 변해서 수락할 수도 있잖아요?"

그때 하영우의 눈빛이 어땠더라……. 자신만만이었던가, 아님 조금이라도 간절한 기운이 있었었나. 이제 와 기억나지도 않는다. 또한 그 이름도 이상한 시놉은 아직 거들떠보지도 않았다.

직원들은 이역만리는 아니지만 결코 만만하지 않은 나라 중국으로 간 동료들이 아니라, 슬럼프란 이유로 1년간 딩가딩가 놀다가 다 차려진 밥상에 뒤늦게 숟가락을 올렸다 사고 당한 하영우를 걱정했다. 이 기막히고 비정한 현실이라니.

단 한 사람. 멀쩡한, 아니 다른 곳에 정신이 팔려 있는 듯한 사람도 있었다.

어제 아침 아이에 대해 물을까 하다 그만두었더니 신지혜가 먼저 와 고맙다는 인사를 하며 빨리 병원에 간 덕분에 아이 상처가 크지 않다고 설명했다.

난 딱 거기까지만 듣고 질문은 하지 않았다. 사실 물어볼 것도 없었다. 지극히 개인적인 일을 지금에 와 뭐라고 물을 수 있을까. 그것도 다 지나간 일을 가지고. 때로는 모르는 게 더 나을 수도 있다. 몰라서 덜 신경 쓰이고 덜 아프며 덜 후회할 수도…….

정신없이 일에 매달리면서도 혹시나 했는데 퇴근 무렵 김 감독에게 연락이 왔다.

[다행히 아주 크게 다친 건 아니고. 그래도 주연 배우가 다쳐서 분위기는 어수선 한 것도 없지는 않아요. 마지막 딱 한 신 남은 상탠데 먼저 말을 하기도 그렇고. 아직 제작발표회도 남았는데…… 뭐 어떻게 되긴 하겠지. 그러니까 지 작가는 너무 걱정하지 말고. 좀 진정되면 하영우 소속사에서 멘트가 있을 테니까.]

김 감독은 말은 그렇게 하면서도 목소리는 상당히 가라앉은 상태였다.

[그건 그렇고 일전에 하영우가 부탁한 일은 어떻게 하기로 했어요?]

"그 건은 감독님 들어오시기 전에 하영우 씨에게 직접 말했어요."

[뭐라고요?]

"불가능하다고요. 제가 무슨 능력으로 시나리오 작업을 하겠어요. 초짜 신인이."

[시놉은 읽어봤어요?]

"아니요."

[그래도 한번 읽어는 봐야지 싶은데. 아무리 하영우라 그래도 초면인 지 작가한테 그런 부탁하는 거 절대 쉬운 일 아니었을 텐데. 오늘 사고도 있고…….]

이 타이밍에 사고는 왜 들먹이는 건지. 내가 쓴 드라마 찍다 사고 났으니 고마움과 함께 책임감, 동지의식 뭐 그딴 걸 가지라는 건가.

"그러니까 감독님이 좋은 작가 추천해 주세요. 저처럼 실력 없는 초짜 말고."

[나도 그러면 좋겠는데 하영우가 지 작가 글솜씨랑 정서, 그리고 또 뭐라더라, 분위기라나 뭐라나. 좀 다르게 표현했었는데 생각이 안 나네. 하여튼 읽어는 봐요. 지 작가 영상교육원에서 시나리오 수료한 거 알아요. 나도 하영우도.]

수료했다고 누구나 글을 쓸 수 있는 건 아니다. 또한 개인적으로 영화 시나리오는 완성한 게 하나도, 한 번도 없었다.

[아무튼 그쪽에서 연락 오면 다시 전화할게요. 시놉은 꼭 읽어봐요.]

이거야말로 은근한 협박에 대놓고 하는 강요다. 도대체 어딜 얼마나 다쳐서 이 혼란을 주는 건지. 그러게 애초 캐스팅대로 갔으면……, 아니다. 사고가 누가 치밀하게 계획해서 나는 것도 아니고, 하영우가 됐던 이신이 됐던 방심하면 언제 어디서나 일어날 수 있는 것을.

하영우에게 불만이 있어 그런지 생각이 괜히 모함 쪽으로 흘렀다.

모두가 퇴근을 하고 우빈에게 문자를 보내니 저녁 약속이 있다며 기다리지 말라는 답장이 왔다.

우빈이 지금 지극히 개인적인 일로 누군가를 만나는 게 아닌 건 안다. 우빈의 주위에는 몇 년 동안 아무도 없었다. 의식적인 행동인지는 모르지만.

난 아직 한 번도 우빈의 연인을 본 적이 없다. 내가 아는 강우빈은 강제 아우팅도 아니고 본인이 커밍아웃한 상황에서 굳이 사랑하는 사람을 숨기는 인물이 아니다. 그렇다면 상대 쪽이 기피한다는 건데, 왜 그런 걸까. 사랑한다면 어느 정도 위험 부담이나 시선이 있어도 나 정도 되는 베프와는 인사를 하고 지내도 되는 거 아닐까.

가끔 궁금했다. 내가 좋아하고 의지하는 우빈이 사랑하는 사람은 대체 어떤 사람일지. 나와 같은 이성은 아니니 나보다 예쁘고 섹시하기는 힘들 테고, 우빈이처럼 멋있는 사람일까 아님 강우빈과 전혀 다른 성향의 댄디하고 사랑스러운 남자일까.

생각해 보니 웃기다. 신지혜의 개인적인 일은 모르는 게 나을 수도 있다고 생각하고선, 뒤돌아서서 우빈의 연인과 그 인물의 신상 정보를 털고 싶어하는 이중적인 나 자신을 확인하면서.

그래, 이렇게 둘 다 모르는 채로 있는 게 나을 수도 있다. 알아서 달라질 수도 있지만 안다고 해도 이 사회의 전반적인 의식과 시스템이 변하지 않는 이상 변하거나 달라지지도 않는데 구태여 알아서 고민하고 걱정할 게 뭐가 있을까 싶다.

하나마나한 생각들을 접고 밖을 보니 골목길은 낮과 달리 그 존재가 미미해 잘 보이지 않았다. 낮에는 보기 싫어도 남의 집 대문 앞에 세워놓은 종량제봉투까지 세밀하게 보이더니, 해가 지니 다들 모습을 감춰 버렸다. 애초 길이 없는 것처럼.

사랑할 때도 그랬다. 뜨겁게 사랑할 때는 그 사람의 전부를 보고, 보이는 게 전부라 생각했는데 사랑이 지나고 보니 그때 난 대체 무엇을 보고, 무엇을 믿었었는지 지금은 하나도 기억나지 않았다. 난 정말 허깨비와 사랑을 하고, 있지도 않은 허깨비를 기다렸던 걸까…….

10년이 지난 지금도 난 끊임없이, 지치지도 않고 질문을 하고 답을 구한다. 누구에게? 그 시절, 그 시간을 분명히 함께했지만 어떤 흔적도 없이 사라진 그 사람이 아닌 내 자신에게. 지지리 궁상인 나 지수완에게.

그래서 그랬다. 이 지리멸렬한 의문과 질문을 다 덮고 그 허깨비 같았던 인물을 완전히 베어 버리려, 그 사람을 꼭 닮은 배우 이신을 추천했었다. 이 얼마나 바보 같고 유치한 집착이며 미련인지. 그 시절을 복사한 듯한 드라마 속 이신을 보면서 '그래, 이제 정말 잘 가라. 그동안 별것도 아닌 일에 미련스럽게 욕하면서도 놓지 못했는데, 우리 이렇게 안녕하고 새 출발합시다. 나도 그렇고 어쩌면 모를 당신도……' 이런 나만의 유치한 리추얼이라도 하고 싶었다.

그 아름다운 시절, 아득했던 관능적 시간들을 공유했다고 믿었던 그 사람은 이런 나를 미친 듯 비웃겠지만.

❖

다음날, 아침부터 니켈 도금 문제로 공장에 도착한 난 김 감독의 전화를 받았다. 부상도 부상이지만 하영우가 지금까지와는 달리 상당히 미온적인 태도를 보인다는 황당한 말을 아침인사처럼 꺼냈다. 그러면서 어깨에 무리가 간 것도 있지만 짐작으로는 내가 그 어떤 고민도 없이 하영우가 건넨 시놉을 무시하고 반려해서 그런 것 같다는 말도 안 되는 얘기를 보탰다. 아직 제작발표회도 있고 각종 홍보도 함께해 줘야 하는데 벌써부터 걱정이라며 전화로 한숨과 함께 초기우울증 환자 같은 말들만 해댔다.

마지막으로 전화를 끊기 전 블랙코미디도 한 편 찍었다.

[방송국에서 이래도 되나 싶을 정도로 전폭적인 지지 받아서 나 정말 심장 떨려 한 거 알죠? 100억이 넘은 드라마 연이어 두 개나 말아 먹고 신인 작가랑 특별극 한다고 했을 때 방송국 사람들 다 말렸어요. 그런데도 나, 지 작가가 추천한 이신 두말 않고 캐스팅한 거 알죠? 뭐, 내 의지와 상관없이 개네들 기획사에서 꼼냥꼼냥한 건 내가 어쩔 수 없는 거고. 나중에 투입된 하영우, 나도 처음엔 욕했지만 사람이 겸손하고 하고자 하는 마음이 간절해서 다 같이 잘해보자 해서 여기까지 왔는데…… 여기까지가 내 복인 건지. 하여간 지 작가도 대충 분위기는 알고 있어야 해서 말하는 거니까 너무 자책하거나 걱정은 하지 말아요.]

이렇게 구구절절이 쏟아내 놓고 자책이며 걱정은 하지 말라니. 차라리 하영우 시놉 그냥 하라고 하던지 좀 더 고민을 해보라고 할 일이지.

하영우란 인간도 참 그렇다. 정말 김 감독 말대로 내가 자기 시놉을 씹어서 그런 거라면 정말 저렴한 인간인 거다.

난 전화를 끊고 의식적으로 드라마 생각을 지웠다. 액세서리 시장의 전성기는 오래전에 끝났다는 말이 있지만, 그래도 매대를 장식하는 물건은 매일 쏟아졌다. 10년 전에는 한 가지 아이템이 터지면 남대문 점포 몇 개를 샀다는 말이 있었지만, 지금의 경기로서는 히트 아이템 이삼십 개가 있어도 불가능한 일이다. 기본적으로 히트 아이템을 내기도 어렵거니와, 낸다 해도 그 생존 주기가 예전보다 짧았다. 그래도 아직까지 국내 여성들을 타켓으로 하는 주물 시장이 강세긴 하다.

우리 회사만 봐도 세 개의 점포에서 서로 다른 디자인 구색을 맞추느라 전쟁이 따로 없다. 분위기와 가격, 단가별로, 또 사입해 가는 나라와 매장별로 세 매장을 달리 운영하는 건 쉽지 않았다. 그러면서도 세 개의 매장은 공생하듯 물려 있어, 구색을 위해 꼭 필요했다.

젠장, 아무리 일에 몰두하려 해도 생각처럼 되지 않았다. 난 분명 이번 드라마로 하려던 게 있었다. 새로운 비상을 위한 묵은 과거 청산. 그 하나의 목표로 인해 누군가는 너무 시시하고 허접하다고 비하할 수도 있는 추억과 기억을 청승맞게 드라마로 썼던 것인데, 그 일이 마지막 한 신을 두고 갑자기 표류하며 지지부진해졌다.

그런 나의 의견을 적극 반영해 주었던 김 감독은 혼자 우울한 모노드라마를 찍고, 난 갑자기 매정하고 의리 없는 신출내기 재수 없는 인간이 되어버렸다. 하영우란 인간 덕분에. 다쳐도 어찌 이렇게 절묘한 타이밍에 다쳐가지고.

사무실로 들어와 중국 공장에 상주하고 있는 직원들로부터 저녁에 팩스를 보낸다는 이메일을 확인하고 의자에 기댔다. 든든한 의자에 기대고 있는데도 마음은 꼭 큰 짐을 지고 있는 듯 묵직했다.

드라마 계약을 한 것 뿐, 빚을 진 것도 아닌데 묘하게 빚을 진 기분에 내가 마치 편협한 인간인 듯 느껴졌다. 은혜를 모르는 영악하고 몹쓸 인간이 된 것 같기도 하다 결국엔 한번 해볼까하는 어쩔 수 없는 책임감과 문제의식도 생겼다. 이 또한 공부의 연장이요, 다양한 경험일 수 있다는 뻔한 결론까지 냈다.

이 복잡하고 간약한 마음이 금세 역전돼 언제 뒤집힐지 몰라 난 얼른 김 감독에게 전화부터 했다. 아직 읽어보지도 않은 하영우의 시놉을 맡아서 작업해 보겠다는 내 말에 김 감독은 감격하며 폭풍 수다를 떨었다. 마지막엔 어느 작품보다 퀼리티 높고 '발리에서 생긴 일' 못지않은 새드한 드라마를 만들어 완성하겠다는 굳은 의지를 피력하며 전화를 끊었다. 내내 불편했던 마음이 순간적인 판단과 결정으로 대번에 편안해졌다.

하루 안에 결정을 내야 하는 디자인 시안과 가계약서 팩스로 인해 맨 마지막까지 사무실에 남아야 하는 난 직원들을 먼저 퇴근시켰다. 우빈에게 늦은 퇴근에 대해 문자를 보내고 답장을 기다리는데 신지혜가 도로 사무실로 돌아왔다.

"왜?"

신지혜는 작은 종이 가방을 데스크에 올려놓았다.

"간단하게 요기하시라고 준비 했어요. 황경아 씨한테 물어보니까 팩스가 오늘 안에 들어는 오지만 언제 들어올지 모른다고 해서……."

순간 며칠 전 일에 대한 마음의 표현이란 걸 알았다. 물론 그때도 그렇고 다음날도 신지혜는 고맙다는 표현을 충분히 했다. 그런데도 자기 마음에 차지 않았는지 이렇게 확실하게 표현하는 게 그리 무난한 성격은 아니지 싶다.

"내가 생각보다 좋은 사장인가 봐."

내 말의 정확한 진위도 알지 못한 채 신지혜는 고개를 끄덕였다.

"월급 많이 주는 사장. 그러니까 신지혜가 이렇게 사재를 들여 명절도 아닌데 선물 가방을 들이밀지, 안 그래?"

이제야 내 말뜻을 이해한 신지혜가 수줍게 웃었다.

"고마워, 잘 먹을게. 안 그래도 배고팠어. 이제 퇴근해."

데스크 중앙에 있는 종이 가방을 살짝 치우며 중국에서 보내온 메일에 시선을 뒀다.

"저, 사장님."

신지혜는 아직 하지 못한 말이 있는지 붙박이처럼 자리를 지켰다.

"응."

"이력서도 그렇고 미리 말씀 드리지 못한 건……."

혹시나 했는데 역시나 그 일에 대한 설명을 하고 싶어 하는 듯했다.

"말하지 않아도 돼. 그 일로 신지혜 뽑은 거 후회하지 않으니까. 난 속은 것도 피해 본 것도 없어. 그러니까 하기 어려운 말이나 개인적인 일은 굳이 하지 않아도 돼."

"……."

"누구에게나 쉽게 말하지 못하는 사정은 있어."

"……."

"그러니까 어여 퇴근하라고."

난 더 이상의 대화는 그만하자는 의미로 고개를 끄덕여 대화를 마무리했다. 이런 내 행동과 말에 신지혜는 당황하며 알 수 없는 표정을 짓기도 했지만, 인상만큼 단정한 인사를 하고 사무실을 나갔다.

어쩌면 서운할 수도 있다. 오늘 비로소 자신의 상황을 이야기하려 용기 낸 걸 수도 있는데 그걸 내가 단박에 끊어버렸으니.

난 아직 신지혜의 사연을 들어줄 마음의 여유가 없다. 어쩌면 용기와 관용일 수도 있고.

나의 용기는 10년 전 그때 다 소진했고 관용 또한 그날 약속을 지키지 않은 사람에게 다 써버렸다. 그날 이후, 난 낯선 이와 관계를 맺거나 인연을 만들지 않는다. 신지혜의 어쩔 수 없는 사정을 알게 됨으로써 발생할 수 있는 여러 가지 감정들을 난 아직, 그리고 앞으로도 허용하고 싶지 않다.

관계란 건, 내 의지와 마음과 달리 기습적으로 왜곡될 수도 끊어질 수도 있다. 그런 이유로 난 이제 타인과 나누고 공유하는 모든 과정과 일련의 감정들을 원치 않는다. 마음 가는 대로, 몸과 본능이 원하는 대로 쉽게 허락하고 인정한 관계란 게 얼마만큼 허무하고 바보 같은 짓인지 10년 전에 충분히 배우고 익힌 난, 그 누구와도 쉽게 통성명 이상의 것을 하지 않으며 일정 선 이상은 궁금해하지 않는다. 설사 그게 우리 회사의 소중한 직원들이라 해도.

핸드폰이 울려 우빈이라 생각하고 바로 받았다.

"응, 우빈아."

순간적으로 목소리가 너무 다운된 것은 아닌지 걱정스러웠다.

나에 대해선 필요 이상으로 안테나 성능이 좋은 강우빈이기에.

[안녕하세요, 지수완 씨. 하영우입니다.]

순간 '이게 뭐지' 하는 생각에 바로 인사를 되돌려 주지는 못했다.

[수완 씨?]

"네, 안…… 안녕하세요. 제가 실수했네요. 전 기다리는 전화인 줄 알고. 죄송해요."

[아니에요. 그럴 수 있죠. 나도 가끔 그러는데.]

전화 목소리는 통성명할 때와는 묘하게 톤이 달랐다. 더 부드럽고 친밀하면서도 속삭이듯 낮은 톤이라고 해야 하나. 아무튼 듣기 나쁘지 않았다.

[다름이 아니라 김 감독님께 연락을 받아서 전화하는 겁니다. 시나리오 함께 작업하는 걸로 결정했다고 해서요. 맞나요?]

이 정도로 빠를 수도 있나 싶었다.

"네. 근데 다치신 건 괜찮으세요? 감독님께서 많이 걱정하셨어요."

결코 목소리가 다는 아니지만 목소리만으로 짐작한다면, 하영우는 컨디션이 정상 이상으로 좋은 듯했다.

[지수완 씨는 아니고요? 수완 씨는 나 다친 거 걱정 안 했죠? 아닌가? 작품 때문에 조금은 했나? 지수완 씨, 내 걱정 했어요?]

도대체 이게 다 무슨 소린지……. 작가라는 호칭은 쏙 빼고 번갈아 지수완, 수완, 혼자 아주 콧노래를 부르듯 하고 있었다.

[지 작가?]

이젠 또 지 작가란다. 분위기 파악은 잘하네.

"네, 말씀하세요."

[내가 너무 정신없죠? 그게 거의 포기하고 있었는데 작가님이 허락했다고 하니까 너무 기뻐서 그래요. 이해해 줘요.]

"네."

[지금 어디예요?]

"지금이요?"

[네, 지금.]

"밖에 있는데요."

[아직 퇴근 안 했어요?]

"네? 네, 아직 일이 좀 남아서요."

뭐지? 내가 회사 다닌다는 걸 어떻게 알았지. 김 감독이 말했나…….

[나 지금 수완 씨가 김 감독님 만난 그 카페 앞에 있는데 수완 씨 회사 어디예요? 내가 지금 거기로 갈게요.]

무슨 사람이 이러나 싶었다. 모든 게 풀 장착된 엔진처럼 완전 속전속결이다.

참, 근데 이 사람 연예인이잖아…….

"하영우 씨. 지금 저희 회사 앞 카페를 말씀하시는 건가요?"

[네, 2층짜리 유리로 된 카페. 이름도 영어로 '유리 성' 이네요.]

기가 막혔다. 내가 김 감독이랑 전화한 게 언젠데 지금 이 시각에 그곳에 있다니.

"저, 죄송하지만 오늘은 조금 그렇고 내일 일찍 만나는 게 어떨까요? 제가 지금은 남아서 꼭 해야 하는 중요한 할 일도 있고……."

[내가 갈게요. 나도 오늘 꼭 지수완 작가 만나 계약서에 사인을 받고 싶어서 그래요. 사람 마음이란 게 다시 또 변할 수 있잖아요.]

어이가 없었다. 이 사람이 사람을 뭘로 보고 있는 건지.

[지수완 작가님을 못 믿어서 그렇다기보다는 작가님 처음부터 그 시놉 거절하셨던 분이고, 내가 다친 것도 그렇고 김 감독님께서 푸시하면서 부탁을 한 것 같아서 그래요. 왠지 온전히 지 작가님 마음이 통하고 원해서 내린 결론 같지 않으니까, 부탁한 제 입장에서는 불안하고 초조한 게 너무나 당연하지 않겠어요, 작가님?]

그놈의 작가님은. 눈빛은 작가가 아니라 일반인 보는 듯했으면서.

"하영우 씨 말이 다 틀렸다고는 할 수 없지만, 제가 하겠다고 한 이상 더 이상의 번복은 없을 거예요. 그러니까 오늘은 그냥 가시고 내일 만나서……."

[미안하지만 내일부터 3일 동안 화보 촬영, 인터뷰에 물리 치료까지 있어요. 여기까지 온 김에 카페에서 수완 씨 올 때까지 기다릴게요. 모자 쓰고 와서 괜찮아요. 그러니까 천천히 일 보고 와요.]

팬텀 가면을 쓴 것도 아니면서 모자 하나로 뭘 얼마나 가린다고.

"하영우 씨, 지금 누구랑 있어요? 매니저도 계세요?"

[혼자 있어요.]

"혼자 계신데 저보고 거기서 보자는 거예요?"

[둘 다 시간이 없으니까 어쩔 수 없잖아요. 내가 지수완 씨한테

간다니까 그건 극구 싫다고 하고. 노출되는 건 감수하면 그만이에요.]

이 인간이 정말.

이게 단순히 싫고 좋고의 문제라고 생각하다니 어이가 없었다. 순간적으로 짜증이 확 올라왔지만 참았다. 그러면서 팩스를 기다려야 하는 내 상황과 지금 앉아 있는 사무실, 밖에 텅 빈 사무실을 떠올렸다. 동시에 해는 떨어지고 외진 주택가라 인적이 드문 회사 주변 상황도 재빨리 파악했다. 건물은 3층이지만 우리 사무실은 2층. 비상구로 올라온다면 가능하다 싶었다.

"지금 이 번호로 주소랑 건물 현관 비밀번호 찍어 드릴 테니까 저희 사무실로 오세요. 엘리베이터 말고 비상구 이용해서 2층으로 오시면 돼요."

난 더 이상의 설명이나 멘트 없이 전화를 끊어버렸다.

하영우는 10분 만에 사무실에 도착했다. 모자를 쓰고 있다고 하더니 눌린 기색 하나 없이 너무도 멀끔한 자태로 사무실로 입성했다. 난 사무실이 아닌 직원들이 간식을 먹거나 휴게실로 이용하는 다이닝 공간으로 하영우를 안내했다. 팔을 다쳤다던 하영우는 김 감독의 말과 달리 깁스나 보호대 없이 평범한 모습으로 내 맞은편에 앉았다.

"회사가 생각한 것보다 넓네요. 수완 씨 책상은 어디예요?"

하영우는 일이 아닌 반가운 친구나 지인 집에 온 것처럼 들떠 보였다. 나와는 정반대의 표정을 한 채 뭐 씹은 듯한 내 얼굴을 빤히 쳐다봤다.

나도 그런 하영우를 쳐다봤다. 분명 얼굴로 먹고 살 만큼 잘생긴 건 알겠는데 그게 전부인 듯한 얼굴. 얼굴과 이름값에 반하는 액션이든 스릴러든 거친 배역은 소화 못하는 게 없는 전천후 배우. 그런데 나에겐 진상이란 말이 더 어울리는 남자. 딱 이 정도로 요약할 수 있는 남자는 관상쟁이도 아니면서 한동안 내 얼굴을 쳐다보기만 했다. 그 시선은 꽤나 길고 집요했다.

"지수완 씨는 날 배우보단 일반인으로 봐주는 거 같아서 난 그런 수완 씨 시선이 좋아요."

내가 맘속으로 비난하고 욕하는 걸 알았는지 말에 묘하게 가시가 느껴졌다.

"그런가요. 그런데 전화로 말씀하신 계약서가 뭔지 모르겠네요."

난 하영우의 미묘한 눈빛만큼이나 이 만남이 부담스러워 그게 뭐든 빨리 처리하고 싶었다. 내 의도를 파악했는지 하영우는 들고 있던 봉투를 주면서 꺼내보라고 했다.

계약서는 시나리오 작업에 앞서 반드시 지켜야 하는 몇 가지와 시나리오 각본비에 대한 것들이었다. 몇 가지 조항들이 눈에 들어왔다.

1. 갑은 시나리오가 완성되기 전 계약을 파기할 수 없다.

2. 갑과 을은 빠른 완성을 위해 일주일에 두 번 무조건 만나 미팅을 한다. 단 장소는 두 사람이 협의하여 결정하지만, 가능한 을의 개인적인 상황을 반영해 결정한다.

3. 갑은 미팅이 불가능할 경우, 을에게 분명한 이유를 설명한다.

4. 갑과 을이 시나리오 작업으로 미팅 할 때, 일과 상관없는 제삼자는 절대 함께하지 않는다.

…….

묘하게 강압적인 냄새가 나면서 전혀 일반적이지 않은 이기적인 계약서였다.

"여기서 을이 누구죠?"

"물론 나죠."

"제가 아니라 하영우 씨라고요?"

'을'이 나 자신이라고 생각하고 물어본 질문에 하영우는 너무도 당연한 듯 자신을 '을'이라 말했다. 그런 말을 하는 하영우의 얼굴빛이 묘하게 가라앉고 음울하게 보여, 난 어두워 순간적으로 잘못 본 건가 생각했다.

"그러니까 그 어떤 경우라도 시나리오 완성 전에는 계약 파기가 불가능하다는 거죠?"

"그래요."

"하지만 사람에겐 의지와 상관없이 피치 못할 상황도 발생하잖아요. 그런 경우는 어떡하죠?"

인생에서는 종종 전혀 예기치 못한 돌발 상황이 발생하곤 한다. 예상 못한 순간, 누군가에게 미친 듯이 빠지기도 하고. 정말 미친 것처럼.

그런 일들은 대개 개인의 의지와 상관없이 일어나고 벌어지곤 하는데 이렇게 그 어떤 여지도 없다고 못을 박는 건 융통성의 문제를 떠나 일종의 갑의 횡포로 느껴졌다.

"정말 그렇게 생각해요?"

하영우의 눈빛은 그 어떤 동요나 여유가 없었다.

"뭘 말씀하시는 거예요?"

"정말 내 의지와 상관없이, 인간의 힘으로는 어쩔 수 없는 그런 황당하고 어이없는 상황이 벌어지기도 한다는 걸 믿느냐고요, 지수완 씨는."

질문하는 톤이 간절함과 비장함까지는 아니지만 정도 이상으로 심오하고 심각했다. 분명 짚고 넘어갈 문제이긴 하나 이렇게 정색할 정도로 무거운 질문이었나 싶었다.

"물론 그런 긴박한 응급상황이 제게는 일어나지 않길 바라지만 가능성이 있다는 건 인정하죠, 당연히."

하영우는 기묘한 웃음기를 보이며 고개를 끄덕였다.

"그렇군요. 그렇다 해도 이번 시나리오 작업의 근본적인 계약 파기는 절대 불가능해요. 욕심처럼 보일 테지만 난 되도록 빨리 감독으로 데뷔를 하고 동시에 입지를 다지고 싶거든요. 그러니까 우리 둘, 서로가 감당 못하는 그런 이변은 생기지 않길 빌자고요."

아무리 내 처녀작의 주연 배우고, 그로 인해 다쳤다고 하고, 또 기러기 날개를 한 김 감독의 얼굴이 구차하게 어른거려도 이런 계약서에 사인을 해야 하는 이유가 뭘까 하다, 벨이 울려 핸드폰을 확인했다. 중국에 있는 하 실장의 전화였다. 팩스를 보내려는 것이겠지.

"잠시만 실례할게요."

난 일단 사무실로 향했다. 사무실에서 하 실장과 통화를 하며 팩스가 들어오는 걸 지켜봤다. 총 아홉 장의 종이는 온통 사인을

요하는 민감한 문제들이었다. 일단 전화를 끊고, 받은 종이를 정리해 데스크에 올려놓은 후 사무실을 나왔다.

하영우는 다이닝 룸이 아닌 사무실 창가에서 창밖을 내려다보고 있었다. 우빈이만큼은 아니지만 하영우도 어깨가 떡 벌어져 넓었다.

"죄송해요."

난 바로 옆, 신지혜의 책상 서랍에서 펜을 찾아 하영우 곁으로 갔다.

"근데 계약서의 각본비가 너무 많은 것 아닌가요? 잘은 모르지만 신인에게 저 금액은 너무 많다 싶은데요."

하영우는 창밖에 둔 시선을 접지 않았고, 질문에도 답하지 않았다. 그 덕에 난 하영우의 곁에 서서 그의 시선을 따라 창밖을 내려다볼 수밖에 없었다.

사무실 창은 내 사무실과 정반대라 보이는 모습도 전혀 달랐다. 밑에서 쏘아주는 조명을 받은 숭례문은 예전과 다르게 깨끗하고 왠지 더 새롭고 단정해졌지만, 그렇다고 과거의 모습 전부가 사라지고 영 찾지 못할 정도는 아니었다. 숭례문은 화재 전 모습과 닮은 듯 전혀 다른 모습으로 본연의 존재감과 시간의 흔적을 발하고 있었다. 하영우는 내내 그런 숭례문을 감상하듯 주시했다.

"여기서 이렇게 보니 사고 전의 모습이 전혀 생각나지 않으면서 정말 아무 일도 없었던 것처럼 아름답네요. 밤이라서 그런 걸까요?"

화재 전의 모습이라. 다른 사람들은 몰라도 이 지역과 이 사무실에서 오랜 시간을 보낸 난 지난 시간의 숭례문을 아주 또렷하게 기억하고 있다. 지금처럼 업그레이드되고 더 환해지기 전, 역사의 흔적이 조금 더 묻어나던 기품 있고 고고한 모습을.

"그렇죠. 밤은 낮처럼 모든 걸 가감 없이 보여주지는 않으니까요. 그렇다고 해서 지금의 숭례문이 과거의 모습과 똑같지는 않죠. 밤이 지나면 금세 날이 밝고, 밤과 다른 빛이 감춰진 부분들을 전부 드러나게 만드니까요. 감출 수 없는 민낯을요."

하영우는 말이 끝나기 무섭게 날 쳐다봤다. 그날, 하영우를 처음 보던 날보다 더 가까운 거리였다. 우리가 지금 마주한 거리는.

뜨거울 리는 없지만 다소 부담스런 시선에 난 펜을 흔들어 보였다.

"사인할까요? 근데 저 계약서대로 사인을 한다는 게 현명한 건지 모르겠네요. 융통성이 좀 많이 부족한 듯 보여서요. 그래도 우리 드라마의 주연이자 만인이 믿고 좋아하는 '공인' 하영우 씨를 믿고 해야겠죠."

난 일종의 경고와 확인 비슷한 여지를 주고 아직도 날 쳐다보는 하영우의 읽히지 않는 시선을 피해 다이닝 룸으로 향했다.

조금 전처럼 하영우와 마주 앉은 난 숨을 삼킨 후, 계약서를 다시 한 번 훑어보고 공란에 거침없이 사인을 했다. 사인 후, 늘 그렇듯 계약서를 전체적으로 한 번 훑어보는데 그리 크지 않은 목소리가 들렸다.

"너무 믿지 말아요. 난 공인이기 전에 사람이고, 어쩔 수 없는 남자니까."

이게 다 무슨 소린가. 우리 관계에 성차별적 단어가 나올 게 뭐가 있다는 건지.

하영우는 계약서와 멀어진 나를 보며 계약서를 집어 들었다.

“시나리오 각본비는 이미 입금이 된 상태니 계약은 완벽하게 합의가 된 사안입니다, 지수완 작가님.”

“벌…… 벌써요?”

내 질문에 하영우는 옅은 미소를 보였다.

“제 계좌는 어떻게 아시고요? 그보다 제가 하지 않겠다고 할 수도 있었잖아요. 마지막에 마음이 돌아설 수도 있는 건데, 그렇게 빨리 입금을…….”

“그런 일은 절대 없을 거예요. 난 무슨 일이 있어도 사인을 받아냈을 테니까요. 지수완 씨한테.”

실로 묘하게 뒤끝 있는 찜찜한 뉘앙스다.

협박은 아니면서도 단호한 무언가가 느껴져 예의상이라도 웃음이 나오진 않았다.

“그럼 오늘은 이만 하고 내일 모레 우리 집에서 만날까요? 난 오후부터 풀로 시간이 되니까 수완 씨 퇴근해서 같이 저녁 먹고 시작하는 걸로 하죠. 드라마 마지막 촬영은 다음 주 금요일로 잡혔으니까 그건 걱정하지 말아요.”

“조금 전에는 3일 연달아 스케줄이 있다고 하셨잖아요?”

아까와는 말이 달라 수완은 약간 따지듯이 물었다.

“맞아요, 스케줄이 있는 건. 그렇지만 지 작가가 이렇게 함께 일을 하겠다고 했으니 나도 최대한 시간을 빼고, 시나리오 작업하는 시간을 단축하려면 서로가 동일한 비중으로 노력을 해야 하지 않겠어요? 우리가 함께하는 작업이 얼마나 걸릴지는 아무도 모르는 거니까요.”

뭘 얼마나 걸린다고. 그래 봤자 나만큼이나 경력 없는 신인 감독의 두 시간짜리 영환데.

"그런데 꼭 하영우 씨 집에서 해야 하는 건가요? 그쪽 기획사 사무실이나 도움을 받을 수 있는 영화사가 모여 있는 그런 곳도 있잖아요. 하영우 씨가 일반인도 아닌데 제가 집으로 가는 건 너무……."

"일반인이 아니니까 더욱더 집에서 해야죠. 개인적으로 난 익숙한 공간이 아니면 불안하고 불편해서 제대로 일을 하지 못해요. 최대한 수완 씨에게 피해 안 가게 할 테니까 우리 집에서 하는 건 반대하지 말아줘요. 부탁이에요, 지 작가님."

이런 기분을 뭐라고 표현해야 할지 알 수 없었다. 그러면서도 계속 동일한 기분을 느꼈다. 뭔가 장막에 가려진 듯 개운하지 않은 기분. 두려움이라고 하기에는 가볍고, 이상하다고 치부하기에는 명료하게 나열된 단어와 말들. 그 모든 것들을 가리고 우위에 있는 듯한 이 미묘하고 막연한 느낌은 뭘까…….

딱 꼬집어 명명할 만한 적절한 단어가 생각나지 않았다.

하영우가 계속적으로 주입하는 이 낯선 감정은.

2장

친구라 해도 늘상 같이 지내는 건 아니다. 우빈과 난, 서로의 시간과 공간을 인정하고 존중했다. 일종의 홈쉐어링을 하는 우리는 가깝다는 이유로 사정거리를 무시하는 무례한 불청객이 되지 않기 위해 기본적인 매너와 예의를 지켰다.

그렇다 해도 이번 주말은 특별했다. 우빈이 두 달 만에 돌아왔고, 면식주의자인 난 우빈이 만들어내는 별나고 재치 있는 집밥을 심하게 애정했다.

강유빈은 그야말로 게스트로섹슈얼의 대표적인 인물이었다. 조금 올드한 감이 있지만 영국에 유명한 요리 쇼 진행자 제이미 올리버와 고든 램지가 있다면, 우리 집에는 그 누구보다 핫한 셰프 강우빈이 있다. 우빈은 면을 지극히 사랑하는 날 위해 밥과 면을 이용한 절묘한 요리들을 잘도 만들어 선보였다. 해외 원정 산행을 다녀올 때마다 그 종류는 점점 더 다양해지고 배로 늘어갔다.

난 모처럼 분주해진 주방과 제 포지션을 지키는 주방 기기들을 기특해하며 홀을 점령한 우빈의 절도 있으면서도 우아한 모습을 마음으로, 눈으로 맘껏 즐겼다.

"시놉은 읽어봤어?"

우빈은 물기를 뺀 메밀국수 가락을 김에 김밥 말듯 싸고 있었다. 난 과연 저게 될까 하는 의심과 저 모습으로 완성된다면 과연 무슨 맛일까 하는 생각에 정신이 팔려 우빈의 질문을 놓치고 말았다.

"지 작가님."

"왜?"

"시놉 확인한 후에 사인했냐고."

"아니. 결정하고 너무 일사천리로 진행돼서 어제 밤에 읽어보려고 했는데 아직 고이 모셔둔 상태야. 내가 제목 말했었나? 제목은 거창해요. '욕하다 욕망하다'. 누굴 욕하고 누굴 욕망하라는 건지……."

생각보다 잘 말아진 김밥은 쟁반 위에서 일렬로 대기했다. 단출한 칼라 조합의 속은 꼭 당면을 말아 놓은 김말이 같은 것이 꽤나 익숙하면서도 의미심장했다.

"그런 게 어디 있어? 전문가이자 오너란 사람이 그렇게 대충 결정하고 사인했다는 게 말이 돼? 그러다 시놉이 네 정서에 맞지 않아서 괴리감 생기면 어쩌려고? 말과 글은 정신에서 나오는 건데 네가 이해하고 공감하지 못하는데 작업할 수 있겠어?"

역시 강우빈은 이성적이면서도 날카롭다. 날이 선 칼만큼이나 위협적이고 화살처럼 뾰족한데 그 끝에 걱정하는 마음이 있어 맘 상하진 않는다.

"단편이나 예술영화도 아니고 대중영화를 기본으로 하는 건데 뭐 그리 거창하고 난해한 소재를 잡았으려고. 그리고 글은 어차피 픽션이야. 픽션은 자유롭고 다양한 게 기본이고. 재미를 위해 꾸미고 만들어지는 이야기에 내 정체성이 혼란스러울 거 없어. 기본 전제가 픽션인 이상, 내 본연의 모습과 부딪칠 게 없다는 거야. 걱정하지 마."

초짜 신인에 단 한 번도 타인과 협업이란 걸 경험하지 않은 날 걱정하는 우빈을 이해한다. 하지만 내 입장에서는 하지 않을 수 없었고 하겠다고 맘을 먹은 이상, 설령 그 소재와 내용이 이해불가에 껄끄럽다 해도 완성을 해야 한다. 그러고 보니 오늘은 꼭 시놉을 읽어봐야겠다 싶었다. 몇 장의 종이이며 짧게 요약된 이야기지만 기본 뼈대니 중요하긴 했다.

"그렇게 생각하면 다행이고. 근데 하영우 집에서 한다는 건 사람들 입에 오르내릴 수도 있고…… 좀 그렇지 않을까?"

그건 나도 벌써부터 거론한 이야기였다. 그때 뭐라고 했더라……. 하영우가 사무실을 나서기 전, 내가 우빈과 똑같은 질문을 했을 때 하영우는 준비한 듯 막힘없이 설명했었다.

"전에도 영어랑 중국어 배우느라 개인 강사들 집으로 다녀가고 했대. 일해주시는 할머니도 계시다고 하고. 하여튼 작업하는 날엔 너한테 문자 남기거나 연락할 거니까, 뭐. 또 방향 잡히면 수정, 보완이야 내가 집에 가지고 와서 해도 충분하니까, 그리 오래 붙어 있을 이유는 없을 것 같아."

일본산 간장 소스와 메밀국수 김밥, 각종 야채에 흑임자 드레싱을 올린 샐러드, 내가 좋아하는 낫또, 전부 다 조금씩 퓨전인 우빈의 점심은 그렇게 색다른 모양으로 완성됐다.

어중간한 아점을 먹고 한동안 TV를 본 우리는 각자의 스케줄을 위해 난 내 방으로, 우빈은 그 동안 나온 신간과 책을 사수하기 위해 동네 서점으로 향했다.

내 방은 앞뒤로 막힌 곳이 없어 에어컨이나 선풍기 도움 없이도 훌륭할 정도로 바람이 불었다.

맨 처음 이곳 김포로 우리의 안식처를 정한 건 우빈의 생각이었다. 기본적으로 서울과 떨어진 곳. 디테일하게는 부모님들과 상당히 먼 곳을 원했고 결정적으로 우빈은 개인 텃밭을 갖고 싶어 했다.

지금이야 아파트 주위로 신생 건물들이 우후죽순 들어섰지만 처음 이곳으로 왔을 땐 곳곳이 도랑에 메마른 사막이요, 파헤쳐진 텃밭이 전부였다. 우린 그곳에서 각자의 고민과 생각의 씨를 뿌리며 주말 농장이 아닌 노동의 신성함과 고단함을 일주일 내내 몸소 경험했다. 그 결과 식탁이 풍성하긴 했다.

날 위한 옵션은 그 옛날 사랑방과 안채처럼 개인 생활이 보장되는 충분한 평수와 이 막힘없는 바람이었다. 어르신들처럼 화병이 있는 것도 아닌데 난 답답증이 수시로 와 이 계절, 여름이면 지독한 열병을 앓았다. 그때마다 우빈은 날 간호하고 달래며 내 잘못이 아니라고 그때의 내 열정과 판단을 비난 없이 지지해 주었다. 난 우빈의 지대한 영향권 안에서 결코 소멸되지 않는 잠재적 태풍의 핵을 조금씩 빗겨나 한 해 한 해 회사를 키우는 데 전념할 수 있었다.

그 모든 이유로 난 강우빈이 이반이든 바이든 전혀 중요하지 않다. 중요한 건, 감정과 감각에 취해 겁도 없이 완벽한 사랑이라 믿었던 일시적 정신병과 망상으로 인해 마음이 도륙당한 날 지탱해 준 사람이 강우빈이란 사실이며, 우빈은 나와 다르게 조금 더 어렵고 특별한 사랑을 하는 것뿐이다. 내 사사로운 결론과 세상 모든 사람들의 인식이나 결론이 다를 수 있지만, 내게 우빈은 고마운 친구이자 감사한 사람이다. 그 어떤 단서가 보태진다 해도 강우빈은 그 카테고리 안에서 결코 벗어나지 않는다.

가방 안에서 얇은 종이 뭉치를 꺼내 침대에 누웠다. 난 누운 채로 두 팔을 번쩍 들어 이상하면서도 정직한 제목을 정면으로 직시했다. 제목이 주는 단어적 뉘앙스처럼 원초적이고 야시시한 이야기로 풀어야 하는 난감한 상황이 오면 어쩌나 하는 뒤늦은 후회를 하며 첫 장을 넘겼다.

일본산 코튼진주를 포인트로 이용한 귀걸이와 팔찌 디자인은 가볍고 은은한 빛깔로 인해 판매에서는 기본 수량을 넘기며 호응이 괜찮았다. 하지만 단가 면에서는 마진으로 재미를 볼 수준은 아니었다. 그렇다 해도 앞으론 수출과 수요가 많아질 거라 예상한 난, 이미 사입한 다량의 코튼진주를 기본으로 세트 목걸이까지 잡아보란 미션을 주고 퇴근을 서둘렀다.

오늘은 하영우와 처음으로 작업하는 날이다.

점심시간 하영우는 시댁 어른 저리가란 수준의 잔소리를 기본으로 한 걱정을 늘어놓았다.

[주차장은 집 안에 있으니까 아무 걱정 말고 집에 들어오기 전에 나한테 전화해요. 참, 저녁 메뉴는 어떤 걸로 할까요? 먹고 싶은 거 없어요? 날도 더운데 차가운 면 요리 어때요? 밥은 기본적으로 준비할 거예요. 골목이 좁고 동네가 낯설어 걱정되면 우리 매니저 그쪽으로 보내도 되는데, 혼자 운전해서 오는 거 괜찮겠어요?]

저녁은 늦은 점심을 핑계 삼아 거절했지만 하영우는 자신도 저녁을 먹어야 한다는 논리로 저녁 식사는 함께 하는 걸로 결론 봤다. 뭔 걱정이 그리 많고 살뜰하게 챙기는지 맨 처음 날 빤히 쳐다보며 직설적인 질문을 던지던 무례한 하영우는 어디 가고, 오늘은 저렴하고 달달한 달고나 같았다.

그러다 퇴근을 앞두고 생각은 조금씩 걱정이 됐다. 언뜻 보고 느끼기에도 감정이 다양하고 진폭의 격차가 큰 것 같은데 혹시 지킬 앤 하이드는 아닌가 하는 우려가 들었다.

주차장에서 차를 빼는데 핸드폰이 울렸다. 하영우다.

[오고 있어요?]

“출발하려고요.”

[아무래도 초행이라 마중 나가는 게 좋을 것 같아요. 큰 사거리 지나 골목 앞에 서 있을 테니까 근처에 오면 전화 줘요.]

내 기준으론 선을 넘음과 동시에 명백한 오버다.

일 시작도 전에 후회는 물론 나 스스로에 대한 질타가 목 안에서 연신 넘실거렸다.

“아니요, 저 그 동네 잘 알아요. 나오실 필요 없어요.”

[그래도…….]

"하영우 씨, 제가 불편해서 그래요."

난 더 이상의 대화를 원치 않아 제법 단호하게 답했다.

[알았어요, 그럼 주차장 보이면 전화해요.]

"네."

[천천히 주위 잘 보고, 조심해서 운전해요.]

여운이 느껴질 말이 하나도 없건만 조심하란 하영우의 말끝은 묘하게 울림이 있었다.

시동을 걸어 내가 찾아갈 곳 주소를 내비게이션에 찍으면서도 그 같은 염려의 목소리는 시동보다 크지는 않지만, 시동만큼 분명하게 공명했다. 내 안 어딘가에서.

제법 익숙한 동네로 진입하자 내비게이션은 화살표로 하영우 집을 요란하게 지목했다. 점점 가까워지는 최종 목적지. 난 전화를 걸어 도착을 알렸다. 그러자 묵직한 차고의 철문이 열리면서 꽤 넓고 깨끗한 공간이 시야에 들어왔다.

무사히 주차를 하고 마당으로 연결된 듯 보이는 계단을 올랐다. 현관에 들어서자 화보 촬영 정도는 아니지만 이 더운 날씨에도 무척이나 댄디하게 입은 하영우가 문 앞에서 기다리고 있었다. 집은 찜통인 밖과 달리 적당한 온도로 시원했다.

"어서 와요. 이렇게 와줘서 고마워요."

난 준비한 과일 바구니와 적당한 라벨의 와인을 건네며 집 안으로 들어갔다.

화장실을 다녀와 하 배우가 이끄는 대로 따라가니 식탁 위에는 면식주의자인 날 위한 성찬처럼 차갑고 따뜻한 두 가지의 면 요리, 양배추와 케일로 싼 쌈밥, 김치를 중심으로 기본 세네가지 반찬들이 예쁘게 세팅돼 있었다.

"생각이 없다고 해서 기본 가정식 말고 편하게 먹을 수 있는 것들로 준비했어요."

하영우는 내가 먼저 음식을 맛보길 기다렸다.

난 항상 그렇듯 차가운 면 요리에 손이 갔다. 김치말이 국수처럼 생긴 요리는 살얼음이 살짝 보여 보기만 해도 군침이 돌 정도였는데, 직접 맛을 보니 새콤한 게 기대 이상으로 좋았다.

"밥보다 면 요리를 좋아하나 봐요?"

"네."

길지 않은 식사가 끝날 때까지 살림을 도와주신다는 할머니는 볼 수 없었다. 그건 식사가 끝난 후에도 마찬가지였다.

난 하영우를 따라 넓은 마당이 보이는 거실 쪽으로 자리를 옮겼다. 하영우는 차가운 레모네이드를 건네며 맞은편에 앉았다.

"오늘은 첫 날이니까 시놉에 대해 대략적인 이야기 정도만 할까 싶은데, 시놉은 읽어봤어요?"

그래, 시놉. 그 시시하고 녹록치 않은 글. 말도 안 되고 절대 이해 불가한 바보 같은 이야기.

하영우는 바로 답을 하지 못하는 날 지그시 바라보았다.

"시놉 읽고 맨 먼저 어떤 생각이 들었어요?"

그 황당무계한 이야기를 읽고 처음 무슨 생각을 했더라…….

배우인 당신과 일반인인 내 생각은 이렇게나 다르구나 싶었지. 그러다 하영우란 인물이 궁금해지기도 했고, 결국엔 지금껏 어떤 사랑을 경험했기에 이런 동화적 판타지를 쓰나 싶었지.

내 상식엔 마법사들이 떼창을 하는 해리포터가 더 사실적이라 생각했다.

"난 수완 씨가 솔직하게 말해줬으면 해요. 같이 작업을 해야 하는 것도 있지만 나와 다른 여자의 시각과 입장도 궁금하긴 하니까요."

솔직하게 말한다면 평가는 둘째고 시나리오 작업을 하기도 싫고 할 수가 없다고 말하고 싶었다. 시놉이 그리는 영화는 '나를 찾아줘' 라는 영화만큼이나 황당하고, 이젠 꽤나 시간이 흘렀지만 '미저리' 라는 단어를 생산하고 대중화한 영화 못지않게 기막힌 스릴러에, 장르는 전혀 다를 테지만 코믹인 '덤앤더머' 보다 심하게 어이가 없어 웃음도 나오지 않았다.

"지수완 씨."

하영우는 내가 선뜻 답을 하지 못하자 애가 타는지 조금 전보다는 톤이 진중했다.

내가 과연 솔직할 수 있을까. 솔직한 게 답인 세상은 지났는데.

난 기대보다는 세밀한 긴장, 초조한 표정이 역력한 하영우를 보며 금방이라도 터져 나올 무례한 단어를 목 안까지 밀어 넣고 대신 나름 적절한 단어와 문장을 찾았다.

"쉽지는 않을 것 같네요."

이 어색하고 부정적인 문장이 내겐 정말 많이 순화하고 미화한 언어의 결정체였다.

"무슨 뜻이에요?"

하영우는 곧바로 말의 의미를 되물었다. 그의 표정은 가볍지 않았다. 그 눈빛에 난 순간적으로 입을 다물었다. 그러면서 조금만 더 생각해 보자 했다.

공감할 수 없고 동의하고 싶지 않지만, 결국 이 시놉이 하고 싶은 말은 모두가 말하고 바라는 온리 원, 사랑이다. 무참히 깨져 버린 내 감정과 사랑의 기준이 사람의 동화적 해석과 상이하게 다르다고 해서 틀린 건 아니란 생각을 했다.

우빈의 공허한 사랑, 내가 믿었던 망상 같은 사랑, 하영우가 말하고자 하는 판타스틱하고 완벽한 사랑. 우리 세 사람의 사랑은 전부 톤도, 방식도, 대상도 달랐다. 결국은 각기 다른 세 사람이 서로 다른 각자의 사랑을 말하고 제 방식으로 찾아가는 것뿐이다. 공감하지 않는다 해서 비난할 건 없다. 공감할 수 없다고 해서 비하할 것도 없고.

그래, 동조할 수 없다면 하지 않으면 그뿐. 이건 전적으로 이 일과 별개며 지극히 내 개인적인 경험과 감정일 뿐이니까.

"전 개인적으로 이런 미친 사랑 절대 지지하고 동의하지 않지만, 이런 사랑이 있을 수는 있다고 생각해요. 우린 모두 다른 생각을 가진, 다른 사람들이니까요."

이 정도가 내가 믿지 않고 지지하지 않는 사랑에 대해 표할 수 있는 최대한의 예의다. 만약 이 어른들을 위한 판타지 19금 동화 같은 이야기대로라면, 허약한 대중의 사랑을 먹고 사는 하영우는 의외로 고지식하고 클래식한 인물이다. 이 세상 어딘가에 숨어 있는지는 모르지만 그 대단한 사랑이 모든 허물과 잘못을 덮어준다고 생각하는, 위험하고 무모한 인간형.

허물없이 주고받고 무조건적으로 믿고 믿어주는 완벽한 사랑.

다 헛소리다. 오르가슴인지도 모른 채 미친 듯 끓어오르는 욕망과 끝도 없이 이어지기만 해 결국 울음과 쾌감이 동시에 포텐하는 가학적 쾌락은 분명 침대 위 어딘가에 존재하지만, 그 사각의 링을 벗어난 후 퇴색되지 않는 사랑이란 없다.

내가 아는 이 무정한 하늘 아래.

❖

오늘이 두 번째 날이다.

지하 주차장에서 한참을 앉아 있었다. 좌석이 체온으로 인해 아랫목이 될 때까지.

정말 이대로 가서 계약한 일을 진행하는 게 옳은 건지 알 수가 없었다. 그날 매니저란 사람이 들어올 때까지 날 잡아먹을 듯 바라보기만 하던 하 배우에게 우리들의 감정선과 사고회로는 자석의 빨강과 파랑처럼 다르니 이쯤에서 접자고 하는 게 맞는지 판단이 서지 않았다.

그러다 12년 노예계약 같은 계약서 1번 조항이 생각났다. 저절로 핸들에 고개가 박아졌다. 오늘은 추적추적 여름비까지 내리는데…… 핑계다.

꽤 오래전 서울 곳곳, 그중에서도 지대가 중구난방인 후암동 절반이 물에 찼을 때도 지하 공장에서 갓 받은 샘플에 흥분하며 빗물 같은 AB칼라 스톤을 박았던 나다. 그때에 비하면 이까짓 비는 어린아이들 콧물에 지나지 않는다. 드라마로 욕심부리고 기러기 아빠를 떠올리며 착한 척하는 게 아니었는데…….

가기 싫은 마음이 가야한다는 마음을 누르지 못한 채 내내 변명을 늘어놓았다. 버튼을 눌러 왔다 갔다 하는 와이퍼에 시선을 고정했다. 멀미라도 나버려라.

어느 순간 웅웅거리는 소리에 옆 좌석에 누워 있는 핸드폰을 보니 하영우의 이름이 떴다. 밑도 끝도 없이 '오지 말라는 건가' 하는 기대가 생겨 얼른 전화를 받았다.

"네."

[출발했어요?]

"아직이요. 이제…… 가야죠."

최대한 피곤한 듯, 일에 치여 창자까지 매몰된 듯 쥐어짜며 혼신을 다해 답했다.

[오늘 날도 컴컴하고 비도 오니까……]

그래, 오지 말라는 거구나. 하 배우가 맘이 상하긴 했어. 천만다행이다.

[최대한 빨리 와요. 차 조심하고.]

사람 우롱하는 것도 아니고, 비 오는데 빨리 오라니 기가 막혔다.

[아, 거기 비 많이 와요? 여기는 비가 퍼붓는 수준인데.]

딱히 거짓말이라기보다는 같은 하늘 아래 여기랑 거기가 얼마나 다를 소냐, 뭐 그런 마음이었다. 그래서 주저 않고 말했다.

"여기도 그래요. 앞이 안 보이네요."

[그래요? 지금 뉴스 보고 있는데 그쪽이 아니라 종로 쪽이 쏟아진다는데, 이상하네요. 일기예보가 이래서야…… 빨리 출발해서 그쪽 동네에서 벗어나요.]

은근히 눈치 없는 하영우 목소리가 듣기 싫어 알겠다고 답하고 전화를 끊어버렸다. 왠지 분한 마음에 곧바로 출발하지 않았다. 대신 클랙슨을 한 번 짧게 울렸다.

빗속을 뚫고 도착해 보니 하영우 집 마당이었다. 용서를 비는 노스탤지어의 손수건도 아니면서 하영우는 노란 우산을 들고 허수아비처럼 잔디에 서 있었다. 그 모습을 보고도 꼼짝 않는 내게 하영우는 우산을 씌어주며 웃었다.

"길 많이 막히죠? 오느라 수고했어요. 들어가요."

들고 있던 우산을 펴려는 내게 하영우는 금방이고 번거로우니 그냥 들어가자며 조금 더 옆으로 붙었다. 그렇게 우린 약간의 밀착감과 젖은 옷감을 통해 전해지는 서로의 상이한 체온을 느끼며 집 안으로 들어갔다.

집 안은 오늘도 에어컨 소리 빼고는 조용했다. 내가 이른 저녁을 먹었다는 걸 통보해 저녁은 차려져 있지 않았고 하 배우는 대신 시원한 오렌지 주스를 건넸다.

주스를 받을 때 새끼손가락 끝이 그의 손과 살짝 닿았다. 천지창조 그림 속 인물들처럼 벌거벗은 채도 아닌데 괜스레 따끔했다.

하 배우는 내가 앉은 소파 맞은편 창가에 서서 제 키만큼이나 길게 뿌려지는 비를 뒤로 하고 나를 봤다. 눈빛은 방금 전 노란 우산을 든 소년의 모습과는 달랐다. 지금은 프로젝트를 앞둔 노련한 연기자, 총명한 눈동자를 한 진짜 어른이었다.

"어제 수완 씨가 한 말, 많이 생각해 봤는데……."

그래, 우린 절대 맞지 않아. 공동 작업은 무리라고.

"그럴 수 있다고 생각해요. 모두가 생각하는 사랑이 한 가지 톤이면 재미없죠. 의미도 없고. 일을 함에 있어 의견 차이는 자극도 되고, 조금씩 좁혀 나가면 된다고 생각해요. 또 그런 이유 때문에 지 작가가 필요하기도 하니까."

굳이 그럴 필요 없는데 하 배우는 상당히 넓은 아량을 가진 긍정적인 인물이었다. 뭐 그러니 그런 믿거나 말거나 하는 B급 시나리오를 썼겠지만.

"이틀 전 일은 서로에 대해 알아가는 첫 단계라고 생각하자고요. 그리고 지 작가가 가고 나서 시놉에 대해 생각을 좀 해봤는데 수정을 해야겠어요."

난 실망감을 숨기며 혹시나 날 내치지지는 않을까 하는 기대감으로 들고 있던 주스 잔을 힘없이 내려놓았다. 그런 후, 수정을 하고 싶다는 시놉을 집어 들어 '어디야, 어디' 하는 마음으로 쭉 훑어봤다.

"처음 의도로는 최대한 많은 사람들이 내 영화를 봐줬으면 했는데, 등급을 19금으로 올리더라도 강렬하고 자극적으로 가려고요. 아무래도 등급을 신경 쓰니까 내 생각과 방식으로 사랑을 표현하는 데 한계가 있고 리얼하게 해석하기도 어려울 것 같아요."

역시, 제목이 너무 노골적이라 걱정을 하긴 했는데. 제발 서로 민망할 정도는 아니길 빌었다.

"영화 시작하고 15분. 남자 주인공이 캐스팅 문제로 여자 주인공을 찾아간 첫날, 서로 안면은 충분히 있었고, 그날 있었던 서로의 엉망진창 일정들이 기폭제가 돼 합의 하에 이뤄진 첫 밤."

문뜩 고개를 드니 하영우가 날 쳐다보고 있었다. 사뭇 뜨겁다고 느껴지는 기묘한 시선이 내 얼굴은 물론이고 온몸 구석구석을 핥는 것 같아 기분이 이상했다. 끝내 거두지 않는 집요한 시선에 난 고개를 숙여 시놉에 집중했다.

"서로가 알 수 없는 기운과 오래돼 더욱 간절하고 농밀해진 욕망, 결코 낯설지 않은 서로의 체향, 그런 이유로 본능에 이끌려 벌어지는 예상치 못한 베드신이죠. 지금 내가 말한 이 부분, 지 작가는 어떻게 생각해요?"

다시 마주한 하영우의 시선은 이런 자신의 생각이 개연성 없고 뜬금없다면 어디 편하게 부정하고 비판해 보라는 식으로 느껴졌다.

그룹으로 이뤄진 그리스 유적지 투어 여행에서 만난 두 청춘. 서열, 혈통, 서로간의 예의 무시하며 로맨틱하고 에로틱했던 그리스 신들의 땅에서 일주일 함께 여행하다 결국 끌리는 감정을 인정해 서로를 탐닉하던 순수한 욕망. 열탕 같은 뜨거운 시간을 지나 한순간의 어이없는 교통사고로 약속 장소에 나갈 수 없었던 남자. 끝내 오지 않은 남자로 인해, 배신이라기보다 우롱 당했다며 스스로의 감정과 행동을 자책하는 여자.

그리고 지나간 10년이란 시간. 사고로 인해 약속을 지키지 못했던 남자는 6개월 전 당한 또 한 번의 사고로 기적처럼 지난 기억을 되찾고 전혀 다른 모습, 다른 사람이 되어 여자를 찾아온다.

그 세월의 간극을 채우기 위한 남자의 부단한 노력과 치밀한 계략. 아무것도 모른 채 지난 상처로 인해 마음을 꼭꼭 닫아 잠근 여자.

다시 재회한 순간, 기억 저편으로 사라졌던 욕망과 열기에 속절없이 함몰되는 연인들이라…… 다시 봐도 동화다. 그것도 19금 잔혹동화.

난 내 드라마 '사랑은 없다'와 묘하게 중첩되면서 상이한 '욕하다 욕망하다'의 시놉을 내려놓고 대신 주스를 마셨다.

중국에서의 계약도 이처럼 막막하진 않았다. 못 알아듣는 중국어보다 하영우가 하고자 하는 기막힌 이야기가 더 낯선 언어처럼 느껴졌다.

"지 작가?"

채근은 아니지만 피드백을 기다린다는 걸 알아 숨을 돌린 후 하영우를 봤다. 곧은 시선은 위협적이지 않았지만 그렇다고 피해갈 정도로 만만하지도 않았다.

"자꾸 제 생각을 거론하시는데 이야기를 이끌고 가는 분은 하영우 씨고, 이 영화는 철저히 하영우 씨 생각과 작품관이 투영된 작품이잖아요. 전 그저 테크닉적인 면에서 보좌하는 것뿐이고, 제 생각과 동의는 그다지 중요하지 않다고 생각해요."

하영우는 속을 알 수 없는 차분한 시선으로 날 봤다.

"추가 부분이나 수정, 보완, 저 개의치 마시고 자유롭게 하세요. 제 입장에서는 신에 대해 일일이 물어보고 제 생각을 말해야 한다는 게 상당히 부담스럽네요."

내 딴엔 순화한다고 했지만 다분히 비난과 공격을 받을 수 있는 말을 해버렸다. 그러자 하 배우는 여지없이 치고 나왔다.

"단지 내가 구술하고 표현하고 싶은 걸 능숙하게 받아적는 사람이 필요했다면 지수완 작가를 고집할 이유가 없었겠죠, 안 그래요?"

하영우의 회갈색 눈빛은 오늘, 이 순간 가장 예리하게 빛났다. 흡사 늑대 같았다. 먹이를 포착하고 서서히 달려드는 사막의 늑대. 왜 인지 모르나 일반인과 조금 다른 묘한 눈 색깔하며 우빈을 능가하는 넓은 어깨와 긴 다리. 이 모든 비주얼로 인해 하영우는 지금 막 모래 바람을 일으키며 달릴 준비를 하는 늑대와 다르지 않은 것 같았다.

틀린 말은 아니다. 나보다 유능하고 쟁쟁한 인물은 충무로에 널리고 널렸을 테니.

"내가 지 작가한테 바라는 건, 감독 데뷔로 인해 자아도취는 물론이고 오류나 과잉감정에 빠질 수 있는 날 단속하고, 당신이 지닌 감성과 디테일함으로 내가 놓치거나 모자란 부분을 함께 채우고 상의하면서 더 좋은 작품을 완성하는 거예요. 지금처럼 너 혼자 다 알아서 하라는 무관심이나 무성의한 방관이 아니라."

하 배우, 하영우는 묘했다.

설렁설렁하는 것 같으면서도 포인트를 놓치지 않는 적절한 한 수가 있었다. 트집보다는 잡아채는 감각도 있고. 하긴, 일반인도 아니고 베테랑 군에 속하는 연예인이다. 기 세고 끔의 기운이 강하다는 그들 속에서 제 목소리를 내며 사는 것도 쉽지는 않겠지. 사업하는 나만큼이나 전술과 전략이 필요할 테고.

결코 대충 할 생각은 없었지만 작품이 영 내 취향이 아닌 관계로 한발 물어나려 했는데 이렇게 꼭 찍어 말하니 이젠 그럴 수도 없게 됐다.

"그렇다 해도 이 작품을 끌고 가는 사람이 하영우 씨인 건 변함이 없어요."

"지수완 작가……."

"균형과 완급 조절을 하는 사람이 필요하다고 생각해요. 당연히 전 그 역할을 할 테고. 그런 이유로 전 모든 부분에서 의견을 내지는 않을 거예요. 꼭 필요한 부분, 남녀의 입장차이, 이 영화를 보는 대부분의 하영우 팬, 여자 관객들이 이해하고 충분히 공감할 수 있도록 적정선에서 감수하면 된다고 생각해요."

이 정도면 타협이 될 거라 생각했다. 하 배우가 보인 열의만큼은 아니지만 내 딴엔 분명 성의를 표했다. 내 의도를 간파했는지 하 배우는 비로소 웃음을 보였다.

혼혈이라 단정할 만큼 이국적인 마스크에 묘한 컬러의 눈동자. 분명 가슴 두근거릴 정도로 매혹적인 그림인 건 맞는데, 속이 읽히지 않아 따라 웃을 수 없었다.

"내가 바라는 게 바로 그거예요. 내 옆에서 당신의 생각과 느낌을 말해주는 거. 솔직하고 분명하게."

하영우 뒤로 쏟아져 내리는 비는 여전히 창을 타고 길게 여러 갈래 길을 만들었다.

그 길 어딘가에 선 하영우는 웃으며 날 독려하고 칭찬했다. 방금 전 이빨을 드러내며 으르렁거리던 회색 눈의 늑대는 사라지고 한순간 순한 양으로 탈바꿈했다.

늑대인 동시에 양이라……. 그럼, 난 성격이 반대인 동물을 케어하는 힘없는 목동쯤 되겠네.

결코 쉽거나 거저 먹는 일은 아니지 싶었다.

첫 주, 두 번의 미팅이 끝나고 오늘은 하영우가 드라마 마지막

장면을 촬영하는 날이다.

다시 활기를 찾은 김 감독은 다행히 하영우의 팔이 거의 다 나은 상태라 했다. 사무실에서 전화를 받은 난 수고하시란 말을 끝으로 전화를 끊었다.

일주일에 두 번, 퇴근 후라지만 은근히 부담이 됐다. 지금처럼 중국 백화점에 입점하고, 규모는 크지 않지만 현지 공장까지 인수한 상황에서는 더더욱. 괜히 일을 만들었다는 생각이 자꾸 들었다.

분노로 시작해 감정의 파고를 겪을 대로 다 겪어 놓고는 왜 새삼스럽게 드라마를 썼으며, 하 배우와 공동 작업을 하겠다고 했는지 내 스스로에게 묻고 싶었다.

왜 그랬지, 왜 그랬니? 지수완. 이렇게 잘 살고 있다는 걸 자랑하고 알리고 싶었나. 아님 궁금하니 한 번이라도 연락을 해오길 바랐던 건가? 절대 아니다. 그런 구질구질한 생각을 가지고 한 건. 지금쯤이면 결혼해 한 가정의 가장이 되어 있을 수도 있는 사람이다. 그럼 무슨 맘이었을까, 난.

이런 생각을 하는 것도 다 하영우 탓이다. 더 정확히는 그 사람의 작품.

낯선 이국의 땅. 반복되는 매혹의 밤. 감당할 수 없는 열정으로 폭발해 버린 청춘의 열기. 뜻밖의 헤어짐. 사고 후 10년. 기억을 찾은 남자는 과거의 기억에 오열한 뒤, 모든 준비를 하고 아무것도 모르는 여자를 찾아온다. 다시 시작하기 위해서. 못다 한 사랑을 위해서. 마음과 달리 함께하지 못한 시간들. 그 중에서도 제일 하고 싶었던 것은 흔한 연인들의 아주 보통의 연애. 웃고, 만나다 싸우고, 화해하고, 안고, 키스하고, 내일을 기약하는 인사를 하며 아쉬움에 발이 떨어지지 않는 그 평범하고 일상적인 작별 인사를 하기 위해서.

뻔하면서도 흔하고 어딘가에서 본 듯한 하영우의 스토리. 만약 나에게도 시놉 속 그런 일이 생긴다면 난 어떨까. 어떻게 할까. 그 사람과 난 다시 시작할 수 있을까. 사고였고 당사자들의 의지와는 전혀 상관없이 벌어진 사고. 그 사람 책임이라고 할 수 없으니 난 기꺼이, 기다렸다는 듯이 받아들이게 될까. 그렇다면 그 수많은 밤과 그 지독했던 저주의 말들을 쏟고 뱉었던 날들은 없던 게 되는 걸까. 그 동안 내가 받았던 상처와 내 자신을 향한 비난의 화살은 독이 아닌 약이 될 수 있는 건가…….

아무리 상상하고 생각해 봐도 동화다. 잔혹동화. 일어난 일은 없던 일이 될 수 없고, 상처는 분명한 흔적을 남기며, 누군가를 향했던 원초적이고 저열한 원망은 문득문득 그때의 시린 감정과 굳어진 감정을 기억하게 만들 테니까. 기억을 재조립하지 않는 이상 불가능하다.

혹시, 그 사람도 그날 사고를 당한 건 아닐까.

물론 그런 생각도 했다. 그때도 그런 영화 같은 일을 상상하지 하지 않은 건 아니다. 그렇다 해도 시간이 지나고 상황이 진전되면 할 수 있는 연락을 그 사람은 끝내 하지 않았다. 일주일 후, 한 달 뒤, 1년, 3년, 그리고 10년 지난 지금까지도.

기억상실까지 동일하게 일어날 수도 있잖아?

아니, 아니야. 그런 영화 같은 스토리는 나에게 해당 사항이 없는 거야. 그저 내 마음과 오래된 상처가 그런 해피한 비극을 바라고 희망할 뿐.

서류를 보고 생각을 하는 중간중간 직원들은 하나둘 인사하고 퇴근했다.

"사장님."

고개를 드니 신지혜가 서 있었다. 어, 아까 인사 받은 것 같은데 아니었나.

"퇴근해."

"오늘 저녁에 약속 있으세요?"

신지혜는 꽤나 고민을 한 끝에 한 질문인지 얼굴에 긴장한 기색이 역력했다.

"아니."

"그럼, 저희 집에서 저녁 식사 같이 하실래요?"

난 신지혜의 얼굴을 보며 바로 대답을 하진 않았다. 무슨 일인가 싶었다.

"오늘 제 아들 생일인데, 시간 되시면 사장님도 함께하셨으면 해서요. 부담은 갖지 않으셔도 돼요. 전 그냥 저번에 사장님께서……."

"생일잔치면 잡채가 기본인데, 잡채는?"

신지혜의 말끝에 어떤 의도가 있는지 알기에 구태여 끝까지 듣지 않았다. 또한 어렵게 꺼내려는 신지혜의 수고를 얼마쯤은 덜어주고 싶었다.

"옆집에 사시는 할…… 할머니께서 준비하신다고 하셨어요."

"그럼 가자."

난 하던 일을 정리하고 가방을 들었다.

옆에 동승한 신지혜의 집이 후암동이라는 소리에 난 핸들을 꺾어 삼각지로 행했다.

동심으로 가득한 어린이 생일잔치에 선물이 빠진다는 건 말이 안 된다. 신지혜를 이끌고 매장에 들어서니 요란한 행색을 한 직원 둘이 우리를 반겼다. 그 소리에 뒤쪽 창고에서 일한다던 우빈이 나왔다. 난 우빈과 신지혜를 인사시켰다.

우빈은 특유의 저음으로 아이의 나이와 성향을 물어 선물을 골랐다. 내 선물과 함께 우빈이도 근사한 선물을 보탰다. 신지혜는 그런 우빈에게도 식사 초대를 했다. 난 얼마나 대단한 상을 차려 그러냐고 얄궂은 질문을 건네며 거절하려는 우빈에게 강렬한 눈짓을 보낸 후, 내 차를 타고 후암동으로 돌아왔다.

신지혜의 아들은 여자아이라고 해도 믿을 만큼 예쁘고 영특했다. 아직까지 그날의 사고 때문인지 발등과 종아리는 붉은 화상 자국이 선연했지만 아이는 오늘의 손님과 선물로 인해 아플 게 분명한 화상 자국은 신경도 쓰지 않았다.

좁고 더운 집의 2층 창문에서 바라보는 남산타워는 거만하면서도 화려했다. 정반대의 위치, 정반대의 빛. 타워에서는 신지혜의 집이 높은 지붕과 비슷비슷한 색깔에 묻혀 보이지 않겠지만, 내가 선 이 2층 난간에서 남산타워는 압도적인 거인처럼 한눈에 들어왔다. 시야를 꽉 채운 거대하고 탁월한 존재감에 보지 않을 수 없었다.

내가 모르는 내 안의 또 다른 나도 바로 이런 걸 원했던 걸까……. 혹시라도 그 사람이 의지만 있다면 한 번에 날 찾을 수 있게 드라마를 썼던 걸까. 만약 하 배우의 시나리오처럼 그 시절 그 사람이 찾아온다면 난 어떨까.

별일이다. 되지도 않는 가상현실을 상상하며 하루에 두 번이나 똑같은 질문을 하고 있다니. 이게 다 저 타워…… 그리고 하영우 때문이다.

자꾸 한 가지 생각에 빠지는 듯해 시선을 돌렸다. 머리를 맞대고 장난감을 만드는 우빈과 민진, 신지혜의 모습이 탐나도록 예뻐 핸드폰에 담는데 전화벨이 울렸다. 그 사람, 하영우다.

복잡한 마음과 달리 핸드폰의 통화 버튼을 누르는 손은 생각보다 빨랐다.

"네."

[나예요.]

"어쩐 일이세요?"

[지금 촬영 다 끝났어요. 지수완 작가 첫 작품 '사랑은 없다'. 근데 제목이 너무 부정적이고 한없이 잔인한 거 알아요?]

그런가. 하긴 부정적이긴 하다. 단지 내 개인적인 생각과 결론일 뿐이었는데.

"수고하셨어요. 고맙고 감사해요."

[진짜로 고마워요? 내가 출연해서 싫었던 거 아니고?]

왜 싫지 않을까. 다 된 밥에 재를 사정없이 뿌렸는데, 당신이란 배우가.

"아니에요. 저처럼 이름 없는 신인 작가 작품에 출연해 주셔서 대단히 감사해요. 그 경위와 사정이 어찌됐던 간에요."

전화기 너머 하영우는 웃었다. 꽤 큰 소리로 무척이나 밝게. 대단하신 하영우는 비난을 농으로 받아주는 여유와 센스가 있었다.

[그렇게 고마우면 여기로 와요.]

이게 무슨 소린가. 거기가 어딘데 이 시간에 다짜고짜 오라는 건지.

[지 작가가 그랬잖아요, 고맙다고. 진짜로 고마우면 여기로 와서 얼굴보고 한잔해요. 여기 김 감독님이랑 스텝들도 있어요. 내가 한턱내고 있거든요.]

"너무 늦었어요."

[집이에요?]

"네, 집이에요."

대답은 순식간에 나와 버렸다.

[그럼, 내가 지금 김 감독님이랑 거기로 갈게요. 조금만 기다려요. 오늘 같은 날 같이 한잔해야죠. 알잖아요, 오늘 지 작가 생애 첫 작품 쫑파티라는 거.]

내 작품 축하를 왜 자신이 나서서 하려는 건지.

"아니에요. 말씀만 들어도 감사……."

"사장님, 뭐하세요? 얼른 들어오세요. 식사하셔야죠."

망했다. 신지혜는 어두운 난간에 선 내가 반대편 손으로 전화를 받고 있는지 몰랐던 모양이다. 신지혜의 목소리가 고스란히 핸드폰 저 너머 하 배우에게 들린 듯했다. 아니길 바라지만.

[지 작가?]

"아, 네."

[지금 어디예요?]

"……집이요. 집에 손님이 와서요. 저희 회사 사장님과 여직원 몇 명…… 이렇게."

나에게 이런 면이 있는 줄은 나조차도 몰랐다. 강우빈보다 더한 꾼이 여기 있었다.

[그래요? 아쉽네요. 그럼 오늘은 안 되고 내일은 어때요?]

"내일이요?"

[오늘은 선약 때문에 안 되는 거니까 내일은 안 될 이유 없죠?]

날은 항상 있는 건데. 오늘이 아니면 내일이 있다는 걸 잊고 있었다.

"저, 근데 내일은 왜 만나자고 하시는 건지……."

[오늘 못 한 쫑파티 해야죠. 지 작가 첫 작품 기념 파티.]

결코 반갑지도 또 고맙지도 않은 세심한 배려에 난 하 배우를 곱씹는 대신 입술을 깨물었다. 어떻게 거절하는 게 현명한 걸까, 하는데 하영우은 그 잠깐을 못 참았다.

[그럼, 내일 보는 걸로 알고 끊을게요. 좋은 시간 보내고, 잘 자요.]

기습처럼 걸려온 전화는 미처 수습도 거절도 하지 못한 채 끊어졌다.

여섯 살 민진의 앙증맞은 미소와 재차 들어오라는 신지혜, 우빈의 점잖은 성화에 난 내일에 대해 그 어떤 대비나 각오도 못한 채 한 상 거나하게 차려진 거실로 들어갔다.

❖

오늘 오후 회사 앞 카페에서 보자는 하영우의 기습 문자로 인해 난 아침부터 일어나 요란하게 기침을 해대는 커피를 내렸다. 아침이면 커피를 내리는 것도 일이라고 가정용 커피머신을 사자는 내 성화를 우빈은 반대했다. 그때 뭐라고 했더라…….

"어떻게 사랑이 변하니?"

그 어이없는 대답에 난 기막혀했고, 우빈은 웃었던 기억이 난다.

우빈은 자신만의 생활 명품을 즐겼다. 자신과 역사를 함께하고 우리의 흔적과 손때가 묻은 것들을 우빈은 명품이라 말하며 아끼고 소중히 다뤘다. 가끔은 그런 물건들과 대화도 했다. 그럴 때면 난 우빈을 걱정하며 '어서 짝을 이어줘야 하는데' 하는 어른들의 마음이 되곤 했다.

내가 모르는 우빈은 그런 우직한 사랑을 하는 이였나 보다. 내가 지금까지 알고 함께한 강우빈은 거칠기보다 소프트하고, 무뚝뚝하기보다 젠틀한데 사랑을 하는 강우빈은 곧고 상대에게 한결같은가 보다. 멋있는 녀석.

연차 때문인지 온갖 방정맞은 기침을 해대며 커피를 쏟아내는 머신을 안타깝게 쳐다보며 난 어제 저녁을 떠올렸다. 역할 분담이 확실했던 신민진과 신지혜, 강우빈은 완벽한 그림이었다. 그때 작은 뷰파인더 속에 잡힌 세 사람의 눈빛과 웃음은 햇볕처럼 따뜻했다.

미혼모인 듯 보이는 신지혜. 범인의 시각으로 보자면 결코 보통의 연애를 하지 못하는 강우빈. 그리 아름답지도 않은 과거에 지금껏 집착하며 소모전을 펼치는 나. 혼자 외따로 보면 모두가 어딘가 부족하고 빈한한 세 사람인데, 아이를 중심으로 한 상에 모여 앉은 우리들은 부족하지도, 이상하지도 않았다. 보통의 사랑은 그렇게 나 아닌 그 누군가를 행복하고 아름답게 만드는 힘이 있나보다.

그때의 내 사랑도 그랬을까. 그 사람도 바보 같은 나로 인해 그 순간만큼은 누구보다 행복했을까…….

"무슨 생각을 그렇게 해?"

"새 커피머신을 들이고 싶다는 간절하고 소탈한 생각!"

우빈은 날 흘끔 보더니 그 시선을 머신으로 옮겼다. 시선에 애정이 뚝뚝 묻어났다.

"어떻게……."

"사랑은 변해. 그것도 시시각각으로."

난 웃으며 처음 내린 커피를 우빈에게 건네주었다. 다른 잔을 대어 커피를 받으며 한숨을 쉬었다.

"아침부터 무슨 한숨이야?"

"그러게, 아침부터 한숨이네. 어마무시한 하 배우께서 오늘 어제 못 한 쫑파티를 하자는데 마땅히 거절한 묘안이 없어요. 네가 생각 좀 해줘 봐. 뭐라고 해야 오늘의 이 약속이 비난과 모함 없이 없던 일이 될 수 있는지. 그 천재적이고 치밀한 브레인과 무당 저리 가라 할 촉으로."

우빈은 머그잔을 들고 창가로 가 큰 유리문을 열었다. 아직 이른 아침이라 더운 기운은 강렬하지 않았다. 난 우빈의 곁으로 갔다.

"가지 그래. 널 위한 일이잖아. 출연 배우가 그렇게 챙기는 것도 쉽지 않을 텐데."

"그러니까 그 사람이 왜 그리 살뜰히 챙기냐고!"

우빈은 '그건 또 그러네' 하며 고개를 갸우뚱했다.

"어쨌든 가기 싫어, 부담스럽고 불편해. 오늘 아니라도 일주일에 두 번 봐야 하는 사람인데 굳이 오늘까지 봐야겠어? 내가 하 배우 열성팬도 아니고."

"일은 어때? 잘 되고 있는 거야? 스토리 말해준다고 하곤 여태 말 안 해주네, 지수완. 아직은 공개할 수 없는 특급 비밀인 거야?"

"들으면 놀랄 텐데……."

난 최대한 사적인 감정을 배제하고 있는 그대로, 하 배우의 숭고한 의도 그대로 스토리를 설명했다. 난 나 못지않을 우빈의 신랄하고 디테일한 반응을 기대했다.

"스토리가 참……."

강우빈, 너도 나랑 마찬가지일 거야. 스토리가 진부하고 이 시대 사람들과는 정반대로 가는 허무맹랑한 이야기라고, 네 올곧은 성정상 비난은 아니지만 지적은 하겠지. 강우빈은 섬세한 감정을 탑재한 인물이지만 동시에 무척이나 현실적인 인격체니까.

"아프다. 슬프고."

전혀 예상하지 못한 대답이라 난 잠깐 동안 멍하고 당황스럽다 결국엔 울컥했다.

"그 남자, 자신의 의지와 상관없이 10년이란 세월 동안 모르고 살았잖아. 그렇게 행복하고 사랑했는데. 그 사고도 낯선 타국에서 여자 혼자 떠날까 봐 서두르다 난 거고."

강우빈은 지금 시놉 속 남자 주인공 그 자체였다.

"4년이란 재활의 시간, 끔찍했을 것 같아."

우빈은 마치 자신이 당해 아픈 사람처럼 먹먹한 목소리로 그 지난했을 시간들을 설명했다.

우리 둘은 스토리를 이해하고 공감하는 부분이 전혀, 판이하게 달랐다. 강우빈은 사랑을 잃은 줄도 모른 채 사고를 당하고 재활하는 남자에게 모든 감정을 이입했다. 반면에 난 다 마음에 들지 않지만 그 중에서도 과거의 여자에게 접근하는 남자의 치밀한 준비와 집요한 집착, 동의를 구하지 않은 행동에 포커스를 맞추고 있었다. 우리 둘의 평가와 감상은 그렇게 극명하게 달랐다.

"만약 수완이 네가 남자 주인공이라면, 넌 어떻게 할 것 같아? 그냥 없던 일처럼 현실에 안주하며 잊을 수 있을까?"

"……."

"내 의지와 상관없이 사고로 인해 끊어지고 단절된 감정인데? 그렇게 단번에 운명의 상대를 알아보고 온 마음으로 사랑했던 사람을?"

"……."

"궁금하고 한 번이라도 보고 싶지 않을까? 그 누구라도."

우빈의 질문이 하나하나 가슴에 박히는 듯했다. 나였다면…….

난 역시나 여자 주인공의 입장일 수밖에 없다. 과거 내가 받았던 상처는 나를 모질고 융통성 없게 만들었다. 순정한 마음으로 서정적이고 감성적인 상상력을 발휘할 수 있는 여유와 마음을 잃어버렸다. 그 동일한 상처를 가진 여자 주인공에게 나 자신을 투영시킨다 해도 분노하고, 남자 주인공이 만든 극적인 상황을 거부했다. 난 내 과거가 주는 울분으로 인해 슬픈 이야기를 신파에 19

금 잔혹동화라고 폄하했다.

난 아직도 이런 채다. 갖은 이유를 대입해도 결국엔 첫사랑이었던 그 사람이 약속 장소에 나타나지 않은 이후, 내 시간과 성장은 그대로 멈춰 버렸다. 나란 존재는 약속 장소였던 광장의 시계탑 아래서 굳어져 검은 마녀의 뿌리를 땅속 깊이 내렸다.

강우빈, 네가 시간의 미로에 갇혀 버린 내 마음을 알까? 요즘 시대 뭐 그까짓 일에 그렇게 매달리냐고 할 수도 있겠지만, 그 아무것도 아닌 약속을 철석같이 믿었던 내 진심을, 내 사랑의 깊이와 동일한 슬픔의 깊이를 누가 알 수 있을까.

뭔지 모를 감정에 난도질당한 난, 약속 시간보다 훨씬 일찍 집을 나왔다. 나와서 보니 마땅히 갈 곳이 없었다. 늘 그랬듯 빈 사무실로 갔다. 이 금동아줄 같은 공간이 없었으면 어땠을까 싶다.

등받이 의자에 앉아 창밖을 보는 대신 눈을 감았다. 왠지 모르게 자꾸 분노가 치밀면서 누구에게라도 이 분풀이를 하고 싶었다.

이 애매한 기다림은 분명 내 선택이 아니었다. 10년. 누가 시킨 것도 아닌데 난 사랑 받고 사랑할 나이에 이 사무실과 각종 유해물질과 안료, 화학물질과 주석은 물론이고 금속의 캐스팅 먼지가 뒤섞인 공장에 처박혀 소처럼 일하고 말처럼 이리저리 뛰어다녔다. 그렇게 하지 않으면 자꾸 그 시절의 내가, 무모하고 무지했던 그 순간의 내가 떠올라 죽을 것 같았다. 그렇게 날, 죽일 것 같았다.

3일의 시간, 누군가에겐 가벼운 유희였다는 것도 모른 채 벌거벗은 내가 생각났다. 침대 위에서 낯선 쾌감에 완전히 장악된 채 울부짖으며 그 남자 몸에서 떨어지지 않고 기생하던 내가, 기만당했던 내가 생각나 죽고만 싶었다. 농락당한 게 너무나도 분명한데 자꾸 이유를 찾고 변명의 여지를 만들려고 하는 내가 역겨워 내 자신을 혹사시켰다.

그때 정신을 차리고 박람회 때 현지 코디네이터를 제공한 시설에 문의하니 한국인 이제이라는 인물은 없었다. 실재 하지 않는 인물이었다.

그때 내 마음이 어떠했는지 지금도 똑똑히 기억한다. 나란 인간을 무참히 찔러 죽이고 싶었다. 바보 같은 난 그 남자의 무엇을 믿고 무엇을 확신했으며 무엇을 사랑했을까. 사랑이 아니라 사랑을 빙자한 육체놀이였다, 그 시간들은. 그때, 감정에 대해 관조하며 숙고했어야 했는데 관능적인 본능에 빠져 버렸다.

자물쇠로 꽁꽁 감추어 둔 서랍의 빗장을 열어 한때는 너무도 익숙하게 즐겼던 술을 꺼냈다. 알코올 중독까지는 아니었지만 정말 어렵게 끊었던 술이 오늘은 그 무엇보다 절실했다.

컵을 찾을 이유가 없어 병째로 마셨다. 술은 여지없이 독하기만 한데 가슴과 심장은 익숙하고 그리웠던 감각으로 인해 달궈지고 무작스레 요동쳤다. 심장을 흐르는 혈류가 서서히 뜨거워지고 차가워지길 반복했다. 두근두근 시소놀이가 반가워 순정한 알코올을 붓고 또 부었다.

조금씩 의식을 잃어가는 게 느껴졌다. 그 흐릿한 의식이 미치게 반가웠다. 선명한 기억을 가려주는 흐릿함, 무기력함, 터질 것 같은 심장의 반동과 반란. 바닥을 보이는 알코올을 아쉬워하며 탈탈 털어 넣어 위를 가득 채웠다. 공허하지 않게, 무너지지 않게, 또다시 날 잃어버리지 않게, 육체의 미학에 빠지지 않게. 그 기억에 지

배당하지 않게. 또 뭐가 있더라. 그래, 그럼에도 불구하고 그 사람을 꼭 한 번만이라도 보고 싶다는 이 미련한 마음을 우빈에게 들키지 않기 위해서…….

어디선가 핸드폰 소리가 들렸다. 아니 울렸다 끊어지길 반복했다. 난 물론 충분히 받을 수 있는 상태였지만 받지 않았다. 절대 못 받을 상태였던 게 아니다. 조용히 성찰과 묵상을 하고 싶어서, 생각할 그 무엇이 있기에 정신을 집중해 참선하는 것뿐이다. 난 절대 정신이 혼미한 게 아니다.

알코올에 대항해 맥없이 취한 게 아니야, 우빈아.

강우빈은 꿈속에서도 한결같이 다정했다. 내 짱구이마에 키스를 하고, 길고 곧은 손가락으로 내 얼굴을 섬세하게 훑고 지나며 내 숨결을 탐하고 능숙하게 삼켰다.

어, 우빈이는 나를 상대로 이렇게까지는 하지는 않는데. 우빈에게 나와 하는 모든 행위는 우정을 기저로 한 친근함의 인사요, 감사의 표현인데. 꿈이라 그런가. 우빈이 너도 나와 같은 상상을 하긴 하는구나. 우리가 실제 연인이었으면 어땠을까 하는 그런 헛되고 삿된 생각을 너도 해보긴 했구나. 그러니까 이렇게 평소에는 절대 하지 않는 야릇한 행동들을 꿈속에서는 하는 거겠지.

그럼, 나도 너에게 어쩌면 다른 누군가와 나누고 싶었던 행동들을 해볼까. 괜찮지? 괜찮을 거야. 이건 단지 꿈이잖아. 굳이 이 순간에 내 도덕성과 보편적 윤리의식을 들먹이지 않아도 되는 거지. 이건 단지 꿈이고 상상이잖아. 누구나, 모든 사람들이 한 번쯤 하는 그런 허무맹랑하고 기막힌 상상.

10년이란 시간은 말이야…… 이런 상상도 하게 만들어. 꼭 나만 이런 건 아닐 거야. 난 네가 알고 있는 것보다 훨씬 뜨겁고 관능적인 여자란 말이지.

누구보다 열정적인 난, 사실 이렇게 하고 싶었어. 누군가의 목에 내 양팔을 둘러 그 사람을 꼭꼭 가두고 심장의 두근거리는 소리가 들릴 만큼 가까운 거리에서 숨결과 체향을 흡수하고 흡입하면서 이렇게 진한 키스를 하고 싶었어.

난 동굴처럼 깊고 어두운 세계로 파고들어 낯선 향기를 머금은 채 유혹하는 혀를 삼키며 조금씩 소유해 나갔다. 연속된 딥키스는 너무나 달콤해 마냥 빨아먹고만 싶었다.

어때? 내가 너무 오래 한 건가? 숨을 쉬어야지. 이렇게 나처럼 숨을 쉬어. 해봐. 또 난 말이야, 이제이 당신의 모든 이목구비에 내 입술로 인증을 남기고 싶었어. 이젠 절대 가지 말라고. 날, 날 떠나지 말라고……. 당신만큼 날 미치게 뒤흔드는 남자가, 갖고 싶은 남자가 없으니까. 이젠 떨어지면 안 되니까. 길을 잃어도 금방 찾아올 수 있게 우리 둘만 아는 연인들의 달달한 표식을 하고 싶었어.

기다려 봐. 내 온 마음과 열망으로 뜨거운 입맞춤을 할 거야. 나, 그때보다 더 대담하고 능수능란하게 잘 할 수 있어. 당신이 가르쳐 준 대로. 나 벌써 서른다섯이잖아. 과감해도 되고 적나라해도 돼. 물론 당신에게만은 문란해도 돼. 사실 난, 그 어떤 여자보다 요부면서 선정적이고 숨넘어가게 섹시한 여자야. 당신과 함께라면 이 모든 게 다 가능해. 그러니까 다신, 가지 마. 부탁이야…….

난 몽롱한 정신으로 인해 그 어느 순간보다 정직하고 뜨겁게 불타올랐다. 에어컨으로 인해 차가워진 살갗을 난 이제이의 온기로 덮고 싶었다. 그렇게 자꾸 누군가의 체온을 덮고 만지고 느끼면서 정말 오랜만에 욕망을 느끼며 단잠을 잤다.

도대체 얼마나 잤는지 머리가 묵직하고 입이 말라 깼다.

"물 여기 있어요."

난 손에 쥐여주는 물 잔을 잡아 마른 목을 적셨다. 이제야 좀 살 만했다.

눈을 비비며 잔을 건네니…… 하영우였다.

하영우. 하 배우. 나와 시나리오 작업을 하는 사람. 다 된 밥에 숟가락만 올린 도둑놈. 이 사람이 도대체 왜 내 집에 있는 걸까. 무슨 일이지…….

"수완 씨, 괜찮아요? 정신이 들어요?"

난 내심 부여잡고 싶은 머리를 가볍게 흔들며 걱정하듯 바라보는 하 배우를 쳐다봤다. 도무지 사태파악이 안 돼 쳐다보는 것밖에는 할 수 있는 게 없었다. 침대에서 일어나 앉은 내 앞에 하 배우는 비스듬히 걸터앉았다.

"놀라지 말고 들어요."

뭘 놀라지 말고 들으라는 거야. 이 침입자는.

"약속보다 조금 일찍 수완 씨 회사에 갔다가 정신을 잃은 당신을 내 집으로 데리고 왔어요."

이게 다 무슨 소리야. 난 서둘러 주위를, 낯선 공간을 이리저리 둘러봤다.

"좀 진정이 되면 거실로 나와요. 밖에서 기다리고 있을 테니까."

하영우는 자신이 말한 것처럼 조용히 일어나 또 조용히 방을 나갔다.

충격과 의심은 그때부터 시작됐다. 난 민진이의 볼처럼 살짝 부어오른 듯한 내 입술을 만졌다. 그럼, 지금까지도 생생한 딥키스를 난 도대체 누구랑 한 거래니.

조금은 두렵고 무섭기도 했지만 덮고 있는 얇은 이불을 거둬 몸 상태를 확인했다. 다행히 집에서 나온 그대로였다. 그럼, 그 모든 게 꿈이었단 말이지. 근데 이 부어오른 입술은 뭐지……. 아, 아까 잔 없이 병을 쪽쪽 빨아 병나발 불었었지.

이제야 모든 게 명확해졌다. 비로소 숨을 깊게 토할 수 있었다.

그냥 회사에 놔두었어도 될 걸. 일단은 고맙다고 해야 하겠지만 억울했다. 이 난처한 상황은 온전히 내 의지가 아니었기에 위축되거나 기죽을 필요는 없다 생각했다. 난 자리에서 일어나 침대 시트를 정리하고 마음을 다 잡은 후 방을 나왔다.

거실은 두 개의 스탠드만 켜져 있었고 창밖은 어두웠다. 이럴 수가 얼마나 잔거야. 나.

"이리로 와 앉아요. 시원한 콩나물 냉국 좀 사왔어요. 마셔 봐요."

어두워진 창밖에 시선을 고정한 채 도통 시선을 거둘 줄 모르는 날 하 배우가 불렀다.

"와요."

막막함과 어처구니없는 상황에 이성이 난파당한 난 무언가에 이끌리듯 식탁 의자에 앉았다. 아이도 아닌데 하 배우가 직접 손에 쥐여준 숟가락은 반짝반짝 윤이 났다. 이 순간 내 마음과는 무척이나 대조적인 광택이었다.

이럴 때가 아니지. 일단 수습을 좀 하자.

"고맙습니다. 근데 그냥 두시지 그랬어요."

"한 입 마시면 내가 하고 싶은 말 할게요."

난 콩나물을 가리키는 하 배우의 시선을 따라 차가운 콩나물국을 떠먹었다. 맑은 국은 개운하니 시원하고 깔끔했다. 두세 번을 더 떠먹고 숟가락을 내려놓으려다 너무도 끔찍하고 충격적인 사실을 듣고 말았다.

"키스한 거 꿈 아니에요."

난 그대로 얼어붙어 숟가락을 놓지도 못한 채 마주 앉은 하영우를 쳐다봤다.

"혹시 어디 아픈 건 아닌가 해서 방에 들어갔다 내 목에 팔을 두른 수완 씨랑 나 키스했어요. 내 입술 보면 분명하게 알 거예요."

결코 확인하고 싶지 않은 하영우의 입술은…… 나만큼이나 살짝 부어 있었다. 하영우만 아니면 당장에 내 목을 비틀고 싶었다. '세상에, 맙소사'라는 단어가 연신 목 안에서 차올랐다. 솔직히 비명을 지르고 싶었다.

일단은 대상이 불분명한 원망으로 인해 한순간 무기가 될 수도 있는 숟가락을 내려놓았다. 최대한 얌전하게. 그러자 딱히 할 말이 없었다. 어떤 수습을 해야 하는 건지, 무슨 말부터 해야 하는지 머릿속이 아득하고 막막했다.

"우리 진지하게 만나요, 수완 씨."

막막한 대뇌 중추엽에 누군가 드릴로 커다란 대못을 박는 것 같았다.

"당신과 한 키스…… 매일 하고 싶어요."

아, 이건 꿈이야. 이 또한 꿈이길, 제발.

"지금도 당신 입술 때문에 머리가 터질 것 같아요."

안면홍조증이 있는 것도 아닌데 서른다섯에 처음으로 얼굴에 홍조가 폈다. 미치게 부끄럽고 죽고 싶고 어이가 없었다.

"우리 자기 결정권은 물론이고 서로를 책임질 수 있는 성인이고, 이렇게 솔직한 거 결코 가볍고 우습다고 생각 안 해요. 또 키스하고 싶다는 것도 연애란 단어만큼 행복하고 두근거리는 단어라고 생각해요."

할 말이 없었다. 무슨 말을 할까, 죄 지은 죄인이.

"당신 때문에 두근거려. 자꾸만 아까 그 키스가 생각나서…… 죽겠어."

이 사람이 죽기 전에 내가 먼저 죽을 것 같았다. 낯 뜨거워서. 다 무시하고 일단은 이곳을 벗어나자 싶었다. 그래야 나도 살고 저 정신 나간 사람도 이성을 차릴 것 같았다. 그래, 환기하자. 이 정신 나간 이성을.

"그만해요. 내…… 내가 정신이 없어서 그래요. 그러니까……."

"집에 가서 진지하게 생각해 볼 거예요? 약속하면 집에 데려다 줄게요."

"……알겠어요."

"정말 약속해요?"

이 상황에 무슨 말을 못 할까 싶었다. 궁지에 몰리면 성인군자도 하지 싫다.

"약속, 해요."

하 배우는 이런 날 매섭게 주시하더니 한 톤 낮아진 목소리로 말했다.

"오늘 주말이라 동네에 다니는 사람도 많고, 수완 씨 술기운이 남아 있어 콜택시 부르는 것도 위험해요. 무엇보다 내가 불안한 것도 있고."

"……."

"그러니까 내가 직접 데려다 줄게요."

'아니요, 됐어요' 하려는데 하 배우가 특유의 회갈색 눈빛으로 조금 전보다 더 무섭게 쳐다봐 아니란 말을 할 수도 없었다.

토요일 밤이라 그런지, 동네 위치 때문인지 거리는 차와 사람들로 가득했다. 앞으로 나아가야 하는 질주본능의 차도 사거리에서 도랑에 빠진 듯 질척이며 거북이걸음을 했다.

난 술기운에 늦은 저녁까지 잠을 잔 상태라 머리가 멍했다. 아까의 그 생생한 기억만 아니라면 하영우의 말을 다 거짓이라 치부해도 될 만큼 머리가 묵직했다.

"내일은 쉬고 월요일에 만나요. 월요일에 만나는 건 우리의 공동 작업 때문이 아니니까, 일주일에 두 번 만나 일하는 건 아직 한 번도 사용하지 않은 겁니다, 지수완 씨."

이 순간 아기 코끼리 점보처럼 차 사이드미러가 날개로 둔갑해 집으로 날아갔으면 했다.

"수완 씨, 자요?"

자냐고 물어 대답 대신 침묵을 지켰다.

'제발 그만, 조용히 가자고요' 이런 멘트로 기도를 하는데 생각지 못한 음악 소리가 흘러나왔다. 나와 우빈이 좋아하고, 좋아할 수밖에 없는 부블레의 나른한 노래, 'Quando Quando Quando'가.

하영우의 차 안에서 이 음악을 듣게 될 줄은 정녕코 몰랐다. 마이클 부블레의 워낙 유명한 노래라 그리 이상하지는 않았지만 우빈과 내가 좋아하는 뮤지션 노래를 하영우도 듣는다는 걸 몰랐기에 이 우연한 공통분모가 신기했다.

익숙한 선율에 불편했던 마음이 조금씩 편해지고, 내내 경직된 상태로 내 자신에게 온갖 원망과 비난을 듣던 이성도 조심스럽게 제자리를 찾았다.

이 상태로 더 이상의 멘트 없이 집으로 가는 길이라면 나쁘지 않았다.

대외적인 이유는 입점할 백화점 시찰과 중국 공장에 있는 하 실장의 긴급한 호출이었다. 작정하고 일요일 저녁에 출발한 난 월요일 아침에서야 하 배우에게 문자를 넣었다. 돌아가 보자는 간략한 멘트를 남기고 과감하게 핸드폰을 껐다.

하 실장과 국내 소속 디자이너 세 명은 공항에 도착한 날 보자마자 코까지 내려온 다크서클을 보이며 죽는 소리를 했다. 사실 죽지 못해 도망 온 건 나이건만 죽는 소리를 하는 이네들을 보자니 왠지 짠하면서도 마음이 놓여 더 있을까 하는 비겁하고 나약한 마음도 들었다.

모든 직원들을 데리고 시내로 가 한국 식당에서 푸짐한 저녁을 먹이고, 중국 황실에서 내려왔다는 비기 마사지도 받으며 피곤에 찌든 직원들을 위로하고 독려했다. 동시에 또 다른 내가 벌인 끔찍한 상황에 대해 해결책을 찾으려 했다.

시작은 그러했으나 혈을 집중 공략하는 마사지로 인해 대책은 세우지도 못하고 잠만 자다 돌아왔다. 목요일까지 직원들과 중국 백화점에 입점한 수입 브랜드들을 일일이 살피며 분석하고 디자인을 추가하거나 보완했다.

출장보다는 힐링을 하고 출국장을 나오니 하 배우의 매니저가 버티고 있었다. 생생한 눈빛을 하고도 묘하게 순진한 느낌을 주는 거구의 매니저는 내가 자신의 생계 유지권과 생사여탈권을 쥐고 있다며 간략하고도 임팩트 있게 설명했다. 압도적인 외모와 영 딴판인 매니저의 슬프고도 아련한 눈빛에 일말의 책임감을 느낀 난 신지혜에게 연락을 하고 하 배우가 기다린다는 별장인지 별천지로 출발했다.

깜박 잠이 들었던 난 도착과 동시에 들어가 보란 매니저의 말에 깜작 놀라서 깼다. 전문적인 타운은 아니지만 주위에 집이 드문드문 있는 한적한 곳이었다. 외관이 달팽이 모양으로 개방형이면서 동시에 폐쇄적인 구조인 2층 집은 규모가 상당했다. 들어가 보란 매니저의 말에 본능적으로 위기감을 느껴 같이 들어가자고 하니, 자신은 마트에서 장을 봐와야 한다며 집 안을 가리키며 눈짓을 했다. 난 불안감을 안고 현관문을 열었다. 현관에 선 내게 하 배우는 손을 내밀었다.

"캐리어랑 가방 줘요."

아직까지 하 배우와 제대로 눈을 맞추지 않은 난 순순히 인계하고 거실로 들어갔다.

하영우는 아직까지 별다른 내색 없이 차와 준비한 과일을 거실 테이블에 놓고는 날 배려하는 건지 적당한 거리를 유지하며 창가에 섰다.

"출장은 잘 다녀왔어요? 내 선물은?"

"……."

"없어요?"

난 일정에 비해 일이 바빴다는 핑계로 집요한 회갈색의 시선을 피하며 주스 잔을 들었다. 그사이 다부지게 정신을 챙겼다.

"바쁜 와중에도 난 수완 씨가 우리 일을 진지하게 생각했을 거라 믿어요."

목을 축인 난 이처럼 계속 죄인 모드로 피해가는 건 성격에도 안 맞고 무리라 생각해 준비한 말을 꺼냈다.

"우선 그날 일에 대해서는 죄송하게 생각해요."

최대한 진심어린 사죄를 하고 싶었다. 일어난 일이 없었던 일이 될 수만 있다면.

"그전에 상당히 오랜만에 마신 술이었단 걸 알아주셨으면 해요. 그리고 말씀하신 건 생각을 해봤는데…… 전 이대로 프로젝트를 함께하는 배우와 작가의 관계만 유지했으면 합니다."

그래 잘하고 있는 거야, 지수완. 침착하게 이 톤, 이 느낌을 유지하면 돼.

"왜죠?"

이 타이밍에서 '왜'라는 질문을 예상하기도 했지만 직접 들으니 바로 답이 나오지 않았다.

"배우란 직업에 대해 거부감이 있나요?"

개인적으로 배우에 대한 관심이나 판타지는 없다. 그러니 딱히 거부감도 없었다. 그러나 이렇게 말한다면 이야기만 길어질 게 분명해 다른 말을 할 수밖에 없었다.

"이런 얘기까지 해야 할까 싶었지만 하는 게 정리가 빠를 것 같네요. 저 지금 같이 살고 있는 사람이 있어요. 그날도 그 친구를 생각하다가 술기운에 벌어진 해프닝으로 이해해 주셨으면 합니다. 하영우 씨."

회갈색의 눈동자는 한순간 투명하게 빛나더니 또 금세 평소의 차분한 눈빛을 했다.

"그날 나에게 한 키스가 당신 연인인 줄 알고 한 키스다, 이런 말인가요?"

"네."

난 최대한 냉정함을 유지하며 위축되지 않고 말했다. 그런 날 하 배우는 매의 눈으로 관찰하는 듯했다. 그 시선 또한 회피하지 않고 다 받았다. 꿋꿋하게.

"절대 나에게 한 게 아니다?"

"네."

"알겠어요."

예상보다 담백했다. 비로소 난 깊은 안도의 한숨을 내뱉을 수 있었다. 비록 마음속으로지만.

"본의 아니게 오해하게 만든 거, 다시 한 번 사과드릴게요."

난 보일 듯 말 듯 애매한 미소와 약간의 죄의식이 묻어나는 말투로 정중하게 의사를 피력했다.

"이제 내 생각을 말할게요."

난 들을 준비가 됐다는 신호로 고개를 끄덕였다.

"난 수완 씨가 연인과 한 키스였다고 한 그 키스 때문에 일주일 내내 아무것도 할 수가 없었어요. 생각만 하면 여기가 너무 뜨겁고 심장이 간질거려서. 혹시 지금 같은 말을 할까 봐 나도 별다른 의미를 부여하지 않으려고 했는데…… 그게 안 돼요. 안 됐어요, 난."

하영우는 메소드 연기를 하듯 심장을 부여잡으며 한순간도 내게서 시선을 떼지 않았다.

난 당황스러우면서도 내가 그날 도대체 무슨 짓을 한 건가 싶었다.

"그러니까 이 자리에서 증명해 줘요."

"……!"

"그날 키스의 상대가 내가 아닌 당신 연인에게 한 키스였단 걸 나에게 증명한다면, 내 이런 감정 다 묻을게요."

이 무슨 말인가……. 뭘 어떻게 증명하란 건지 이해할 수 없었다. 너무나 뜬금없어하는 내 상태를 캐치했는지 하 배우는 자신이 원하는 걸 조금 전보다 상세히 설명했다.

"술 때문에 의식이 불분명한 당신은 내가 아니라 당신 연인한테 한 키스라고 했는데, 난 이해도 납득도 안 돼요. 지수완 씨 그때 어느 정도의 의식 분명히 있었어요. 그래서 난 키스의 상대가 내가 아닌 다른 사람이었다는 걸 못 믿겠어요. 그러니 똑같은 키스로 당신 말을 증명해 봐요. 그때와 같은 떨림이나 전율이 없다면, 당신 말 믿을 테니까."

좀 길었다 해도 꿈결에 한 단 한 번의 키스. 다른 사람도 아니고 소위 제일 잘나간다는 남자 배우의 달콤한 말을 누가, 얼마만큼 믿을 수 있을까. 믿지 않는다. 그 키스 한 번에 전율을 느꼈다니, 진심일 리 없다. 내가 고난위도의 키스 스킬을 가진 것도 아니고 무엇보다 남자와 키스한 지 10년이 넘었다. 그때의 상처로 이제부터 '남자는 절대 아니야' 이런 모토로 기피한 건 아니지만, 그때의 그 강렬한 이끌림과 매혹은 그 이후 다시는 없었기 때문이다.

그날도 술이 아니었으면 결코 움직이지 않았을 혀다. 난 혀를 움직이는 법도, 타액을 삼키는 법도 다 잊어버렸건만, 이 무슨 왜곡에 얼토당토않은 픽션인지.

이 모든 생각들이 얼굴에 전부 투영됐는지 하영우는 또 다른 각주를 달았다.

"사인했던 시나리오 계약서 기억나죠? 우린 앞으로 계속 얼굴을 봐야 하는 사람들이에요. 그것도 일주일에 두 번. 이런 분명치 않은 감정으로 그 시간들을 함께한다는 건, 나도 그렇고 수완 씨에게도 편할 리 없어요. 일을 제대로 할 수 있을지 그 또한 분명치 않고. 그러니까 명확히 하자고요. 그 순간 내 뇌에 과부하가 걸려 오작동으로 착각을 일으켰다면 깨끗이 승복하고 수완 씨 바라는 대로 공적인 관계만 유지할 테니까."

"……."

"우린 프로들이잖아요. 나 또한 아닌 걸 맞다고 우길 만큼 아마

추어는 아니에요."

난 모든 상황을 냉철하게 풀어 말하는 하영우를 빤히 쳐다봤다. 그는 그 어떤 동요도 없었다. 마치 내 결정만이 이 문제의 키워드라는 표정을 한 채.

"동의해요?"

확인하는 목소리도 평소의 중저음에서 조금도 음이탈 하지 않았다.

하영우, 그래서 당신은 그 빌어먹을 키스를 꼭 하겠단 말이지. 이 상황에서 거부권을 행사할 적당한 말과 타당한 이유가 떠오르지 않았다.

20대 피 끓는 청춘도 아니고, 해봤자 이 아침에 뜬금없이 자행하는 의미 없는 돌발 키스일 뿐이라는 생각의 비중이 커져만 갔다. 그저 코믹한 추억거리 하나 만들면 그뿐.

오만가지 감정들과 씨름하는 나와 달리 하 배우는 평화롭기 그지없었다.

이미 동거 중이라 밝혔고, 내 실생활이 어쨌든 이 나이에 감정을 배재하고 나누는 키스, 못할 것도 없다 싶었다. 난 하영우가 그 어떤 의미도 부여하지 못하도록 빠르게 다가가 하 배우 목에 팔을 두르고 고개를 들어 입술을 찾았다. 그런 날 하영우는 정말 빤히도 쳐다봤다. 고마웠다. 이렇게 무드도 조명도 없는데 뭔가 느낌이 올 리가 없으니.

입술이 스치기 직전, 난 마음속으로 주문을 외웠다. 지수완, 넌 지금 제주 돌하르방을 상대로 행운을 비는 키스를 하는 거야. 긴장할 것도 경직될 것도 없어. 내 앞에 선 이는 그저 흔하디흔한 제

주의 돌하르방일 뿐이니까.

재차 주문을 외운 후, 입술을 벌려 하영우의 입술을 깨작이지 않고 대범하게 삼켰다. 정확한 시뮬레이션을 생각하고 시작한 키스는 결코 자극적이지 않았다. 자신감을 얻은 난 깊숙이 혀를 넣어 하영우의 입안을 조금 더 삼키고 점령해갔다. 나보다 조금 크고 넓은 듯한 입안에서 난 작은 열대어가 되어 활개를 치듯 치열과 여린 속살을 긁으며 씹었다.

'그래, 딱 여기까지' 하는 그 순간, 내내 뒷짐을 지고 관망하던 돌하르방은 지금까지와는 달리 적극적인 추임새로 내 안을 파고 들었다. 하영우는 나와 비교 불가한 수준으로 내 타액과 숨결을 빼앗으며 맹렬히 내 안의 무언가를 추적하며 헤집었다. 순간적으로 역전이 된 상황에 난 주춤하며 물러나려 했지만 의지와 다르게 꼼짝할 수가 없었다.

내가 시작했던 키스와는 차원이 달랐다. 거대한 페니스처럼 밀고 들어오는 강력한 키스는 얼을 빼려는 듯 과감하게 입안을 독식했다. 묵직하면서도 농도 짙은 기묘한 움직임에 내 어딘가에서 잠자던 또 다른 내가 고개를 드는 느낌을 순간이지만 분명히 인식할 수 있었다. 흡혈귀도 아닌데 내내 냉동 상태였던 하반신에 조금씩 따뜻한 피가 도는 듯했다. 이 키스 한번으로 이렇다니 미친 거다, 난.

하영우는 입술은 물론이고 치열과 혀를 거칠게 빨고 깨물며 지독하게 괴롭혔다. 조금씩 그날의 나와 그 순간의 느낌이 교차되면서 고개가 꺾이고 신음이 새어 나왔다. 하영우의 손에 의해 언제부턴가 하반신이 들어 올려진 난 투명한 통유리 창문에 기대 두

다리로 하영우의 단단한 허리를 감싸고 있었다. 내 사타구니는 하영우의 남성을 적나라하게 느꼈다. 하영우 또한 내 달아오른 둔덕의 열기를 고스란히 느낀 듯했다.

미묘한 마찰과 열기로 인해 키스는 격렬하고 자극적인 섹스가 되어갔다. 그 생각지도 못한 행동을 기점으로 하영우는 야수성을 가진 회갈색의 늑대로 변신했다.

키스가 이럴 수 있다는 걸, 난 10년 만에 학습했다. 이 정도로 한 사람의 멘탈을 완전히 분해하다 못해 파쇄하듯 점과 선으로 조각될 수도 있다는 걸.

그 누구도 아닌 하 배우로 인해.

3장

주말 내내 여름 감기를 핑계로 잠수를 탔지만 잠은 자지 못했다.

오랜 친구는 이런 면이 좋았다. 일일이 기분을 사다리 타듯 도식화하고 프리젠테이션하는 것처럼 설명하지 않아도 내 눈빛, 표정만 보고도 내게 나만의 시간과 공간이 필요하다는 걸 본능적으로 감지한다.

이틀 동안 우빈은 눈에 띄지 않았다. 그러면서도 냉장고와 부엌 테이블 위는 각종 음식과 색색의 과일로 채워져 있었다.

그동안 난 이어폰을 끼고 음악을 달고 살았다. 안 그러면 그날 색색이던 내 신음소리와 숨결, 비음이 날 집어삼켜 민망함과 자괴감에 벽에 머리를 찧을 것만 같았다.

그날, 마트에 다녀온다던 거구의 매니저가 주차를 하면서 통유리로 비친 우리들의 원시적이고 적나라한 모습에 놀라 밖에서 클랙슨을 연속으로 울리지 않았다면 우린, 무아지경에 빠진 난 그 자리를 침대로 인식해 일을 벌였을지도 모른다.

키스는 그만큼이나 좋았다. 데일 듯 뜨거워서 좋았고, 부수듯 격렬해서 좋았다. 내 몸과 감각을 자극해 동면해 있던 미세한 열선을 달궈서 무언가 더한 것을 기대하게 만들었다. 섹스를 꼭 닮은 키스는 섹스를 바라게 만들었고, 섹스를 열망하고 꿈꾸게도 했다.

간신히 입술을 뗀 난 수치심은 물론이고 망연자실해 그대로 뛰쳐 나와 죄 없는 매니저를 붙잡고 운전을 종용했다. 오는 내내 창문에 고개를 고정한 채 숨도 쉬지 못했다.

도저히 내 자신을 용납할 수가 없었다. 내가 그토록 남자를, 그 지독한 열감을 바라고 원했던 건가 하는 의구심은 물론이고 나라는 인간에 대한 실망과 자괴감을 지울 수 없었다.

펄펄 끓는 용광로가 곁에 있다고 한들 반응 않던 몸이었다. 장장 10년 동안. 깊은 밤, 그 어떤 야한 로맨스 소설을 보고 등급 높은 B급 영화를 봐도 요지부동이었던 내가, 키스 한 번에 냉동 방어벽이 무너져 내렸다.

하영우는 이런 내가 얼마나 가소롭고 우스웠을까……. 그렇게 아니라고, 난 내 사람이 있어 연인에게 한 키스라고 호언장담을 했건만. 아무런 장치도 없는 대낮, 그 민낯의 자연광을 받으면서 녹아내린 이 몸뚱이는 도대체 어떤 인자로 만들어진 불순하고 나약한 불순물인지. 접시 물에 코라도 박고 싶었다.

위약금을 열 배로 주는 한이 있어도 이 계약은 접어야 한다. 대리인으로 우빈을 세울까도 했지만 그러면 내 적나라했던 욕망인자를 우빈이 알게 된다는 사실을 견딜 수 없을 것 같았다. 소울메이트라 해도 이건 아니다.

하영우를 만나야 한다. 하지만 내가 그 사람의 일곱 빛깔 무지개 같은 눈빛을, 그 예리한 회갈색의 시선을 견뎌낼 수 있을까…….

처음 본 날, 연예인이란 직업군에 비해 별다른 특이 성격이나 카리스마가 느껴지지 않아 의외다 싶었는데 사람이 볼수록 다각적이고 심층적인 면을 갖고 있었다. 유난스러운 대신 유현하고 기고만장할 수도 있는데 기가 세 보이지도 않았으며 필요 이상으로 사람을 번거롭게 하거나 사람과 장소 가리면서 노련하게 오만불손하지도 않았다.

그 모든 이유로 마음을 놓았던 것 같다. 그런 이유로 그 사람이 제시한 키스도 호들갑 떨지 않고 물러서지 않았던 걸까.

난청이 될까 싶어 물리도록 끼고 있던 이어폰을 빼고 베란다 철제 의자에 앉았다. 우빈은 아직까지 집에 들어오지 않은 모양이다. 있다면 내 이 피폐한 모양새를 보고 그냥 있지 않을 희생과 봉사의 아이콘이거늘.

열린 창으로 바람이 비집고 불어와 이틀 내내 과부하 된 머리를 토닥였다.

내일이다. 하영우를 만나야 하는 날. 피한다고 피해지지도 않을 것이고, 무엇보다 만나서 핸드폰이 든 가방과 캐리어도 받아야 한다. 해도 해도 생각의 가지는 끝도 없고, 용량 초과된 머리는 더 이상 그 어떤 생각도 하고 싶지 않았다. 생각한들 이미 저지른 과

오가 없었던 일이 되는 것도 아니니, 더 이상은 분석도, 비난도 하고 싶지 않았다. 어차피 내일이면 닥쳐 올 일이고 맞닥뜨려야 하는 사람이다. 지금은 내 자신이 지난 시절의 상처로 인해 완전히 복구 불가능한 석녀는 아니었구나 하는 그 사실 하나만 생각하기로 했다.

그 같은 깊고 짙은 상처에도 불구하고 난 어떤 걸 원했다. 그 어떤 것이 사랑인지 사람인지 아니면 일회성 욕구인지 불타는 욕망의 밤인지 분명하지 않지만, 난 원하고 있었다.

하영우가 끝까지 원망스럽지만은 않은 이유가 거기 있었다. 내가 모르던 날, 자각하고 각성하게 만들었다. 그 점이 고맙긴 한데 그렇다고 고맙다고 말할 생각은 없었다.

아침부터 긴장하며 기다렸는데 연락은 퇴근 전에야 왔다. 수면부족에 하루 종일 졸인 마음으로 인해 을의 입장이면서도 전화를 받는 난 고분고분하지 못했다.

[회사 번호 어떻게 알았는지 궁금하지 않아요?]

궁금하긴. 내 핸드폰 확인하면 다 나오는데 뭐가 대단하다고.

[밖에서 만나고 싶은데 일이 생겨서 그럴 수 없게 됐어요. 미안하지만 집으로 와줘요.]

난 끝까지 뻣뻣한 고자세로 전화를 끊었다. 이 상황에서 저자세는 결코 해결책이 아니다 싶었다. 그날의 일을 되짚으며 대화를 하다 보면 하고 싶지 않아도 저자세가 될 테니 미리부터 주눅이 들어 버리는 건 전략상으로 좋은 전술이 아니다.

퇴근을 준비하는데 신지혜가 들어왔다. 어느 날처럼 쭈뼛거리며 망설이지는 않았지만 오늘도 하고 싶은 말이 있는 눈치다. 난 먼저 내색하지는 않았다.

가방을 들고 일어서려니 드디어 신지혜의 말문이 터졌다.

"사장님, 오늘 저희 집에서 저녁 드시지 않으실래요?"

드문 스타일이다. 요즘 같은 시대에 이렇게 스스럼없이 집으로 초대하는 것도 그렇고, 또 그 집이란 공간이 그리 넓고 쾌적하지도 않은데도 전혀 기죽지 않고 집을 오픈한다는 게 내가 면접날 신지혜에게 받았던 특별한 느낌과 다르지 않았다.

"왜? 오늘은 본인 생일이야?"

내 말투와 농이 이젠 어느 정도 익숙한지 신지혜는 특유의 수줍은 미소를 지었다.

"아니요. 주인집 할머니께서 콩국수를 잘하시는데 아침에 콩물을 많이 주셔서 사장님이랑 그…… 친구분, 시원한 콩국수 대접하려고요. 저번 주 사장님 출장 가셨을 때 장난감 때문에 민진이 데리고 하비 매장에 갔었는데 친구분이 민진이 선물도 주시고 맛있는 저녁도 사주셔서 감사해서요."

신지혜의 자그마한 얼굴에 생긴 묘한 홍조가 눈에 띄었다.

이 초대에 내가 필요하긴 하지만 주 감사대상이자 주인공은 우빈이지 싶었다. 우빈의 자상한 성격에 얼마나 성심성의껏 잘했을까…….

"어쩌지, 난 약속이 있는데. 우빈이한테 연락해 봐. 강우빈 콩국수 엄청 좋아하거든."

난 내가 빠진 그 한 번의 초대를 시작으로 신지혜와 우빈을 얼마나 힘들게 하고 혼란스럽게 만들었는지 그 순간에는 알지 못했다. 신지혜의 그 탐스런 홍조를 한 번만 더 생각하고 의심했다면, 두 사람 다 그렇게 별을 세듯 막막해하지는 않았을 것을.

우빈에게 연락을 해보란 말을 남기고 난 신지혜보다 먼저 퇴근했다.

한 시간 반이란 시간을 길 위에서 보내고 반 녹초가 돼서 하 배우 집에 도착했다. 오늘은 평소와 달리 하 배우 옆에 낯선 이가 둘이나 있었다. 그 사람들 속에 일해주신다는 할머니는 역시나 보이지 않았다.

하영우는 묘하게 가라앉은 표정으로 자신의 양쪽에 앉은 남자와 여자를 소개했다. 남자는 소속사 대표, 선 고운 여자는 회사 고문 변호사라고 설명했다.

어렵지 않게 상황을 짐작했다. 내가 지금 하려는 시나리오 작업 계약 파기에 관한 건을 먼저 손을 쓴 듯 보였다. 일단 난 준비한 자의 수고를 위해 침묵을 고수했다.

"오늘 우리 회사 대표님과 고문 변호사 두 분을 모신 이유는 이 사진들 때문이에요."

하영우는 노란 봉투에서 적지 않은 양의 사진을 꺼내 건넸다. 난 묘하게 가라앉은 분위기로 인해 반론 없이 받은 사진을 한 장씩 확인했다.

확인할 때마다 손끝은 여지없이 떨렸다. 심장은 터질 듯이 날뛰고 석고를 한 움큼 삼킨 것처럼 숨이 막혔다.

내가 하영우 매니저와 이야기하는 사진을 시작으로 별장에서 하영우에게 안겨 열렬히 키스하는 사진이 마치 한 편의 단편영화처럼 엄청난 미장센을 뽐내며 찍혀있었다.

난 들고 있던 사진을 돌려주지도 못한 채 들고 있었다.

“연예인 스캔들에 대해선 전문가들이에요. 저들이 바라는 건 독점 기산데, 일단 회사 차원에서 막았어요. 이런 자리를 만든 건 수완 씨의 동의가 필요해서예요.”

난 무엇에 대한 동의인지 묻지 못했다. 묻지 않아도 내 마음을 아는 듯 하영우가 말했다.

“일적인 관계로 만나 서로 호감을 느껴 연애한다고 발표를 하고 싶은데, 우선적으로 수완 씨가 동의를 해야 적당한 타이밍에 기사를 주고 회사 차원에서 대비를 할 테니까요.”

난 선뜻 답을 하지 못했다. 무엇보다 연애는 사실이 아니고, 이 사진들을 부인했을 때 터질 수 있는 최악의 상황을 알 수 없기에 쉬이 답이 나오지 않았다.

“만약 이 사진들을 부인한다면…….”

난 침도, 숨도 삼키지 못하고 하영우를 응시했다.

“나는 물론이고 수완 씨도 공격을 당할 거예요. 기자들은 물론이고, 악성 댓글에서 삶의 이유와 희열을 찾는 사람들로부터 신상털기는 기본으로 당할 테고, 수완 씨 회사, 친구, 동료들 다 지금 같은 상황이긴 힘들어요. 그럼에도 불구하고 이 사진들을 부인하겠다면 여기 계신 이 변호사님의 도움을 받아야 하고요.”

하아, 한숨과 함께 눈이 감기고 속이 울렁거렸다. 패기 어렸던 그 키스 한 번에 내 세상이 이렇게 뒤집어 질 줄은 몰랐다.

난 세 사람에게 양해를 구하고 화장실로 행했다. 세수라도 하고 정신을 차려야 할 것 같았다. 양 볼을 젖히고 먼지 하나 없는 거울을 응시했다.

다른 건 둘째 치고 내가 노출되면 우빈이 곤란해질 수 있다. 강우빈의 정체성, 가족, 그의 이력, 그 모든 것이 발가벗겨지고 너덜너덜해진다. 우빈을 생각하니 의외로 답은 수월하게 명료해졌다.

자리로 돌아온 난 스포트라이트 같은 세 사람의 시선을 한 몸에 받았다. 특히 내 맞은편에 앉은 회갈색 눈동자의 주인, 하영우의 뜨거운 시선을.

"조건이 있어요. 발표하는 대신 제 직업은 일반 회사원으로 해주세요. 어차피 이 사진은 물론이고 제 실물이 공개될 일은 전혀 없을 거라 믿어요. 그게 기본이고요. 또 하나, 저와 함께 살고 있는 제 룸메이트의 신변 보호를 확실하게 약속해 주세요. 전 저보다 그 친구가 더 중요해요. 이 두 가지만 약속하면 공표해도 상관없어요, 전."

내 조건과 설명에 아주 잠깐 하영우의 눈빛에서 불길이 일었다. 아니 불길이 일은 것 같았으나 그 열기는 아주 잠깐이라 내 혼란한 신경이 일시적으로 혼동을 일으켰나 싶었다.

"알겠어요. 그럼, 수완 씨는 동의한다는 거죠. 우리의 만남을 언론에 공표하는 걸."

하영우는 지금 묻고 있었다. 내 한마디를 시작으로 준비하고 진행될 일련의 일들에 대해서.

"네."

내 미약한 대답이 떨어지기 무섭게 하영우와 아까부터 목석처럼 앉아 날 뚫어지고 미어지게 쳐다보는 소속사 대표라는 남자, 그와 대조적으로 이 긴박한 상황을 마치 영화 보듯 한발 물러난 시선으로 관망하던 변호사가 자리에서 모두 일어났다. 나도 따라 일어났다.

하영우는 잠시만 기다리라는 말을 하곤 두 사람을 이끌고 마당으로 나갔다. 내가 동의를 했으니 저들끼리 준비할 게 있는 것 같았다.

난 내가 엎어놓은 사진 옆 물 잔을 들어 메마른 목을 적셨다.

1분, 5분, ……. 얼마의 시간이 지났을까. 몸에 힘이 하나도 없었다. 더불어 심신이 지치고 피곤했다. 소파에 등을 기대고 눈을 감았다. 아직 하루가 완전히 지나간 것도 아닌데 방전된 정신을 잠시라도 충전하고 싶었다.

순간, 그 누구도 봐서는 안 될 사진을 가방 안에 꼭꼭 숨겼다. 세 사람은 아직도 마당에서 모의를 하고 있었다. 다시 소파에 기대 눈을 감았다.

비밀연애이고, 연애란 게 만나다 적당한 타이밍에 헤어졌다고 하면 그만이다. 운명적인 사랑이라 믿으며 3일 미친 듯이 몸을 나누고 마음을 나누고도 다음날 전혀 모르는 사람들처럼 헤어질 수 있는 게, 이 시대의 경박한 연애고 사악한 인간이다. 강우빈을 위해 고작 트릭 같은 연애기사, 뭐 그게 대수라고.

시나리오 작업을 하기 위해서는 싫어도 하영우와 함께 있는 시간들이 있다. 시나리오 작업이 끝나는 때쯤 헤어졌다고 하면 그뿐, 복잡할 거 하나 없다.

이 기막힌 상황과 안 맞게 눈 끝이 떨리는 게 졸음이 사정없이 쏟아졌다. 주말 내내 잠을 못 잔데다 상상도 못한 일이 터져 몸도 마음도 꽤나 놀란 모양이다. 이 타이밍에 자고 싶은 걸 보니. 아직 시나리오 작업은 시작도 못 했는데 하영우랑 보내는 하루하루는 왜 이렇게 요란하고 버겁기만 한 건지.

우린 전생에 무슨 인연이었을까……. 분명 남매나 짝패는 아니었을 테고, 원수 사이나 노비를 쫓는 추노꾼, 뭐 이런 관계였겠지. 다른 건 모르겠고 내가 갑이 아닌 건 분명하다. 지금 이 상황만 봐도.

"수완…… 아……."

누군가 날 애달프게 부르는 것 같은 기분에 힘겨운 눈을 떴다. 하영우는 어느 샌가 내 맞은편에 앉아 있었다. 눈을 감고 있던 시간이 내 생각만큼 몇 초는 아닌 듯했다.

"뭐…… 라고 했어요?"

난 아직도 흐릿한 정신으로 인해 초점이 분명하지 않았다.

누군가 삼십을 기점으로 동물 같은 회복력은 끝이 났다고 했는데 지금 그 말이 그렇게 수긍이 갈 수 없다. 중국 출장에 이어 주말 불침번, 이곳에서 맞은 날벼락까지.

그래도 이건 아니다 싶어 애써 정신을 챙겼다. 비로소 하 배우가 선명하게 보였다.

그의 표정이 아주 조금 슬프게, 아릿하게 보였다. 당신도 엄연히 피해자라 이건가. 그럼 난, 키스를 했다는 그 이유로 피의자고. 그건 아니지. 당신은 공범이고 모사꾼이야. 내가 그딴 키스를 왜 했는데.

"주말에 잠 못 잤어요?"

"잘 잤어요."

"잘 잤는데 눈은 왜 그렇게 충혈됐어요?"

"……분해서요. 별거 아닌 키스 한 번에 스포츠 신문 메인을 장식하게 생겼으니까."

내 '별거 아닌'이란 말이 거슬렸는지 하영우는 잠깐이지만 아련했던 눈빛을 지우고 다시 회갈색의 늑대 눈빛을 했다. 언젠가 동물의 왕국에서 본 듯한 그런 황량하고 살벌한 눈빛을.

"사진을 봐서 알 텐데요? 별거 아닌 키스가 아니었단 걸."

특유의 눈빛이 이젠 비아냥과 도발까지 내포하고 있었다.

"흔하디흔한 키스였어요."

지지 않고 응수했다. 그날의 키스에 대해 별다른 의미를 부여하고 싶지 않았다. 또 그래서도 절대 안 되고.

난 대수롭지 않다는 듯 옆에 있는 가방을 챙기며 하영우의 망상을 단번에 깨부쉈다. 부쉈으면 했다.

"내 룸메이트랑 하는 키스에 비하면 그건…… 아악!"

순식간에 들린 몸은 어느 틈엔가 소파에 누워 하영우의 체중을 온몸으로 받고 있었다. 분기와 불만이 충만한 하영우가 매서운 눈빛으로 잡아먹을 듯 쏘아보았다.

"진짜 연인들끼리의 키스라……."

"……!"

"어떤 건지 엄청 궁금하네."

하영우의 체향과 숨결이 고스란히 느껴짐은 물론이고 밀착된 하반신으로 탄탄한 하체와 두터운 사타구니의 열기가 가감 없이 느껴졌다. 의도적으로 도발을 하려고 한 건 아닌데 비교하는 듯한 말투에 기분이 상한 듯 보였다.

얇은 여름 옷감 사이로 느껴지는, 결코 느끼고 싶지 않은 서로의 체온과 낯선 감정에 우린 시선을 마주하고 서로를 집요하다 싶을 정도로 응시했다. 꼭 화가 나고 분기어린 마음만은 아니었다, 분명히. 손가락 한 마디에 지나지 않을 짧은 거리. 하영우는 나를, 난 하영우를 눈에 담았다. 말이 필요 없는, 결코 짧지 않은 순간은 계속해서 이어지고 이어졌다.

하영우인데…… 보고 있자니 하영우가 아닌 듯 기묘한 기분이 들었다. 내가 좋아하고 좋아했던 그 어떤 얼굴과는 전혀 다른 생김새와 느낌. 너무도 뚜렷하고 이국적인 이미지는 처음처럼 여전히 부담스러운데도 이상하게 한번 만져보고 싶었다. 아주 조금이라도 느껴보고 싶었다. 그래서 겁도 없이 손을 댔다. 하영우 얼굴에.

손목은 여전히 물리듯 잡힌 채 자잘하게 떨리는 손끝으로 하영우의 눈썹과 미간, 미간을 따라 내려온 곧고 날카로운 코끝, 라인을 그리듯 선명한 인중과 라인이 살아있는 입술 전부 정확하고 섬세하게 확인하고 느꼈다.

그 깃털 같은 자극에 하영우의 표정은 민감하게 살아 움직였다. 당연한 사실이지만 내 기억 속 흐릿하게 남은 어떤 이의 윤곽은 분명 아니었다. 다 알면서도 이 사람에게 나는 살내음과 이 순간 날 응시하는 뜨거우면서도 친밀한 시선은 설명할 수 없고, 알 수 없는 이유로 기뻤다, 그리고 좋았다.

다정한 기운이 느껴지는 시선이 자꾸 내 어딘가를 치고, 만지고, 건드렸다. 손목을 빼고는 옷감으로 인해 발끝까지 완벽하게 닿은 부분도 없는데 내 몸에서는 맹독이 퍼지는 것처럼 지독한 열이 났다. 언젠가처럼 미친 것도 아닌데 사지를 누르는 묵직한 중압감은 든든해 좋았고, 달달한 호흡은 더없이 욕심이 나 여태 있었는지도 몰랐던 갈망도 생겨났다.

잠재해 있는 또 다른 나는 눈앞의 하영우가 궁금했다. 어떤 맛일까, 어떤 스타일일까, 내 취향에 맞을까 하는 그런 대책 없고 미친 감정. 그때 서로 물고 물리듯 탐했던 키스가 지금은 하나도 생각나지 않았다. 그런 이유로 다시 한 번 그 강한 전류와 자극을 느껴보고 싶었다.

당신, 어떤 맛이었지? 난 당신에게 어땠지? 계속 음미하고 싶을 만큼 달콤하고 달았는지. 나처럼 확인이 필요할 만큼 나란 존재가 미비했는지…….

이런 내 혼란스런 마음을 읽었는지 하영우가 조금씩 다가와 내 입술 끝을 끌어 물었다. 일종의 물음, 그의 의사에 대한 분명한 선택을 바라는 것도 같았다.

혼란과 번뇌는 짧게 지나가고, 욕망이 분철된 난 눈을 감았다. 나와 동일하게 궁금하길 바라며 키스를 받아들였다. 조심스럽고 다감한 움직임은 내 조심스런 동의로 인해 확연하게 달라졌다. 자유로워진 서로의 손은 상대를 확인하며 본능처럼 서로를 찾아 안았다.

이 모든 게 그 시절의 나처럼 자연스러웠다면, 난 능숙한 거짓말쟁이에 음탕하고 뻔뻔한 여자가 되는 걸까…….

입안을 파고든 하영우의 혀는 당연히 탐욕스럽고 뜨거웠다. 난 기꺼이, 반기듯 뜨거운 탐닉을 받아들였다. 점점 파고들어 빨아당기는 매서운 기운에 숨이 차고 신음이 새어 나왔다. 동시에 사막처럼 메마르고 갈라진 내 하반신에 따뜻한 물이 차오르는 게 분명하게 느껴졌다. 난 이 키스로 무얼 확인하고 무엇을 바라는 걸까…….

하영우의 입술이 내 입술을 지나 귀와 목선으로 이어졌다. 나 자신이 원하는 걸 모르는 난, 서둘러 저지해야만 하는 건지 아님 이끄는 대로 느끼고 관조하다 관능을 기대해야 하는지 알 수 없었다. 너무도 많은 의문과 생각에 도리어 입은 더 다물어졌다. 마치 공격받은 조가비처럼.

"싫으면…… 지금 말해."

조가비는 어떤 때 입을 열더라……. 물을 만났을 때다. 제 고향의 익숙한 바다 맛. 짠맛.

난 아직 이 키스로 그 어떤 맛도 느끼지 못했다. 어떤 말도 할 수가 없었다.

내 이런 침묵은 하영우의 감각을 달구고 뜨겁게 만든 듯했다. 한순간 몸이 들린 난, 하영우 얼굴에 이마를 대며 동의를 표했다.

낯설고 널찍한 침대에 조심스레 눕혀진 난 빠르게 상의를 벗는 하영우를 보면서도 결코 눈을 감지 않았다. 내가 내 의지로 10년 만에 만든 이 상황을 선택적으로 인식하고 싶지 않았다. 온전히 다 보고 느끼며 고통이든 환희든 기묘한 열락이든 전부 다 기억하고 싶었다. 그날로부터 10년 만인 이 행위를 비겁하게 허겁지겁 치르고 싶지는 않았다. 하영우는 모르지만, 내겐 이 행위가 충분히 유의미했다.

생각은 딱 거기까지만 가능했다. 다시 시작된 키스는 방금 전까지와는 강도도 수위도 달랐다. 소파에서의 키스는 맛보기였는지 본게임에 들어선 선수는 아마추어 마인드를 버렸다.

상반신이 벗겨진 하영우와 하반신이 드러난 난 시작부터 둔덕을 사정없이 삼키고 빨아대는 지독하고 집요한 하영우로 인해 폭죽이 터지듯 불꽃이 터지며 뜨겁게 겹쳐졌다.

하영우는 알까……. 내가 처녀와 별반 다르지 않다는 사실을.

분명 처음은 아니지만 10년이란 시간 속에 난 바다 속 단단한 조가비처럼 내내 내 자신을 죽이고 살았다. 그런 내게 지금의 이 느낌은 10년 전과 다르지 않은 고주파의 충격이었다.

입안을 점령했던 혀는 질척한 둔덕에서도 여지없이 활개를 쳤다. 하영우의 혀와 입술은 제 영역을 밟고 선 늑대처럼 거침없고 자유로웠다. 그로 인해 난 간드러지는 비명을 꼭꼭 삼킬 수밖에 없었다. 내벽을 긁고 갈아대는 연이은 자극과 흡착하는 기이한 충격에 몸이 벌벌 떨리면서도 성숙한 서른다섯의 난 꿋꿋하게 아닌 척을 했다.

그 같은 위장과 가면극에 자극을 받았는지 하영우는 더 악착같이 내벽을 흡착하며 핥고 씹어 농도 짙은 애액을 허겁지겁 삼켰다. 두 겹으로 단단히 틀어막은 내 입에서 기어이 새된 교성이 터져 나왔다. 깊은 밤 티미한 정신을 일깨우는 타종소리처럼 타액과 애액을 요란하게 삼키는 야릇하고 적나라한 소리가 날 사정없이 할퀴고 뒤흔들었다.

어느새 완전하게 나신이 된 하영우가 비릿한 향을 풍기며 내 얼굴을 고정시켰다.

"나 봐, 지수완."

간신히 지독한 치도곤을 견딘 하반신으로 인해 의식이 몽롱한 난 필사의 노력으로 눈을 맞춰 하영우를 봤다. 난 그때까지도 내 눈가가 물기로 젖은 줄도 몰랐다.

"이 시간 이후 우린 서로에게 완전히 속한 연인이야."

어떤 대답도 할 수가 없었다. 자꾸만 분열되려는 나약한 의식으로 인해.

"피할 수도 속일 수도 없어."

그래, 그렇겠지. 이건 온전히 내 의지니까…….

"이제부터는 무슨 일이 생겨도 항상 내 옆에 있는 거야."

열과 성을 다한 애무에 오랫동안 막혔던 혈이 돌고 몸이 절절 끓어 입에서는 대답보다 신음이 먼저 터졌다. 나의 그런 반응에 다른 답은 필요 없는지 하영우는 벌써부터 땀으로 달라붙은 블라우스를 찢듯이 벗겨냈다. 연이어 속옷도 벗겨져 나갔다.

비로소 교묘한 사냥꾼에 의해 입이 완전히 벌어진 조가비 같은 난, 다가오는 하영우의 얼굴을 내 안에 새겼다. 한순간 안전벨트가 풀리듯 녹신녹신해진 내벽을 묵직하게 밀고 들어오는 하영우의 분신은 낚싯바늘 끝처럼 날카롭고 민첩했다.

끝까지 일관되게 직진만을 고수하며 내 공허한 두 무릎을 한껏 들어 올린 하 배우는 몸을 곧게 관통했다.

"아…… 악!"

분명 처음은 아닌데 몸은 처음처럼 반응하고 비명은 요란하게 공명했다. 이루 다 설명할 수 없는 선현하고 적나라한 아픔에 절로 입술을 깨물었다. 순간 오래전 그날도 이만큼 아팠던가, 새삼 궁금했다.

깊숙한 진입과 함께 반동으로 굳어버린 내 몸은 충격을 완화하고 버텨내기 위해 본능적으로 하영우의 몸끝을 사납게 물었다. 하영우는 그런 내 안에서 점점 부피를 키우며 강력한 보호막을 쳤지만, 난 꿋꿋하게 버티며 조였다.

난 결코 알지 못했다. 내가 하영우의 분신을 미치게 조여댄다는 사실을. 이에 포식자의 신음과 으르렁거림도 극으로 치달았다.

하영우는 순간적으로 내 분홍 돌기를 물어 씹으며 폭발하는 자신을 다스리는 듯했다. 잘근잘근 씹어지는 돌기가 내 온몸의 신경선을 타고 함께 돌았다. 서로에게 물리고 물린 우린 한동안 그 어떤 움직임 없이 서로를 느끼고 가두기만 했다.

하영우 당신도 꼭 나처럼 미칠 것 같아? 그래? 그랬으면 좋겠어, 난.

한 치의 오차도 없이 이어진 하반신과 함께 우리의 눈빛도 서로를 물며 엉켜들었다.

왜, 왜 난 다른 이가 아닌 바로 당신을 원했을까…….

그 의문 속에서 조금씩 긴장과 아픔이 잦아지면서 그 미묘한 간극을 욕망과 서툰 쾌감이 채우고 메우는 것 같았다. 내 민감한 변화를 감지한 하영우가 우리를 벗어나려는 늑대처럼 질척한 내 안에서 좁은 덫이 더없이 마음에 드는지 몸부림쳐댔다.

"으…… 흣!"

누군가의 저돌적인 몸부림은 또 다른 누군가를 자지러지게 만들었다. 이 순간 느끼는 혼란스런 감정은 단지 좋다는 말로는 10분의 1도 표현하지 못했다.

속도전인지 체력전인지 구분할 수 없는 거친 반동과 스킬에 이미 녹진해질 대로 녹진해진 하체가 쾌감과 쾌락으로 완전히 녹아내릴 것만 같았다. 참으려 해도 기가 막히게 내 취약 부분과 핫스팟을 공략하는 귀신같은 하영우로 인해 연신 비명과 고공의 교성이 터졌다. 고음의 운율에 맞추어 둔덕과 내벽을 파헤치던 하영우도 파고를 넘어 유영을 하다 어느 지점부터는 하얗게 폭발했다.

하영우의 예리하고 묵직한 남성은 나만큼이나 목말랐었는지 내 서툰 내벽을 잔인할 정도로 자극하며, 상하좌우로 상처 내며 긁어 댔다. 거친 밀착과 마찰이 난 미치게 좋았다. 난 허리를 드는 본능적이고도 간약한 행동으로 하영우의 격한 동참을 원했다. 그는 내 이런 요구를 받아들여 딱딱한 몸끝을 한껏 물렸다 기대만큼 빠른 진입으로 더 할 수 없을 만큼 깊이깊이 박혀 들어왔다.

“으…… 읏!”

이제 막 시작된 관능의 밤을 결코 포기할 수 없는 난 탄력으로 매끄러운 하영우의 엉덩이를 잡아 쥐어 독려하며 내 안에서 더 많이, 더 깊게 활개치며 달려주기를 원하고 또 원했다. 누군가 이런 날 미쳤다고 욕한다 해도 난 하영우를 욕망했다.

분명 오늘 밤이 처음인 우린 오래된 연인처럼 서로의 욕망을 삼키기 바빴다. 어떻게 이럴까 싶을 정도로 난 하영우로 인해 쾌감과 함께 안정을 느꼈다. 그리스 신전의 기둥처럼 내 얼굴 양쪽에 자리한 하영우의 핏줄 선 팔을 잡으며, 난 허공으로 들썩이고 천지사방으로 밀리면서도 이 절대적인 쾌감과 쾌락을 하나도 놓치기 싫어 꾸역꾸역 질기게 버텨냈다.

한계치를 넘으려는 순간, 절묘하게 동작을 멈춘 하영우는 노련한 늑대보단 사막의 여우 같았다. 벌써부터 자지러지는 날 허용할 수 없는지 날 최고점까지 끌고 올라가서는 잠시 숨을 돌렸다. 그 순간에도 내 안에 있는 하영우의 남성은 우후죽순처럼 길이와 부피감을 키웠다.

찰나의 순간, 휘몰아치는 속도와 역학운동은 다시 또 시작되고 반복됐다. 그동안 잊고 살았던 관능의 밤이 예고도 없이 시작됐다.

역사 속 미희와 요부에 대해서는 종종 들었지만 아름다운 헤라클라스는 기억이 나지 않았는데, 지금 내 속에서 맹렬히 활개 치며 넘치는 힘을 조절하지 못하는 하영우가 그인 듯했다. 동물적인 힘과 테크닉으로 여자를 울리고 무릎 꿇리는 그런 못된 충동분자.

팍팍하게 채운 내벽을 면밀히, 바닥까지 긁어내는 통에 내 사타구니는 오직 하영우라는 남자가 쏟아내고 뱉어내는 정으로 꽉꽉 채워졌다.

"지…… 지수완……."

지금은 그 어떤 말로도 이 지독한 쾌감과 음란한 둔통을 대신할 수 없었다. 밤은 아직 한참인데도 모든 시간을 밤으로 인식한 우리는 침대 위 세상, 육체의 미학에 미친 듯 빠져들었다.

내 모든 욕망은 이 밤 극한을 원했다. 10년 만에 밤도둑처럼 찾아든 쾌락은 기꺼이 내 자신을 던지고 내버릴 만큼 짜릿하고 저릿했다. 참으로 오랜만에 메마른 하반신이 뜨거운 물과 정으로 가득 흘러넘쳤다.

그 뜨거운 기운이 정말 미치게 좋았다.

다음날, 평소보다 한 시간 먼저 출근한 난 옷장에서 옷을 꺼내 입었다. 에폭 본드나 총 본드는 물론이고 공장에서 샘플 작업으로 옷을 버리는 일이 많은 우린 각자 여분의 옷을 회사에 두고 있었다. 그건 사장이라고 다르지 않았다.

거의 찢긴 듯한 블라우스를 가방에 넣고는 기운이 없어 등받이

의자에 몸을 기댔다.

잠을 두 시간도 자지 못한 것 같다. 처음이나 다름없는 내 상태를 알 턱이 없는 하영우는 10년 만인 나만큼이나 격한 행위에 목이 말랐는지 길고 단단한 몸끝에 모든 에너지와 욕망을 모아, 집요할 정도로 헤집고 파고들었다. 그 같은 극강의 전투력은 새벽까지 이어져 날 맘껏, 능력껏 탐했다. 나도 똑같이 하영우의 남성을 조이고 쬐며 신음과 탄성을 토하는 하 배우를 지켜보며 지쳐 떨어질 때까지 동일하게 가졌다. 몸뚱이는 부서질 것 같았지만 절절한 쾌감이 극한의 고통을 상쇄시켰다.

과거에도 난 희열과 오르가슴 없이 당하는 듯한 섹스를 지향하지 않았다. 모든 행위는 내 선택을 시작으로 이루어지는 격렬한 놀이이자 극도의 즐거움이었다. 내게 섹스는 늘 일과 동일한 선상에 있었다.

하영우는 무척이나 의외였다. 샌님으로는 안 보이지만 그렇다고 이름값 하는 에너자이저처럼도 안 보이는데 어디서 그런 체력과 근력을 타고났는지, 같이 즐기는 행위에 밀리지 않기 위해 버티다 목이 쉰 건 둘째고 산소부족으로 죽는 줄 알았다.

내내 건조했던 둔덕은 생각지도 않은 순간 받아들인 억세고 흉건한 초대 손님으로 인해 현재 패잔병 그 자체였다. 온몸은 지금도 전기뱀장어에게 감전된 것처럼 저릿저릿하고 손끝은 자잘하게 떨렸다. 마치 혹사당하고 혹사시킨 몸을 대신하는 듯 보였다.

10년 독수공방한 대가도, 칭찬도 아닐 텐데 하영우는 마치 그런 날 잘 알기나 한 것처럼 강약을 조절하며 그 모든 시간들을 채우고도 남을 찬란한 쾌락을 안겨줬다. 나 또한 하영우에게 그런 시간들을 주었는지는 모르겠다. 의지력은 타고났지만 오직 침대 위 행위로만 평가한 난 아직 능숙하다거나 혼을 빼는 요부도 아니니까.

시작은 그저 키스였을 뿐인데 난 왜 그 사람을 먼저 만지고 받아들였을까. 노류장화도 아니고 허벅지가 너덜너덜해질 정도로 남자를 바라고 원하지도 않았는데…….

그보다 한순간 두 남자와 관계를 하는 지조 없고 충동적인 여자가 됨은 물론이요, 지금 함께한 남자와의 관계에 문제가 있음을 암시하는 듯한 뉘앙스를 풍기게 됐다. 갑자기 터져 버린 기이한 욕망으로 인해 뒷일을 전혀 생각지 못했다.

할 수 없다. 하영우가 오해를 하든 날 문란한 여자로 보든, 어차피 우린 돌발 행동과 상황으로 묶인 한시적 연인이다. 그것도 아주 잠깐.

이런 내가 거부감 들고 싫다면 다시 나와 밤을 보내진 않겠지. 그래, 그뿐이다. 더 이상 타진 할 것도, 우려할 것도 없다.

핸드폰이 울려 보니 우빈이었다. 잠깐 심호흡을 하고 전화를 받았다.

"응, 우빈아."

[어디야?]

"회사. 방금 도착했어."

[그래서 진영이는 어때? 정말 이혼한대? 집에는 들여보내고 출근한 거야?]

어제 난 청담동 귀부인 홍진영을 이용해 외박을 했다. 홍진영은 우리 삼총사 중 한 명이었다. 우빈이가 진영의 마음을 거절하고 그 단단한 결속은 맥없이 허물어졌다. 화끈한 진영이에게도 남녀

사이에, 그것도 사랑했던 남자와 우정을 맺는다는 건 도저히 용납이 안 되는 일이었다. 그래서 난 가끔 우빈이 빼고 혼자 진영 여사를 만났다.

"응. 어제 호텔에서 자고 오늘 아침에 헤어졌어."

[다행이네. 제대로 달래긴 한 거야?]

"참 그보다 넌 어제 신지혜가 해준다는 콩국수 먹었어? 내가 너한테 연락해 보라고 했는데."

[응. 민진이도 보러 갈 겸 갔었어. 국수도 먹었고.]

우린 서로의 퇴근 시간을 이야기하는 수준에서 전화를 끊었다.

12년 가까운 사회생활로 얻은 건, 경제력과 함께 위기 시 뱉어내는 유연하고도 적절한 하얀 거짓말이었다. 양심에는 걸리지만 그렇다고 괜한 양심선언으로 모두를 불편하게 만들 만큼 난 선량하지도 투명하지도 못했다.

언제 터질지 모르는 기사에 대해서는 우진에게 말하지 않았다. 터지면 그때 무겁지 않고 심각하지 않게 말할 계획이다.

만나다 헤어질 연애가 심각할 게 뭐가 있을까 싶다. 농락당하고 우스워지지만 않는다면, 연애의 끝은 그게 무엇이든 심각할 게 없다. 내가 근 10년을 질질 끌면서 곱씹었던 건, 결국 난 연애를 한 것이 아닌 그저 원초적으로 즐기며 나 혼자 바라고 기대했다가 버려지고 농락당했다는 분명한 사실이었다.

지키고 싶은 걸 위해 약속한 가짜 연애, 바라고 기대할 것도 없다. 시간이 지나 헤어졌다고 할 스토리라면, 심각하지 않게 즐기고 몸과 마음이 원할 때 위악 떨지 않고 고고한 척 없이 인정하면 그뿐이다. 그게 이번 연애의 모습이다.

난 의자를 돌려 익숙한 후암동 골목길을 바라보았다. 아직 사람들이 다니지 않은 시간이라 골목은 한적했다. 저 골목길처럼 한적했던 일상에 야시장이 서듯 잠깐의 여흥과 번잡함이 지나갈 뿐이다.

난 쓸데없이 철벽처럼 긴장하고 유지했던 내 멘탈과 성적 긴장감을 털어낼 수 있어 좋고, 이번 연애에서 하 배우가 얻는 건 뭘까? 그래, 여태껏 쌓아올린 명성에 걸맞은 깨끗하고 밝은 이미지의 건전한 연애. 별장에 숨어서 벌이는 야하고 노골적인 행위가 아닌, 누구나 하는 연애처럼 자연스럽게 하다 자연스럽게 끝내는 연애. 미혼 남자가 결혼 전, 한두 번 하는 그런 뻔한 연애. 질척거림 없이 이미지 손상 없는 만남. 그 정도면 하영우도 손해가 아닐 거다.

내 우발적인 키스로 인해 서로가 소중한 걸 잃은 필요는 없다. 이런 이유라면 이 짧은 연애의 의미는 충분하다. 누구 하나 손해 날 거 없고 본전 생각할 필요 없는 만남, 이보다 좋을 수는 없다.

목요일 정오 모든 매체에 하영우의 연애 기사가 도배됐다.

지인의 소개로 시작된 만남, 평범한 직장인으로 소개된 나는 내 나이보다 무려 여섯 살이나 어린 스물아홉으로 소개됐다. 기분이 좋지는 않았다. 나이 먹은 게 훈장은 아니지만 빗살무늬 토기처럼 격조 높은 무늬의 숫자를 한 큐에 부정하는 행위 같아 자존심에 스크래치가 나긴 했다.

좋은 사람과 잘 만나고 있다는 멘트로 훈훈하게 마무리된 기사는 관심을 자제해 달라는 하영우의 미소로 쓸데없이 요란한 내용에 방점을 찍었다.

오전에 상품의 질, 컬러 종류와 가격이 다른 스와로브스키와 오지리 스톤을 양분해 총 500만원어치 구매한 난 유독 좋아하는 몬타나 컬러와 블랙다이아를 샘플에 대보며 기사에 대한 일을 의식적으로 지웠다.

중국 제품의 샘플 작업은 직원 모두가 말려 일찌감치 내 손을 벗어난 상태였다. 대범함은 물론이고 화려하고 붉은 기운을 행운으로 생각하는 중국인과 달리 번번이 노을이 져 사위가 어두운 듯한 짙은 컬러 조합을 즐기는 난 반품을 우려한 직원들의 원성으로 오로지 내수 물건만 맡았다.

다행이 지금 잡고 있는 가을겨울 작품은 내 취향에 딱 이었다. 비비드하고 볼드한 스타일의 목걸이도 필요하지만 난 기본적으로 해가 지나도 버려지지 않고 유용한 기본 스타일을 좋아했다. 그런 이유로 기본 판매량을 유지하는 충성도 높은 효자 스타일 디자인은 내가 하고 다른 직원들은 제 나이만큼이나 제각각 다양하고 눈에 확 띄다 못해 고개를 내저을만한 실험적인 디자인을 제작하곤 했다. 디자인 비율은 5대 5. 균형을 무너뜨리지 않는 선에서 회사의 색깔을 살렸다.

균형. 하영우와의 관계에서 가장 신경 쓸 부분이다. 일과 연애란 두 가지 타이틀로 묶인 우리에게 균형은 중요하다. 연애는 내 일이라도 당장 끝이 날 수 있지만, 계약금을 받고 시작한 시나리오 작업은 연애와는 상관없이 반드시 마무리 지어야 하는 프로간의 약속이다.

그런데 그 약속의 본래 취지를 벗어나 마냥 시간만 보내고 있다. 요 며칠은 일 때문에 갈 수 없었고, 기사가 터진 오늘은 나도 그렇지만 하영우도 피하지 싶었다. 그럼 도대체 언제 시작을 할지 생각해 보니 하영우 시놉도 결코 만만한 작업은 아니다 싶었다.

사랑하는 마음을 가득 안고서 발생한 불운의 사고. 신의 장난으로 또다시 겪은 사고는 남자 주인공의 지난 기억을 회복시켰다. 그 사건을 발화점으로 시작된 남자 주인공의 계산된 만남과 집요한 노력.

남자의 상황과 마음에 공감하지 못한 난 남자 주인공을 비난했었다. 철저히 개인의 이기심으로 여자 주인공은 속고 속이는 게임과 사랑놀이에 놀아나는 것이라고.

나에 비해 강우빈은 그런 남자 주인공을 이해하며 공감했었다. 여기서 어쩔 수 없이 성별이 갈리는 건지. 우빈은 누구보다 상 남자니까.

어떤 이유가 됐건, 남자 주인공이 안됐다고 한 우빈을 난 아직까지도 이해할 수가 없다. 그냥 속 시원히 밝히고 다시 시작하면 되는 거 아닐까.

여자 주인공과 반쯤 비슷한 상황인 난 어떨까……. 미안하다, 본의 아니게 사고가 나서 너에게 못 갔다, 다시 시작하자. 이러면 끝일까? 그동안의 상처는 그 몇 마디에 아물고 우리는 미래를 담보로 하루하루를 서로에게 충실하면 행복해질까?

생각해 보니 이 또한 진부한 동화다. 곤란한 과거는 잊어버리고 각자 새 각오로 서로가 새사람을 만나 다시 시작하는 게 가장 현명하다 싶다. 그 방법이 가장 현실적이다.

그렇게 샘플 세 개를 환성하고 내내 굽어 있던 허리를 펴니 점심시간이 지나가 있었다.

스트레칭을 하는데 핸드폰이 울렸다. 하영우다.

그날 이후, 하영우는 무척이나 많은 문자를 보냈다. 몸은 어떤지, 기분이 좋은지. 둘 다 성인이고 끌려서 이루어진 관계에 대해 복잡하게 생각할거 없으니 사라지거나 연락을 끊지 말라는 둥. 시간마다 문자를 주고 세심하게 안부를 물었다. 그때마다 난 같이 즐겨놓고 내 몸만 걱정하는 하영우에게 괜찮다고 안부를 전했고, 내 끼니를 챙기는 그에게 고맙다고 인사했다. 그리고 오늘 기사가 터지고 통화는 처음이었다.

"네."

[점심은 먹었어요?]

"네. 하영우 씨는 기사 때문에 안 먹은 거 아니에요?"

[아니요. 난 맛있게 먹었는데. 참, 오늘 몇 시에 도착해요? 저녁 준비할게요.]

"오늘 오라고요? 괜찮아요?"

[무슨 소리예요? 당연히 괜찮죠. 뭐 먹고 싶은 거 없어요?]

오늘 스캔들 난 톱 배우가 이래도 되나 싶었다. 아니면 진짜 연인이 아니기에 날 보호할 의무가 없다는 건지. 하여튼 걱정한 것보다 하영우는 밝고 즐거워 보였다. 내가 다 허무할 정도로.

"오늘은 회사 회식이 있어서 저녁 먹을 거예요. 그러니까……."

[못 온다는 소리 말아요. 늦어도 와요. 기다릴 테니까.]

내내 기분 좋다가 회식 소리에 이런 앙칼진 멘트는 뭔지. 도대체 뭐가 중요하고 우선인지 모르는 철없는 아이처럼 하영우는 황당했다.

"그게 아니라 가긴 가는데 시나리오 어떻게 갈지 생각하고 계시라고요. 우리 아직까지 시나리오 작업 하나도 못한 거 아시죠? 빨리 데뷔하고 싶다고 하셨잖아요."

[그런 거였어요? 알았어요. 생각해 볼 테니까 빨리 와요. 사람 조심, 무엇보다 차 조심하고.]

이번에는 첫사랑에 빠진 청년의 그것처럼 난처함과 어색한 듯한 멘트를 남기며 전화는 끊어졌다. 생각보다 대화는 어색하지 않았다. 진정한 대화보다 몸의 대화를 먼저 한 입장에서 못 견디게 어색하면 어쩌나 싶었는데 전화상이라 그런지 그런 긴장감은 없었다.

그래, 편하게 생각하자. 상대도 나도 스무 살 청춘에 첫사랑, 첫 상대도 아니고. 느낀 감정에 솔직하고 소신 있게, 아닌 척하지 않고, 마음 동하고 몸이 통해 즐긴 것뿐이다.

하지만 내 경우엔 너무 늦었다. 두 번째 만남, 두 번째 남자, 두 번째 잠자리가 정말이지 늦어도 너무 늦어버렸어, 지수완.

저녁까지만 함께하고 선물보다 강력한 법인카드를 안겨준 후 난 회식에서 빠졌다.

당연히 빠질 것을 예상했던 신지혜는 무슨 생각인지 홍대 투어를 강행했다. 그 나이로 보면 너무도 당연한 행보지만 집에서 목 빠지게 기다릴 민진은 어찌했는지, 어디 믿는 구석이 있는지 작정을 한 사람처럼 홍대행 택시에 동승했다. 잡아 물어보고 싶은 걸 간신히 참고 내내 걱정을 하다 보니 어느새 하영우 집이었다.

문득 드는 생각에 차에서 내려 확인하니 몸에서 각종 음식 냄새가 낭자했다. 기본적으로 이건 아니다 싶어 스틱형 미니 향수를 꺼내 거슬리지 않을 정도로만 뿌렸다.

어김없이 거실 앞에 선 하영우는 날 보자 미소를 짓더니 코를 킁킁거리며 다가와 방금 전 뿌린 향을 예민하게 확인했다.

"왜 안 뿌리던 향수를 뿌렸어요? 난 당신 살내음이 좋은데."

이 당황스런 멘트를 어떻게 해석해야 하나 싶었다. 연애하는 척을 하기로 했으니 연애 매뉴얼대로 리얼리티를 살리고 싶은지, 아니면 취향과 거리가 먼 향수에 민감하게 반응하는 건지 정확히 알 수가 없었다.

"난 당신 특유의 체향이 좋아. 인위적인 향 말고."

내 체향을 입에 담는 하영우의 모습은 묘하게 야릇하고 섹시했다.

처음으로 하영우의 특급 미모를 인정했다. 잠자리에서는 그 무서운 집념과 강고한 체력으로 인해 그런 비슷한 말을 언급했지만 침대 위가 아닌 이런 상황에서 하영우가 아름답게 보이기는 처음이었다. 이게 지금 다 무슨 말인지…….

"회식 때문에 옷이랑 머리에서 음식 냄새가 배서 뿌렸어요."

난 거실로 들어가 소파에 앉아 테이블에 펼쳐진 시놉을 확인했다. 오늘은 예상보다 너무 늦어 손을 씻을 틈도 없었다. 난 하영우가 A4에 정리하고 체크한 부분을 세밀하게 확인했다.

계속 내 검열을 발목 잡은 한 부분으로 인해 난 결국 말을 하지 않을 수 없었다.

"두 사람이 처음 밤을 보낸 후, 남자 주인공은 여자 주인공에게 그 동안 다른 사람이 없었다는 걸 본능적으로 감지하는 듯한 장면이 나오는데, 남자는 그런 사실이 왜 만족스럽고 또 그런 사실을 어떻게 알 수 있죠? 이런 남자의 편협한 시각은 여자 관객들에게 공감보단 반감을 살 수 있어요. 지난 8년 동안 독수공방한 것도 아니면서 왜 여자 주인공의 깊은 외로움과 고독은 살피지 않고, 그저 남자 개인의 만족으로만 치부하느냐는 식으로."

내 이야기도 아닌데 묘하게 내 자신과 중첩됐다. 남자 주인공은 여자 주인공의 그 같은 시간들로 인해 미안하고 마음이 아프면 아팠지, 8년간 다른 사람을 만나지 않았다는 사실이 기뻤다는 감정을 이렇게 부각시키는 게 전근대적이고 아직도 여자의 순결과 성의식을 편의대로 해석하는 것 같아 언짢았다.

나 또한 요조숙녀도 아니고, 내 자신을 가두고 싶었던 건 아니다. 지난 상처가 너무 커 그 누구도 쉽게 받아들일 수가 없었을 뿐. 또한 그렇게 확실했던 감정조차 무참히 깨져 버렸는데 다시 또 누굴 사랑할 수 있을까 싶었다.

내 질문에 하영우는 즉각적으로 답을 했다.

"이 부분은 아마 이 세상 남자들의 보편적인 시각일 테고, 나도 그 범주에서 벗어나지 못하는 전형적인 남자예요. 이게 내 솔직한 심정이니 욕을 먹는다 해도 고칠 생각은 없어요. 또 어떻게 알 수 있냐는 그 질문은 남자가 여자의 첫 남자니까 당연히 알 수 있는 거고."

"단지 여자의 반응으로 그 같은 확신을 하는 거라면, 능수능란한 여자인 경우 교성, 몸짓, 감정까지도 꾸며낼 수도 있는 거잖아요."

"아니, 그건 절대 불가능해요."

하영우는 그 어느 때보다 확신에 차 자신 있게 말했다.

"사람의 입은 몰라도 육체는 거짓말을 할 수 없어요."

"그렇지 않아요. 그건……."

"아니, 내 말이 맞아요. 본능이란 건 이름만큼이나 솔직할 수밖에 없는 건데, 진심으로 몸이 열리는 순간, 거짓으로 꾸미고 속인다는 건 불가능해요."

그럼, 나와 밤을 함께 한 이 사람도 우빈은 그저 룸메이트에 보기 좋은 방어막이라는 것과 그 동안의 내 척박한 삶을 미루어 짐작할 수 있다는 건가? 말도 안 된다. 그날은 내가 너무나 무방비했을 뿐, 아닌 척하려면 할 수도 있다.

"그건 하영우 씨 생각이죠. 여자는 상황과 필요에 따라 얼마든지 변하고 마음을 포장할 수 있어요. 설사 그게 본능이고 쾌락이라 하더라도요."

난 이대로 내 사생활의 민낯을 내보이며 내 삶을 하영우에게 오픈할 생각이 없었다. 그때도 '사랑은 없다'가 내 이야기냐며 날카로운 질문을 던졌던 사람이다. 내가 이 사람의 말을 인정한다면, 드라마는 내 개인의 이야기며 우빈을 연인이라고 말한 난 거짓말쟁이가 되는 것이다. 그러니 우기며 아니다 말할 수밖에 없다.

하영우는 날 빤히 쳐다보았다. 난 그 시선을 피하지 않았다. 피할 이유가 없었다.

"그렇게 확신한다면."

"……."

"어디 한번 확인해 볼까요?"

"……!"

"여자가 본능적인 행위 앞에서 자기 자신을 숨기고 자신의 지난 시간들을 철저히 속일 수 있는지? 수완 씨랑 나, 우리 둘이서."

하영우의 시선이 여우의 붉은 눈처럼 반짝였다. 명백한 도발이다. 이대로 도발에 넘어간다면, 난 또 이 사람과 기막힌 밤을 보내게 되겠지. 다시 밤을 보낼 수는 있지만 지금은 아니다. 단지 확인을 위한 행위라면 오기와 긴장만 있을 뿐, 그 어떤 기쁨도 없을 테니까. 내 거짓과 상처를 비롯해 이 나이까지 메마르고 각박했던 내 성생활만 인정하게 될 뿐이다. 그리 자랑스럽게 동거 중이라고 말을 해놓고선.

"아니요. 확인을 위해 하영우 씨와 밤을 보낼 만큼 이 질문이 제게 비중 있거나 중요하진 않아요."

"그런 애매한 답과 피하는 듯한 행동은 내 생각과 추정을 확신시키고 인정하는 것밖에 되지 않을 텐데요."

하영우는 자신이 나에게 받은 느낌이 바로 그랬다는 듯 응시했다. 또한 내가 중요하다고 말한 룸메이트는 그저 홈쉐어링 그 이상도 이하도 아니라는 듯한 우쭐한 시선. 우린 서로의 시선 밖으로 한 치도 벗어나지 못한 채 못 박히듯 서로를 주시했다.

그 같은 긴장감을 끊어준 건, 우빈만의 독특한 벨소리 때문이었다.

"실례할게요. 응, 우빈아."

난 자리를 피하지 않고 내게 못 박힌 하영우를 똑같이 응시하며 통화를 했다.

구차한 설명보단 보여주고 싶었다. 당신의 직감과 말이 맞는 것도 아니고 나와 내 동거인의 생활은 이 정도로 굳건하다고. 난 굳이 오버하지는 않았지만 최대한 감정을 실어 말했다.

"아니. 그전에 출발할 거야. 그래, 집에서 봐."

난 전화를 끊고 의식적으로 시놉을 응시했다. 되도록 무심하게,

나 자체도 그런 무심함을 믿을 정도로. 정말 최선을 다해 아무렇지 않은 척을 했다.

"나랑 수완 씨, 키스는 물론이고 밤새 자지도 않고 서로 갖고 미친 듯이 빻고 탐하면서 함께 보낸 거, 룸메이트는 압니까?"

그 질문 하나에 위태롭게 시놉을 들고 있던 내 손은 무작스레 떨렸다. 시선은 어쩔 수 없이 하영우에게 향했다. 도발을 넘어 완전히 내 존재 자체를 뒤흔드는 말이었다. 하영우의 말에 그 밤의 일들이 모두 기억나 난 입술을 깨물었다.

"우리들의 일을 그 룸메이트한테 말하든 하지 않든, 그건 수완 씨 선택이에요. 당신한테 선택권이 있듯 내게도 내 의지란 게 있어."

하영우의 회갈색 눈동자가 교교하고 요기롭게 빛났다.

"당신을 원해. 지금 이 순간도 시놉은 둘째고, '어떡하면 당신을 안을 수 있을까, 안고 싶다' 란 생각뿐이야."

하영우의 진심은 섹스만큼 강했다.

"당신 몸이 내게 전하는 말을 듣고 싶고, 당신이 나로 인해 외치는 교성을 듣길 바래. 당신이 이 집에 들어온 순간부터 내 몸은 절절 끓어. 지수완을 갖고 그날보다 더 남김없이, 모조리 삼키고 싶어서."

제발, 그만. 당신 말에 내 몸이, 내 온몸의 세포가 미친 듯 끓어올라.

"이런 날 욕하려면 해. 어쩔 수 없어. 적어도 난 내 자신을 속이지는 않으니까."

왜 난, 시놉의 제목처럼 당신을 욕하고 당신을 욕망하란 말에 화를 낼 수 없는 걸까. 나도 당신과 동일하게, 아니 그보다 더 당신을 원하기 때문에?

그 밤, 우린 잠자리에서 흔히 일어나는 행위 말고 다른 무엇을 했던 걸까. 그럴 일은 없었을 텐데도 우린 지금 왜 이렇게 서로에게서 눈을 떼지 못하는 걸까…….

하영우의 깊은 눈동자는 날 옭아매서 녹여 버릴 것처럼 차갑고 뜨겁게 파동했다.

"지수완을……."

내 이름을 말하고, 날 응시하는 시선에 나약한 몸뚱이는 벌써부터 반응을 시작하며 무언가를 기다리고 기대했다.

"……미치게 갖고 싶어."

미쳤다고 말할 수밖에 없을 테지만 나도 당신만큼, 어쩌면 그보다 더 그렇다고 말하고 싶었다. 동시에 도대체 내게 무슨 짓을 한 거냐고 따지며 묻고 싶었다.

지난 10년, 버려진 채석장의 쓸모없는 돌멩이처럼 아무에게도 관심이 없었다. 돌이라는 태생적 한계만 인식한 채 깨지지 않고 내내 단단함을 유지했는데, 예상치 못한 당신과의 밤으로 인해 이렇게 불꽃을 피우고 그 열기로 당신을 유혹하고 싶은 뜨거운 몸뚱이로 변해 버렸는지 묻고 싶었다.

이 미친 듯한 열망과 뻔뻔한 기대감을 대체 어찌할 거냐고.

어쩌면 좋으냐고…….

4장

오전 내내 회사에서 해롱거렸다. 어제 카드를 받아 쥔 직원들도 어지간히 달렸는지 사무실에 출근한 전원이 축 늘어진 상태였다. 드라마에서 선전한 헛개수 병이 도처에 난무했지만 소용없는 듯 보였다. 전원 시체 모드에 한 소리 하려 해도 나 역시 온전치 못해 할 수도 없었다.

어제 하영우와 눈으로 배틀을 하는 것처럼 서로를 응시하다 먼저 기권을 한 난 서둘러 그 집을 빠져 나왔다. 사실 도망쳤다는 게 더 맞는 말이지 싶다.

하영우는 피하는 날 붙잡지 않았다. 그 대신 확신했을 것이다. 내가 하영우란 남자에게 끌리고, 우빈이 친밀한 룸메이트 그 이상은 아니란 걸.

어젯밤, 얕은 아사면 대신 하영우의 절절 끓는다는 그 말을 이

불삼아 한숨도 자지 못했다. 그 말이 침대에 누운 내 사지를 묶고, 내 입을 막고, 내 호흡을 빼앗아 갔다. 그만큼 솔직하고 도발적인 표현은 날 긴장시키고 동시에 흥분시켰다.

"지수완을…… 미치게 갖고 싶어."

언젠가 그 비슷한 말을 들었던가……. 나도 미치게 갖고 싶고 가졌다고 믿었던 남자에게. 그때의 난 그 말의 진위는 알려 하지 않고 내 전부를 아낌없이 주었다. 이제 그때와 같은 무모한 기대와 무치한 열정은 없지만, 어제의 그 눈빛과 말들은 그때만큼이나 날 뜨겁게 만들었다.

어느 드라마에서 회사는 전쟁터요, 회사 밖 세상은 지옥이라고 그러더니 내게 지옥과 전쟁터는 바로 하영우였다. 어느샌가 하 배우는 그런 인물이 돼버렸다.

열정의 날을 세우고 본능의 씨를 확인하고 싶은 내 마음은 전쟁터요, 그 열정과 본능에 반해 뒷걸음질 치려는 이성은 지옥이었다. 그 중심과 경계에 하영우가 존재했다.

한 번 더 생각해 보면 우린 아무것도 한 게 없었다. 서로에게 향하는 시선을 시작으로 키스를 한 후 중국으로 도망을 갔다 와서 잔 것 밖에는. 전개가 무척이나 황당하긴 하지만 그 단순한 행위에 내가 모르는 무슨 함정과 트릭이 있었던 걸까…….

하루 종일 이러고 있을 수는 없어 중국에 안부 전화라도 하려는데 핸드폰이 울렸다. 모르는 전화라 망설이다 이것도 전화를 건 사람의 일이고 직업이다 싶어 받았다.

"네."

[지수완 작가님이십니까?]

순간 하영우 기사가 생각나 대답 대신 확인을 먼저 했다.

"전화 거신 분은 누구시죠?"

[전 신인 배우 이신이라고 합니다. 지수완 작가님이신가요? 김 감독님께 번호를 받아 연락 드렸습니다.]

하영우가 남자 주인공으로 교체됐다는 통보를 들었을 때보다 더 놀랐다. 자세한 얘기는 만나서 하고 싶다는 말에 난 가능한 시간대를 말했고, 이신은 상수동의 어느 주소와 점포 이름을 알려주었다. 신인이라지만 배우고, 나 또한 호기심어린 시선과 번잡한 장소가 싫어 반론 없이 동의했다. 교통상황을 계산해 한 시간 먼저 퇴근을 하면서 직원들에게 내일도 이 지경이면 안 된다는 눈빛을 쏘아댔다. 그중 가장 똘똘한 눈망울을 한 신지혜만이 맞장구를 치며 고개를 주억거렸다.

이신이 보낸 주소를 찍고 딱 28분 후 점포 앞에 도착했다. 가게는 오픈 준비 중인 반지하 수타 우동집이었다. 공영주차장에 주차를 시키고 환한 실내를 확인한 후 노크를 하니 문이 열렸다. 머리에 파란색 수건을 맨 이신이 날 보자마자 전부터 아는 사이인 듯 미소를 지었다.

테이블과 의자만 정렬된 상황에서 이신은 날 가운데 테이블로 안내했다. 잠시만 기다리라는 말과 함께 사라진 이신은 10년 전 그 사람과 닮은 듯 달랐다.

이신은 금세 서로 다른 우동 세트 두 개를 가지고 와 맞은편에 앉았다. 그리고 시작한 마주보기. 입구에서 언뜻 봤을 때 보다 이렇게 가까이 보니 더 닮아 보였다, 그 사람과.

"저희 집 추천 메뉴로 밀어 볼 아이들인데 맛 좀 보세요, 어떤가."

내 시선이 주는 집요하고도 의뭉스런 무게가 싫었는지 이신은 수저를 건넸다. 만나자마자 우동 세트라니, 인상적이긴 했다. 언젠가 본 듯한 한 가닥 굵은 면은 일단 비주얼이 든든했다. 국물은 본토 맛보다 달달해 좋았다. 개운하기도 하고. 바삭한 김 가루와 깨가 잔뜩 묻은 오니기리는 반으로 나누어 먹었다. 안에는 만두와 비슷한 매운 소가 푸짐했다. 이신은 자신의 우동을 앞 접시에 덜어주었다. 내 것보다 간장 맛이 진한 우동도 나쁘지는 않았지만 개인적으론 달달한 국물이 더 좋았다.

상이 치워지고 녹차도 보이차도 아닌 민트차를 마시며 우린 비로소 온전히 서로를 마주했다. 두건을 벗은 이신은 긴 앞머리가 쏟아져 더욱더 그 시간 속의 누군가와 절묘하게 닮아보였다.

"정성을 다한 저녁은 대접했으니 이번엔 인사를 드려야겠네요."

무슨 이유에선지 이 시대 연예인들이 공들여 하는 라미네이트를 하지 않은 이신의 미소는 싱그러웠다. 여자도 아닌 남자의 미소가 이만큼 상큼할 수 있다는 게 신선했다.

"안녕하세요, 작가님. 그때 이름도 없는 절 남자 주인공으로 추천해 주셔서 감사합니다. 아쉽게도 작품은 함께하지 못했지만 그래도 감사해요. 다음번에도 꼭 절 추천해 주세요."

서른이라 들었는데 대학 초년생이라 해도 믿을 만큼 풋풋했다.

어쩌면 이런 기회가 올 수도 있어 난 이신을 추천했던 걸까……. 바로 이런 자리, 이만큼의 거리를 바라고, 이제이 당신을 닮은 이 남자를 보기 위해.

더 응시했다간 오해도 오해고, 빌어먹을 눈물이 날 것 같아 시선을 비스듬히 피했다.

"감독님께…… 더 좋은 작품 계약했다는 소리는 들었어요."

"그 드라마는 엎어졌습니다. 뭐, 몸 만들다가 끝났다고 봐야겠죠. 드라마 엎어지고 제가 얼마나 좋아했는지 아세요? 체중 감량하고 근육 만들려고 먹은 닭고기가 꿈에서도 나올 정도였거든요. 이젠 양념이든 프라이드든 일체 사절입니다. 뭐, 당분간일 수도 있지만."

멘트보다 표정에 웃음이 났다. 우린 서로를 보면서 웃음의 강도가 조금 더 커졌다. 그러면서도 이신과 난 서로를 관찰했다. 마치 아군인지 적군인지 탐색을 하듯이.

"제가…… 잘 생겨서 보시는 거예요, 아님 누군가를 닮아서 보시는 거예요?"

표정만큼 질문이 정확하고 정직했다. 아쉽게도 그 같은 정직함에 난 솔직함으로 응수할 수 없었다.

"웃는 모습이 보기 좋아서 저절로 시선이 가는 거 아닐까요?"

질문을 피해가는 내 대답에 이신은 이미 예상했다는 듯 묘하게 웃었다.

"그때요…… 감독님께서 그러셨어요."

당신 왜 이렇게 그 사람을 닮았을까. 그 사람도 아니면서. 그것도 아니면서…….

"한번이라도 대본을 본 사람이라면 지수완 작가 처음 보더라도 대번에 알아볼 거라고. 작가가 드라마랑 똑같다고. 그때는 무슨 말씀인가 했는데…… 똑같아요."

"내가 그렇게 비극적으로 생겼는지 몰랐네요."

내 작위적인 설명에 이번엔 이신이 키득거리며 웃었다. 웃으면 요술처럼 사라지는 눈을 놓치지 않기 위해 난 시선을 고정했다. 볼수록 많이 닮았다.

내 딴엔 거슬리지 않게 본다고 봤는데 아니었는지 내가 시선을 줄 때마다 이신은 그런 내 시선을 귀신처럼 잡아챘다. 무던하게 보이는데 예리하고 민감했다, 이신이란 사람은.

"하영우 선배님이랑 사귀신다는 분, 작가님이시죠?"

전혀 예상 못한 일격에 난 긍정도 부정도 하지 않았다. 그런 날 빤히 쳐다보던 이신은 내 표정이 읽히지 않아선지 취조하는 시선을 거뒀다.

"아마 배우 인생의 첫 열애설일 거예요. 이번 하영우 선배님 열애설. 그래서 궁금하긴 했어요. 누군지, 어떤 사람인지, 어떻게 만났는지, 또 어떻게 생겼는지……."

이 이야기 속에서 난 철저히 제삼자의 입장에서 그저 듣기만 했다.

나에 대한 이신의 세밀한 관찰 일기는 좀처럼 수그러지지 않았지만 수고나 노력만큼 성과가 없어선지 이신은 전혀 다른 말을 꺼냈다.

"작가님은 하영우 선배가 왜 그렇게 작가님 작품을 하려고 했는지 궁금하지 않으세요? 혹시 하 선배가 그 부분에 대해서 설명을 하셨나요?"

듣지 못했다, 그런 설명은. 그 문제에 대해선 추측만 했었다. 슬럼프에 빠져 있다가 길지 않은 호흡의, 기존에 섭렵하지 않았던 신선하면서도 모던한 드라마를 하고 싶지 않았을까 하는 그런 막연한 추정만 했다. 일종의 본게임을 위한 워밍업이라 생각했고, 단막극이 점점 사라지는 지금, 의식 있는 탑 배우가 단막극에 일종의 힘 실어두기란 말도 김 감독은 했었다.

"전 개인적으로 궁금해 여쭤보고 싶었는데 통 뵐 수가 없네요, 하 선배님을."

지금까지와 달리 이신의 표정은 냉랭하고 의식 또한 다른 곳에 있는 듯 보였다. 내게 인사를 하려는 의도는 너무도 분명한데 왠지 모르게 하영우에게 더 많은 관심이 있는 듯 보였다. 둘이 같은 소속사로 알고 있는데 호형호제하는 사이는 결코 아닌 듯했다.

의도치 않게 이신의 의식이 다른 곳을 헤매는 순간, 난 이신을 탐색했다. 분명 선이 비슷하고 집중하는 모습이 닮았다는 걸 부정할 수는 없지만, 기억 속 그 사람과 이신은 존재감이 달랐다.

그때의 내가 어설프고 지금처럼 타인의 시선과 행동을 분석할 만큼 연차가 쌓이고 노련하지 않았다 해도 그 사람은 앞에 앉은 이신보다 솔직하고 투명했다. 난 그 정직함과 선량함, 성실함과 투명함에 호감을 느꼈고, 박람회가 진행되는 3일 동안 현지 코디네이터면서 내 일을 자신의 일처럼 생각하고 고민하면서 처리하는 그 열정이 좋았다.

오늘 그 사람을 닮은 이신을 보면서 알았다. 내 지난 기억과 감정에 대단한, 어쩌면 이미 알고 있었을지도 모르는 착오가 있었다는 걸. 지난 10년간 미워하고 증오하면서도 내내 붙들고 있었던 건, 그 사람에 대한 집착이나 내 자신을 향한 비난과 자책, 상처주기 위해서가 아니라…… 사랑이었단 걸.

그 사람과의 시작점과 행보를 떠올리고 동시에 그 시절 내 감정을 이렇게 한발 떨어져 되짚어보게 만든 이신으로 인해 내내 의심하며 불신했던 감정을 비로소 솔직히 인정할 수 있었다.

예쁜 나이 스물다섯의 지수완은 기꺼이 침대 위로 뛰어들 만큼 이제이란 남자를 원하고 사랑했다. 또한 열망하며 온전히, 전부 다 갖고 싶었다. 처음이란 타이틀을 기꺼이 주고받을 정도로 난 이제이를 좋아했다.

그렇다면 서른다섯에 하영우와 뜨거운 링을 선택한 내 감정은 대체 뭘까…….

강우빈의 생일은 내게 크리스마스나 부처님 오신 날과 비중이 같았다. 거짓 없이 진심으로, 온 마음으로 축하하는 날.

더운 날씨로 인해 어제 저녁 만들어 숨겨놓은 미역 냉국을 메인으로 간단한 아침상을 준비했다. 우빈은 고마운 마음을 담아 내 이마에 다정한 입맞춤을 했다.

그 순간 왜인지는 모르나 하영우와의 키스가 생각났다. 하영우가 우빈처럼 내 이마에 한 키스. 몽롱한 상태였고 행위로 인해 기가 전부 빨린 탓에 약간의 혼란이 있을 수도 있지만 내 짱구이마에 낙인을 찍듯 키스를 한 건 흐릿하게 기억한다.

"이번에도 매년 갔던 거기야?"

"아니, 이번에는 다른 곳. 네 회사 앞 힐튼. 오늘은 어마어마한 초대 손님도 있어."

"손님? 누구? 누군데?"

우빈의 생일은 너무 더운 여름날이라 매년 둘이 최고급 호텔에서 맛있는 저녁을 먹고 스카이라운지에서 차디찬 칵테일 샤워를 했다. 그 일련의 과정들이 싱글인 우리에겐 언젠가부터 특별한 연례행사가 되어버렸다.

"기대해. 너도 데리고 오고 싶은 사람이나 동반할 사람 있으면 함께 와. 나만 파트너 동반하면 네가 재미없을 거 아냐?"

강우빈은 오늘이 자기 생일이라고 아주 기고만장했다. 파트너 동반은 솔로들의 암묵적 약속을 깨는 배반 행위인데도 전혀 미안해하지도 않았다. 괘씸하게도. 난 함께 출근하자는 우빈의 권유를 못 들은 척 무시하고 집을 나섰다.

어제도 잠을 제대로 못 잤다. 이신이란 인물로 인해 들여다본 내 마음과 오늘 보게 될 하 배우를 생각하니 중간에 끼인 샌드위치가 된 듯해 잠이 오질 않았다. 지금 생각하니 오늘은 하 배우를 보지 않아도 된다. 물론 전화는 해야겠지만. 그러나저러나 저녁 식사에 누구를 데리고 가야 하나 싶어 생각이 많아지고 머리는 복잡해졌다.

하 실장이 메일로 가을에 입점할 백화점 부스 인테리어를 스케치 해보았다며 보낸 디자인을 확인하는데 신지혜가 들어왔다. 신지혜는 나날이 얼굴이 피고 있었다. 아직 일이 서툰 데다 민진이까지 챙겨야 하니 힘이 들 텐데도 나이가 꽃띠라 그런지 얼굴에서 우유 빛 광체가 났다. 이래서 나이는 못 속인다고 하는 건지.

"사장님, 주물공장 사장님께서 기포 난 물건 전부 회수하고 300피스 새로 작업하신다고 하셨어요."

"그래, 알겠…… 그래! 신지혜, 혹시 오늘 저녁에 약속 있어?"

데려갈 사람, 여기 있다. 민진이랑 신지혜.

"네, 있는데요."

"……정말!?"

"네."

신지혜는 연신 죄송하단 말을 하곤 사무실을 나갔다.

민진이 맛있는 거 먹이고 좋다 싶었는데 결국 혼자 가야 하나. 순간 아침에 으스대던 강우빈이 생각나 열이 뻗쳤다. 홍진영이라도 데려갈까 싶었지만 그건 아니다 싶어 답도 없는 메일만 뚫어지게 응시했다. 결국 초대 손님은 포기하고 무거운 마음에 하영우에게 전화를 걸었다.

"저예요."

[어쩐 일이에요. 수완 씨가 먼저 전화를 다주고.]

"저녁에 약속이 있어 오늘은 못 갈 것 같아서요."

[무슨 일인데요?]

이 정도면 자동이다. 이 불퉁하고 뾰족한 목소리.

"중요한 약속이 있어요."

[무슨 약속인데요? 지수완 씨, 생각 안 나요? 약속된 만남을 지키지 못할 시 상대에게 충분히 소명을 하는 거. 상대가 이해하고 받아들일 수준으로.]

계약 파기도 아니고 고작 하루 연기하는 것 가지고 유난스럽다 싶었다.

"오늘 친구 생일이라 저녁 약속이 있어요."

[그 룸메이트 친구요?]

박수무당도 아니면서 어쩜 그렇게 꼬집어 내는지. 하영우는 이제 우빈을 룸메이트로 단정하고 있었다. 이게 다 그날 도망치듯 나와서 그러지 싶었다. 자업자득이다.

[나도 같이 가죠, 저녁 식사.]

"무슨 말이에요? 우빈이 생일 파티를 하영우 씨가 왜 함께한다는 거예요? 우빈이를 알지도 못하면서."

[모르니까 가서 인사하려고 그러죠. 이 기회에 자연스럽게 함께하면 나중에 다시 만나도 서로 어색한 것도 덜할 테고. 아직 친구분한테 우리 사이 얘기 안 했죠?]

우리 사이라니……. 대체 우리 사이에 얘기할 게 뭐가 있다고. 다 크다 못해 시름시름 저물어가는 성인남녀끼리 동의 하에 잠자리 한 번 진하게 한 게 다인데. 그 사실을 우빈에게 고해성사하듯 디테일하게 얘기할 것도 아니고.

"하영우 씨, 우빈이에게 얘기할 것도 없지만, 있다 해도 전 할 생각 없어요. 그리고 오늘 약속 파기는 충분히 소명했으니까 내일 뵐게요. 이만 끊습니다."

난 더는 휘둘리기 싫어 핸드폰 전원을 꺼버렸다.

신지혜의 거절로 결국 혼자 가야 할 상황인 난 혼자인 것도 위축되는데 어마어마하다는 손님에게 밀리기 싫어 꽃단장을 하기로 했다. 서둘러 메이크업을 예약하고 남산에 있는 샵에 적당한 칵테일 원피스를 주문했다. 평소 내 스타일을 알기에 무리 없는 디자인을 부탁했다. 두세 시간 먼저 퇴근을 한 난 백화점부터 가 우빈의 선물을 골랐다. 그 다음은 순차적으로 돌았다.

강남 강북을 오가는 이동 시간이 있어 그런지 힐튼에 도착하니

8분 정도 늦었다. 늘 그렇듯 우빈의 이름을 대니 직원이 룸으로 안내했다. 노크를 한 직원 뒤에 선 난 깊은 심호흡을 했다. 초대 손님이 누가 되었든 결코 기죽거나 묻히기 싫어, 최대한 어깨를 펴고 환한 미소를 지으며 룸 안으로 개비한 구두코를 내디뎠다.

맨 처음 눈에 들어온 사람은 멋들어지게 차려입은 꼬마 신사 신민진이었다. 그 옆으로 약간 얼이 빠진 듯 보이는 신지혜와 늘 그렇듯 잔잔한 미소를 한 담담한 신사 강우빈.

"뭐야? 초대 손님이……."

"어서 와요, 수완 씨. 조금 늦었네요."

세 사람과 마주 앉아 등을 돌려 인사한 사람은…… 하 배우, 하영우였다.

하영우는 자리에서 일어나 동공이 확장된 내 손목을 잡고는 자신의 옆에 앉혔다. 정신이 없는 난 하영우가 이끄는 대로 앉아 어색한 미소로 마치 한 식구 같아 보이는 세 사람과 이방인임이 확실한 하영우를 번갈아 쳐다보았다.

"지수완, 내가 어마어마한 손님이라고 공표는 했지만 너까지 이렇게 빅 스타를 모시고 올 줄은 몰랐다. 안 그래요, 지혜 씨?"

우빈은 큰 동요도 없이 이 돌발 상황이 재미있는지 평소보다 약간 흥겨워 보였다.

"네, 사장님. 우빈 씨랑 저 둘 다 깜짝 놀랐어요. TV에서나 보던 분을 이렇게 실물로 보게 될 줄은 정말 상상도 못했어요."

신지혜는 개구리 소녀 아로미 눈망울을 하고 하영우를 바라보고 있었다.

상상도 못하긴 마찬가지다. 난 어색한 미소를 대신하며 옆에 앉은 하영우를 봤다. 나와 눈이 마주친 하영우는 활짝 웃으며 내 손을 잡아 테이블 위에 올렸다. 깍지 낀 우리의 손은 맹약을 한 커플처럼 테이블 한편을 아름답게, 화려하게 수놓았다.

"우리 사귀는 거 말 안 했죠?"

접착제처럼 붙어버린 손이 문제가 아니다. 하영우의 폭탄 발언에 아이언맨 피규어에 온통 넋이 빠진 민진이 빼고 나 포함한 세 사람은 얼이 빠져 하영우를 쳐다보았다. 그 시선은 곧장 내게 옮겨져 난 바보 천지 같은 미소를 지을 수밖에 없었다.

"보셨는지 모르겠지만 연애 기사에 났던 '회사원 이모양' 이 바로 수완 씨입니다. 강우빈 씨는 소중한 절친인 만큼 자신이 직접 말을 한다고 했는데 아직 하지 않은 모양이네요. 그런 거 같아서 오늘 제가 수완 씨한테 말도 않고 이렇게 나온 겁니다. 전 하루라도 빨리 우리 수완 씨 가까운 지인들 만나 인사도 하고 싶은데, 이 사람이 너무 아끼기만 해서 섭섭했거든요."

청산유수에 이런 책사, 이런 책략가가 없다. 이런 출중한 실력이라면 하룻밤에도 충분히 대본을 완성하지 싶었다.

절친 강우빈을 시작으로 '우리 수완 씨', '이 사람' ……, 친근하다 못해 낯간지러워 잡은 손에 힘을 줬다. 그 어떤 반동도 없었다, 하영우는.

"전 오늘 하영우 씨 뵙고 상당히 놀랐습니다. 수완이한테 함께 시나리오 작업한다는 말은 들었는데 그사이 두 사람이 이렇게 좋은 관계로 발전한 줄은 정말 꿈에도 몰랐습니다. 다소 당황스럽기는 하지만 제 친구, 앞으로 잘 부탁드립니다."

제 친구란 그 말에 우빈의 정강이를 한 대 차고 싶었지만 발이

닿지 않았다.

마냥 젠틀한 우빈과 몇 마디 더 나눈 하영우는 그제야 나와 시선을 맞추더니 만족한다는 듯이 화사하게 방긋 웃었다. 다소 선이 굵은 미동(美童)이 그대로 장성한 요망한 얼굴로 웃어대는 미소에 난 뒷골이 당겨 죄 없는 어금니만 깨물었다.

민진이를 배려한 초코 케이크로 시작된 우빈의 생일은 이전의 그 어떤 생일보다 밝고 소란하며 웃음꽃과 이야기꽃이 만발한 역사적인 날이 되었다. 깊은 수면에 빠진 민진으로 인해 나는 하영우를, 우빈은 신지혜와 민진을 챙기게 됐다.

하영우의 집으로 가는 길에 난 아무 말도 하지 않았다. 내내 업이 되어 있던 하영우도 침묵을 지켰다. 이제는 제법 익숙한 차고에 들어서서 하영우가 내리면 뒤도 안보고 출발 하려는데, 어느새 차 키를 압수해 사수한 하영우는 말도 않고 집 안으로 사라졌다. 난 할 수 없이 집안으로 쫓아 들어갔다.

이대로는 호흡곤란으로 죽을 것 같아 찌르고 쳐대며 무시로 희롱하는 하영우의 남성을 강하게 조이며 물었다.

"허…… 억!"

무섭게 달리기만 하는 하 배우로 인해 이미 지칠 대로 지쳐 버린 난, 더 이상의 방탕한 총질을 하지 못하게, 더 이상은 이 미칠 듯한 쾌락과 극한의 고통 속에서 현란한 춤을 추지 못하게끔 계속 하영우의 남성을 압박하며 애액이 낭자한 그물망으로 세밀하고 치밀하게 조였다. 하지만 내 이런 간절한 방어막을 하영우는 너무도 손쉽게 뚫어버렸다.

"아…… 악!"

거친 분탕질로 침대에 안착하지 못하고 하반신이 들려 금세라도 링 밖으로 떨어질 것 같아 난 본능적으로 하영우의 목을 감싸 안았다.

이제 와 무슨 말을 하고 어떤 액션을 취하다가 이 같은 색스럽고 도발적인 쟁탈전을 시작하게 된 건지 생각나지 않았다. 열선이 돌아 이미 달궈질 대로 달궈진 몸뚱이는 너무도 뜨거워 진작에 말라버린 침이라도 삼키지 않으면 이대로 바싹 타버릴 것만 같았다.

날 삼킬 듯 쳐다보던 하 배우의 눈빛만이 흐릿하게 생각난다. 회갈색의 동공 속에 광학렌즈라도 숨긴 듯 날 보다 어느 순간 낚아채듯이 끌어안은 것 같은데, 왜 그렇게 아리게 쳐다봤을까……. 어쩔 수 없이 헤어진 연인들도 아니고, 헤어졌다 다시 만난 어이없고 기막힌 인연도 아닐 진대 뭐가 그렇게 애틋하고 시려서.

저 눈 때문일까. 오드아이도 아니면서 때때로 달라지는 저 눈빛 때문에. 어느 순간은 익숙하고 또 어느 순간은 낯설기만 한 저 눈. 남자의 훌륭한 몸뚱이도 같은 느낌이다. 행위는 두 번째가 확실한데도 이 남자의 몸, 체향과 근육의 기묘한 움직임은 정말 미치도록, 신경질이 날만큼 좋기만 하다. 왜 일까……. 난 이 남자의 무엇에 이토록 취하고 이렇게나 취약한 걸까.

함께 공명하다 공멸하지 못하고 비상구를 찾듯 두리번거리는 내가 싫은지 거대하고 거만한 남성이 묵직하게 둔덕 전체를 부셔버릴 듯 쳐댔다.

"으…… 응……."

그 무서운 타박과 타종이 날 계속 이 남자에게 취하고 매달리게 만들었다. 사타구니를 장악한 뜨겁고 거친 밀착, 끝도 없이 타오르는 쾌감이 소름끼치게 좋았다.

난 고음의 교성 대신 만만한 입술을 주구장창 깨물어 씹었다. 금세 타액과 절묘하게 섞인 쇠 맛, 피 맛이 입안에 돌았다.

포효하며 거칠게 삽입하는 행위로 사타구니는 진작 한계를 넘어 만신창이가 돼버렸다. 매달리듯 한껏 들린 두 다리가 하 배우의 가슴팍에서 어지러이 춤을 췄다. '이제 그만' 이라는 소리가 의도치 않게 자꾸만 삼켜져 버렸다. 간신히 입 밖으로 뱉으려고 하면 여우 같은 하 배우는 기민하게 낚아채 내 모든 숨과 말을, 의지를 빼앗아갔다.

그 상태로 하 배우는 언젠가 내가 그런 것처럼 엉덩이를 양손으로 잡아 자신에게 더 깊이, 가까이 끌어 당겼다. 지독한 아픔에 비명이 막힌 입안에서 맴돌았다. 막힌 숨을 틔우려 등을 마구 쳐도 소용없었다. 죽게 내버려 두지는 않을 테니 자신을 믿으라는 듯 하영우는 낙인 같은 키스로 날 구슬리며 길들였다. 폭군. 독재. 야설에서 본 듯한 마이너 감성의 단어들이 마구 튀어나올 것 같았다.

두 번째 밤에 맞이하는 두 번째 행위. 하영우가 만든 링 위 규칙에는 브레이크 타임도 없는지 연이은 허리 짓과 현란한 난타에 목은 물론이고 몸뚱이가 남아나질 않을 것 같았다. 차라리 로맨스 책에서 보듯 기절이라도 하고 싶었다. 머리로는 기절을 예약하면서도 내 미치고 미련한 몸뚱이는 온 몸을 파고드는 기막힌 쾌감에 감사하기만 했다.

사시나무 떨리듯 어지러운 시야에 눈을 감으니 어느새 몸이 뒤집어졌다. 지독한 난타전에 기가 빠져 엎드린 상태에서 저절로 사지가 수평으로 펴지는데 하영우가 뒤에서 엉덩이 사이 갈라진 틈을 비집고 대물을 삽입하며 몸 안을 깊숙이 파고들었다

"아…… 악!"

흐릿한 의식 속에서 오래전 그날이 생각났다. 그때 처음 이런 체위로도 섹스가 가능하다는 걸 배웠다. 그 사람, 이제이에게.

등 뒤에서 버티던 하영우는 허망하게 헤매는 내 손을 잡아 이제 막 서툰 초야를 시작한 낭군처럼 내 척추뼈와 등 전체를 혀로 핥으며 달래듯 한참 공들여 매만지더니, 잠시 멈춰 있던 남성으로 내벽을 난자하듯 낮은 포복을 시작했다.

뻐근한 둔통으로 아프면서도 미칠 듯한 쾌감과 전율은 도저히 아닌 척할 수가 없었다. 하영우의 남성은 마치 정신과 의지가 있는 이처럼 노련한 스킬로 날 애태우고 매혹시키며 하영우의 이름을, 그 이름만을 외치게 만들었다.

"하…… 영우 씨, 그만……."

얼마나 지났을까. 몸이 조금씩 침대 속 검은 우물 안으로 가라앉는 것 같았다. 차라리 차가운 우물이라면 좋겠어서 난 피하지 않고 밑으로, 밑으로 가라앉길 희망했다.

"지…… 수완, 수……완아……."

어딘가에서 신음인지 구호인지 모를 소리가 들리는 것 같았다.

끝나도 벌써 끝났을 이계의 시간. 하영우는 지독한 호흡과 체력으로 매번 위기를 넘기며 날 앞뒤로 필사하듯 꼼꼼히 완독하더니, 자신의 기와 정으로 완전히 채우려는지 화수분 같은 남성으로 무작스레 치도곤을 쳐댔다.

밤으로 가는 시간, 난 신개념 시간여행자 하영우로 인해 시간의 미로에 빠져 용광로처럼 끓기만 하는 그를 내 안에 품고 내내 미로 속을 헤맸다. 농도 짙은 성애와 불멸의 쾌락은 끝내 잠과 기절을 허락하지 않았다.

새벽 두 시. 하 배우 차고에서 자고 있는 애마 대신 하영우의 차를 탄 난 집으로 가는 내내 졸았다. 내 판단엔 졸았던 게 아니라 잠시 기절했던 거라 말하고 싶다. 더 솔직히는 잠시 코마 상태였던가.

쉴 새 없이 내 부은 입술과 눈썹을 만져대는 통에 간신히 눈을 비비적거리는데, 하영우는 오늘 3일 일정으로 중국을 간다고 했다.

연예인이라 그런지 아무래도 특별한 뭔가를 꾸준히 대서 먹는가 싶었다. 아니면 이럴 수가 없다. 그렇게 절박한 허리 짓과 불꽃 튀는 피스톤 운동을 하고도 여행을 거론하다니.

난 궁금하지도 않은 그의 스케줄 통보에 맥없이 고개만 끄덕였다. 그런 나를 물끄러미 쳐다보던 하 배우가 뜬금없는 제안을 했다.

"중국에 가지 않을래요? 중국에 회사도 있으니까 당신은 회사 일 보고 난 내 일 보다가 중간에서 만나면 되지 싶은데, 아니면 내 호텔 방에서 쉬고 있으면 더 좋고."

새빨간 거짓말로 시커먼 속이 빤히 보이는 말을 하는 하영우를 힘겹게 쳐다봤다. 이 사람이 정말 앉을 자리, 누울 자리 이치에 맞게 귀신처럼 가린다는 그 도도하고 시크한 개성파 배우 하영우가 맞는지 의심스러웠다. 내 보기엔 얼떨결에 부담 없이 손에 쥔 달달한 사탕에 눈먼 자제력 제로의 청소년 같았다.

"안 가요. 하영우 씨 혼자 잘 다녀오세요."

난 상체를 일으켜 클러치를 챙긴 후, 진이 빠질 대로 빠져 구체 관절인형처럼 굳어진 몸을 수습하는데 새초롬한 하 배우의 목소리가 그런 날 저지했다.

"일주일에 두 번 약속된 미팅은 연기된 거니까 퇴근하면 다른 데로 빠지지 말고 집에서 시나리오 작업해요. 중국에서 돌아오자마자 얼마나 쓰고 고쳤는지 바로 확인할 거니까. 그리고 나도 아이디어 떠오르면 언제라도 전화할 거니까 핸드폰 늘 곁에 두고 받아요."

생각해 볼 것도 없이 중국행을 거절한 내게 하는 소심하고도 유치한 보복 같았다. 난 하 배우에게 한 소리 하려다 말만 길어질 것 같아 그만두었다.

"조심해서 가세요."

인사를 끝으로 내리려 문을 여는데 문은 도리어 잠겼다. 난 심호흡을 하고 지금의 상황을 연출한 하영우에게 고개를 돌렸다. 시선은 이미 내게 고정돼 있었다.

"집 앞까지 데려다 준 애인한테 작별 인사도 없이 내리는 거, 예의와 상식에 벗어난 일 아닙니까?"

예의와 상식이라니. 비상식, 비정상이란 단어와 퍽이나 어울리는 사람에게 나올 단어는 절대 아니지 싶었다.

"작별 인사, 충분히 하지 않았나요?"

한 시간 전까지 자행된 육체의 향연, 관능의 시간들을 테이프 되감듯 확인하고 싶은 마음은 없지만 억울한 마음에 따지듯 말이 나와 버렸다.

"아까 언제요? 난 기억이 없는데. 그러니까 지금 해요, 인사."

하영우는 말이 끝나기가 무섭게 한쪽 뺨을 내밀었다. 모든 체력을 소진한 나와 달리 하 배우의 남은 체력은 전부 입과 심술보로 쏠린 듯 보였다. 더 이상은 어떤 실랑이도 할 힘이 없는 난 하영우의 뺨에 스치듯 입술을 가져다 대는데, 어느샌가 뒤로 젖혀진 좌석은 나를 포함해 내 위로 살짝 올라온 하영우를 든든히 받쳐주고 있었다. 하 배우의 짙은 숨결과 몇 시간 사이 익숙해져 버린 스킨향이 코끝에 닿았다. 어둠 속에서 회갈색 눈빛이 예리하게 빛났다.

"정말 같이 가기 싫어요?"

하영우는 한 톤 더 낮아진 목소리로 달래듯 물었다. 저 안 어디서 꿈틀대며 똬리를 트는 욕망과 폭풍의 핵을 숨겨놓은 게 선명히 느껴졌다.

"며칠 쉰다고 생각하고 호텔에서……."

"여기 오기 전 우리가 보낸 시간들이 없었다면 갈 수도 있었겠죠. 그런데 하영우 씨의 체력과 근성을 알아버렸기 때문에 가지 않아요. 그러니까 조심해서 다녀오세요."

살짝 쉰 듯한 내 목소리가 하 배우의 높다란 코끝을 스쳐 지나갔다. 순간 하 배우의 두터운 남근이 상처 입어 가여운 내 둔덕에 정확히 와 닿았다. 미처 대비 못한 전율과 아찔함이 귀 뒤 어딘가를 공명하듯 스쳐 지나갔다. 내 몸 구석구석은 마치 마이크로 칩처럼 하영우가 세밀하게 세팅한 그대로 느끼고 울리며 반응했다. 너무도 정확하고 정밀하게.

이런 내 상태에 만족감을 느꼈는지 하영우는 지금까지와는 다른 부드러운 미소로 부어오른 내 입술을 도포하듯 섬세하게 핥았다. 그 모습은 마치 먹이를 마주한 포식자의 여유로움 같았다.

"할 수 없네. 혼자 다녀와야지. 잘 다녀올게요."

하영우의 시선은 아직도 내 입술, 내 얼굴에 고정된 채였다.

"일 잘 하고, 몸 관리, 체력 관리 잘 해요."

"네에."

몰려드는 피로감에 순순히 대답을 한 난 하 배우에게 일어나라는 눈짓을 했다. 그 눈짓이 절대로 자신에게 하는 유혹이 아니란 걸 알면서도 하 배우는 대본을 오역한 연기자처럼 매끄러운 미소를 지으며 야릇한 저음으로 속삭였다.

"아직 제대로 된 인사는 안 했잖아요."

하영우는 흐트러진 내 앞머리를 뒤로 넘겨 고르며 집념과 정염으로 재무장한 듯 보이는 자신의 입술 끝을 내 입술에 살짝 가져다 댔다.

무겁다기보다는 뜨거워서 두려운 입술이었다. 난 소심하게 입을 벌려 탱탱하게 부은 내 입술과 달리 매우 훌륭한 상태의 하 배우 입술을 빨아 한입 짧게 삼켰다. 그 한 번에 독이 든 사과를 베어 문 동화 속 누군가처럼 순식간에 스며오는 체향과 호흡에 난 또다시 머리가 어질했다.

사향 같은 사람이다, 하영우는.

❖

집을 나서는 우빈의 목소리를 들으면서도 난 쏟아지는 잠에 속수무책으로 빠져들었다. 몽롱한 의식 속에서도 '내가 지금 진짜 연인도 파트너도 아닌 하 배우랑 무슨 짓을 하고 있는 건가' 하는 의문은 잠에 빠져드는 그 순간까지 머릿속을 맴돌았다.

맞춰 놓은 알람 시계를 부여잡고 애써 정신을 차리니 11시였다. 신지혜에게는 오늘 하루 동네 병원에서 정기검진을 받는다고 문자로 결근을 통보했다. 어제 하 배우와 같이 헤어졌는데 이 몰골로 출근하는 건, 암시를 넘어 적나라하게 광고하는 것밖에 안 되기에 그다지 즐기지 않는 편법을 썼다.

볕이 좋은 테라스 한쪽, 오래전 우빈이 어딘가에서 어렵게 공수해 왔다는 3인용 라탄 소파와 세트인 쿠션에 기대 물을 마시며 어느 순간부터 그 시절의 나와 교신하듯 이어준 음악을 들었다.

우 너의 향기가 바람에 실려 오네
영원할 줄 알았던 스물다섯 스물하나

자우림의 노래처럼 스물다섯의 나도 영원할 줄 알았다. 그 사람과. 잡힐 듯한 기억과 부서지는 햇살, 행복한 꿈을 나도 그 사람을 대상으로 꾸었다.

우연히 들은 이 노래에 홀려 유명 광고 가림막 앞에 한참을 서 있던 적이 있다. 집에 와 노래를 찾아서는 꽤 오랫동안 시간이 날 때마다 찾아 들었다.

그 사람의 기억과 하 배우와의 무겁지 않은 연애가 무슨 상관관계가 있는지는 모른다. 하영우가 이신처럼 그 시절의 이제이를 닮은 것도 아니고 그 사람처럼 호감형도 아니지만, 난 지금 이제이를 닮은 이신이 아닌 하영우와 심각하지도, 무겁지도 않은 연애를 한다. 누구 하나 상대에게 기대하지 않고, 상처받거나 농락당했다며 좌절하고 허무해하지 않는 어른들의, 어른들만 아는 그런 야하고 절대 아프지 않은 연애를. 스물다섯부터 서른다섯인 지금까지 단 한 번도 하지 못했던 연애를 난 얼토당토않은 인물과 하고 있는 것이다.

이 선택이 잘못 됐다고는 생각지 않는다. 몸을 나누고 즐기는 행위에 대해서 구차한 정서와 문제의식을 거론하고 싶지도 않다. 어차피 결론보다 과정이 전부인 연애, 미래를 꿈꾸고 걱정하지 않는다.

태어나 처음, 간절한 마음으로 행복을 꿈꾸며 영원할 줄 알았던 스물다섯의 연애도 허무하게 버려지듯이 끝이 나버렸는데, 10년의 시간을 무기로 철탑 같은 공력을 치열하게 쌓아온 서른다섯의 내가 누구에게 무엇을 기대하고 바랄까…….

몸과 마음, 감정과 사랑에 대해 면역력이 없던 그때도 아니고, 날 향한 시선만으로도 지독한 몸살을 앓고, 나를 위한 뜀박질 뒤 짓던 미소에 자지러지며 그 사람의 멋진 글씨와 흘림체로 녹아내리던 그때의 나, 열정적 기회주의자 지수완은 이제 없다.

표정과 말투까지 비슷하게 닮아가는 강우빈이 아닌 또 다른 누군가와 일을 하면서 아웅다웅 대화를 하는 것도 재밌고, 나와 다른 삶을 사는 남자의 전혀 다른 일면을 지켜보는 것도 나쁘지 않다. 감정을 충분히 책임질 수 있는 강한 정신력과 경제력을 갖춘 후, 침대라는 링 위에서 KO패 당하는 부실한 전적일지라도 하 배우와 동등하게 나누고 즐기며 삼키는 섹스가 기쁨인 동시에 위안이 된다고. 딱 이 정도로 정리할 수 있을 것 같다. 하 배우와 나의 오늘의 연애는.

고매한 척 고상 떨지 않고 고해성사를 하니 슬슬 배가 고팠다. 어제 호텔에서 푸짐한 저녁을 먹었다 해도, 그 후 꼬박 몇 시간 동안 뼈와 살이 타는 육체 노역을 했는데 배가 안 고플 수가 없었다. 냉장고를 열어 머릿속으로 빠르게 재료들을 섞어보는데, 음악이 멈추고 전화벨이 울렸다. 받지 말까 하다 나중에 집요한 하 배우에게 연타로 추궁을 받았을 것 같아 확인하니 이신이었다. 동시에 달달한 우동이 머릿속을 채웠다.

"네."

[안 받으시면 어쩌나 했는데 받으시네요.]

"맛있는 저녁을 대접 받았는데 안 받다니요. 어쩐 일이세요?"

[혹시 지금 바쁘세요? 저 지금 오픈할 가게 인테리어 소품 사러 이태원이랑 남대문 돌아다닐 건데 바람 쐬지 않으실래요? 걷기엔 너무 더울까요?]

참으로 절묘한 타이밍에 받은 제안이었다. 남대문만 제외한다면.

"이태원은 같이 갈 수 있어요. 남대문까지는 아니고."

두 시간 후 이태원에서 만나기로 한 나는 아직 하영우의 차고에 인질처럼 잡혀 있는 애마를 떠올렸다. 일 때문에 중국에 간 하영우에게 차 문제로 먼저 전화하기는 멋쩍어 일단 기다리다 전화가 오면 부탁해서 그 집 근처에서 인계받자 생각했다.

동시에 달달했던 우동을 오늘도 먹지 않을까 하는 마음에 준비하는 움직임이 기민해졌다.

먼저 도착해 소품 가게에서 물건을 구경하던 이신은 나를 보곤 특유의 눈이 사라지는 웃음 신공을 선보이며 인사를 건넸다. 작은 몇 가지 소품을 사고 이태원에서 유명하다는 분식집에서 열무국수와 땡초 김밥을 사먹었다.

아이스커피를 들고 걷는데 불현듯 그 시절이 생각났다. 우리나라 여름보다 곱절은 습하고 더운 홍콩. 그때의 우리도 박람회를 전전하며 끼니는 챙겨 먹지도 못하고 박람회장 안, 작은 부스에서 팔던 아이스커피를 마셨다.

이 사람과 걸으면 그때의 우리들이 이렇게 불현듯 떠오르겠구나 싶었다.

나쁘지 않다. 언제까지 기억에 붙들려 살 수도 없고, 드라마로 어느 정도 내려놓지 않았을까 싶다. 상처와 아픔의 깊이는 생각하는 것보다 클 수도 작아졌을 수도 있다. 이렇게 점점 작아지다 언젠가 소멸되길 바라며 난 차가운 커피를 들고, 그 사람을 닮은 이신과 홍콩의 뒷골목이 아닌 익숙한 이태원 골목길을 걸었다.

혹시나 했으나 기대에 부응하여 저녁은 이신의 가게에서 해결했다. 나이에 비해 부자라고 칭찬했더니, 배낭여행 하다 일본에서 만난 가게 동업자가 자본금을 거의 다 댔다고 설명했다. 아직 연기자로 자리잡지 못한 자신에게 이런 부업은 반드시 필요하고 요긴하다고.

이신이 주방으로 들어간 사이 하 배우에게 연락이 와서 난 밖으로 나왔다. 해는 아직 하늘 어딘가에 떠 있는지 완전히 어둡지는 않았다.

"네."

이대로 점포 앞에 서서 통화를 계속했다.

[어디에요? 회사?]

"아니요, 저녁 먹고 있어요."

[난 아직 못 먹었는데. 참, 짬짬이 시나리오 작업은 잘 하고 있어요?]

아, 시나리오 작업. 하 배우가 이 땅을 떠남과 동시에 완전히 잊고 있었다.

"오늘 들어가서 해야죠. 그때 의견 조율한 데까지는 정리해 놓을게요."

톡톡 두드리는 소리에 뒤돌아보니 반지하 창문으로 노포의 젊은 주인처럼 근사하게 두건을 쓴 이신이 들어오라고 손짓을 하고 있었다. 고개를 끄덕이며 동의를 표하고도 조금씩 열기보다 인파로 채워지는 거리로 시선을 돌렸다. 부산하긴 한데 생동감보다는 그저 어수선한 느낌뿐인 이 거리는…….

[……보고 싶다, 지수완.]

내가 지금 잘못 들은 건가.

[보고 싶어, 당신.]

잘못 들은 건 아니었다.

[억지로라도 데리고 올 걸 그랬어.]

절대로.

❖

하 배우가 돌아오는 당일 아침, 또 한 번의 열애 기사가 터졌다. 이번에는 아무도 주목하지 않던 신인 배우 이신의 데이트 현장 기사.

이해할 수 없다는 얼굴을 하고 내게 기사를 내민 사람은 신지혜였다. 좀 멀리서 찍어 부인할 수는 있지만, 아이스커피를 들고 이신과 걷는 사람은 나였다.

신지혜에게는 아니라고 말했다. 신지혜가 나가고 괜찮겠지 하고 있는데, 하영우 소속사 대표란 사람한테 전화가 왔다.

기억났다. 그때 탐탁지 않은 시선으로 나를 바라보던, 무척이나 야하게 생긴 남자. 한 시간 후, 회사 앞에서 만나기로 약속을 하고 전화를 끊었다.

전화를 끊자마자 바로 이신에게 연락이 왔다.

"네."

[기사 보셨어요?]

"네. 멀리서 찍어서 다행이던데요."

[죄송해요. 누군가 우리를 찍을 거라고는 생각 못했어요. 제가 하영우 선배 같은 급도 아니라서. 금세 잠잠해질 거예요. 죄송해요, 작가님.]

이신이 죄송할 건 없다. 억지로 끌려 나간 것도 아니고 우리가 사귀는 사이도 아니니.

"아니에요. 이신 씨 말처럼 잠잠해지겠죠. 추가 기사만 없으면 전 괜찮아요."

[더 이상의 기사는 없을 거예요. 회사에서 두고 보지는 않을 테니까요.]

통화가 끊어지기 전까지 이신은 미안하다는 말을 계속했다. 그러면서도 가게 오픈하는 날짜를 알려주었다. 가겠다는 말은 하지 않았다. 좀 전에 통화한 소속사 사장 얼굴이 떠올라서.

딱히 그럴 이유가 없는데도 머리가 무거워 카페에 먼저 가 기다렸다. 늘 그렇듯 창가 자리에 앉아 밖을 내려다보았다. 비뚜름하게 경사진 도로를 차들은 끊임없이 오르내렸다. 그 모습을 빤히 보고 있자니 어제부터 시작된 이명이 여지없이 들려왔다.

"……보고 싶다, 지수완."

그때 무슨 말을 끝으로 전화를 끊었는지 모르겠다. 내가 먼저 끊었는지 하 배우가 먼저 끊었는지도.

그 말의 가치와 무게는 의식적으로 생각하지 않았지만 계속 생각나고 들려왔다. 탁한 듯한 중저음은 그 순간 습한 날씨와 흐릿한 하늘, 점점 이동인구가 많아지는 골목길에서 모든 소리와 소음을 압도하고 내 안에 공명했다.

우리는 분명 연애를 하고 있다. 계약 연애라는 그런 어리석고 얄삽하며 비논리적인 말장난이 아니라 서로의 뜨거운 육체가 주는 기쁨에 몸서리치는 솔직한 어른들의 연애.

누군가 연애는 나와 네가 부르는 가장 아름다운 노래라고 했지만 우리 연애의 목적은 아니다. 하 배우는 야한 사진이 줄 수 있는 치명적 이미지 손상 때문에, 난 내가 사랑하는 강우빈이 이 사회에서 공중분해 되지 않도록 서로 손익을 따지며 검수해 내놓은 특단의 해결 방안이었다. 어떤 낭만적인 이의 말처럼 아름다운 노래가 아니다. 지금도 끝없이 들리고 울리지만 그 말에 대해서는 의미를 두지 않을 작정이다.

난 집중포화처럼 쏟아지는 하영우의 언어적 사슬을 잊으려 아이스커피를 마셨다. 이 커피로 인해 내 정신을 집어삼킨 말들이 잠식당하길 기도하고 바랐다.

"일찍 오셨네요, 지수완 씨."

빌어먹을 이름. 내 이름이 언제부터 이렇게 동네북이 되었는지.

난 고개를 들어 하 배우의 소속사 사장이란 사람을 확인하고 자리에서 일어났다. 서로 눈인사를 하고 동시에 자리에 앉았다. 소속사 사장이란 사람은 자신의 명함을 내게 건넸다. 백재. 흔한 이름은 아니었다. 결코 흔한 인상도 아니고.

"오늘 오후에 영우 들어오는 거 아십니까?"

"네."

"영우 들어올 시간 맞춰서 며칠 외국으로 출장 다녀올 생각 없습니까?"

"네?"

갑자기 출장이라니. 또한 내 출장과 하 배우 입국이 도대체 무슨 상관인가 싶었다.

"영우, 오전에 난 이신과 지수완 씨 스캔들 기사에 대해 알고 있을 거예요."

백재란 사람은 무슨 대단한 사실을 통보하듯이 말했다.

"그 기사를 하영우 씨가 알고 있다는 게 제가 출장을 가야 하는 이유의 설명이 되나요? 전 이해가 안 되네요."

내 질문에 백재란 사람은 안 그래도 냉기 폴폴 나는 개성 강한 인상을 비대칭으로 만들며 날 쏘아봤다. 야하면서도 야릇한 마스크를 하고 이해가 안 가는 행동과 말로 사람을 불편하게 만드는 인물이었다. 배째, 아니 백재란 사람은.

"자신과 연애하는 여자가 출장간 사이 자기보다 무려 일곱 살이나 어린 남자랑 대낮에 거리를 활보하면서 꽃다발처럼 활짝 웃는 모습이 기사로 났는데, 눈이 뒤집어지지 않을 남자가 이 세상에 있다고 생각합니까? 지수완 씨는."

이름이란 누가 어떤 표정과 톤으로 불러주느냐에 따라 얼마나 다른 뉘앙스를 주는지 오늘에서야 정확히 알았다. 어느 시인의 말처럼 꽃이 될 수도 있다. 물론 지금처럼 분명한 공격과 적나라한 비난이 될 수도 있고.

"그때 그 자리에 계셨으면서도 그런 말씀을 하시네요. 저와 하영우 씨는 서로가 지켜야 하는 대상과 목적을 위해 이해타산하고 합의를 봤던 거지, 모두가 아는 일반적인 연애를 하기 위한 약속이 아니었어요. 그리고 오늘 난 기사는 이신과 저도 모르게 찍힌 것뿐이고요."

내 정당한 반론에도 불구하고 백재란 남자는 굳은 표정을 유지하며 어떤 감정도 내비치지 않았다.

"지금 그 말, 지수완 씨 착각일 수도 있다는 생각은 안 해봤습니까?"

남자의 야릇한 존재감만큼이나 미묘하고 혼란스런 말이었다.

이런 식으로 계속 선문답을 반복하고 싶지는 않았다. 이 남자와 그럴 이유도 없고.

"하고 싶은 말씀 있으시면 괜한 오해하게 마시고 말씀하세요."

난 상당히 불쾌하니 정공법으로 풀자는 느낌을 실어 또박또박 말했다.

"내가 하고 싶은 말은, 지수완 씨 신변의 안전을 위해 며칠 출장을 다녀오란 말이에요. 남자의 질투는 오뉴월에 내리는 서리보다 몇 배는 더 강력하고 무서울 수 있어요. 더군다나 질투를 하는 그 남자가 하영우고, 그 대상이 지수완 씨라면 내가 상상하는 이상일 수도 있으니까."

직역하면 이신과 난 스캔들에 하 배우가 신경이 곤두선다는 얘긴데, '도대체 왜?' 하는 의문이 들었다.

우리의 연애는 짧은 과정만 있는 일시적 연애일 뿐이다. 결혼을 할 사람들도 아니고 미래가 있는 것도 아닌데, 열애설에 하 배우의 기분이 그렇게나 상할 일이 뭔가 싶었다. 돌아온 하 배우가 물으면 사실대로 답하고 지나갈 수 있는 일이거늘, 지금 앞에 앉은 남자는 나와 하 배우의 관계를 필요 이상으로 확대 해석하고 있었다.

"지금까지는 회사 대표가 아닌 하영우의 친구로 한 말이고, 지금부터는 소속사 대표로서 말하는 겁니다. 지수완 씨, 더는 이신 만나지 마십시오. 설령 이신 쪽에서 먼저 연락이 온다 해도 개인적으로 따로 만나지 말아요. 이유가 어찌됐던 지수완 씨는 지금 하영우와 사귀는 사람이니 괜한 오해 살 일 만들지 말라는 말입니다."

틀린 말은 아닌데 순순히 따르자니 왠지 부아가 났다.

일종의 단속을 위한 경고처럼 들렸다. 난 조금의 미동도 없이 백재란 남자를 빤히 쳐다보는 걸로 대답을 대신했다. 내 표정으로 대표란 사람이 어떤 대답을 유추했는지는 모르나, 일일이 설명하고 싶지는 않았다.

백재란 사람이 먼저 자리를 뜨고도 난 한참동안 자리를 지켰다.

금세 흩어진 간극을 채우는 음성이 여지없이 들려왔다. 조금의 틈이라도 생기면 어김없이 침투해 뒤흔드는 목소리. 늑대면서 여우 같은 하 배우의 자극적인 숨결이 고스란히 전해지는 음성의 떨림. 떨림이 반복될수록 대낮 딱딱한 플라스틱 의자에 앉아 있는 내 몸 어딘가에 뜨거운 열기와 물이 흘러 난 조금 남은 커피를 목 안에 붓듯이 마셔 버렸다.

중국 백화점에 입점한 타 브랜드 부스에 대한 상황 보고와 하 실장이 직접 구상하고 찍어 보낸 이미지 사진을 훑어보는데 핸드폰이 울렸다. 하영우다.

순간 든 생각은 여유를 갖자는 것이었다. 백재란 사람의 충고 때문만은 아니다. 그렇지만 오랜 시간을 함께 한 사람이 충고할 때에는 그럴만한 이유가 있지 싶었고, 하영우와 이신의 사이가 좋지 않을 수도 있겠단 생각을 했다.

일전에도 그랬고 오늘도 이신이 하영우를 신경 쓰는 느낌은 분명히 받았다. 이유와 과정이 어찌됐건 이신의 배역을 하영우가 차지한 건 맞다. 드라마의 퀄리티와 흥행 여부를 떠나 자신이 한다고 믿었던 작품이 개인의 의지와 달리 엎어진 것 또한 사실이고. 어린 나이와 적은 연차로 인해 말을 할 수는 없지만 불쾌하고 의식이 될 수도 있지 싶었다.

이 모든 생각은 이신의 입장이고, 하영우는 모르겠다. 그때 배역을 욕심낸 하영우의 마음이 정확히 무엇이었는지.

지금은 그 모든 이유를 떠나 피하고 싶었다. 지금 이 순간만이라도.

몸을 몇 번 나눴다고 친밀하다거나 우려할 만큼 가까워진 건 아닌데, 약간의 경계는 필요한 듯했다. 이명처럼 계속되는 목소리. 그 목소리에 반응하는 내 자신이 경계심을 부추겼다.

더는 일이 손에 잡히지 않아 우빈에게 전화할 시점을 계산하며 핸드폰으로 플레이 리스트를 찾아 음악 소리를 높이고 눈을 감았다. 요 며칠 다시 찾아 듣고 있는 자우림의 '스물다섯 스물하나'를.

노래의 가사를 떠올리며 혹시나 하는 마음을 다잡으려는 걸까, 난.

음미하며 연속으로 세 번을 듣고 눈을 뜨니 거짓말처럼 하영우가 서 있었다. 놀란 나와 달리 감정이 읽히지 않는 차분한 표정의 하 배우가 흘러나오는 노래를 껐다. 난 자리에서 일어나 하영우와 눈높이를 맞추려했다.

"어떻게 여길……."

"전화를 안 받으니 올라올 수밖에. 주차장에 차 가지고 왔어요."

그 말과 함께 먼저 사무실을 나서는 하영우를 따라 주차장으로 내려갔다.

하영우는 보조석이 아닌 내 차 운전석에 앉아 내가 타기를 기다렸다. 주춤하고 서 있는 내게 하 배우는 타라는 눈짓을 했다. 보조석에 앉아 벨트를 맴과 동시에 차는 출발했다.

어쩌면 이 모든 일의 시작이 된 장소, 별장에 도착한 하영우는 안으로 들어갔다. 난 무거운 마음으로 그 뒤를 따랐다.

거실로 들어서니 하 배우는 버튼을 눌러 모든 커튼을 치고 있었다. 그때 찍혔던 사진 때문인 것 같았다. 그사이 난 화장실로 가 손을 씻고 나왔다. 오는 동안 하영우는 그 어떤 말도 하지 않았다. 마치 말이 필요 없는, 아니 하고 싶지 않은 사람처럼.

내가 앉아 있는 소파로 다가온 하영우는 날 안아서는 자신의 무릎 위에 앉혀 마주보게 했다. 난 그 같은 행동을 저지하지 않았다. 접히듯 말려 올라간 저지 바지도 신경 쓰지 않았다. 우린 이미 이보다 더한 것도 함께한 사이기에.

차분하면서도 차가운 시선을 한 하영우는 한동안 빤히 쳐다보기만 하다 입을 뗐다.

"난 지금 화가 많이 나는데 화를 내면 당신이 더 이상은 날 보지 않을 것 같아서 화도 못 내겠어. 우린 분명 계약을 했고, 시나리오 작업이 끝날 때까지 함께하는 게 너무나 당연한데도 내 마음이 그래. 불안해. 그러면서도 화는 나. 그건 나도 어쩔 수 없어."

마치 날 바람으로 인식하는 듯한 회갈색 눈동자가 불안하게 흔들렸다.

오래전 강력한 불주사를 맞은 난 쉽사리 감정에 휘둘리지 않는다. 뒤늦게 터져 버리고 부화된 욕망에 솔직할 수는 있어도, 지금 이 순간 하영우의 모든 말과 표정을 사랑이라고 착각할 만큼 난 순수하지 않다. 그럼에도 불구하고 기분이 나쁘지 않았다. 그래서 그랬다. 여전히 뚱한 표정을 한 하 배우의 입술을 물어 불타오르는 전의를 알린 건.

부동자세로 있는 혀를 흥분시키는 건 어렵지 않았다. 하영우가 내 몸, 내 감각선에 대해 숙지한 것처럼 나도 하 배우의 즉각적이고 즉물적인 지점들을 요란하고 퇴폐적인 반복학습으로 알고 있었다.

버티는 남자의 입안 구석구석을 교묘히 건드리고 만지며 의향을 물었다. 내 두 손은 강인한 목을 감싸고 뒷머리를 어루만졌다. 부드럽고 섬세하게. 언젠가 하영우의 길고 섬세한 손가락이 내벽에 깊숙이 들어와 예술적인 그림을 그리며 모던하지만 격렬한 춤을 추었던 것처럼 꼭 그렇게, 그만큼 동요하게.

난 아직도 정체돼 있는 하 배우의 깊은 우물을 날름거리며 치근덕거렸다. 농염한 허리 짓처럼 난 치열과 입안 전부를 헤집다 기습적으로 좌정하고 있는 귓불을 물었다. 그 순간 내 사타구니와 닿아 있는 하영우의 남성이 심정지에서 살아 움직이듯 부피를 키우며 무섭도록 팽팽해지고 뜨거워졌다.

그 솔직한 반응에 힘을 얻어 요망한 둔덕은 남성을 지그시 누르다 지나쳐 갔다. 내 자극과 기가 막힌 허영에 하영우의 회갈색 눈빛이 진해지며 열기와 열망이 분분해졌다.

"이런 식으로 풀어주면 버릇 들 텐데……."

거칠어진 숨결을 삼키면서 하영우가 간신히 내뱉었다. 난 반응이 즐거워 웃었다.

내 비릿한 웃음이 자극이 됐는지 경건하고 정숙하던 하영우의 혀가 돌연 거칠어졌다. 어느 순간 역전돼 내 몸을 타고 올라온 하영우는 가혹해지며 격렬해지는 키스를 멈추지 않았다. 하관을 잡아 숨을 막듯이 혀를 밀어 넣고 채우며 빨아대는 거친 행위에 약간의 신음이 새어 나왔지만 나쁘지 않았다. 내 자극에 하영우는 더한 기교와 충격까지 보태 돌려주었다. 입으로는 입을 막고 손은 내 온몸의 허물을 벗겼다. 동시에 자신의 허물도.

차가운 가죽 소파에 동그랗게 몸을 말고 앉은 내 앞에 다비드상처럼 시선을 압도하는 하 배우가 거실 바닥에 무릎을 꿇고 앉아 그대로 내 하반신을 열었다.

다리 사이에 얼굴을 묻은 모습은 너무도 선정적이고 문란해보여 온몸에 소름이 돋았다. 그러면서도 난 더 많은 것을 상상하며 원했다. 당당히 요구했다.

이렇게 절절한 날 아는지 모르는지 혀의 주인은 어쩔 수 없는 기대와 더한 긴장으로 얼어붙은 내 둔덕을 잔인할 정도로 파헤치며 앞으로 줄기차게 나아갔다.

"아흣!"

추읍추읍 빨아대는 요란하고 경박한 소리에 소름이 돋았다. 난 본능적으로 양팔을 뻗어 소파 등받이를 잡아 뜯듯 붙잡았다. 내 쾌락의 지점을 정확히 파악해 흡입하는 하영우에게 빨려 들어가지 않기 위해, 또한 감정과 소리를 모두 음소거 하기 위해 난 소파에 손톱을 박아 넣었다.

그런 내 수고를 비웃듯 하영우는 강한 흡착과 현란하고도 탁월한 공격, 농익은 지분거림으로 뜨거운 질주의 시작을 알렸다. 고개가 의지와 달리 기습적으로 젖혀졌다.

얼마나 버텼을까…….

전문가에 의해 옅은 상아빛으로 깨끗이 정리된 내 손톱은 크낙새도 아니면서 하영우의 머릿결 대신 소파 등받이를 미친 듯 밀며 파먹었다. 어쩔 수 없이 내어준 둔덕으로 인해 벌어진 두 다리는 하 배우의 어깨 위에서 사시나무처럼 떨다 난파당한 배의 조각처럼 이리저리 부유하길 반복했다.

하영우의 입술은 방패가 되고 혀는 창이 되어 내 여린 내벽을 찢고 허물며 마치 자신의 것 인냥 지독한 난장을 쳐댔다. 온몸이 부글부글 끓고 뇌는 녹아내리듯 녹진녹진했다. 내벽을 빨아대는 소리와 이제 막 이가 난 아이처럼 거칠고도 난폭하게 문대는 입술로 인해 제정신일 수가 없었다. 임계치를 넘어선 난 결국 손톱이 꺾이고 잘려 나가듯 비음과 교성을 내질렀다.

치열한 난타전이 된 애욕의 시간 속 처참하고도 완벽한 패배였다. 내 몸은 갓 태어난 아이처럼 미끌미끌 땀범벅이었다. 승자인 하영우도 크게 다르지 않았다. 내 항복에 흡족한 표정을 한 하영우는 진이 다 빠진 날 마주 안고 소파에 앉았다. 앉음과 동시에 난 연기처럼 흩어져 하늘 저 높이로 단번에 솟구쳤다. 아픔을 넘은 아득한 고통으로 인해 달아나려는 내 엉덩이를 하영우가 강하게 잡아 주저앉히자, 내 안을 가득 채운 남성은 단단하고 두터운 몸피를 더욱더 늘리고 키웠다.

"아…… 악!"

난 조금이라도 고통을 줄이고 득세하는 남성을 압박하기 위해 내벽을 조이려 했지만 기민하게 가슴을 물고 빨아대는 하영우로 인해 제어력을 잃었다.

하영우는 분홍빛 유두를 쉴 새 없이 빨아 삼켰다. 마치 화형이라도 시키려는 듯 내 안에 계속 불과 열을 피웠다. 그 덕에 달궈진 내벽은 불꽃이 일고 세포는 자가 복제를 하듯 미친 듯 분열하며 자잘한 전류를 끊임없이 만들었다.

내내 참았던 교성이 마침내 터질 것 같아 하영우의 머리를 거칠게 잡았다. 하영우란 항구에 단단히 묶인 내 몸은 자유를 구속당한 채 리듬을 타고 격랑에 흔들리듯 거친 파고를 탔다. 하 배우는 전차 같았다. 거대한 전차의 움직임에 지면이 갈리고 울리듯, 난 그에 위에서 고통과 쾌락에 밟히고 눌려 진저리쳤다. 난 제정신이 아니었다.

그런 날 안고 하영우는 침실로 갔다. 가슴에 안긴 채로 침대로 쓰러진 난 등이 닿자마자 강한 가슴에 눌려 한 치도 벗어날 수가 없었다. 맞닿은 사타구니는 마찰과 열기, 서로의 찐득한 애액과 뜨거운 정으로 이미 수습이 불가해 엉망진창이었다.

"지수완."

행여나 내가 기권하고 포기할까 우려가 드는지 하영우는 내 이름을 불렀다. 하 배우에게 불리는 내 이름은 분명 비난이 아닌, 날 향한 자극이었다.

자극과 도전에 뒷걸음치는 내가 아니다. 그런 안일한 마인드였다면 지금의 수빈실업은 있지도 않았다. 난 무겁게 떨어지는 눈꺼풀을 들어 하 배우를 올려다봤다.

"길 잃지 말고 놓지도 말고 잘 따라와."

이게 다 무슨 소린지. 난 그저 희미하게 웃었다. 미소보다는 확실한 답이 필요했는지 하영우는 마찰에 부어올라 더없이 민감해진 내벽의 속살을 때리듯 강하게 쳤다.

"으으응……."

난 아픔과 동일한 쾌감에 몸서리치며 신음을 흘렸다.

"내가 주는 이 느낌과 감정을 믿어. 그리고 생각해. 잊지 말고."

하영우가 주는 이 느낌과 지독한 감정을 잊을 수가 없다. 근 10년 만에 주고받는 이 미칠 듯한 욕망과 쾌락을 어떻게, 어떤 방법으로 잊을까. 이렇게 좋은데. 이렇게나 선명한데. 이다지도 뜨거운 것을…….

끝내 답을 듣길 원하는 하영우의 시선에 난 간신히 입을 뗐다.

"알…… 았어요."

내 답이 만족스러운지 하영우는 내 벌어진 입술을 물고는 진액을 짜내듯 촘촘히 빨아댔다. 그러면서도 묵직한 허리 짓은 강약을 조절하며 이어지고 반복됐다.

결코 요조숙녀가 될 수 없는 난 그 요란한 움직임에 맞추어 숨을 몰아쉬며 결국 비명을 질렀다. 그 같은 비명이 주문이 되고 주술이 되었는지 하영우는 거대한 토네이도처럼 휘몰아치며 어느 영화 속 괴물처럼 우리 두 사람을 완전히 집어삼켰다.

절대적 암전. 길고 집요했던 시작이 비로소 끝났다.

한차례 길고 광폭한 태풍이 지나가자 우린 시체처럼 서로에게 겹쳐진 채 간신히 숨을 돌렸다. 온몸이 부들부들 떨렸다. 마치 벼락을 맞아 살피가 터져버린 전선 같았다.

어떤 감정이 사람을 이렇게, 이만큼 욕망하게 만들까 궁금했다.

아니다. 섹스에 무슨 마음이 있을까……. 원초적 본능과 말초신경이 이끄는 대로 미친 듯 원하고 욕망하면 그만인 것을. 각자의 완벽한 세계를 소유한 서른일곱의 남자와 서른다섯의 여자가 서로의 육체를 그날 기분과 감정에 따라 샴페인처럼 포도주처럼 마시고 즐기는 데 이유가 있어야 할 게 뭔가 싶었다.

난 간신히 일어나 방 안에 있는 욕실로 향했다. 온몸이 단단한 비닐 갑옷을 입은 것 마냥 미끄덩거리면서도 답답했다. 미처 콘돔을 사용하지 못한 사타구니에서는 비처럼 액과 정이 쏟아져 내리고 머리 위에서는 물이 쏟아졌다.

길었던 각개전투로 부어오른 여성을 조심스레 씻어내고 벽에 기대 잠시 미지근한 물줄기에 몸을 맡겼다.

몸을 섞을수록 마음은 복잡했다. 거창한 타이틀을 들이대며 무언가 바라고 기대하는 것도 없이 단지 즐기고 나누는 행위에 왜 이런 소모적인 감정이 개입되는지 알 수가 없다.

내가 지금 놓치고 있는 게 뭘까……. 내가 보지 못하는 게 뭐지?

순간 안개에 갇힌 것처럼 주위가 답답하고 머릿속은 잃어버린 퍼즐을 찾듯 부산한데, 어깨에 익숙한 입술이 닿았다. 떨어져 내리던 물줄기 대신 화염처럼 뜨거운 입술이 귓불에서 목선으로 이어져갔다.

"그…… 만해요……. 가야 해요."

등 뒤에서 느껴지는 익숙한 열기에 슬쩍 몸을 피하려는데 그런 날 하 배우가 잡아 세웠다. 등 뒤로 그의 밭고랑 같은 가슴과 허리, 그리고 다시 기지개를 켜며 무섭게 살아나 팽팽해진 남성이 느껴졌다. 화수분 같은 남자다.

"집에 보낼 거였으면…… 여기 오지도 않았어."

시원한 탄산수를 대신해 내 목과 귓불에 매달린 물기를 전부 핥으려는지, 하 배우의 농염한 혀가 부산하게 움직였다.

"내일 출근해야 해요."

오소소 솜털이 선 귀 안으로 선정적인 혀가 들어와 작은 원을 그렸다. 동시에 그의 남성도 내 엉덩이에 제법 큰 동심원을 그려댔다. 몇 번의 기막힌 섹스로 기대치가 높아진 내 안에서는 그 동작 한 번에 대책 없는 기대감이 고개를 쳐들고 있었다.

지수완, 네가 정말 제대로 미쳤구나…….

"주말에도 일해야 하는 회사면 그 회사 오너에 문제가 있는 거야."

전혀 몰랐다, 내일이 주말인지. 이런 적이 없었는데 요일을 잊고 있었다.

두 번째다. 10년 전 3일 동안 호텔에서 그 사람과 한 몸처럼 붙어 서로에게 기생하면서 보냈던 이후로. 기가 막혔다. 전혀 다른 상대로 처음과 두 번째가 데자뷰도 아닌데 마치 쌍둥이처럼 똑같은 느낌이라니.

세상 모든 이가 섹스를 하면 나처럼 이런 모호하고 아득한 느낌인 건가 싶다. 사회현상도 아니고 10년을 주기로 고작 두 번째인 난 이런 마음이 정상인지 비정상인지 알 수가 없었다.

알맞은 온도의 물이 방금 전보다 얇은 물줄기로 떨어져 내렸다. 꼭 침대 위 우리들의 몸과 근육을 타고 아롱지다 떨어져 내리던 진득한 물기처럼. 그와 동시에 한껏 부풀고 거대해져 색욕탱천한 하영우의 남성을 받아들였다. 아니, 받아낼 수밖에 없었다.

"아흣!"

몸은 혼란스런 주인의 마음과 달리 꽤나 명석하고 분명한지 자석처럼 금세 서로의 아방궁을 찾아들었다. 굳건하게 뒤에 선 하영우는 기다린 듯 몸을 여는 내 안으로 깊고 묵직하게 박혀들었다. 소파도 침대도 아닌 낯선 장소가 또다시 날 신열에 들뜨게 만들었다.

고정된 하반신과 달리 허우적거리던 손이 저절로 단단한 욕실 벽을 찾아들었다. 벽을 짚고 선 내 작은 손과 혈관 위로 하 배우의 손이 천근성 뿌리처럼 덮어졌다. 몸 전체가 완벽하게 하 배우 그늘 아래 땅구멍까지 점령당했다.

"수완, 지수완……."

'수완이', '수완아'. 우빈이 빼고는 타인에게 이렇게 불리는 게 얼마만인지 모르겠다. 하영우는 낮은 톤으로 계속해서 내 이름을 부르고 불렀다. 그 목소리, 여운 가득한 그 음성, 그 달근하고 음성적인 음색이 싫지 않았다. 솔직히 너무 좋았다.

"지…… 수완."

내 몸을 지배하듯 하영우는 내 정신까지 옭아맸다. 이름을 부르는 그 단순함으로.

지독하고 집요한 올무에 걸린 난, 하영우의 움직임을 따라 그대로 답습했다. 의지는 움직이고 싶지 않다 해도 욕망이란 거대한 핀으로 하 배우와 함께 고정된 난 필연적으로 움직여야 했다.

그가 크게 원을 그리면 나도 원을 그리게 되고, 그가 추적할 듯 앞뒤로 움직이면 나도 그 길을 주저 없이 긴박하게 따라갔다. 하영우가 숨을 고르기 위해 멈추면 나 또한 멈출 수밖에 없었다. 그러면서도 내 이름은 노래처럼 적당한 운율을 따라 불리고 또 불렸다.

익히 알고 있던 내 이름은 이 순간 육신을 불덩어리로 만들었다. 내가 뜨거운 불이기에 하영우도 불이 되고 불꽃이 되어갔다. 금방 꺼지고 사라지는 미약한 불꽃이 아닌 화마가 가득한 가마의 불처럼 아주 오래 끓고 활활 타오르는 고약하고 고집스런 불구덩이가.

5장

주말을 온전히 둘이서만 보냈다면 난 아마 가마 속 재 가루가 되었을 거다. 하영우가 하도 씹어 먹고 취향대로 용해하고 분해해 먹어서 형체가 없어진 재.

어떤 경우에도 꿀리기 싫은 난 똑같이 되돌려 주고 싶었으나 근성과 기질은 그렇다 해도 성을 기준으로 한 체력의 한계와 차이는 어쩔 수 없었다. 골격부터가 다른 남녀의 배틀은 출발점이 다른 마라톤과 같았다.

나를 구원하고 구출해준 건 일이었다.

김 감독이 드라마 편집과 월요일에 있을 제작발표회에 대해 논의할 게 있다고 하영우에게 계속 연락을 했다. 그 사실을 알면서도 입국한 금요일 아침부터 전화를 받지 않았던 하 배우는 결국 거구의 매니저를 별장으로 불러들이는 사태를 초래했다.

침대 위에서만 시간여행자가 된 우린 전장 같은 침대 위에서 매니저의 맹렬한 외침에 잠에서 깼다. 하 배우가 언제 또 육탄전을 벌일지 몰라 난 깊이 자지도 못하고 있었다. 그런 이유로 먼저 깬 이는 나였다.

예의바른 매니저는 별장 안으로 들어오지는 않고 대신 창문과 문을 부서져라 두드렸다.

토요일 정오, 난 주인도 없는 별장을 펜션이라 생각하고 남았다. 하영우는 금방 올 테니 쉬고 있으라고 했지만 그럴 수는 없었다.

하영우가 떠밀리듯 차에 타기 전까지 두 남자의 핸드폰은 폭죽도 아닌데 불이 났다.

숨 좀 돌리고 출발할 테니 먼저 가란 인사를 하고도 난 좀 더 별장에 있었다. 우리가 함께한 문란한 흔적들은 물론이고 모든 뒷정리를 마친 난 거실에서 숨을 돌렸다.

이대로 소파에 누워 자고만 싶었다. 온몸이 아우성을 넘어 모반과 반란을 일으켰다. 네 나이를 자각하고, 진작에 노화가 진행되고 있는 네 지친 자궁을 생각하라고. 지난 10년 동안 쩍쩍 갈라져도 나 몰라라 내버려두더니 이제 와 이 나이에 무슨 짓이냐고 반색을 하면서도 비난하는 것 같았다. 웃음이 났다. 틀린 말이 아니니 반박할 수도 없고.

인생은 상시 전쟁상태라더니 내가 그렇다. 지난 시간들은 허무와 자괴감. 지금은 욕망과 관능, 두 단어와 접전 중이다.

이러면서 시나리오는 언제 완성을 하겠다는 건지. 나나 하 배우나 철이 없는 건지 생각이 없는 건지. 머지않아 내가 먼저 이 에로틱한 연애를 끝내자고 해야 하는 걸 안다. 지금처럼 미쳐 돌아간 내 몸을 봐서는 언제쯤 하게 될지 모르겠지만 하긴 해야 한다.

버려지기 전에, 서로가 상처받거나 허무감을 느끼지 않게, 최대한 권위 있는 시상식의 신사숙녀처럼 우아하게 등 돌려 걸어가야 한다. 각자의 세계, 각자의 세상 속으로.

재밌는 건, 하 배우와 지내는 시간 속에서의 난 의외로 건강하고 강고하다. 마음도 몸도 솔직하게 반응하고 뜨겁게, 근성 있게 밀고 나간다.

섹스에 근성이라니…….

옆에 놓아둔 가방에서 핸드폰이 울렸다. 강우빈이다. 나이 찬 친구가 외박을 했으니 궁금하겠지.

"응, 우빈아."

[어디야?]

"여기? 서울 외곽. 이제 출발하려고. 넌 어디야? 좀 소란하네."

[에버랜드. 민진이랑 같이 왔어.]

"주말에 에버랜드? 네가 아주 민진이한테 맥을 못 추는 구나."

[그런가…….]

우빈은 '우후' 하고 건조하게, 좀처럼 내지 않는 톤으로 웃었다.

"혹시 둘이서만? 신지혜는 같이 안 가고?"

[응. 그렇게 됐어.]

신지혜를 설명하는 목소리가 살짝 무거웠다.

"왜 같이 안 가고? 바람도 쐬고 나쁘지 않을 텐데."

[……그러게.]

뭔가 이상하긴 한데 뭐라고 딱히 규정하긴 어려운 기분이 들다가 그런 생각을 했다. 신지혜도 자신의 오롯한 시간이 필요하지 않겠느냐고.

"그래, 잘 다녀와. 같이 못 간 내가 쏠 테니까 민진이 활짝 웃게 선물도 그렇고 뭐든 많이 사줘. 난 집에서 기다릴게. 조심하고."

전화를 끊으면서 생각했다. 내가 언제부턴가 조심하란 인사를 하고 있는지. 하 배우가 늘 전화 말미 조심하라는 말을 달고 살아서 그런지 나도 같은 말을 하고 있었다. 닮아간다고는 할 수 없지만 단기 연애도 연애라고, 살짝 티가 나긴 했다.

일어나 다시 한 번 거실을 둘러봤다. 외관처럼 실내도 묘한 나선형 구조에 달팽이 봇짐을 메고 있는 디자인이다.

생각은 곧장 중국 백화점 부스로 이어졌다. 하 실장이 현지 사정을 고려해 한 스케치에 지금의 이 구조를 변형하면 어떨까 싶었다. 부분적 이미지를 따는 것이긴 하지만 디자이너와 주인 허락 없이 마음대로 집 안을 사진 찍기는 그래서 필요만 부분만 따서 늘상 들고 다니는 수첩에 빠르게 스케치를 했다. 다듬고 보탤 부분도 표시하고 꼼꼼히 첨부했다.

이로서 증명됐다. 난, 지금의 이 관계에 완전히 빠지거나 미친 건 아니다. 이렇게 이성은 물론 투철한 직업의식도 살아 있다. 미리 예측하고 대비할 필요도 없다. 난 그때처럼 미치지도 대책 없는 순정에 함몰당하지도 않았으니까.

집으로 올라가는 길, 이신에게 연락이 왔다. 내일이 우동 집 오픈일이란다.

직접적으로 오라는 말은 하지 않았지만 기다리겠다는 말보다 더한 느낌을 받았다면 내 착각일까. 같은 이유로 나도 간다고는 말하지 않았다.

일단은 주말이란 개념에 충실하게 쉬어줘야 한다. 지금 이렇게 초인간적인 멘탈로 운전을 해서 그렇지, 핸들을 잡고 있는 손끝에서 액셀러레이터를 밟고 있는 발끝까지 하 배우가 심어놓은 욕망의 씨로 저릿하고 찌릿했다.

김포 집에 도착해 내내 잠을 자다 일어나 시나리오 타이핑을 했다. 하영우의 생각이나 의지가 필요 없는 부분은 내 선에서 써내려갔다. 그러면서도 수정할 여지를 남겨 특별히 체크를 하긴 했다. 이제 3분의 1을 간신히 작업한 상태.

사실 스토리라고 할 것도 없다. 서로의 살과 체향에 취하고 혼몽한 남녀는 남자의 치밀한 계략대로 서로의 품으로 파고들기 바쁘니까.

지금 정도면 어쩔 수 없이 계략남이 되버린 남자 주인공의 애틋한 마음이 이해되고 감정이입이 되어야하는데 난 그러질 못했다.

여자 주인공의 8년과 나의 10년이 오버랩 돼, 지난한 세월의 무게만이 심중에 자리해 남자의 치열한 시간들에 대해서는 이해와 여유가 생기지 않았다.

그러면서도 열심히는 했다. 어떤 이유든 갑과 을의 관계고 숙제이기에 빨리 손을 털고 싶은데 혼자 하는 일이 아니기에 욕심만큼 진도가 나가진 않았다.

그 와중에도 하 배우의 전화는 몇 번이나 받았다. 정말로 집이냐고 여러 번 확인하더니 자신의 스케줄과 동선을 친절히 알려줬다. 난 응원 비슷한 말을 하고 얼른 끊었다.

아직 하 배우와의 통화가 불편했다. 늘 말보다는 뜨거운 시선,

시선보다는 홧홧한 몸을 나눠서 그런지 이런 일반적이고 정상적인 연애 모드는 어색했다. 내 스스로는 '진정한 연애가 아닌 욕망과 본능에 충실한 연애라 그렇지' 하고 이해했다.

초저녁, 뭘 얼마나 재미나게 타고 놀았는지 초죽음이 돼 돌아온 우빈과 상의해 주중에 이신의 가게에서 간단히 저녁을 하기로 했다. 민진이와 신지혜 전부 다.

그 순간 내가 조금 더 우빈의 낯빛과 이면을 살폈더라면 어땠을까.

수절하듯 지내다 뒤늦게 육체의 미학과 케미에 빠져 신지혜의 표정도 우빈의 표정도 모두 놓치고 살피지 못한 난, 곧 맞이할 혼란을 전혀 예상하지 못했다.

사실 알았다 해도 어쩌지 못했을 거다.

스물다섯, 대책 없는 생의 충동으로 가득한 시기. 그 뜨거운 청춘의 자신감과 무모함으로 무장한 여자의 열정, 호기심, 위태로움, 무질서를 누구보다 잘 알고 있는 내가 무엇을 할 수 있었을까…….

월요일 아침부터 사무실이 부산했다.

중국 사람들이 좋아하는 비취는 기본에 살구색의 피치 문스톤. 심령과 부적의 의미가 있는 청금석, 라피스, 산호와 어울리는 브라질 마노, 아케이트와 청색의 사금석과 값싼 호마이카까지 다양하게 이용한 원석들과 자잘한 스톤들로 내수 물건보다 훨씬 크고 화려한 샘플을 꾸민 디자이너들은 첫 피스를 중국으로 보내기 전 감수를 의뢰했다.

취향은 잠시 묻어두고 냉정하게 평가하고 감정한 디자인들은 자못 훌륭했다.

맨 처음 우리 회사 물건을 구색에 맞추어 조금씩 사입해 디자이너 브랜드 매장 한 곁에서 팔다 초대박이 난 중국 상인의 제안으로 시작된 지금의 이 성과는 결과를 떠나 만족스러웠다. 백화점에서 부스 입점 콜을 받았을 때보다 지금 이 완성품들을 보는 마음이 더 뿌듯했다.

고민에 고민을 하다 중국인들 입에 감기는 브랜드 이름을 달고서도 직원 모두가 '될까? 에이, 되겠어? 어디 되나 보자!' 하며 기대보다 걱정되는 마음을 애써 누르고 불안감과 싸우며 이룬 첫 아이들이기에 이렇게 완성품을 보는 것만으로도 명치와 눈꼬리가 파르르 떨렸다. 동시에 이 오더를 위해 밤낮없이 뛴 직원들이 대단해 보였다.

모두 울컥하는 마음을 누르고 박스 포장을 서둘렀다. 백화점 오픈까지 앞으로 20일. 가을 겨울 시즌을 노리고 만든 물건이기에 이번 가을이 기대됐다.

하 배우와 김 감독님도 이런 마음인가 싶었다.

지금 '사랑은 없다' 드라마 제작발표회가 한창일 시간이다.

부모님을 의심하고 아랍 배우 못지않게 이국적이고 느끼한 외모로 멜로나 에로를 전문으로 하게 생겨서는, TV 드라마는 눈 아래로 보던 도도한 개성파 영화배우 하영우가 처음으로 출연한 변종 2부작 단막극 드라마. 나와 달리 아련한 이미지의 여자 주인공까지 포함해 세 사람이 꼭 지금 내 마음 같겠다 싶어 등이라도 두드려 주고 싶었다.

이 일로 할 수 있는 일은 다 했다.

죽어라 원망하고 미워했다, 나란 인간을.

죽도록 자책하고 욕도 했었다, 내 자신을.

어느 날은 딱 죽고 싶었다, 페스츄리처럼 겹겹이 쌓이기만 하는 모멸감에.

이젠 그 시간과 추억들을 다 묻으려 한다, 그 사람 이제이도. 슬픔은 시간 속에서 풍화되는 것이라 했다. 그 거짓말 같은 말을 이젠 믿고 싶다.

시작과 끝을 동시에 맞이한 오늘은 아닌 척을 하려 해도 묘하게 가슴이 싸했다. 파도가 치듯 무언가 밀려오고 밀려나가길 내 안에서 수없이 반복했다.

이렇게 이쯤에서 보내는 게 현명한 거다. 미련하게 10년을 포기도 못하고 '아니야. 아닐 거야. 아니면 어쩌지', 이렇게 혼자 질의하고 답하면서 버티고 기다린 시간들, 이제 다 날려 버리련다.

그 기억 하나하나가 모두 바람에 실려 산화되기를…….

식상해져 버린 삼청동, 북촌, 홍대와 가로수길은 이미 져버렸고 서촌, 연남동 골목길이 요즘 뜨는 트렌드라 그런지 이신의 점포가 있는 상수동 골목 근처는 사람들로 정신이 없었다.

공영주차장에 간신히 차를 대고 우빈은 민진이와, 난 신지혜와 짝을 이뤄 걸었다.

끼니때를 피해 간다고 갔는데도 우동집엔 빈 좌석이 없었다. 우린 생각도 못한 대기표를 받고 같은 라인에 터를 잡은 온갖 가게 물건들을 구경하며 넷이서 우르르 돌아다녔다. 안 그래도 좁은 골목길이 우리들로 인해 더 꽉 차보였다.

오늘 이상하다 싶을 정도로 서로를 쳐다보지 않으며 입을 봉하고 있는 신지혜와 우빈의 기색을 살피는데, 파란 두건을 한 알바생이 밖으로 나와 우릴 불렀다.

우리 네 사람은 각자 다른 세트 메뉴를 시켰다. 오늘도 건프라에 정신을 놓은 민진은 제 세상에 빠져 있고, 줄곧 티 나게 우빈을 외면하면서도 유독 긴장한 신지혜가 신경 쓰였다. 그런 이유로 내 시선은 우빈을 향했고, 우빈은 내 의혹 가득한 시선을 피했다.

'뭐지?' 하며 온갖 경우의 수를 생각하는데 주문한 세트가 나오기 시작했다.

배가 고팠던 우리 네 사람은 저마다 간단한 촌평을 하며 우동을 섭렵하고 있는데 이신이 다가왔다. 입안에 우동을 잔뜩 머금고 있던 난 이신과 눈이 마주쳐 고갯짓을 했다.

"……오셨네요."

파란 두건을 쓴 이신은 다른 날보다 더 활기차고 상기돼 보였다.

난 모두에게 이신을 소개했다. 이신도 자신이 지 작가님이 적극 추천했던 배우라고 자신을 한껏 어필했다. 그 자부심 가득한 멘트에 우빈의 시선이 잠깐 내게 머물렀다. 난 그 시선의 의미를 너무도 잘 알기에 돌아보지 않았다.

푸짐하면서도 맛있는 저녁을 먹고 세 사람은 먼저 주차장으로 향하고 난 점포 앞에서 이신과 마주했다. 해가 완전히 떨어진 골목길은 간판과 조명이 있다 해도 큰 대로변보다는 어두웠다. 우린 그 어둠 속에서 잠깐 동안 서로를 응시했다.

난 이신이 먼저 말하길 기다렸지만 이신은 쳐다볼 뿐이었다. 난 그를 대신해 먼저 말문을 열었다.

"오픈 한 날은……."

"전 다시 못 볼 줄 알았어요."

말의 의미가 짐작돼 난 본능적으로 말을 아꼈다.

"기사 나고 회사에서 전화를 했거나 누군가 찾아갔겠지 했어요. 그래서 기대하지 않고 있었는데 이렇게 와줘서 고마워…… 어, 조심!"

배달통을 실은 스쿠터가 행인들을 피해 빠르게 질주하는 걸 미처 보지 못한 날 이신이 자신이 서 있는 쪽으로 끌어당겼다. 그 덕에 난 이신의 품에 기대듯 휘청거리며 안겼다. 고맙다는 인사를 하며 중심을 잡는데 내려다보는 이신의 얼굴이 눈앞에 가득했다.

그 순간, 데자뷰도 아닌데 지금과 똑같은 순간이 생각났다. 오래전 페리에서 흔들리는 날 잡아주던 이제이란 남자의 다정한 눈빛과 넓고 든든했던 가슴이.

난 이제이의 모습을 한 이신을 넋 놓고 쳐다봤다. 그런 날 이신도 빤히 응시했다.

석고상처럼 마주한 우린 점포로 들어서는 젊은 손님들로 인해 서로에게 못 박혔던 시선을 놓았다.

"고마워요."

내 인사에 이신은 그 어떤 말도 없이 아직까지도 멍하기만 한 날 뚫어지게 쳐다봤다.

"우동이 맛있어서 가게가 번창하겠어요."

난 내가 무슨 말을 하는지도 모른 채 아무 말이나 했다.

"맛있다니 다행이네요."

내 어정쩡한 말에 이신은 애매하게 웃으며 말했다. 그 모습에 난 또 지난 시간 속 그 사람이 떠올랐다. 왜 이런 순간 이렇게 불현듯 생각이 나는 건지.

난 대책 없는 내 자신에게 욕지거리를 하며 이신에게 마지막 인사를 했다.

"갈게요. 들어가요."

"……언제든 오세요."

그 같은 이신의 말에 옅은 미소를 지을 뿐, 난 알겠다는 말은 하지 않았다.

"환영합니다, 전."

더는 이신을 보면 안 될 것 같아 난 서둘러 뒤돌아서 걸었다.

주차장으로 가는 내 발걸음은 가볍지 못하고 한 템포, 한 박자씩 늘어지다 빨라지다를 반복했다. 그 상태는 공영주차장 앞에 갈 때까지 이어지고 계속됐다.

이건 도무지 말이 안 된다.

마치 전담 기자가 있는 것처럼 기사는 빨라도 너무 빨랐다.

난 기사를 읽어 내려가면서도 내심 연애 활동에 대해서 이신 집안의 꾸준한 반대가 있거나 아님 아주 크게 밉보인 언론사나 척지고 배척한 기자가 있나 싶었다. 그렇지 않고서야 특급 배우도 아닌 일개 신인 배우에 대한 기사가 매번 이렇게 빠르고 지면 할애도 많을 수가 없다.

앵글에 잡힌 우리들의 모습은 전 국민이 알아볼 정도로 정확하지도 아주 못 알아볼 정도로 흐릿하지도 않았다. 날 아는 사람이라면 어렵지 않게 알 수 있는 사진, 딱 그 정도였다.

정말이지 교묘한 편집이란 느낌이 들면서 기사를 낸 이의 의도와 계산이 분명하지 않은 사진이다. 질주하는 스쿠터가 사라진 사진은 어두운 골목길이라는 장소와 뿌옇고 노란 빛까지 더해져, 부둥켜안은 연인들의 모습을 아련하게 미화시켜 주었다.

난 보던 기사를 내리고 노트북을 덮었다.

이상했다. 바람을 핀 것도 아닌데 대번에 하 배우가 신경 쓰였다. 동시에 '배째' 라는 이름이 더 어울리는 백재 대표도 생각났다. 지금쯤 날 얼마나 질겅질겅 씹어댈까.

어제 아침은 중국발 신상품으로 만감이 교차하더니 오늘은 세상 모든 이로부터 온갖 억측과 비난이 쇄도할 것만 같다. 기가 막힌 타이밍에 핸드폰이 울려 보니, 우빈이었다.

"응, 우빈아."

[기사 봤어?]

"봤지. 안 볼 수 없게 연예란을 도배했잖아. 이건 말이 안 돼. 이신이 무슨 중화권을 접수한 탑 배우도 아니고."

내 불만 섞인 반응에 우빈은 한동안 생각을 하는 듯 침묵했다.

[네 그 사람, 이신이랑 많이 닮았어?]

"어?"

처음 우빈이 '네 그 사람' 하고 말했을 때 하영우를 떠올렸다.

왜인지 모르나 '네 사람' 이란 표현에 과거의 이제이가 아닌 현재의 하 배우 얼굴이 먼저 생각났다.

"으응."

내 악몽을 비롯해 어제 우동집에서의 일도 그렇고 우빈이 뻔히 알고 있는데 이제 와 아니라고 하기도 우스워 순순히 답했다. 내 답에 잠시 침묵한 우빈이 물었다.

[네가 직접 감독한테 이신 추천했고?]

"응."

그때의 행동을 이제 와 부정하면 뭐하나 싶었고 그때의 내 판단을 후회하진 않는다. 그저 자꾸만 하 배우가 신경 쓰일 뿐. 그 이유는 도무지 모르겠지만.

[수완아?]

강우빈 특유의 저음으로 불리는 내 이름은 묘한 안정감을 준다. 지금처럼.

"응?"

[이제 다 끝난 거지? 이 기사, 아무것도 아닌 거고.]

우빈의 목소리에는 약간의 불안감을 비롯해 걱정과 근심이 배어나긴 했지만, 그보다는 못난 지수완에 대한 어쩌지 못하는 믿음이 있었다. 난 그 같은 믿음을 배신하고 싶지 않았다.

"끝났어. 기사는 아니야, 아무 것도."

우빈이 건넨 두 가지 질문에 난 막힘없이 답했다. 정말 둘 다 아니기에.

[그래, 그럼 됐어. 그리고 하영우 씨한테 연락 오면 잘 설명하고. 내가 말하지 않아도 잘 하겠지만 연락 오면 네 입장보다 그 사

람 기분이나 상황 생각해서 잘 해. 이만 끊는다.]

'이런 친구 또 없습니다'란 말을 절감하며 전화를 끊음과 동시에 바로 통화가 됐다.

"네, 여보세요."

[안녕하십니까, 백재입니다.]

혹시나 했는데 이렇게 바로 연락을 해올 줄은 몰랐다. 그래, 기사 때문에 날 향한 전투력 지수가 꽤나 상승됐겠지.

난 모른 척 인사를 했다.

"네, 안녕하세요."

[단도직입적으로 말하죠. 오늘 안으로 영우가 지수완 씨를 찾아가든 다른 곳으로 부르든 할 겁니다. 그러면 이틀만 영우랑 같이 있어주십시오.]

이게 도대체 무슨 말인지. 언제는 하영우를 피해서 외국으로 출장을 가라더니 오늘은 이틀 동안 함께 있어달란다. 완전 제멋대로다.

"백재 대표님, 저는……."

[전 그때 분명히 이신 만나는 거 자제하라고 당부했습니다. 그런데도 오늘 또 이렇게 기사가 날 수 있다니, 지수완 씨의 배짱과 무지함이 상당히 놀랍습니다. 그때도 말씀드렸지만 아무리 필요에 의한 관계라도 사귀는 동안이라면, 이런 경우 질투는 당연한 겁니다. 또 남자의 질투가 여자의 한 만큼이나 무섭다는 것도 사실이고요. 물론 지수완 씨는 제 생각에 동의하지 않으니까 이런 일을 또 벌였겠죠.]

백재란 사람 특유의 직설화법을 더는 들어줄 수가 없었다.

"저, 백재……."

[벌어진 일은 벌어진 일이고, 친구이자 소속사 대표인 죄로 뒷수습은 제가 할 테니까, 영우 이틀만 맡아달라는 겁니다, 지수완 씨.]

그때도 느낀 거지만 백재란 사람이 부르는 호칭은 분명 협박이었다.

"거절한다면요?"

너무도 명백한 위협에 가만 있을 수가 없었다.

내 질문에 배째 사장은 바로 답을 하지는 않았다. 그러더니 약간의 텀을 두고 특유의 삐딱하면서도 무척이나 애매하고 정중한 톤으로 말했다.

[그럼 톱스타와 신인 배우가 한 여자를 두고 진흙탕 싸움하는 막장 드라마 속 명장면을 볼 수도 있겠죠. 또한 한 회사의 대표인 지수완 씨는 물론이고 같이 산다는 그분 신상 털리는 건 기본에, 그분 얼굴이 각종 사이즈로 표구돼 스포츠 일간지에 도배가 될 수도 있고요.]

어떻게 된 사람이 시종일관 이따위로 말을 할 수가 있을까.

[아, 물론 예상과 달리 안 그럴 수도 있습니다, 지수완 씨.]

아주 오랜만에 제대로 화가 났다. 화는 났지만 바로 티를 내지는 않았다.

사회생활을 하다 보면 일수 찍듯 이럴 때가 있다. 견딜 수 없이 화가 나고 커져만 가는 화를 어쩔 수 없을 때가 있는데 그럼에도 불구하고 참을 인자를 곱씹으며 고비를 참아내야 하는 기막힌 순간이. 난 지극히 짧은 답을 하고 전화를 끊었다.

"휴우."

지난날 같으면 상상도 못했을 텐데 이 나이가 되니 속에서는 천불이 날지언정 참아지긴 했다. 이런 게 나이에서 오는 성숙함인지 어른스러움인지 모르겠다.

의자에 깊숙이 기대 창가로 시선을 돌렸다.

지금 와 생각해 보니 '사랑은 없다' 드라마를 계약한 후부터 늘 크고 작은 일이 일어난 것 같다. 하지 말아야 할 일을 기어이 해서 그런 건가 하는 반성 아닌 반성이 들었다. 그럼에도 웃긴 건, 내 주위 사람들 어느 정도는 눈치재거나 동요를 하는데 드라마 속 실제 주인공에게서는 지금까지도 그 어떤 기별이나 작은 액션조차 없다는 거다. 그만큼 그 사람에게는 나와 보낸 시간과 나란 존재가 의미 없다는 거겠지만.

지수완, 그건 아주 예전부터 알고 있었잖아.

슬슬 걱정이 됐다. 오늘 이 기사로 인해 화가 단단히 났을지도 모를 하영우와 엉뚱한 사진으로 회사 대표에게 추궁당할 이신. 무엇보다 이 둘 사이에 끼여 단지 달달한 우동 한 그릇 먹으러 갔다는 죄로 어쩌면 지독하게 치도곤을 당할 내 자신이.

◈

예상은 빗나갔다. 우리 회사 주차장이나 별장을 생각했는데 호텔, 그것도 서울 가장 중심부의 독채로 된 빌라를 빌릴 줄은 상상도 못했다.

개인적으로 이 호텔은 낯설지 않았다. 그 어떤 비밀 정보나 이

슈가 남들보다 백배는 빠른 강우빈이 새롭게 리모델링한 이 호텔이 세계적인 스파 회사와 스파를 공동으로 운영한다는 걸 어찌 알았는지, 정식 오픈도 하기 전 구매한 호텔 스파 연간 회원권을 생일 선물로 줘 난 시간이 날 때마다 이용한 적이 있었다.

그렇게 감동과 함께 감격할 때마다 난 우빈이 때문에 맘이 시리고 아팠다. 내가 받는 이 모든 것들을 우빈이 온전히 사랑하는 사람과 나누고 누리면 얼마나 좋았을까 하고.

이런저런 생각을 하다 보니 하영우가 있다는 독채에 도착했다. 현관 입구에서 날 반긴 건 바이올렛 톤으로 클래식하면서도 화사하게 장식된 장미꽃이었다. 개인적으로 꽃과 그리 친하지가 않아 정확한 이름은 모르겠지만 긴장된 마음을 풀어주는 효과는 확실히 있었다.

벨을 누르니 독특한 소리가 난 후 문이 열렸다.

넓은 복층 구조의 거실로 들어서니 하 배우가 소파 중앙에 앉아 있었다. 난 하 배우가 있는 곳으로 걸어갔다. 그런 내 시선과 행동을 쫓는 하영우의 회갈색 눈빛이 약간은 서늘하고 섬뜩했다. 맞은편에 거리를 두고 앉은 날 하영우는 속을 알 수 없는 표정을 하고 응시했다. 나도 하 배우를 주시했다.

그 상태로 약간의 시간이 흘렀다. 그 약간의 시간이라는 건 나에게는 꽤나 길게 느껴지는 순간이었다.

"그때 물었죠? '사랑은 없다', 지수완 본인 이야기 아니냐고."

기억이 났다. 처음 이 남자를 봤을 때가. 야누스처럼 묘한 분위기와 복잡한 시선을 하고서 하영우가 나를 보던 그때가.

"다시 묻죠. 이신을 김 감독한테 추천한 거 수완 씨 기억 속의 남자와 어딘가가, 아니면 상당히 많은 부분이 닮아서, 그래서 한 번쯤 가까이서 확인하고 싶은 마음에 추천한 겁니까?"

이 사람이 내게 왜 이런 질문을 하는 거지. 의문을 갖다가 문득 생각이 났다.

내가 이신을 콕 집어 추천했던 일, 그 일로 자신에게 반감을 갖고 표하던 일, 한차례 주의와 경고를 듣고도 우빈이까지 대동해 이신을 만난 사실이 차례로 떠올렸다.

강우빈이 아니어도 촉이 있다면 한 번쯤 유추해볼 만한 일이다.

당사자인 이신도 아니고 만나다 각자의 생활로 돌아가면 그뿐인 하영우가 묻는데 굳이 거짓말을 할 필요는 없다고 생각했다. 안 보기로 결정하면 그날로 다시는 볼 일이 없는 사람이다, 나와 하 배우는.

"전부는 아니지만 그런 마음 아주 없지는 않았어요."

난 피하지 않고 부끄러워하지도 않으면서 말했다.

"그럼, 이렇게 나랑 서로를 태워버릴 듯 뜨거운 연애를 하는 중간에도 기회가 된다면 계속 이신을 만날 건가? 여지없이 기사가 난다는 걸 알면서도? 그 정도로 그 과거의 사람을 아직까지 잊지 못하고 있는 거야? 당신, 정말 그래?"

점점 격앙된 하영우는 늘 그렇듯 오락가락한 말투로 질문을 해댔다.

두 가지 질문을 받았다. 그중 하나는 '아니오', 다른 하나는 '네'. 이 중 어떤 말이 진심인지 자신 있게 말할 수 없었다.

난 우물쭈물하기보단 대답 자체를 아꼈다. 과거의 이제이도 아니고 제삼자인 하영우에게 할 말은 아닌 듯했다.

내 이런 마음을 읽었는지 하영우는 나와 눈을 맞추며 토로하듯 말했다.

"나와 진심으로 사귈 마음은 없어? 지금처럼 필요나 상황 때문에 하는 연애 말고, 조건 없이, '이 사람은 아니다', 그렇게 선 그어놓고 단정하지도 말고. 당신과 나, 우리 몸이 그런 것처럼 감정에 충실하면서 마음가는 대로 진심을 다하는 연애."

"……."

"난 당신이랑 그렇게 만나고 싶어. 지금처럼 나랑 연애하면서도 빌어먹을 과거의 남자로 인해 때때로 이신한테 눈 돌리는 그런 어이없는 연애 말고, 나만 보고 나한테만 집중하고, 어느 순간에도 나 하영우한테 열중하면서 심하다 싶을 정도로 집착하다 싸우기도 하는 그런 보통의, 누구나 다 하는 연애."

집착하고 기대하는 보통의 연애. 당신과 내가 할 수 있을까…….

"어떤 약속이나 완성된 형태도 충분히 욕심부리고 꿈꾸면서 그릴 수 있는 연애. 난 그런 연애가 하고 싶어, 지수완이랑."

누군가에게 꽃이 되고 별이 되는 경우는 저렇게 이름이 불리울 때라 생각했다. 백재 사장이 부르던 내 이름과는 극명하게 달랐다. 하영우가 부르는 내 이름은.

하 배우가 말하는 그런 이상적이고 아름다운 연애를 내가 할 수가 있을까.

타인을 믿기보다 의심하고, 상처 받기 싫어 계산기로 면밀히 계산부터 하고 견적을 뽑아보는 내가, 풍선처럼 마음이 둥실거리고 솜사탕처럼 달달한, 순간순간 서로의 말과 행동에 닭살 돋는 그런 연애소설 같은 연애를 이제 와 할 수 있을까…….

"지수완."

아직 한 번도 해보지 못한 순수 연애라는 지상 과제에 대해 음미하고 있는 내게 다가온 하영우는 바로 옆에서 그런 날 쳐다보고 있었다. 쳐다보던 시선은 점차 좁아졌고 우린 소파에 겹쳐 누운 채로 서로를 마주하고 응시했다.

"난 당신이 날 영우 씨라고 불러줬으면 좋겠어."

하영우…… 영우…… 씨. 난 마음속으로 작게 불러봤다.

내 이런 마음을 아는지 하 배우가 알 듯 모를 듯한 미소를 하고 고개를 저었다.

"아니, 마음속으로 말고 내가 듣고 그 부름에 응답할 수 있게."

내 눈에 다 쓰여 있는 건지 아니면 이 사람에게 독심술을 하는 건가 싶었다.

하 배우가 피식 웃었다. 그 웃음이 왠지 낯설지 않았다. 마치 언젠가 보았던 것 같은 느낌. 내가 좋아했던 이의 미소와 닮은 듯한 느낌이 순간적으로 들었다.

하 배우의 긴 손가락이 입술 위에 닿았다. 마쉬멜로우도 아닌데 그의 손가락은 내 입술을 꾹꾹 누르다 입술 라인을 따라 점점 안으로 나선형을 그리며 혀가 닿을 정도로 깊어졌다.

"어려운 거 아니야. 당신도 할 수 있어. 나처럼 매 순간 원하고 생각하면 당신이 무슨 생각을 하는지, 지금 이 작은 짱구이마 안에서 무슨 일이 벌어지고 있는지 마음이 닿으면 알 수 있는 거야. 그러니까 나한테 당신 마음을 줘."

애틋한 표정과 단어들로 마음을 달라고 해놓고 하영우는 얼굴을 내려 내 입술을 물었다.

다시 또 누군가에게 마음을 줄 수 있을까. 그러다 또다시 아무런 설명도 듣지 못하고 그때처럼 그렇게 버려지면, 난 아마…….

"걱정하지 마. 우리한테는 아무런 일도 없을 거야, 약속할게."

도대체 내 얼굴 어느 구석에 불안과 상처가 쓰여 있나 궁금했다. 눈일까 입일까, 아님 얼굴에서 가장 마음에 안 드는 이 짱구이마일까.

"거긴 아니야."

"……!"

"절대."

키스는 눈을 시작으로 얼굴 전체를 가림막처럼 덮었고, 목과 귓불을 지나 가슴과 가슴골로 이어졌다. 호흡은 어쩔 수 없는 기대감으로 인해 급격히 빨라졌다.

마치 경쟁하듯 서로의 입술과 타액을 나누어 삼키다가 어느 순간 침몰하듯 같이 쓰러진 것 같은데 침대에 누운 건 나 혼자 뿐이었다.

절대자처럼 내 몸과 정신을 장악한 하영우는 단추가 풀려 앞섶이 전부 벌어진 내 실크 블라우스에 손을 넣었다. 곧고 유려한 손안에 갇히듯 잡힌 가슴으로 인해 긴장함과 동시에 말할 수 없는 흥분을 느꼈다. 빳빳하게 선 작은 돌기를 잡아챈 하 배우의 손끝에 똑같이 힘이 실렸다.

긴장한 가슴을 뜨겁게 응시하던 하영우는 그 작은 아이를 어렵지 않게 물었다. 그 순간 정에 맞은 듯한 과격한 쾌감이 가슴을 세차게 때렸고, 하반신에서 뜨거운 우물이 쏟아졌다. 달콤한 언어에 기대 웃고 미소 짓다가도, 침대라는 링 위에 선수로 입장한 우린 금세 흥분하고 피가 뜨거워졌다.

"지…… 수완."

하영우의 갈라지는 톤과 아득한 호명이 날 더욱 미치게 만들었다.

이 순간, 내 모든 감정과 미세한 전율은 이 사람, 하영우의 손끝과 입술 끝에 달린 듯하다.

연금술사도 아니면서 하 배우는 날 뜨거운 서른다섯 지수완으로도, 웃음이 만발한 스물다섯 지수완으로도 만들었다. 너무도 쉽고도 아무렇지 않게 날 다루며 소유하는 사람.

하 배우는 무릎으로 내 두 다리를 벌리고 그사이를 자신의 남성으로 가득 채웠다.

"앗!"

이렇게 기습적으로 들어올 줄은 몰랐다.

늘 피아노에 입문한 아이에게 하농을 연습시키듯, 온갖 기교와 테크닉으로 날 한 템포씩 높은 음과 톤으로 울리고 신음하게 만들더니 오늘은 그 어떤 리드도 리프도 없었다.

게릴라와도 같은 기습적인 침입은 바로 거친 놀이이자 능숙한 공격으로 이어졌다. 하영우는 내 몸을 들고나는 자신의 검붉은 남성을 눈으로 확인하고 몸으로 느끼는 여유 또한 놓치지 않았다. 밭은 숨을 몰아쉬면서도 내 입술을 무섭게 빨아댔다.

침실은 끈적한 체취와 알큰하고 비릿한 향연이 공기를 압도하며 난무했다.

물색없는 아이처럼 죄의식 하나 없는 표정으로 푹푹 쿡쿡 찔러

대고 휘젓는 행위에 난 숨이 목까지 찼다. 벌써부터 차오르는 쾌감과 전율에 안절부절 못하고 들썩이는 내 엉덩이를 단단히 틀어쥔 회갈색의 눈빛이 조명을 받은 듯 투명하게 빛나더니 둔덕을 치는 속도가 점점 더 빨라졌고, 이어진 서로의 하반신에서는 지독한 마찰에 자잘한 불꽃이 튀었다.

마치 7미터 높이에서 수직 낙하하는 듯이, 하영우는 내 몸속 어딘가에서 발화한 불꽃을 아주 빠른 속도로 타오르게 만들었다. 얼마만큼 길이 들고 손을 탔는지, 몸은 하영우를 위해서 특화된 그 무엇처럼 그의 품 안에서 부풀어 오르고 절절 끓었다.

피부가 마찰되는 소리가 천박할 정도로 요란했다. 동시에 몸은 점점 졸아들며 흥분됐다. 쾌락을 일으키는 밀착과 마찰은 그 어떤 변곡점과 강약 없이 일관되게 강하기만 해 몸과 함께 벌어진 입이 덜덜 떨렸다.

떨리는 입을 하영우가 낚아채 물고는 더욱 강하고 짧게 허리를 쳐올렸다.

"아흣!"

격렬한 몸끝의 반란으로 자꾸만 밀리고 들리는 몸은 침대 시트로 도통 하강하지 못한 채 부유하며, 계속된 치도곤에 근육과 뼈가 마모될 것만 같았다. 고통에 상응하는 신음과 교성이 연신 입술을 통해 밖으로 새어 나왔다.

하영우는 내벽을 긁고 건드리고 꼬집고 문지르기를 끝없이 반복했다. 그 같은 동물적 쾌락과 즉물적 쾌감에 난 여지없이 매몰돼 헐떡이다 결국엔 비참하게 울부짖었다. 살면서 이런 전율을 몇 번이나 겪고 느낄 수가 있을지 의문스럽다.

시작 전에는 청순할 정도로 청렴한 얼굴로 마음을 달라고 하더니, 지금은 늘 그랬듯 육식을 즐기는 동물처럼 날 물고 씹으며 진액과 단물을 우려냈다.

하영우는 오늘 시작점부터가 달랐다. 혹시 이신과 난 기사 때문에 맘이 상해서 이런가 싶을 정도로 맹렬함 그 자체였다.

기세등등하고 기막힌 남성은 여지없이 불쏘시개가 되어 내 배 속을 온통 휘저어 아랫배가 상처와 아픔, 짜릿함으로 빵빵해졌다.

이대로는 도저히 안 될 것 같아, 난 바짝 말라붙은 입술을 간신히 뗐다.

"……그…… 만."

목소리가 온전히 입 밖으로 나왔는지조차도 확신할 수 없었다. 다행히 듣기는 했는지 구겨지고 핏대가 선 이마를 한 하영우가 잠시 주춤했다. 하지만 치받는 동작을 멈추지는 않았다.

표피세포부터 깊숙한 점막에 이르렀던 기막힌 쾌감은 이미 지나가고 지금은 몸과 마음이 무질서한 혼돈 그 자체였다.

"조, 조금만 더……."

지금도 딱 죽을 것 같은데 고약스런 하영우는 이런 날 격려하고 응원했다.

금세라도 터질 듯한 거친 호흡과 한층 더 깊고 진해진 눈빛에 소름이 돋았다. 그 분분한 눈빛에 겁이 나고 이 격렬한 맥을 조금이라도 끊기 위해 난 최선을 다해 내벽을 비틀며 힘껏 조였다. 그저 이 격앙된 반복을 잠시라도, 1초라도 멈추고 싶은 단순하고 악의 없는 의도였는데……. 난 그 같은 행동을 하지 말았어야 했다.

내 어리석은 행위에 자극 받은 하영우는 그 순간을 기점으로 더욱 음란해졌다.

신음인지 감탄사인지 알 수 없는 말을 내뱉은 하 배우는 허리짓으로 내 몸을 더욱더 쳐올리며 마치 날 침대에 파묻을 것처럼 찍어 눌렀다. 그대로 침몰 당할 수 없어 난 두 다리로 하 배우를 감싸 안았다. 내 딴엔 버티기 위해 한 행위를 무한 수긍에 적극 수용으로 이해했는지 모호한 미소를 날리며 피를 부르는 투우 소처럼 내 안으로 미친 듯, 미어질 듯 내달렸다.

여리고 아린 내벽은 충격완화를 위해 저 스스로 제 몸을 조이며 버거운 숨 조절을 위태롭게 이어갔다.

"수…… 완아……."

침대 위에서 누군가의 입을 통해 공명하는 내 이름은 늘 강력한 마약이자 최적의 최음제가 됐다.

속도에 비례해 빠르게 차오르는 쾌락에 의해 분열되고 잠식되면서 든 생각은 이 사람의 진짜 얼굴을 모르겠다는 것이다. 평소 성적 페로몬을 펄펄 풍기고 질질 흘리는 스타일도 아니면서 침대 위 하영우는 늘 파격적이었다. 오래전 내가 속성으로 알고 겪었던 기억 속 남자처럼.

오늘 밤 하 배우는 성인영화에서도 볼 수 없는 마이너 감성이 물씬 풍기는, 거칠고 잔혹한 남자 주인공이었다. 난 그런 남자 주인공의 성격을 잘못 파악한 무디고 멍청한 여자 조연쯤 되려나…….

얼마나 잤는지 모르겠지만 잠은 절대적으로 부족했다.

지금으로서는 8년 동안 애지중지 키운 회사가 불타고 부도가 났다고 해도 일어날 수가 없었다. 사실 불이 나고 부도 맞은 건 회사가 아니라 너덜너덜해진 내 육신이었다.

평소 운동을 하지 않는 난 딸랑 침대 위, 이 유산소운동이자 근육운동이 내가 하는 운동의전부지만, 이 고난이도이자 고수위 운동은 그 어떤 운동보다 격렬해 에너지 소비가 많았다. 그런 이유로 스물다섯의 난 분명 오뚝이처럼 일어났겠지만, 서른다섯의 난 투지와 본능은 고사하고 일어날 의지와 기력이 딸려 맘처럼 일어날 수가 없었다.

아주 오래전 삼촌이 모처럼 집에 놀러 와서는 등을 밟아 달라고 한 기억이 있다. 지금 내가 꼭 그랬다. 누군가 내 온몸을 자근자근, 아니 꾹꾹 힘주어 밟은 것 같았다.

"지수완."

저 놈의 이름은.

저 은밀하고 다정한 톤에 맥없이 넘어가 받아주고 꿋꿋이 버틴 시간이 얼마였는지, 간밤 길고 녹록치 않았던 여정이 이 순간에도 생생하기만 하다.

포장지를 벗어난 콘돔을 세 개까지는 세었던 것 같은데 그 다음은 기억이 나지 않았다.

"저러다 핸드폰 터지겠어. 받아줄까?"

내내 비비적거리며 방황하던 의식이 그 소리에 바로 차려졌다.

회사였다. 시간을 보니 출근 시간은 훨씬 넘은 상태였다.

난 쉬다 못해 길길이 갈라진 듯한 목을 가다듬은 후 전화를 받았다.

"네."

[신지혜예요. 아직까지 출근을 하지 않으셔서. 혹시 어디 아프세요?]

정신을 차리려 눈을 깜박이는데 시야에 미소 짓는, 그러면서도 내가 무슨 말을 할지 기대하는 듯한 하영우가 잡혔다. 그 모습이 왜 그리 얄미워 보이는지.

"아…… 니야."

[사장님, 목이 쉬었어요. 아무래도…….]

"미안한데 30분 뒤에 내가 전화할게."

난 전화를 끊고 날 요리조리 살피는 듯한 하영우의 걱정스런 시선과 마주했다.

"왜 안 깨웠어요?"

"어차피 출근도 못 할 텐데 일찍 깨워서 뭐해. 우리 거의 새벽 무렵에 잠들었잖아."

모르는 척할 줄 알았는데 하 배우는 자신의 만행을 부정하진 않았다. 내 눈 앞으로 쏟아진 머리를 귀 뒤로 넘겨주는 세심한 배려도 잊지 않았다. 타고난 이중인격자란 말이 입안에서 맴돌았지만 입 밖으로 내진 않았다.

"아침 준비 다 했어. 천천히 나와. 참, 내가 씻겨줄까?"

하영우는 어울리지도 않게 너무도 깜찍한 멘트를 날렸다.

어젯밤에도 그런 갸륵한 생각을 했다면 간밤 그렇게까지 날 올라타 무지막지하게 찍어누르며 허리춤을 추지는 않았으리라…….

"아니요, 내가 할 테니까 얼른 나가요."

내 분명한 의사 표현에 하영우는 피식 웃으며 자리에서 일어났다. 그러더니 나가지 않고 도로 침대에 비스듬히 앉아 날 응시했다.

"뭘 빼먹었나 했네."

하 배우는 침대에 누운 내 곁으로 다가와 벌어진 내 입술을 담뿍 베어 물었다. 점차 입안으로 들어와서는 정신 놓고 있는 혀를 잡아채 집요하게 얽혀들었다.

양치도 하지 않은 난 민망함과 당혹스러움에 고개를 빼며 뒷걸음질 쳤지만 사로잡힌 입술과 혀는 의도대로 되지 않았다. 하영우의 타액을 유도제와 윤활유처럼 받아 마신 입은 뻣뻣한 채로 밀어붙이는 험난한 혀를 받아내기 급급했다.

어느새 침대 위로 진입한 하영우에게 밀려 몸을 방어벽처럼 감싸주던 시트는 허리쯤으로 내려가고 안면홍조증처럼 팽팽하게 달아오른 가슴을 민낯으로 드러나게 만들었다. 그와 동시에 이슬 먹은 초록의 잎처럼 눈이 초롱초롱해진 하 배우는 입술을 떼며 말했다.

"몇 분 있다 전화한다고 했지? 30분이라고 했나? 좀 짧긴 하지만 난 시간을 엄수하는 배우니까 오차 없이 지키도록 최대한 노력할게."

"……!"

탈의가 아니라 허물 벗듯 한순간에 나신이 된 하 배우는 얇은 시트를 걷어내고 그 자리를 자신의 단단하고 체지방 하나 없는 지독히 이기적인 몸피로 덮었다.

그 섬세한 근육으로 덮어진 난 커튼 뒤로 스며든 따스하고 신선한 아침볕조차 느껴보지 못하고 또다시 장막 같은 짙은 어둠과 농밀한 기운에 갇혔다.

"아흣, 으…… 응."

얼마 되지 않아 밀폐된 밀실 속에 다급한 호흡이 요란하게 울렸다.

시작부터 급격히 호흡이 달린 난, 순전히 버텨내기 위해 하영우의 매끄러운 몸피를 동아줄처럼 껴안았다. 그 같은 밀착은 또 다른 신세계를 안겨줬다.

열락과 환락이란 퇴폐적인 단어가 이렇게 아무렇지도 않게 내 일상 속에 자리하고 있는지 몰랐다. 하 배우로 인해 새록새록 배운다. 인체의 신비도 몸의 몰아애도.

분명 과거에도 배우고 느낀 감정이었지만 그때는 너무도 갑작스럽게 지나가 버려 지금처럼 이렇게 면밀히 되짚어볼 수 없었지만 지금은 알 수 있다.

내가 아늑하고 농밀한,

아득하고 정교한 관능에 사로잡혔다는 걸.

그 누구도 아닌 관능적인 지략가 하 배우로 인해.

'배째' 라는 닉네임이 더 잘 어울리는 백재 대표의 말을 충실히 지킨 대가로 멘탈이 무너지는 건 물론이고 부서졌다 재조립한 마리오네트 인형처럼 모든 관절이 쑤시고 결렸다.

체력을 키우는 약을 복용하는 게 너무나도 분명한 하영우는 이틀 동안 해저를 탐사하듯 조용하고도 은밀하게 나를 밑에서 위로 샅샅이 유영했다. 그 덕에 난 링에서 몇 번이나 전사했다.

그 결박의 시간 동안 확인하지 못한 서류와 디자인 시안을 결재하고 체크하느라 이틀 넘게 회사에서 야근을 한 나를 기다리던 것은 동호회 사람들과의 출정일이 잡혔다는 우빈의 통보와 그런 우빈을 막아달라는 신지혜의 강력한 호소였다.

너무도 뜬금없는 두 사람의 기별에 난 신지혜를 다독여 퇴근시키고 우빈을 찾아 하비 매장으로 향했다.

내가 올 것을 예상한 듯 매장은 어두웠다. 난 정문이 아닌 뒷문을 통해 매장 안으로 들어갔다.

머리가 복잡한 강우빈이 하는 행동 중, 난이도 2에 해당하는 행동. 아주 복잡하고 숨도 못 쉴 정도로 정교한 프라모델 만들기. 난이도 3은 사선을 넘나드는 그 빌어먹을 산행이었다. 난 한동안 말을 걸지 않고 기다렸다. 그러면서 머릿속으로는 갖가지 경우의 수를 상상했지만 이렇다 할 결론은 나지 않았다. 그러다 맨 마지막 결론에 도달한 건, 감정이었다.

지금에서야 다 기억이 났다. 우빈을 보는 신지혜의 아련한 표정과 눈빛. 우빈의 이름을 부르던 신지혜의 떨리는 음성.

그건 과거 진영이 우빈을 보던 눈빛과 다른 듯하면서도 흡사했다. 신지혜가 우빈을 보던 그 아릿한 시선은.

진작에 알았으면 어땠을까. 알았다 한들 내 선에서 막지는 못했을 거다. 감정이란 녀석이 어디 쉽게 잡히고 접히는 미물이어야지.

"강우빈."

"지수완은 하영우를 얼마나 좋아해?"

이게 무슨 소린가. 제 이야기를 하러 온 건데 난데없이 하 배우는 왜 들먹이는지.

"옛날에 그 사람 좋아하듯 그렇게? 아니면 그 이상으로 좋아해?"

그 사람 이제이를 좋아한 만큼 하 배우를 좋아하느냐고? 지금의 내가 그때의 지수완이 아닌데 어떻게 그때만큼, 그때처럼 좋아할 수가 있을까.

"그때의 너. 지금의 너 그렇게 양분하고 분리하지 마. 내가 보기에 넌 그때나 지금이나 똑같아. 한 치도 다르지 않은 감성파에, 그런 네 맘 강렬하게 표현하는 게 지수완이야. 그러니까 그렇게 또 좋아하는 거겠지만……."

"무슨 말이야? 너 지금 내가 왜 왔는지 몰라? 그 단정한 신지혜가 아이처럼 울먹이면서 너 붙잡아 달라는데 뭐가 어떻게 된 거야? 두 사람, 무슨 일이 있었던 거야?"

내 격앙된 목소리에 그때까지 프라모델을 붙들고 있던 우빈이 손을 뗐다.

우빈의 눈빛은 호소하던 신지혜의 눈빛과는 분명 달랐지만 혼란스러움이 묻어 있었다. 신지혜 혼자 북 치고 장구 치다 저 지경이 된 건 아닌 듯했다.

"하영우에 대한 네 마음 솔직히 말하면……."

"……!"

"나도 말할게."

"너랑 신지혜 얘기하는데 왜 아까부터 하영우를 찾고 난리야? 이 상황에 그 사람이 튀어나오는 이유가 대체 뭐냐고!"

내 닦달과 격한 반응에도 우빈은 제 페이스를 유지했다. 참으로 존경스런 의지력이요, 난감할 정도로 답답하고 냉철한 반응이다.

"대체 뭐가 알고 싶은데?"

이 순간 식음 전폐까지는 아니지만 그때의 나를 연상시키고 떠올리게 하는 신지혜의 눈빛에 난 제정신일 수가 없었다.

한 아이의 엄마인 신지혜가 그때의 내 모습을 하고 있었다. 반쯤 정신이 나가고, 어딘가 부서지고 망가져 폐기처리 직전의 모습. 스물다섯의 내가 보여 무서웠다. 혹여라도 신지혜가 나처럼 망가질까 봐.

내 이런 걱정은 알지도 못하면서 우빈은 어느 드라마 속 냉철한 프로파일러의 모습을 하고 날 주시했다.

"좋아하니? 하영우."

마치 최종 선고하는 재판관처럼 보였다. 이 순간의 강우빈은.

"좋아하는 건 모르겠고 그 사람과 하는 섹스는 미치게 좋아. 일은 물론이고 나 자신을 모두 잃고 잊어버릴 만큼."

난 거부감이 들 정도로 적나라하고 노골적으로 말했다. 이 정도 멍석은 깔아줘야 영민한 강우빈이 솔직할 수 있을 테니까.

"그 사람이 준 상처 위에 하영우가 자리 잡을 만큼 그렇게?"

"무슨 소리야?"

난 우빈의 말이 무슨 뜻인지 알면서도 되물었다. 어쩌면 내 자신에게 묻고 확인하고 싶었는지도 모른다. 지금 이 감정이 뭔지, 왜 이렇게 속수무책으로 빠져들기만 하는지.

"지수완의 그 지독한 상처, 다른 누구도 아닌 하영우로 인해 치유돼가고 있는 거냐고."

그때의 상처는 건재하다. 하지만 드라마를 쓰고 하영우를 만날수록 무언가 덮어지고 날선 감정이 무뎌지는 것 같은 기분도 부정할 수 없는 사실이었다.

이 감정이 섹스가 주는 일시적인 효과인지, 아니면 절대적이면서 일반적인 효능인지는 모르겠지만, 하영우와 있으면 그 순간이 전부인 것 같은 착각이 든다.

"너 그때 일로 그 누구도 곁에 두지 않았고, 두려는 마음조차 갖지 않았었잖아. 하영우 만나기 전까지 그 오랜 시간을."

그랬다. 기회가 없었던 것도 아니고 따뜻한 손을 내미는 남자가 없었던 것도 아닌데 몸과 마음은 미동조차 하지 않았다. 그래놓고 회갈색의 눈동자를 한 하영우가 내미는 손은 덥석 잡아버렸다. 아니 내가 먼저 유혹의 손을 내밀었던가…….

그의 유혹에는 물러서지 않고 응수했고 농밀한 몸짓도 거부하지 않았다.

도대체 왜일까? 하영우는 내가 좋아하는 타입도 아니고 그 사람을 떠올리게 만드는 그 어떤 것도 없는데, 왜 이신도 아니고 하영우에게 마음과 몸이 동했을까. 무엇 때문에.

"……나이 들었잖아. 잊을 때도 지났고. 누군가 만날 때가 됐는데 그 절묘한 시점에 하영우를 만났을 뿐이야. 다행히 침대에서도 잘 맞고."

내 대답에 우빈은 알 수 없는 시선으로 쳐다봤다. 쳐다본들 나라고 뾰족한 답이 있는 것도 아니다. 아직은 육체뿐일지 모르지만 물에 빠지듯 홀라당 빠져버렸고, 화살에 찔리듯 하영우의 눈빛과 감정, 감탄스런 체력이 내 심장 언저리 어딘가에 있는 과녁을 뚫고 들어왔다. 솔직히 지금 이 상태로는 피하고 싶지도 않고 쉽사리 피해지지도 않을 듯하다.

지금 이런 얘기를 하고 있을 때가 아니다. 무엇보다 신지혜와 강우빈이 먼저다.

"네 차례야. 신지혜가 저러는 이유가 뭐야?"

나 역시 드라마 속 여검사가 되어 강우빈을 냉정히 취조했다.

"내가 좋대. 그래서…… 접으라고 했어."

"그래놓고 신지혜 위한답시고 도망을 계획 중이고?"

"그런 거 아니야."

아니긴. 꼬리가 빠지도록 내빼려고 하면서.

"신지혜한테 안 되는 이유는 말했고?"

난 맘속으로 하지 않았길 간절히 바랐다. 어쩌면 무언가 가능하고, 얼마쯤은 두 사람에게…….

"했어."

했구나. 다 알면서도 이렇게 매번 기대란 걸 하게 된다. 이반이든 바이든 상관없고 개의치 않는다고 말을 하면서 결정적인 순간에는 우빈의 정체성을 의심하고 의심하는 상황이 오기를 희망하고 바라는 이 이중인격의 지수완.

"신지혜 때문이 아니야. 내가 가려는 이유는……."

우빈은 그답지 않게 말을 잇지 못하고 날 쳐다봤다. 마치 답이 나에게 있는 것처럼.

내가 처녀귀신도 아닐진대 답이 있을 턱이 없다.

"신 내린 것도 아니면서 '산이 부르네' 하는 그딴 뻔한 소리는 하지도 마. 내 핑계는 더더욱 대지 말고. 난 지금 그 어느 때보다 열정적으로 쾌락과 환락에 빠져 살고 있으니까."

난 강우빈이 내빼지 못하게 솔직하게, 아니 신랄하게 말했다.

"그래, 그렇게 끝까지 가봐. 중간에 리셋돼서 무단 하차하지 말고 하영우 손잡고 끝까지 가. 내가 바라는 건 그거 하나야. 더 바라는 게 있다면 내가 돌아와서도 네가 그 감정 그대로 유지하기만을 바라. 비약적으로 발전되면 더 좋고.”

“그래, 난 그렇다 치고 신지혜는? 걱정 안 돼?”

강우빈 성격에 걱정이 되지 않을 리 없다. 아파도 자기가 더 아플 위인이다. 다 알지만 지금은 우빈의 편에 설 수 없다.

“갈 때 가더라도 신지혜가 널 보낼 수 있도록 충분히 이해시키고 마음 다치지 않게 다독이고 가. 감정이 개입된 문제에서는 그 어떤 것도 버려지듯 거절당한 사람의 상처를 대신하고 능가할 순 없어.”

그 누구도 알지 못한다. 그 입장이 아니면. 설명도 없이 내버려지는 아픔은 한 사람의 의식과 인성을 피폐하게 만든다. 그런 불시착 같은 불안정한 인생을 신지혜가 겪는 건 두고 볼 수가 없다.

“누가 뭐라고 해도 제일 아픈 건, 먼저 고백할 수밖에 없었던 신지혜고 결국엔 거절당한 신지혜야. 더구나 신지혜는 아이 엄마야. 신지혜가 휘둘리면 그 감정 고스란히 아이에게 투영돼. 어른인 척해도 신지혜, 고작 스물다섯이야, 스물다섯.”

스물다섯의 뜨거움과 타는 듯한 갈증을 누구보다 잘 아는 내가 오래된 우정에 편승해 이대로 떠나라고 강우빈의 등을 떠밀 수는 없다.

내 오래된 상처를 대입해 동일한 등식을 세우지 않더라도 스물다섯의 사랑, 그 유일무이한 감정은 너무도 아플 테니까.

술이 취한 신지혜는 딱 제 나이다웠다.

늘 나이보다 조신하고 단정해 신경이 쓰였는데 오늘은 제 나이가 고스란히 드러났다. 나이만큼 열정적일 수밖에 없어 뜨겁고, 더할 수 없을 정도로 아파하는 게 내 눈에는 다 보였다. 어쩌면 제

처지 때문에 더 아플 수도 있단 생각을 했다.

"저…… 욕심내지 않아요. 그냥 어디만 가시지 말고 지금처럼 주위에만 계셨으면 좋겠어요. 가끔 민진이랑 제가 찾아가면, 늘 그러셨던 것처럼 기분 좋게 웃으면서……."

목이 메는 건지 들이부은 술 때문에 숨이 가쁜 건지, 신지혜는 정상이 아니었다.

술잔을 제 목숨 줄처럼 잡고 있는 신지혜가 갑자기 웃기 시작했다. 웃다가 울다가 정말 감정의 격노를 왔다 갔다 하면서도 제 기분은 하이쿠 읊듯이 오롯이 잘도 풀어냈다.

"사장님, 제가 남자였으면 절 조금은 좋아했을까요?"

그 많은 술을 독식하듯 자작하면서도 아직까지 내가 보이긴 하나보다.

"사장님, 저 말이에요, 우빈 씨가 하는 말이 다 거짓말 같아요. 그냥 제가 시시하고 싫어서 핑계 대는 거 같아요. 전 왜 이렇게 잘나질 못했을까요. 사장님처럼 성공하면 우빈 씨 잡을 수 있을까요? 사장님처럼 아름다우면 우빈 씨…… 저에게 잡혀 줄까요? 시간이 지나면 절…… 돌아봐 줄까요?"

사랑이 어디 이해를 바라고 이해할 수 있는 논리적이고 합리적인 공식이던가.

지금보다 열 살 어리고, 열 배 더 빛났을 때도 난 철저히 기만당하고 버려졌다. 감정은 내 의지와 상관없이 흘러들어 스며들고 순식간에 지나가 버린다.

사람이 사람을 알아보고 제 안에 각인시키는 건 외모가 아니라 운명이다. 그때의 난 그 사람을 운명이라 생각했는데 이제이는 아니었다.

신지혜도 그런 것뿐이다. 내 운명과 상대의 운명이 동일하지 않고 다를 뿐 욕할 것도 탓할 것도 없다.

이 모든 걸 살뜰히 설명한다고 해서 신지혜가 위로 받을 수 있을까……. 스물다섯, 저 뜨거운 바람이 신지혜를 상처 내지 않고 무사히 지나갈 수 있을까…….

면접 때 보았던 단정하고 단아한 모습은 지금 어디에도 없었다. 그저 상처에 잠식돼 눈빛이 흐려지고 제 나이가 주는 생기와 생동감을 져버린 어린 여자만 앉아 있을 뿐.

"사장님 저요, 지금 심정으론 차로에 뛰어들어서 딱 죽기 직전까지만 다쳤으면 좋겠어요. 그러면 우빈 씨, 저…… 떠나지 못할 거잖아요."

절대로 하지 말아야 하는 말이지만 지금의 심정으론 그 어떤 말도 가능하다는 걸 난 안다. 충분히 겪었고 지나갔기에, 아니 지금 이 순간도 나 혼자 오롯이 지나고 있기에 저런 말을 하는 신지혜를 욕하지 않는다.

"그분은 절대 그런 절 두고 갈 수가 없는 분이잖아요. 사장님도 아시죠. 우빈 씨가 어떤 사람인지. 그런데 전 우리 민진이 때문에 그럴 수도 없잖아요. 그런 엄마는 세상에 없잖아요. 엄마란 사람이 그렇게…… 이기적이고 무책임하면 안 되잖아요."

더할 수 없이 아파 무너져 내리는 신지혜의 표정이 내 가슴을 마구 쳐댔다.

그 정도로 아픈 거니, 신지혜. 그 정도로 다 줘버린 거야, 벌써?

내 잘못이다. 그때 신지혜를 우빈의 매장으로 데리고 가는 게 아니었다.

시선에서 시작되는 게 사랑이라고. 그때 우빈을 바라보던 신지혜의 눈빛을 우매한 난 제때 캐치하지 못했다. 나와 진영에게 통했던 강우빈의 강력한 마성이 어리고 풋풋한 신지혜를 돌아가거나 피해갈수 없다는 걸 왜 몰랐을까. 왜 난 그 뻔한 사실을 간과했을까…….

도대체 어디에 정신을 팔고 있었던 거니, 난.

"전 왜, 주제도 모르고…… 그분을 제 안에 새겨버렸을까요."

신지혜가 용량 초과인가 보다. 이제껏 마신 술이 비로소 눈물이 돼 흐르기 시작했다.

이제 막 흐르는 눈물이라니.

이제 시작이다. 그리운 누군가를 지우지 못해 그를 대신해 죽을 것 같은 심정도, 죽지 못하는 그 마음도.

면역력이 없으니 그런 거다, 그때의 나처럼.

그때 불주사 버금가는 항체주사를 맞은 난 사랑이란 감정에 섣불리 기대도 희망도 갖지 않지만, 그때의 나처럼 면역력이 없는 신지혜는 쉽게 걸리고 쉽사리 낫지 않을 테지.

강우빈, 네가 밉다. 너의 그 어쩔 수 없는 성정체성이 밉고, 그 솔직한 성격이 얄밉고, 비난을 감수하면서도 상대에게 곁을 주지 않는 그 단정함도 그렇고, 그 어떤 여지나 희망을 주지 않는 네 결벽증 같은 인간성도 전부 미워 죽겠어.

이 세상 그 누구보다 선하고 착한 네가. 내 반쪽이 지금은 너무 미워 죽겠어, 강우빈.

❖

우빈이 내 충고를 얼마나 새겨듣고 이행했는지는 모르지만, 일주일이 지나도록 신지혜는 술집에서 본 그로기 상태였다. 물론 회사에서는 어떤 티도 내지 않으려 안간힘을 쓰지만 내 눈에는 보였다. 얼마나 처절하게 참고 감쪽같이 감추고 있는지.

이 여름이 다 가고 있다. 신지혜의 짜디짠 눈물과 밀도 높은 눈물샘과 함께.

아직 출정하지 않은 우빈과 위태로운 신지혜에 온 신경이 쓰이면서도 난 분명하지 않은 분노에 휩싸인 상태였다. 누구를 타켓으로 한 울분이며 화인지는 모르지만 화가 났다.

그런 내 상태를 알지 못하는 하영우는 매일 서너 번씩 연락을 하고 오늘처럼 집 앞으로 왔다. 하 배우는 근심의 이유를 물었지만 설명하진 않았다. 내 모든 감정을 하 배우에게 말할 이유는 없다. 그럴 사이도 아니고.

뭘 어찌했는지 우리가 호텔에서 탐닉에 빠져 관능과 관성에 취해 있는 사이, 나와 이신의 기사는 잠잠해졌고 그 어떤 추측성 기사도 보도되지 않았다. 안도감이 들면서도 배째 사장의 출중한 실력이 증명되는 듯해 마냥 좋지만은 않았다.

하 배우의 비밀스런 연애도 그렇고 이신과의 뜬금없는 스캔들로 인해 조심할 부분도 있어 본의 아니게 시나리오 작업은 미루어지고 있었다. 그 부분을 우려하는 내게 하 배우는 계약서를 운운하며 분개했던 그때와 달리 다독이며 믿음직한 연인과 오빠 코스프레를 했다. 무슨 이유인지는 모르지만 당분간은 영화를 비롯해 모든 연예활동을 쉴 거란 말을 하면서 내일부터 2박 3일 일정으로 일본으로 팬미팅을 다녀온다는 말도 잊지 않았다.

특정 인종, 집단에 대한 혐오발언인 헤이트 스피치와 미친 아베의 맹활약, 일본의 보수적인 국민성으로 인해 차디찬 냉기류가 흐르는 일본으로 팬미팅을 간다니 하 배우가 달리 보이기도 했다. 그러면서 누가 오긴 올까하는 걱정이 되기도 했다.

팬미팅장이 예상보다 텅 비어도 너무 위축되지 말라는 내 우회적인 위로에 하 배우는 한참을 웃더니 입장권은 세 달 전에 다 팔렸다고 우쭐해했다.

그 짧은 시간 속에서도 하 배우는 내 손을 놓지 않았고 호시탐탐 기회를 노리며 안으려는 노력을 무던히도 했다. 난 그런 하영우 때문에 일주일 만에 웃음이 났다.

하 배우는 내가 웃으면 빤히 쳐다보다 결국엔 칭찬이라며 버거운 키스를 퍼부었다. 작은 공간에 갇힌 난 꼼짝없이 잡혀 숨넘어가는 키스를 받아내며 뒤섞인 타액을 꼭꼭 삼켜야 했다.

키스는 모든 것을 바꾸어 버린다는 어느 시인의 말이 딱 맞았다. 내 알 수 없는 감정과 조울증 같은 감정의 기복은 키스로 잦아지는 것 같으면서도, 과열된 키스는 더 많은 것들을 원하고 요구하게 만들었다. 하영우는 키스에 너무도 많은 말과 은밀한 감정을 전했다. 목 안을 헤집고 목젖까지 파고드는 키스는 얼얼함을 넘어 호흡이 곤란할 정도로 숨이 막혔지만 난 그 집요함에 대적하며 끝까지 매달렸다.

혀를 물고 빠는 하 배우는 빠듯한 욕망을 숨결에 실어 내게 전했다. 그 숨결은 내 안의 잠자고 있는 욕망인자와 열성분자를 저격했다. 하반신은 몸체를 불리며 솟구치는 욕구를 가감 없이 드러내는 남성으로 인해 전류에 감전되듯 저릿했다. 실제 살성을 느끼는 직접적인 감촉보다, 어느 날은 이렇게 안타까운 밀착이 더 사람을 감질나게 하고 광분하게 만든다는 걸 난 오늘에서야 확인했다.

우린 십대 비행 청소년처럼 좁은 차 안에서 치열한 공방전을 치렀다. 열 손가락이 부족하다 싶을 정도로 서로를 먹고 씹고 맛보았으면서 새삼 아파트 단지 안이라고 안 될 이유는 없었다. 그렇다 해도 이 나이에 이런 장소는 아닌 듯해 버텼지만 결국 두 손 두 발 다 들었다. 전장을 나가는 군인도 아니면서 하영우는 비감에 젖은 눈빛으로 도발했다.

우린 분명 서로의 살성과 살 내음에 미친 게, 아니 미쳐버린 게 분명하다. 미치지 않고서야 만날 때마다 이렇게, 이만큼 바라고 원할 수는 없다. 10년 전 그때가 떠오를 만큼 하영우에게 빠져있다는 걸 인정하지 않을 수 없었다.

입술과 목, 홍조 띤 분홍 돌기와 가슴 할 것 없이 그의 농도 짙은 키스와 타액 분탕질로 형태를 잃은 푸딩처럼 몽글하게 젖어 든 난 보조석에 눕혀졌다. 내 눈동자를 쫓으며 뜨겁게 진입하는 하영우의 거대하고 거친 욕망을 난 뒷걸음질 치지 않고 받아냈다. 늘 기가 차면서도 기가 막히는 질펀한 섹스에 단련된 난, 전혀 다른 쾌감을 기대하며 저절로 앓은 소리와 비정상적인 비음을 토했다.

"아…… 흣!"

알지 못하는 이유로 기분과 감정이 격앙돼 그런지 시작부터 사타구니가 절절 끓었다. 이 좁고 불편한 공간과 위치가 나란 인간을 더욱더 문란하고 불타오르게 했다.

하 배우의 남성은 여지없이 버거웠지만 난 그런 그를 욕심내듯 꽉 깨물었다 비틀고 유연한 내벽을 조여 거친 유희와 움직임을 유도했다. 고개를 들어 하 배우의 입술을 빨고 물어 삼키는 행위도 서슴지 않았다. 그 어느 때보다 격렬한 반응에 하영우도 눈이 뒤집어지고 반쯤 미친 듯 보였다.

지금의 난, 어느 시대 흥했던 유곽의 노류장화보다 더 원색적이고 뜨거웠다. 난 더 깊은 관능을 주문하며 허리를 들어 하 배우의 성난 남성을 베틀처럼 조이고 새처럼 쪼아댔다. 내 기막힌 조련에 하영우는 신음을 토하더니 날 무섭게 노려봤다. 마치 내 도전에 기꺼이 응한다는 듯 그렇게.

내 몸을 가르고 벨 듯 집요하게 쳐대던 하 배우가 내 입에 자신의 손을 대주었다. 그 손을 무는 순간 시작될 극한의 고통과 임계치를 벗어날 게 뻔한 쾌락을 난 기대하고 기다렸다. 그래서 물었다. 하영우의 우아한 손을.

격한 아픔과 격렬한 쾌감은 동시에, 동일한 비중으로 일어났다. 한 손은 내 입에 또 다른 손은 내 엉덩이를 단단히 쥔 하 배우는 고문관으로 빙의해 잔인할 정도로 날 휘젓고 정교하게 쑤시며 지독하게 쳐댔다. 난 교성 대신 손을 물어 더 강한 쾌감과 쾌락을 주문하며 날선 남성을 빡빡하게 조이고 촘촘하게 물었다.

"………헉!"

철벽 같은 방어에 하영우는 억눌린 신음을 토하더니 공격의 피치를 올렸다.

전방위적인 공격은 기대 이상이었다. 원초적이고 극렬한 몸짓은 순도 높은 마약에 취한 것처럼 날 미쳐 날뛰게 만들었고, 하영우 또한 한 치도 다르지 않았다. 우린 이 순간 본능에 의해 날뛰며 교합하는 동물 그 이상도 그 이하도 아니었다. 난 이렇게 미쳐 날뛰는 나에게 화가 나면서도 물리칠 수 없는 내 자신에게 비감한 눈물도 났다.

오늘도 그렇고 우빈과 신지혜의 일이 터지고 줄곧 감정은 도를 넘고 있었다. 정확히 무슨 이유인지는 모르면서 알 것도 같았다. 난 화가 난 상태였다. 빼도 박도 못하는 그 어쩔 수 없는 감정에 대항해서.

버티는 건 물론이고 피할 수도, 벗어날 수도 없는 감정은 신지혜를 잠식하고, 벗어날 방법도 탈출구도 없는 미로에 갇혀 제 몸을 갈아 먹을 신지혜가 불 보듯 뻔해 그러한 감정에 대해 미진하고 미련한 난 화가 났다.

"지수완."

아직 내 몸에서 빠져나가지 않은 하영우가 여전히 분노하는 내 의식을 불러 세웠다. 분노하는 감정과 다르게 육체적으로는 기운이 딸려 기진맥진한 난 나른하게 하영우를 올려다봤다.

"오빠가 팬미팅으로 번 돈으로 선물 많이 사서 금방 올 테니까 어디 가지 말고 집에서 기다리고 있어."

짧지만 그 어떤 순간보다 강렬했던 행위에 얼이 빠지고 멍한 난 아무런 말도 하지 못하고 다정한 말을 쏟아내는 하 배우를 그저 쳐다봤다.

"대답을 해야 놔주지."

"……."

"아니면 바로 또 시작할 것 같단 말이야, 이 대책 없는 오빠가."

하영우의 말처럼 아직까지 내 안에 머문 남성은 조금씩이지만 느낄 수 있을 정도로 제 몸피를 키우고 있었다. 한강도 아니고 내 주위에 이런 괴물이 살고 있었다니 기가 찰 노릇이다.

늘 그렇듯 무섭게 체격을 키우며 솟구치는 남성에 여지없이 매료된 난 대답을 하지 않았다. 대신 섬약한 내벽을 조이는 불순하고 부도덕한 행동으로 내 의사를 전했다. 하 배우는 이런 내가 만족스러운지 입술을 전투적으로 파고들었다.

난 하 배우의 뜨거운 혀를 결코 놓아주지 않고 탐식가처럼 삼키고 또 삼켰다. 체향은 물론이고 이 남자의 타액과 몸끝은 왜 이렇게 미련하게 찾게 되는지……. 정말 미칠 노릇이다. 자꾸 손닿는 곳에 두고 먹고만 싶으니.

그 밤, 우린 좁디좁은 매니저 차 안에서 한 치의 오차도 없이 위아래로 겹쳐진 뜨거운 몸피를 떼지 못하고 주고받고 먹고 먹히는 농밀하고 녹진한 행위에 완전히 미쳐버렸다. 난 하영우가 무차별로 주입하는 관능적인 열락으로 인해 이성과 의지를 모두 내려놓은 채 빨아들이며 소화하기에 급급했다.

하 배우의 정과 액을,

액션배우의 현란한 스킬과 테크닉을.

6장

일본으로 돈 벌러 간 오빠가 떠난 그 다음날 이신으로부터 연락이 왔다.

혐한 분위기에 미쳐 날뛰는 험악한 나라로 돈 벌러 간 오빠 생각에 난 단칼에 거절했다. 하지만 이신은 꼭 해야 할 말이 있다기에 고민하다 저녁으로 약속을 잡았다. 약속 장소는 사무실로 정했다. 그나마 눈에 띄지 않을 것 같았다.

일주일 앞으로 다가온 백화점 오픈으로 정신이 없었고, 오픈 3일 전에 중국에 도착해야 하기에 얼마 남지 않은 시간으로 인해 마음이 다급했다. 그 긴급함으로 우빈과 신지혜에 대한 걱정도 둘러갈 수 있었고, 회사에서는 도무지 제 마음을 드러내지 않는 프로다운 신지혜로 인해 난 그 어떤 걱정이나 감정을 내비치지 않을 수 있었다.

난 일하는 틈틈이 신지혜를 살폈다. 어쩌면 민진이 때문에 더 신지혜를 신경 쓰고 있는 건 아닌가 하는 생각도 했다. 똑똑하고 명민한 민진이 혹여라도 신지혜처럼 아프게 될까 걱정이 됐다. 볼 때마다 느꼈지만 민진이는 유독 우빈을 잘 따랐다. 한 번도 아빠란 존재를 알지 못했다는 민진은 본능처럼 우빈을 따르며 좋아했다.

"사장님!"

"응?"

"생각이 저 별나라로 외출하신 것 같아서 한번 불러봤어요."

직원들의 걱정에 난 웃음으로 넘기며 정리된 물건과 하 실장이 가지고 오라고 말한 것들을 꼼꼼히 살폈다. 가격에 따른 약간의 사은품을 준비했던 우린 사은품의 퀄리티에 대해 서로 다른 의견을 내놓았지만, 결국 과하다 싶은 사은품을 증정하기로 결론을 냈다.

퇴근 시간이 지나고 텅 빈 사무실에 혼자 남았다. 그 같은 공백을 절묘하게 포착한 현해탄 너머의 희생적인 오빠, 하 배우에게 전화가 왔다.

"네."

[지금 어디야?]

"사무실이에요."

[일이 많은 거야, 아님 내가 보고 싶어서 일로 잊어보자 하는 거야? 난 개인적으로 후자였으면 좋겠는데.]

"당연히 전자죠."

난 일부러 정색하고 말했다. 이상하게도 내내 무겁던 마음이 하 배우의 리버럴하고 장난스런 목소리로 인해 조금씩 완화되고 약간이나마 도포되는 것 같았다.

[오빠는 우리 수완이 맛있는 거 사주고 더불어 먹여 살리려고 이 머나먼 타국까지 와서 성격에도 안 맞는 팬미팅 열심히 하고 있는데, 홈그라운드에 있는 지수완은 그렇게밖에 말 못하지? 섭섭하네. 억울하기도 하고.]

단 한 번도 상상해 보지 않은 일이었다. 누군가가 날 먹여 살리고 날 책임질 수도 있다는 걸. 기대도 하지 않은 말을 하 배우가 아무렇지 않게 하는데도 이상하거나 어색하지가 않았다.

[난 사람들이 좋은 데 구경 가자는 것도 뿌리치고 이렇게 공손하고 경건한 모드로 침대에 누워 전화하고 있는데. 이 전화 끊고 바로 자려고.]

하 배우는 자꾸만 이상한 소리를 하고 있었다. 그런데도 그 민망한 소리들이 듣기 좋았다. 진짜 연애를 하는 것 같고, 이 연애가 생각보다 어색하지 않아서 더 좋았다.

[지수완.]

이 목소리, 이 남자 특유의 탁한 저음이 날 설레게 했다.

전혀 예상도, 상상도 못한 일들이 일어나고 있었다, 나에게.

[왜 대답이 없어?]

"네."

[……싶다.]

"뭐라고 했어요?"

[바보, 그 소릴 단박에 캐치도 못하고. 당신 보기보다 둔탱이야.]

"다시 말해줘요."

[좋아, 이번에는 잘 들어. 하나도 놓치지 말고 내 숨결, 내 숨소리까지 전부 기억하고 있어. 내가 당신한테 갈 때까지. 알았지?]

"가능하면 그럴게요."

새침하게 말했지만 난 숨을 죽이고 침도 삼키지 않으면서 귀를 기울였다. 마치 암호를 해석해야 하는 특급 임무를 맡은 적국의 스파이처럼 감각의 안테나를 한껏 세웠다.

[……보고 싶다, 수완아.]

"……."

[미치게 보고 싶어. 당신의 피부, 체향, 숨결까지 전부 다 그리워. 겨우 하루 지났을 뿐인데 지수완이 죽도록 고파.]

"……."

[고파서 미치겠다.]

심장이 미칠 듯이 뛰면서도 가슴 안이 묵직하고 목은 목감기가 걸린 것처럼 따끔거렸다.

[듣고 있어?]

하나도 놓치지 않고 듣고 있다는 말을 할 수가 없었다. 한번 기준치 이상으로 박동하기 시작한 심장은 걷잡을 수 없이 파동하며, 온몸은 뜨거운 감각과 전율에 혼절상태였다. 온몸이 그야말로 아우성을 치고 있었다.

너도 하 배우와 한 치도 다르지 않다고 어서 말을 하라며 심장은 난동을 부렸지만 난 고장 난 심장 박동과 달리 입을 다물었다. 섣불리 대답할 수 없었다. 어떤 말이든 시작과 동시에 이 마음이 전부 하 배우에게 전해질까 두려워 난 어떤 말도 할 수가 없었다.

[지수완, 바보.]

난 바보가 확실하다. 결국 팬미팅 잘하고 조심하라는 말만 전한 채 전화를 끊었다.

언젠가부터 하영우는 지금 같은 말을 침대 위에서도 반복해서 하고 있었다. 그런데도 난 그 뜨겁고 버거운 몸을 받아내기 급급해 하 배우가 지속적으로 속삭이는 말을 듣지 못했다.

하 배우는 계속해서 말하고 있었다. 하영우가 지수완을…….

갑자기 요란하게 전화가 울렸다. 이신이다.

난 서둘러 떨리는 목소리를 가다듬고 무작스레 뛰는 심장을 다독이며 전화를 받았다. 밑이라며 바로 올라온다고 한 이신으로 인해 난 책상 위를 정리했다.

하 배우의 그 소중한 말은 지금 이 자리에서 펼쳐 볼 수는 없다. 아무도, 그 누구도 방해하지 않는 내 공간과 나만의 시간 속에서 나 혼자 은밀히 꺼내 볼 말이라, 지금은 결코 꺼내 보고 싶지 않았다.

이신은 날 쳐다볼 뿐 말은 하지 않고 있었다.

난 마지막이라고 충분히 인지시켰기에 기다리고는 있었지만 점점 한계에 다다르고 있었다. 이런 나의 한계를 자꾸 지속시키는 건, 이신의 저 흔들리는 눈빛 때문이었다.

분명 확고함을 기저로 한 눈빛은 어느 순간부터 조금씩 고민하며 주저하는 듯이 보였다. 무사의 눈빛으로 시작해 여전히 무사지만, 쉽사리 칼을 뽑지 못하는 이유를 이젠 더는 참을 수 없었다.

"이신 씨……."

"이제이라고 아십니까?"

순간적으로 이신의 입을 통해서 나온 이름을 잘못 들었나 했다. 하지만 이명이 있거나 난청인 것도 아니고 절대 잘못 들을 리가 없다. 그럴 수 없는 이름이다.

"지금 이제이라고 하셨나요?"

"네, 지 작가님이 '사랑은 없다' 그 드라마의 주인공으로 삼았던 이제이요. 드라마 속 남자 주인공처럼 약속 장소에 나오지 않은 이제이."

난 이신의 얼굴을 빤히 쳐다볼 뿐 더 이상은 물을 수가 없었다. 급속 냉동된 듯 내 입은 떨어지지 않고 표정은 얼음 분자처럼 굳어졌다. 그러면서도 이신이 이제이를 알고 있다는 점이 무척이나 의아하고 미치도록 궁금했다. 동시에 오랜 시간과 세월 속 표표히 사라지길 바라고 원했던 이제이를 지금 거론하는 의도를 알 수가 없어 난 더욱더 입을 닫았다.

내 복잡한 표정을 읽어내리듯 살피던 이신은 지갑을 꺼내 반명함판 사진 한 장을 책상 위에 놓았다. 난 미동도 않고 내 위치에서 사진을 보다, 조금씩 앞으로 향하는 손을 어쩌지 못하고 사진을 집어 들었다. 사진이 좀 오래되기도 했고, 내가 알고 있는 이제이와는 조금 달랐지만 분명 이제이가 맞았다.

나와 그토록 뜨거운 3일을 보내고도 약속 장소에 나타나지 않았던 그 사람. 미치도록 욕하고 미치도록 보고팠던 남자. 어쩌면 이제이란 이름도 거짓일 수 있는 사람.

"영화배우……."

"……."

"하영우 선배 고등학교 사진이에요. 정확히는 미국에서 살던 당시 하이스쿨 졸업 사진이죠."

그때까지 사진을 보던 난 고개를 들어 이신을 봤다. 참으로 황당하고 어이없는 말을 하는 이신의 눈동자는 동요가 없었다. 그저 그런 이신을 보는 내 시선이 심하게 요동치며 불안하고 불안정하게 깜박일 뿐.

"믿을 수도, 어쩌면 믿고 싶지도 않을 테지만, 사진 속 이제이가 지금의 하영우인 건 맞아요. 분명한 사실이에요."

이제이가 하영우고, 하영우가 이제이다. 그 말을 믿어라. 단지 그렇게만 설명하는 당신의 말을 나보고 믿어라. 너무도 어처구니없는 말에 웃음 비슷한 게 삐져나왔다.

"왜, 무슨 이유, 어떤 근거로 그런 말을 하는 거죠? 이 두 사람이 동일 인물이라는 증거가 있나요?"

난 이신에게 흔들리는 모습을 보이지 않으려고 마음속으로 수없이 기도하고 다짐했다. 하지만 그런 내 노력과 의지를 비웃듯 이신은 강력한 한방을 날렸다.

"하 선배한테 확인하는 게 가장 빠르고 정확하겠지만, 그건 곤란할 수도 있으니 저희 소속사 대표이신 백재 사장님께 확인하면 되겠죠. 두 분은 하 선배가 우리나라에서 중학교를 졸업할 때까지 가장 친한 친구였으니까요. 물론 지금도 그렇고요."

백재 사장이란 말에 난 어쩔 수 없이 동요했지만 애써 정신을 차렸다. 이 자리에서 전부 다 확인하고 알 수는 없기에 지금 할 수 있는 것부터 하기로 했다.

난 이신을 쳐다봤다. 본다고 이신의 의도가 읽히지는 않았지만 보지 않을 수 없었다. 이신은 그 어떤 동요도 않고 날 주시했다.

난 숨을 고르며 내내 궁금했던 말을 뱉었다.

"그 말이 사실이라 해도, 내게 이런 이야기를 털어놓는 이유가 뭐죠? 이렇게 한 개인의 비밀을 아무렇지도 않게 오픈하는 이유가 있을 거 아니에요. 난 솔직히 그게 더 궁금하네요. 같은 소속사고 공생하는 관계일 텐데 그 사람이 말하지 않는 이 비밀을 굳이 내게 가져와 까발리는 이유와 저의가 뭔지 몰라 경계하게 돼요, 이신 씨를."

되도록 냉정하고 이성적으로 말하려 했다. 내 이런 의도가 정확하게 전달되었는지는 알 수 없지만, 난 최대한 꼿꼿함을 유지하려 했다. 온몸의 기운과 기력을 모아 모아서.

"궁금해서요."

"……!"

"이 사실을 알게 됐을 때, 작품으로까지 기억하고 싶어 하신 지 작가님의 마음도 그렇고, 개인의 의지나 마음과 상관없이 타인으로 인해 계획했던 모든 일들이 어그러지고 무참히 무산됐을 때, 하영우라는 남자는 어떻게 대처하나 궁금했습니다."

표정 없는 이신은 왠지 알 수 없으나 위태로워 보였다.

단순하게 생각하면 자신의 역을 빼앗은 일에 대한 유치하고 저열한 보복일 수도 있고, 믿고 의지했던 소속사 사람들에게 느꼈던 배신감으로 치부할 수도 있지만, 어쩌면 저 사람의 의식과 무의식 속 어떤 상처로 인해 이 같은 일을 계획한 건 아닌가 하는 밑도 끝도 없는 나만의 논리와 공식이 성립됐다. 이는 분명 내 과잉 사고요, 착오일 수 있지만 왠지 그런 생각이 들었다.

내 그 같은 생각이 아니길 바라면서 이신을 주시했다. 첫사랑인 이제이란 인물과 참 많이도 닮아 이런 걱정과 생각을 하는 건가 싶었다. 다 떠나서 이만큼이나 뒤지며 파헤친 이신도 맘이 편치는 않았겠다고 짐작됐다.

"……무슨 생각하세요?"

이신은 아주 약간의 불안감을 내비치며 물었다. 그 같은 질문에 이 사람이 완전히, 아주 철저하게 나쁜 사람은 될 수가 없겠구나 싶었다.

"비밀을 알고 캐내기까지 이신 씨는 도대체 어떤 이와 무슨 딜을 한 걸까, 이만큼 받고 이 사람은 뭘 얼마나 내준다고 했을까. 뭐, 그런 생각?"

내 대답에 이신은 내내 유지하던 담담함을 한순간에 내려놓았다. 그건 내려놓고자 해서가 아니라 순간의 방심으로 미처 감추지 못한 즉각적인 반응이었다. 복잡 미묘한 감정이 내내 무감함으로 무장한 이신에게서 고스란히 느껴졌다.

이신을 보내고 혼자 남은 난 사방에서 휘몰아치는 거대한 충격으로 그 어떤 생각도 정리하지 못하고 있는데 요란한 전화는 눈치도 없이 꿋꿋이 울려댔다. 받기는 싫었지만 손은 어쩔 수 없이 전화기로 향했다.

전화 속 낯선 이의 멘트는 나란 인간을 또다시 시험에 들게 했다.

"신지혜, 지…… 혜야……."

난 신음을 흘리며 쥐고 있던 전화기를 놓쳤다.

❖

나만큼이나 하얗게 질려 그로테스크한 표정을 한 우빈을 수술실 앞에서 만났다.

내내 위태롭던 신지혜가 퇴근길에 힐튼호텔 앞 경사진 내리막길에서 속도를 줄이지 않은 미친 인간의 차에 가차 없이 받혔다.

말이 씨가 된다고, 언령을 믿지 않을 수 없었다. 무엇보다 머리를 다쳤다는 말에 우빈과 난 말을 아끼고 복받치는 감정을 주워 담았다.

수술실을 나와 중환자실로 옮긴 신지혜를 혼자서 한참이나 지켜보던 우빈은 민진이 걱정된다며 신지혜의 집으로 향했다.

난 빈 휴게실 의자에 주저앉듯 앉았다. 몇 시간 전 이신에게 들은 말로도 충분히 혼란스럽고 힘겨운데 신지혜의 사고까지. 신지혜가 어서 의식을 차리길 기도하면서 한편으론 이신과 나눈 말들을 곱씹었다.

필요 이상으로 부각되고 보도된 나와 이신과의 스캔들 기사에 대해 물었을 때, 이신은 피하거나 부정하지 않았다.

"하영우 선배를 자극하고 싶었어요. 또 내 자극에 어떤 심정, 어떤 반응을 하는지도 궁금하고. 지 작가님을 이용한 건 정말 죄송해요. 하지만……."

난 말끝을 흐리는 이신의 표정을 굳이 읽으려하지 않았다.

이신은 이제이가 하영우로 변신한 이유와 그 과정, 그리고 그럴 수밖에 없었던 일들에 대해서는 정확하게 알지 못한다고 했다. 그러면서 그 이상을 알아내는 건 내 몫이 아니냐며 되물었다. 알지 못해서 말을 하지 않는 건지, 수수께끼를 던져 준 야박한 집행관으로서 말해주기 싫어서 숨기는 건지 알 수 없지만, 내 몫이 아니냔 말엔 반박할 수 없었다.

어이없게 다친 신지혜만큼은 아니겠지만 머리가 터질 듯 지끈거리는 난 하 배우와 계약으로 묶인 '욕하다 욕망하다' 시놉의 줄거리를 생각하고 또 생각했다.

생각할 때마다 순간순간 하영우가 스치듯 무심히 내뱉었던 말, 그로인해 내가 놓쳤던 감정 표현들. 이 중에서도 가장 중요한, 철저히 남자 주인공의 입장에서 생각하고 대변하던 하영우의 신랄하고 절박한 표정들이 전부 다 떠올랐다.

난 하영우와 보냈던 시간들을 점자처럼 촘촘히, 빼곡하게 복기했다. 침대 위 적나라한 정사가 주었던 미묘한 감정과 느낌이 머릿속을 빠르게 훑고 지나갔다.

만약 이제이가 하영우고 하영우가 이제이라고 가정한다면, 하 배우는 충분히 소명했고 난 충분히 들었다고…… 할 수 있을까?

듣기는 했다. '욕하다 욕망하다'라는 시놉을 줄거리로 한 번 들었고, 침대 위 그 열락 같은 시간들 속에서 한 번 더 확인했다. 내 머리는 모르지만 몸은 알고 있었다. 기억이 시간을 앞지르듯 향기가, 내 몸이 모든 감각과 촉감을 기억하고 있었다.

10년 전, 이제이 이후 그 누구에게도 응하고 허락하지 못했던 내 몸은 이 모든 미스터리에 대해 명쾌한 답과 분명한 길을 제시했다. 다시는 상처받기 싫어 계산하기 급급했던 내 아둔한 머리는 몸이 전하는 말을 듣고 따르지 못했을 뿐이다.

그 사람과 열렬히 몸을 섞고 나누며 우리의 시간과 육체를 나누고 싶은 욕망을 기저로, 내 몸뚱이는 하영우를 받아들인 순간부터 어쩌면 그 모든 걸 알고 있었으리라.

이제이가 하영우고, 하 배우가 어쩌면 이제이란 사실을,

바보 천치 같은 지수완만 몰랐을 뿐.

내일이면 출국이다.

사고가 나고 이틀이 지난 지금까지 의식을 차리지 못하고 있는 신지혜로 인해 출국을 미루고 싶었지만 이미 예정되고 진행 중인 모든 일들을 무조건 미룰 수는 없었다. 의식을 차리지 않은 신지혜를 보며 그녀의 무의식 속에서, 자신이 깨어남과 동시에 강우빈이 떠날 것을 예견하고 고집스레 깨어나지 않는 건 아닐까 하는 생각에 무게를 실었다.

"사장님 저요, 지금 심정으론 차로에 뛰어들어서 딱 죽기 직전까지만 다쳤으면 좋겠어요. 그러면 우빈 씨, 저…… 떠나지 못할 거잖아요. 떠나지 못할 분이시잖아요."

술이 취해 조심스럽게 말하던 신지혜의 모습이 선하다. 선한 강우빈을 한순간에 미워하게 만들던 그 솔직하고 절박했던 고백.

신지혜, 두려워서, 우빈이가 떠나 버릴까 봐 무서워서 그렇게 눈을 꼭 감고 있는 거야? 민진이 엄마라서 그러면 안 된다고 네 자신을 단속하고선, 이게 뭐니 도대체.

여전히 침대에서도 단정한 모습으로 누워 있는 신지혜를 보며 주인을 닮아 안쓰러운 손을 조심스레 잡았다. 내 체온보다 낮은 신지혜의 체온이 영 다른 차원에 있는 생명체처럼 느껴졌다. 이렇게나 가까운데도 어느 영화 속 블랙홀에 빠진 이처럼 멀게 느껴졌다.

신지혜, 일어나서 우빈이 잡아. 그렇게 못 보내겠으면 이렇게 누워 있지 말고 당당하게 맞서서 화내고 다리 잡고 늘어지든 욕을 하든 강우빈이랑 치열하게 싸워 봐.

사랑의 감정은 우연히 일어나 저절로 유지되는 게 아니라더라. 사랑하고자 하는 의지고 용기가 필요한 노력이자 구체적인 실천이라나. 그러니까 정신 차리고 올인해 보라고. 내가 20년 우정 져버리고 네 편들어 줄 테니까 그만 일어나. 저러다 네가 좋아하는 강우빈 네 옆에 자리 깔고 드러눕게 생겼어. 우빈이까지 정신 놓고 네 옆에 누워버리면 간신히 버티고 있는 난 이대로 도망칠지도 모른단 말이야, 신지혜.

이 막내 사원아, 사장도 힘들어. 네가 몰라서 그러는데 내가 말이야 그렇게나 기다리던 사람을 만났는데 말이지, 내가 정말 그 사람을 만난 걸까……. 그 사람, 정말 그렇게 아픈 시간들을 지나 내게 온 거면 난 어떡해야 하는 거니.

난 한순간 복받쳐 오르는 심장을 쿡쿡 누르고 눌러 숨기고, 내내 잡고 있던 신지혜의 손을 놓고 중환자실을 나왔다.

복도엔 여지없이 우빈이 기다리고 있었다. 이틀 사이 얼굴이 소멸 직전으로 되돌아간 우빈을 쳐다봤다.

"출장 간 사이 너까지 쓰러졌단 소리 들리면 영영 안 돌아올 거니까 그렇게 알아. 이 나이에 두 사람 병수발은 무리야."

내 절절한 진심을 농으로 인식한 우빈이 김빠진 표정으로 웃었다.

"배웅은 못 하니까 그냥 이 자리에서 하자. 잘하고 와. 부담은 갖지 말고. 네 뒤에는 든든한 나도 있고 참으로 대단하신 하영우도 있으니까 여차하면 하씨 잡아서, 물론 잡혀줘야 가능한 일이지만, 이쯤에서 안빈낙도한 삶 사는 것도 나쁘지 않다고 생각해, 난."

난 신지혜 걱정으로 얼굴이 반쯤 소멸되고 한껏 거칠어진 우빈을 쳐다봤다.

우빈아, 혹시 말이야 너도 알고 있었니? 그래서 그때 그렇게 물었던 거야?

"좋아해? 하영우."

"지수완의 그 지독한 상처, 다른 누구도 아닌 하영우으로 인해 치유돼가고 있는 거냐고."

이신이 어떤 루트, 어떤 인맥으로 그 같은 비밀을 캐냈는지는 모르지만 난 우빈을 안다. 그 누구보다 치밀하며 철두철미하고, 증권가 찌라시를 만들어 직접 퍼트릴 정도로 인맥과 정보원이 많은 강우빈이, 10년 만에 자진해서 연애를 하는 데다 기사까지 난 내 연애 상대에 대해 알아보지 않을 리 없다. 분명 무언가 알아내고는 내게 그런 질문을 했으리라.

난 복잡한 심정에 그 같은 질문을 입 밖으로 내뱉지 못하고 방금 전 우빈처럼 메마른 웃음을 보였다.

"미안해. 이 상황에 출장을 가게 된 것도 그렇고, 모든 일을 너한테 떠맡기고 가는 기분이야. 말 안 해도 네가 잘 할 거니까 다른 말은 안 할게. 나 없는 동안 우리 회사 우수 직원 잘 부탁해. 돌아오면 내가 돌볼 테니까 그때까지 돌봐줘. 원 플러스 원 꼬마 민진이도."

"걱정 말고 일이나 잘하고 와."

그래. 책임감 강한 강우빈이 오죽 잘 할까.

우빈과 이른 인사를 하고 병원을 나섰다. 오늘 정오 일본에서 돌아온 하영우와는 저녁에 집 앞에서 보기로 했다. 그 시간 전까지 모든 준비를 해야 한다. 하 배우를 만나고 난 뒤에는 아무것도 할 수 없을 것 같았다.

아직 아무것도 확인하지 않은 난, 더 이상은 아무것도 확인하고 싶지 않은 마음이 강했다. 확인하려 묻는다면 어디서부터 어디까지 물을 것이며, 그 사람의 아픔을 내 안에 가득 새긴 이후 그 사람을 다시 볼 수 없을 것도 같아 난 사진 속 남자를 확인하기가 두려웠다.

병원에서 신지혜가 일어나길 바라면서 내가 매 순간 생각했던 건 그 드라마 제목, '욕하다 욕망하다' 였다. 하영우가 이제이로서 내게 하고 싶었던 말. 지난 시절 약속을 지키지 못했던 자신을 욕하고 그럼에도 불구하고 자신을 그때처럼, 그때만큼 욕망해 달라는 이제이의 분명하고 절절한 외침을 생각하고 또 생각했다. 하지만 아무것도 확인하지 않은 난 생각만 할뿐 답을 내지는 못했다.

회사에 들러 마지막 확인을 하고 집으로 돌아와서는 아무것도 하지 않았다. 의식적으로 피했다. 무언가, 어떤 행동을 하면 그만큼 에너지가 소모돼 정작 내 모든 기운과 지혜를 모아 확인하고 증명해야 할 순간에 실수를 할 것 같아 내 자신을 아꼈다.

하영우가 올 시간까지 분침과 초침이 돼 시계처럼 돌고 돌아 제자리에서 기다리기만 했다. 난 그대로 벽에 걸린 시계가 되어 내 안의 불길한 이방인과 치열하게 싸웠다. 그 낯선 유령은 어느 순간은 솔직하지 못한 이제이를 원망하고, 또 어느 순간은 솔직할 수 없었던 하영우를 두둔하며 그 아픔에 목이 멨다.

핸드폰이 울려 보니 하영우다. 난 목소리를 가다듬고 평정심을 유지하며 전화를 받았다.

"네."

[도착했어.]

"나갈게요."

전화를 끊고 거실 거울 앞에 선 난 거울 속 내 자신에게 주문을 걸었다.

지수완, 넌 아직 아무것도 모르고 그 어떤 사실도 확인하지 못했어. 침착해. 하 배우는 하영우지 이제이가 아니야. 넌 그저 사진을 보고 이신이 하는 말을 들었을 뿐이야. 명심해.

거울 속에서 한껏 굳어진 또 다른 나는 알았다는 듯 고개를 끄덕였다. 기계적으로.

차 문을 열자 몸은 바로 당겨져 하영우 품 안에 안착했다. 안긴 채로 들리는 건, 조용한 차 안에서 무섭고 뜨겁게 진동하는 하 배우의 튼튼한 심장 소리뿐이었다.

"보고 싶어 미치는 줄 알았어."

난 대답을 하지 못한 채 하 배우 품 안에서 눈을 감았다.

"이상하게 꿈에 당신이 자꾸 어디론가 갈 것처럼 가방을 싸고 자꾸 세계지도를 펼치잖아, 불안하게. 그래도 꿈이긴 꿈인가 봐. 지수완이 지금 이렇게 내 품에 있는 거 보면."

하영우는 물먹은 가죽 끈처럼 날 꽁꽁 옭아맸다. 그 숨막히는 조임과 빡빡함이 좋았다.

간신히 결계를 푼 하 배우는 제 둥지를 찾듯 내 입술을 찾았다. 그 지독한 근성을 잘 아는지라 얼마 정도는 입술을 내주며 감기듯 파고드는 현란하고 농염한 입술을 받아들였다. 작용과 반작용처럼 몸에서 즉각적인 신호가 왔다. 솔직한 몸뚱이가 이 순간 원망스러웠다.

몰아치듯 숨을 빼앗아 삼키는 하 배우를 간신히 밀어냈다.

"왜?"

"……하지 못한 말이 있어요."

내 차분한 톤에 하영우는 금세 불안한 눈빛을 하고 쳐다봤다.

당신은 뭐가 그렇게 불안한 거야? 다른 나라로 팬미팅 갈 정도로 자신의 이름 걸고 이 세상을 사는 사람이 고작 내 눈빛 하나에 그렇게 반응하면 어쩌자는 건데…….

"무슨 말인데? 불안하게 하지 말고 빨리 말해."

"왜 그렇게 불안한데요?"

"뭐가 불안한지는 나도 모르겠는데 당신이 빤히 쳐다보면 불안해. 그렇게 쳐다보다 휙하고 뒤돌아 가버릴 것 같아. 연예인을 시선 밑으로 보고 별 볼 일 없어 하는 지수완은."

우린 둘 다 서로에게 솔직하지 못하단 생각이 들었다.

난 최대한 무감한 시선으로 하 배우를 보며 말했다.

"직원이 많이 다쳤어요. 일전에 봤는데 기억하죠? 신지혜라고……."

"기억하지. 어디를 얼마나 다쳤는데?"

"이틀 전에 정신 나간 운전자 때문에 교통사고를 당했는데 머리를 많이 다쳐서 아직…… 의식이 없어요."

내 설명에 하 배우의 표정은 무섭게 가라앉았다. 난 그런 하영우의 표정을 살폈다.

정말, 당신이 맞는 거야? 이신의 말이 맞다면 당신도 신지혜처럼 저렇게 누워 있었던 거야? 내가 당신을 기다리다 원망하고 욕하던 그 많은 시간들을 당신도 혼자 저렇게 아프고 외롭게 버티다 나에게 온 거야?

전부 다 묻고 싶었지만 묻지 못했다. 물을 용기가 없었다.

"당신 걱정이 많겠네. 그래도 내일 출장은 가야잖아?"

가라앉은 회갈색의 눈동자가 오늘따라 더 기묘하게 빛났다.

"가야죠. 백화점 입장에서도 그렇고 우리 회사 입장에서도 큰 이벤트니까요. 더욱이 그동안 잠도 못자고 준비한 직원들 응원도 해야 하고…… 일주일은 머물 거예요."

"그렇게 오래?"

난 예정보다 긴 일정을 잡은 이유에 대해 설명하지 않았다.

아직 아무것도 확인하지 못한 난 내 자신에게 충분한 시간을 주고 싶었다.

"그럴 거 같아요."

키스도 자신이 원하는 만큼 삼키지 못하고 내 짧지 않은 일정까지 알게 된 하 배우의 표정이 조금 전보다 더 어두워졌다. 난 그 표정까지 유심히 봤다.

"그동안 하 배우도 열심히 일해요. 우리 열심히 일할 나이잖아요."

"당신 만나기 전까지 나, 일만 하고 살았어. 체력 유지를 위해 매일매일 담금질하듯 운동만 하면서."

운동하면서 일만 했다는 그 평이한 말이 아리게 들렸다. 왜인지는 모른지만 내게는 그 솔직한 답변이 감당할 수 없이 슬프고 아팠다.

하영우가 한 손으로 내 얼굴을 훑었다. 부드럽고 조심스러우면서도, 내 것이라는 마음이 어딘가에 있는지 손길은 거침이 없었다. 그러면서도 내가 받는 느낌은 포근포근했다. 마음이 고스란히 담긴 손길이었다.

"이대로 보내는 거 아쉽지만 할 수 없지……."

말은 그렇게 하면서도 하 배우의 시선은 내 입술과 목 언저리에서 좀처럼 떨어지지 못했다. 내 시선도 다르지 않았다. 우린 몸으로 할 수 없는 일들을 눈으로, 마음으로 나눴다.

좁은 차 안, 시선은 공간을 가득 채울 만큼 부지런히 서로의 몸을 타고 넘었다. 하영우의 손과 손가락은 차마 내 가슴 안으로 깊숙이 파고들지는 않았지만 깊고 농염한 기운을 뿜어대며 깃을 타고 내리다 어느 지점에서는 타는 듯한 열망을 가득 담은 채 머물기도 했다. 허나 주저앉지는 않았다. 그런 행동이 하 배우 나름의 노력이고 자제라는 걸 안다.

나 또한 갈망의 눈빛과 벌어진 입술로 그런 하영우를 가득 취하고 탐했다. 이 순간, 내 머리를 잠식했던 모든 문제와 의문은 저 문밖의 일이었다. 지금은 오롯이 서로를 안고 싶고 얻고 싶은 뜨거운 몸뚱이와 지치지 않은 탐구력만이 난무했다.

하영우의 갈 곳 잃은 손가락이 결국 내 입술을 파고들었지만 난 지그시 물어 선을 그었다. 물고 물리는 그 작은 행위에도 우리의 몸과 마음은 절절 끓어올랐다.

참으로 어처구니가 없는 우리다.

하영우, 아니 어쩌면 이제이 당신과 나란 여자는.

하 배우의 배려로 난 비즈니스 석에 앉았다. 주위는 아무도 없었다. 하늘 위 미스코리아라는 스튜어디스 빼고는.

이륙 전 중국에 있는 하 실장과 통화를 마치고 핸드폰 전원을 꺼 핸드백에 넣으려다 수첩에 끼워두었던, 어젯밤 하 배우가 용돈이라고 준 하얀 편지 봉투를 집어 들었다.

하 배우는 극구 중국에 가서 보라며 봉투 개봉을 저지했었다.

“이 오빠가 주는 선물이니까 중국 가서 봐. 엄청난 금액에 너무 감동하지는 말고.”

어제 섹스를 하거나 정을 토한 것도 아닌데 열기 가득한 얼굴을 하고선 편지를 손에 쥐어주던 하영우가 생각나 약간의 웃음이 났다. 그러면서 나도 하 배우와 다르지 않았으리라 짐작했다. 아니 더하면 더했겠지, 하영우로 인해 밀봉이 풀려버린 나란 여자는.

봉투를 꺼내 편지 봉투를 조심스레 떼어냈다. 봉투 안에는 미국 디즈니랜드에서 찍어낸 행운의 2달러짜리 한 장과 두 번 곱게 접은 편지지가 함께 있었다.

난생처음 받아보는 연애편지에 기대감은 상승됐다.

—수완이에게.

이렇게 손 편지를 쓰는 게 얼마만인지 모르겠어.

요즘 힐링을 위해서도 손 글씨 열풍이 분다고 하던데 정말 힐링이 되는 것 같네.

사실 나에겐 당신을 보고 안고 탐하는 것보다 더한 행복과 힐링이 없지만 이렇게 손 글씨로 편지를 쓰는 것도 의미가 있어. 당신으로 인해 난 참 많은 일들을 하는 것 같아. 당신이란 여자는 절대 모르겠지만.

새로 사업을 시작하는 당신에게 행운이 깃들길 바라며 행운의 2달러를 보내. 동시에 나의 마음도 함께 보내니 돌아와 답을 주길 바래.

지수완.

난 말이야, 당신의 이름이 참 좋아. 내 목소리로 당신의 이름을 부르는 것도 행복하고.

당신은 이런 내 맘을 모르겠지. 알 수가 없을 거야. 또 짐작도 못할 테고. 그러니 짐작하지 마. 상상하다 다쳐.

수완아……. 얼굴을 보고 이렇게 이름을 부를 수 있다는 게 얼마나 행복한 일인지 당신은 모를 거야.

지수완, 일 잘하고 조심해서 내 곁으로 돌아와 줘. 어디 가지 않고 이 자리에서 당신만을 기다리고 있을게. 돌아와서 당신의 마음을 나에게 줘.

내가 평소 좋아하는 글귀를 당신에게만 들려주고 싶어. 들어 봐.

'헤아릴 수 없는 넓은 공간과 셀 수 없이 긴 시간 속에서 지구라는 작은 행성과 찰나의 순간을 그대와 함께 보낼 수 있음은 나에겐 큰 기쁨이며 더 없는 행복이다.'

당신을 향해 늘 해바라기하는 하찮은 영화배우
하영우가.

난 어느 순간부터 터지려는 울음을 꾹꾹 눌렀다. 숨이 마구 거칠어지고 진폭이 제 멋대로 커지려는 걸 간신히 붙들어 참았다.

흐릿한 시선으로 한 자 한 자 읽어 내려가던 난, 죽어라 울음을 참으며 떨리는 손으로 가방에 다시 넣어두었던 수첩을 어렵게 꺼냈다. 머릿속에서는 연신 불이 번쩍이며 요란한 사이렌을 울려댔지만 기어이 확인을 해야 했다.

수첩의 가장 뒷면 빛바랜 노란색의 포스트 잇 석 장을 꺼내 편지와 나란히 놓고 대조했다. 그 와중에도 눈과 손은 여지없이 떨렸다. 마치 수전증을 앓고 있는 환자처럼 난 허둥대고 정신이 없었다. 그래도 끝까지 마지막 한 자까지 확인을 하고 또 했다. 착각일 수 있고 착오도, 오류의 가능성도 배제 하지 않기 위해 한 번 더 눈으로 훑었다.

일일이 다 확인을 하자 막고 있던 울음이 마침내 터져 버렸다. 여기가 어딘지도 생각지 못하고 난 울음을 토했다. 두 손으로 입을 꽉꽉 틀어막아도 이미 터져버린 울음과 설움은 통제 밖이었다. 난 오랜만에 아이처럼 떼를 쓰듯 울어버렸다.

통각으로 인해 온몸이 아프고 온 감각이 저릿저릿했다. 마치 소금을 뿌린 미꾸라지처럼 자리에서 진저리치며 슬픔과 아픔에 날 놓아버렸다. 진작부터 이륙을 알리는 소리에 쏠리고 들리는 몸과 마구 흔들리는 진동, 그 모든 소음과 소란을 잊은 채 난 울음과 하나가 되었다. 이 크고 넓은 비행기는 내 울림통 그 이상도 그 이하도 아니었다.

지난날 액세서리 박람회 참가한 난 이제이가 홍콩 바이어와 통역하는 중간중간 넌지시 주던 필체 좋은 쪽지를 차마 버리지 못하고 모두 모아두었다. 그 사람의 흔적이라곤 고작 이 노란 종이쪽지가 다였기에 버릴 수가 없었다. 절대, 버려지지가 않았다.

난 이제이의 얼굴, 표정, 미소, 몸에 반하듯 그의 정갈한 필체에 반했었다. 그 사람의 존재감만큼이나 이제이의 필체는 내게 강력했다.

짧은 메모 한 장에도 사랑은 무럭무럭 자란다고 했던가……. 내겐 부정할 수 없는 말이다.

내가, 미련한 내가 그랬다. 그 작은 쪽지 속 몇 글자 안 되는 자음과 모음이 그리도 아름답고 아름다워 어떤 시보다, 어느 사진보다 맘속 깊이 되새기며 음미했었다. 내 멋대로 향유했다.

그 사람의 필체는 어느 유명 시인의 시보다 더 날 홀리며 미혹시켰고, 내 안에서 죽비 같은 단비를 주기에 너무도 충분했다.

당신의, 당신만의 그 정갈하고 유려한 필체를,

이제이 당신의 흔적을,

난, 나는…….

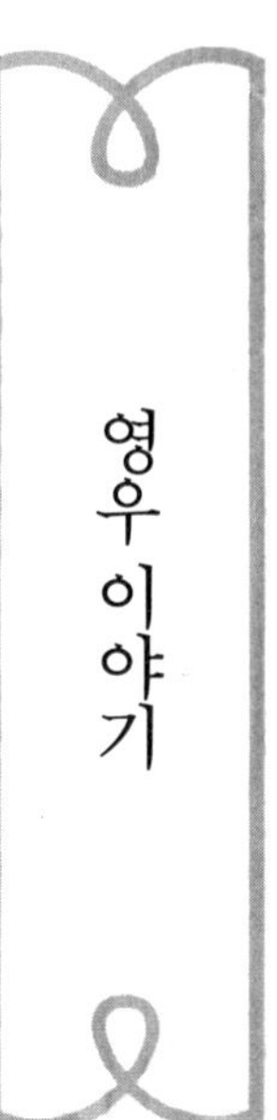

영우 이야기

7장

수완이 새로 런칭할 브랜드 오픈 행사로 인해 오늘 중국으로 떠났다.

중국 출장이란 소리에 생각만으로도 아득했던 몇 달 전이 생각났다. 지수완이 남자 주인공으로 이신을 지목해 추천했던 '사랑은 없다' 드라마를 내 계획대로 재고 재단하기 위해 연계된 인맥과 네트워킹을 이용하고, 지수완을 내 세계, 내 안으로 끌어들이기 위해 보냈던 그 미칠 듯 간절했던 시간들이.

그때도 수완은 3주란 시간 동안 중국 출장을 간 상태였다. 그 시간 동안 난 모든 걸 완벽하게, 최대한 자연스럽게 세팅해야 했다.

모든 걸 내 의지와 의도대로 이루기 위해 백재랑 치열하고도 치졸하게 싸웠던 기억이 난다. 늘 상반되고 상이한 성격으로 투닥거리기는 했어도 그 정도로 서로 반목하며 상처준 일은 여태 단 한 번도 없었다.

예의를 벗어나지 않는 선에서 '욕하다 욕망하다'의 시나리오 계약을 거부하고 반려한 지수완을 잡기 위한 극한 막장 몸부림으로 촬영장에서 고의로 사고를 내며 자해하듯 몸에 상처를 입었을 때, 놀란 백재는 모든 걸 내려놓고 포기했다.

사실 그때 6년을 알고 지낸 액션팀 팀장과 사전에 충분히 모의하고 부탁을 한 상태여서 크게 부상당할 일은 없었다. 그 일로 혼비백산한 백재와 여전히 냉혈 모드인 지수완은 몰랐지만.

그때 이신에게 들어왔던 시놉을 별생각 없이, 대본이 신기하게도 나란 인물과 비슷한 거 같다며 내게 보여준 일에 대해 백재는 지금까지도 제 가슴을 치며 후회한다.

백재는 두 번이나 날 살렸다.

한 번은 홍콩에서 수완에게 가려다 마약에 취한 삼합회 조직원의 차를 피하지 못했던 부주의한 나를, 산산이 부서지고 조각조각 찢어진 날 기적적으로 살렸다. 두 번째는 1년 전 영화 촬영 중 사고로 내 기억 표피 속 어딘가에서 살아 숨쉬며 기억되고 소생되길 바라던 또 다른 나를, '사랑은 없다' 시놉을 보여줌으로서 극적으로 살려냈다.

그때 줄거리와 함께 시놉 첫 장에 찍혔던 '지수완'이란 이름으로 난 그토록 찾고 싶었던 지난 시절의 모든 퍼즐조각들을 맞추고 재조립했다.

기억을 잃었던 10년이란 시간 중 미국에서 재활하던 4년을 제외하더라도 같은 하늘 아래 살면서도 난 6년이란 시간 동안 지수완을 모르고 살았다. 남녀가 사랑에 빠지는 일은 서로 다른 시간대가 동시다발적으로 분기하는 일과 비슷하다고 했는데, 어쩌면 우린 같은 시간, 같은 공간에 있으면서도 무심히, 아무렇지도 않게 스쳐 지나갔을 수도 있다. 특별한 인연으로 사랑에 빠졌던 우리가 서로를 몰라보다니. 이 얼마나 어이없고 가슴 치고 싶은 상황인지.

함께 있을 때도 늘 두 개의 내가 아우성을 쳐대더니 수완이 출장을 가자 나 모르게 큰 사고를 당하지 않을까하는 걱정과 수그러들지 않는 강박이 불안하게 했다. 늘 크고 작은 사고를 몰고 다니는 내 빌어먹을 불운이 혹여 수완에게 나쁜 영향을 주지는 않을까 우려됐다.

지수완이 없는 메마른 시간들을 잘 견딜 수 있을까…….

지금 내게 가장 큰 에너지는 누가 뭐라 해도 지수완이다. 그런 수완의 마음 길이 아직까지 미궁처럼 전혀 보이지 않는다.

수완이 이제이 이후 몸도 마음도 나 하영우가 처음이란 건 안다. 그 사실이 어느 날은 너무도 행복해 미칠 것만 같고, 또 어떤 날은 사정없이 내 목을 죄어오는 사슬이 되고 거친 톱날을 가진 칼이 됐다.

나로 인해 정신적 불구가 돼버린 수완의 견고한 마음은 고대문자처럼 해독하기 어려웠다. 지금으로서는 수완의 마음을 조금이라도 들여다봤으면 좋겠다. 지금 내게 오고 있는 건지 아니면 아직도 과거의 이제이에게서, 자신이 우롱당하고 희롱다한 후 무참히 버려졌다고 생각하는 악몽 속에서 한 치도 움직이지 않고 있는 건지.

내가 이제이라고 당당하게 말할 수 없는 상황에서 수완의 마음이 과거에만 머물고 있는 건, 그 대상이 또다른 나라해도 아무런 기쁨도, 희열도 느낄 수 없었다.

한 번 더 지수완의 심장에 남은 단 한 사람, 유일한 남자가 될 수 있을까. 그때처럼 날 뜨겁게 욕망하고 사랑해줄 수 있을까……. 이렇게 비틀리고 불안정한 내가, 지수완의 깊숙하고 조붓한 우물 안에서만 평온해지고 인간다워지는 내가, 어느새 내 안의 절대자가 돼버린 수완 없이 평정심을 유지할 수 있을까.

불안감은 저절로 하늘을 찾게 했다.

저 하늘 어딘가에 있을 수완은 지금쯤 편지를 읽었을까? 오래전, 수완은 내 글씨체가 정갈하니 섬세한 감정선이 느껴진다며 칭찬을 했었다. 심장이 감당할 수 없을 정도로 환하게 웃으며. 그때부터였다. 무언가 쓰고 좋은 글귀와 소설을 필사하는 고약하고도 고급스런 취미가 생긴 건.

그 시절의 난 당신의 한마디에 가슴이 무작스레 떨렸었어, 당신 그거 모르지……. 스물다섯, 빛보다 더 빛나고 볕보다 더 따뜻했던 당신을 내가 얼마나 원하고 열망했는지, 3일 밤낮 미친 듯이, 뭣도 모르는 동정이었으면서 미친놈처럼 안고 삼키면서 내가 얼마나 행복했는지, 내가 아닌 당신은 절대로 알 수가 없겠지…….

"뭐하냐?"

언제 왔는지 백재가 옆에 서 있었다.

"얼음총이 창문에 하트비트 스티커 사진을 붙여놓고 간 것도 아닐 테고."

수완을 비꼬는 말투로 백재는 유리창을 기웃거렸다.

"그런 거 필요 없어. 수완인 항상 여기 있으니까."

가슴에 손을 올리고 지그시 누르는 날 보며 백재는 한순간 벼락을 맞아 감전이 된 듯한 표정을 짓더니 결국엔 한숨을 쉬었다. 수완이 이름만 나오면 언젠가부터 백재는 기분이 오르락내리락하면서 항상 저런 경직되고 어이없는 얼빠진 표정이 되곤 했다.

이 험난하고 우악스런 세계에서도 늘 나름의 B급 유머와 사차원의 정신세계, 막강 정신력을 가진 백재가 유독 수완을 만나고 대면하는 일은 난이도 높은 미적분 문제를 대하듯 질색했다.

"너 아무래도 이름 또 바꿔야겠다. 이제이에서 하영우로 한 번 바꿨지? 이참에 한 번 더 바꿔라. 하영우에서 하진상. 아니면 어이없어 나오는 웃음, 하하하로."

"수완이 오면 물어볼게. 바꿔도 되는지."

내 솔직한 대응에 백재는 기막히다는 표정을 지었다.

"정말 뭔가 크게 잘못 된 거 아냐? 혹시 크고 작은 몇 번의 사고로 뇌가 벌써부터 쪼그라든 거 아닐까? 아니면 어떻게 인간이 이렇게 달라져! 돈 내고 줄 서서 '지킬 앤 하이드' 뮤지컬 볼 필요도 없겠어. 그 대표적 전형이 이렇게 눈앞에 있으니."

백재는 '정말 적응이 안 된다, 적응이' 라는 말을 반복했다.

1년 전 영화 촬영하다 다친 이후 10년 전 잃어버렸던 기억을 되찾긴 했지만 동시에 뭔가 크게 잘못된 게 아니냐며 백재는 늘 불안해하며 지금의 내 평온하고 착하기 그지없는 순한 양의 상태를 의심했다.

사실 지금의 성격은 10년 전인 스물일곱의 모습으로 지수완을 만날 때와 많이 다르지 않지만, 그때의 사고 후 거듭되는 수술과 오랜 재활의 시간을 거치며 익숙한 절망과 결코 익숙해지지 않는 고통, 해석 불가한 난해한 꿈으로 인해 사고 이전보다 많이 뒤틀리고 변형됐었다. 가혹한 외과 수술과 잃은 시력을 찾기 위해 거듭되는 시술, 그 모든 이유로 재활은 보통 사람의 멘탈은 물론 성격과 인성을 파탄내기 충분했다.

배우란 직업의 특수성으로 인해 다소 포장은 했지만, 그 이상 성격으로 살다 또 한 번의 사고로 과거 수완을 만나고 사랑했던 순수한 시절로 되돌아간 듯한 급격하고 현저한 성격 변화에 백재는 걱정하며 당혹스러워 했다.

혹독한 고통과 절망의 시간들이 준 모난 성격으로 늘 필요 이상으로 사람을 선별해 사귀었고, 각이 잡혀 있다 못해 양날의 검처럼 위험하고 날카로웠다. 그랬던 내가 누군가의 각본대로 시놉을 읽고 캐스팅된 이후 수완을 만날수록 부드러워지고 조금씩 예전의 나로 변하고 있었다. 변화는 내 스스로도 자각할 정도였다. 그렇다고 성격 전부가, 10년간 고수했던 꼬이고 비틀어진 원형질 전부가 변화된 건 아니였다.

백재는 절대 모르겠지만 침대에서 수완을 필사하고 탐독하는 난, 뒤틀린 성격과 백재와는 또 다른 B급 성향이 나와 수완을 지독하게 괴롭히고 지나치게 독식한다는 걸 안다.

다시 재회하고 자신의 판단에 혼란스러워하는 수완을 알면서도 안았을 때, 그 순간, 그 감정을 어떤 단어, 어떤 말로 대신할 수가 있을까.

10년 전 그때처럼 똑같이 아파하는 수완을 보고 온몸으로 느끼면서도 외려 그 사실이 흥분제가 되고 최고의 최음제가 되어 갈급해진 욕망에 눈이 멀었었다. 미치게 원하고 좋아했던 지수완을 다시 만난 난, 스물일곱일 때보다 더 서툴고 쾌락이란 녀석에게 완패 당해 완전히 함몰상태였다. 그날부터 지금까지 수완은 이런 날 꿋꿋하고 호기롭게 받아주며 버티고는 있지만 버거워한다는 걸 잘 안다. 알지만 아직까지는 나조차도 이런 내 자신을 어쩔 수 없다.

수완을 보면 과거 우리가 놓친 안타까운 시간과 어쩔 수 없이 지워지고 퇴색돼 버린 우리들의 빛나던 한때, 그 잃어버린 심장과 감정으로 인해 늘 분노하게 되고 어린 아이처럼 보상받고 싶어 한다. 다른 누구도 아닌 나와 똑같이 피해자일 수밖에 없는 지수완에게.

이 상실감과 아픔을 같은 비중으로 느끼는 수완밖에는 이 말도 안 되는 아픔을 위로하고 이해해 줄 사람이 없다. 그런 이유로 늘 수완을 침대로 이끌었고, 지독하게 비감한 우리의 운명으로부터 수완을 어렵게 재탈환한 난 침대 위에서 아직까지 제대로 된 연인일 수 없었다. 이런 내게 질려 도망칠까 봐 나 스스로를 단속하면서도 수완을 품으면 안타까움과 쾌감에 성적 포식자가 돼 사도마조히즘의 전형이 되곤 한다.

"다녀왔습니다."

매신저가 도착했다. 나와 눈이 마주치자 도영은 곧바로 브리핑을 시작했다.

"공항에 도착해 들어가시는 것까지 확인했고, 중국에서 모든 스케줄과 상황을 보고할 사람도 무사히 비행기에 탑승했다고 연락받았습니다. 공항에 도착해 출국하실 때까지의 모습은 이미 핸드폰으로 전송했습니다. 지금 확인하시면 보실 수 있습니다.”

난 핸드폰을 꺼내 내내 기다리던 모습을 확인했다.

수완은 늘 그렇듯 아름다웠다. 내겐 더할 나위 없이 아름다운 사람이지만 백재의 표현대로 얼음총이란 말이 나올 정도로 냉랭하고 무감한 표정을 짓고 있었다. 아무리 다친 직원의 일이 있고 긴장감 가득한 런칭 행사 때문이라고는 하나, 오래전 내가 알고 좋아하며 한없이 욕망한 지수완은 결코 이런 표정을 짓는 사람이 아니었다.

외모와 달리 밝고 엉뚱해서 유머감각 가득한 성격만큼이나 눈웃음도 많고 개구쟁이처럼 시도 때도 없이 넘어지면서도 키득거리던 이였다. 일을 할 때는 지독하다 싶을 정도로 끝까지 매달려 반드시 성과를 내고, 종국에는 기대했던 오더와 성취감을 느끼고서야 만족하는 고질적인 승부사였다. 그러니 지금의 수빈실업, 지수완 대표가 있겠지만.

얼굴은 겨울, 성격과 투지는 여름. 비유하자면 지수완은 그랬다. 전혀 생김새와 성격이 매치가 되지 않는 그런 이질적인 부류, 지수완.

“그 사람도 너만큼이나 참 이중적이다.”

무슨 소린가 해서 반쯤 얼굴을 가리고 신문을 보고 있는 백재에게 시선을 돌렸다.

“사진으로만 보면 그런 그림이 없겠지. 뭐, 그 사진보다 하나둘 손대고 고친 우리 소속사 연예인들 보면 다 오징어로 보이겠지. 하지만!”

보던 신문을 요란하게 한 번 접은 백재는 웅변을 하듯 톤을 높

여서는,

"벗트! 중요한 건 외모가 아니라 성격이야. 네 여친 신랄한 성격, 너 아직 다 모르지? 네가 그 눈, 검은 레이저를 쏘아대는 그 시린 눈을 봤어야 하는데. 바로 앞에 앉아서 꿰뚫어보듯 지그시 관찰하면서도 조용조용하게 내뱉는 비난과 조소하는 듯한 말들! 짧고 굵게 일갈하는데……."

백재는 한순간 숨을 멈췄다. 마치 심정지가 온 사람처럼.

"난 지수완 무섭다. 겁나고. 네 설명이랑은 전혀 달라. 달라도 너무 다른 거지."

수완과의 일대일 만남 이후 백재는 상처 받은 얼굴로 그날의 상황을 몇 번이나 되새김은 물론 자동 리플레이 했다. 생각지도 못했던 이신과의 스캔들로 인해 수완을 직접 만난 날, 백재는 제 천성이자 트레이드인 참을 수 없이 가벼운 성격을 속이고 에미상에 버금가는 메소드 연기하느라 스트레스로 머리가 한 움큼 빠졌다고 며칠 동안 소동을 피웠다. 지금도 그때 빠진 머리를 아기 엉덩이 매만지듯 애지중지한다.

이미 몇 번의 경험으로 충분히 알고 있는 난 백재의 비유에 웃음이 났다. 한편으론 씁쓸하기도 했다.

예전의 지수완, 홍콩에서 만난 수완은 절대 그런 사람이 아니었다. 무언가 넘치는 많은 것들을 보면 감동으로 가슴이 출렁여 곁의 사람에게 꼭 전하고 말해주려 애쓰는 다감하고 친절한 사람이었다. 혼자 간직해도 좋을 모습도 되도록 같이, 모두가 즐기길 바라는 그런 푸근한 사람. 내가 마음에 품었던 지수완은 그랬다.

"뭐, 그런 변화가 전혀 이해 안 가는 것도 아니지만……. 한마디로 불가근불가원이야, 네 무시무시한 연인은."

묘한 말을 내뱉던 백재는 순간 허공을 보며 한숨을 쉬었다.

"나중에 이 모든 일들을 그 얼음총이 알게 됐을 때……."

무슨 영상을 상상했는지 이번에는 허공을 향해 강하게 고개를 저었다.

"난 미국 너희 집으로 장기 휴가 갈 거니까 그렇게 알고 있어. 그러니까 도영아, 너무 그렇게 영우 일만 봐주지 말고 회사 일 좀 착실히 배워, 응? 실질적인 사장은 영우지만 지금은 내가 회사 대표라는 것도 절대 잊지 말고."

백재 특유의 칭얼거림에도 도영은 어떠한 표정 변화도, 백재가 원하는 리액션도 없었다.

"야! 배도영! 너 나랑 사촌이거든. 네 엄마가 내 고모야, 고모. 영우는 피 한 방울 안 섞인 남이고! 그러니까 핏줄을 먼저 챙기란 말이지, 내 말은."

도영은 여전히 묵묵부답으로 시선을 내게로 돌렸다.

"야! 백도야지!"

"병원에 계신 그분은……."

도영이 말하기 꺼려하는 사람은 강우빈이었다. 누군가에게 주눅이 잘 들지 않는 도영도 강우빈은 경계했다. 강우빈은 그 정도로 묘한 부분이 있었다. 내가 느끼는 부분을 민감한 도영도 감지했는지 좀처럼 타인에게 영향을 받지 않는 도영이 젠틀하고 점잖은 강우빈은 어려워했다.

내가 맘속으로 강우빈을 스캔하고 모니터하는 동안 마치 큰 불이 난 것처럼 동시에 터진 전화로 백재와 도영은 서둘러 회사로

복귀했다.

비로소 홀로 남은 난 열흘 전 찾아왔던 강우빈 그 남자를 떠올렸다.

호텔에서 생일을 기념해 만났을 때와는 전혀 다른 분위기였다. 만나자고 먼저 연락을 해온 강우빈은 특정 호텔의 프라이빗 룸을 언급했다.

나보다도 먼저 도착해 있던 강우빈은 내가 의자에 앉은 이후 줄곧 날 응시하며 말을 아꼈다. 나 역시 그런 강우빈을 응시할 뿐 먼저 말을 하지는 않았다. 섣불리 말을 하기엔 강우빈의 표정이 무겁고 무척이나 진중했다.

"수완이……."

저 남자의 입에서 나오는 수완의 이름은 이상할 만큼 듣기가 싫었다. 아직까지도.

"만약 수완이가 이제이에 대해 알게 되면 그때는 어떻게 할 겁니까? 하영우 씨."

담담하면서도 기습적인 질문에 난 순간 멍하고 당황스러웠지만 이미 알아본 바대로 만만하게 볼 인물이 아니란 걸 알기에 최대한 동요 없이 답했다.

"……지금과 똑같습니다."

"무슨 말입니까?"

"사랑할 거고, 수단 방법 가리지 않고 곁에 둘 겁니다."

이 정도 답변은 어렵지 않게 예상했는지 강우빈은 날 지그시 쳐다보다 약간의 텀을 두고 입을 뗐다.

"말을 할 생각은 없는 겁니까? 그냥 그렇게 당신의 시나리오처럼 수완이에게는 끝까지 알리지 않은 채, 하영우란 인물로 다가갈 생각입니까?"

"네."

"왜 그래야 합니까? 그러다 나중에 알게 되었을 때 수완이가 받을 충격은 생각하지 않습니까? 이제이 씨는."

가족과 백재를 제외하고 이제이란 이름으로 불리는 건 무척이나 오랜만이었다.

신기하게도 아주 오래전 수완이 침대 위에서 날, 내 이름을 애타게 부르던 그때가 생각났다. 서로가 처음이라는 그런 이유로 지독하게 뜨거웠던 사랑을 하면서 정신이 혼몽한 수완이 이제이란 이름을 다급하고 간절하게 불러주었을 때의 그 지독한 떨림이…….

단지 생각만으로도 몸은 너무도 자연스럽게 수완을, 제 둥지를 찾았다. 이젠 어느 정도 강박적인 불안감에 익숙해졌으면서도, 그 예민한 감정을 수완에게 풀며 털어내려 더욱더 치받고 혹사시키는 날 품어주고 잠재워줄 지수완, 그녀의 뜨거운 몸. 지독하게 비좁고 타이트한 나의 집, 내 안식처. 이런 상황에서도 이런 생각을 하며 반응하는 몸이라니.

난 그런 지수완이 이 세상에서 유일하게 믿고 의지하는, 그래서 그 존재와 이름만으로도 날 자극하고 종국엔 질투란 감정까지 촉발시키는 강우빈을 봤다.

"친구인 강우빈 씨가 보는 지수완은 어떤 사람입니까?"

내 갑작스런 질문에 강우빈은 무슨 의미냐는 눈빛을 지어보였다.

"지금 내 존재를 밝히면 수완인 혼란스러움을 넘어 그간의 모든 기억과 아픔을 다시 또 복기하게 될 테고, 그럴 이유도 없는데 제가 당한 일에 대해서 일정 부분 책임을 느낄 사람입니다, 수완이는. 전 그 부분이 가장 걱정되고 우려되기에 할 수만 있다면 말하고 싶지 않습니다. 내가 누구인지, 또 어떤 사고를 당하고 어떤 시간들을 견뎌 지금 이 자리에 서 있는지."

"하지만……."

"굳이 두 사람 다 사고의 기억을 공유할 필요는 없다고 생각합니다."

"하지만 그 부분은 엄연히 수완이 몫이기도 해요. 수완이가 감당할 부분이고."

틀린 말은 아니다. 그렇다 해도 난 말할 생각이 없다.

"저는 사랑하는 사이라면 어떤 일이든 간에 혼자 감수하고 해결하는 건 옳지 않다고 생각해요. 사랑은 혼자가 아니라 둘이서 하는 거니까요, 마음을 나누는 두 사람이."

전설적인 투자금융 전문가란 이력도 그렇고, 이성적이면서도 합리적인 현실주의자라고 적힌 문구들을 임팩트 있게 본 것 같은데 일대일로 대면한 강우빈은 보고서와는 달랐다.

"강우빈 씨 생각이 틀렸다고는 생각하지 않습니다."

"……."

"하지만 전, 수완이가 더는 지난 일들 때문에 아파하지 않았으면 합니다. 잘 아시다시피 그동안 충분히 아팠고 상처 입은 사람입니다. 다 알면서 제 마음 편하자고, 거짓말하기 싫다고 그 아픔

고스란히 꺼내서 복기하고 확인시키는 일, 하고 싶지 않아요."

절대로 하고 싶지가 않다. 할 수만 있다면 이제이란 인물을 수완의 기억에서 완전히 지우고, 하영우란 인물로 새로운, 아픈 기억 하나도 없는 사랑을 하고 싶다. 욕심이겠지만 가능하다면 그렇게 만들고 싶었다.

"살면서 끝까지 말하지 않을 수도 있고, 만약 하게 된다 해도 그런 상황이 오면 그때 가서 할 겁니다. 지금 강우빈 씨가 알게 됐다고 해서 서둘러 말하거나 적당한 기회 타진하다 할 생각 없습니다. 애초 생각대로 갈 겁니다, 이제이가 아닌 하영우로. 지금의 내 모습으로 날 사랑하게 만들고, 그러기 위해서 최선을 다할 겁니다."

마치 강우빈이 아닌 내 자신에게 하는 말 같았다. 강우빈의 말이 틀리지 않았다는 걸 알기에 이렇게 이기적인 나를 단속하는 건지도 모르겠다.

"그렇게 수완이를 염려하고 걱정한다면서, 괴롭힐 것 뻔히 알면서 '욕하다 욕망하다' 시놉이란 카드는 왜 사용한 겁니까?"

고민하지 않았던 건 아니다. 수완에게 우리들의 이야기를 빗댄 '욕하다 욕망하다' 시놉을 주기까지 많은 고민을 했었다. 그랬지만 결론적으로 그때의 판단은 맞았다. 주위에 지금의 성공만큼 높은 옹벽을 쌓은 수완에게 자연스레 접근하고, 수완의 생각을 읽어내 대화하며 조금씩 알아가는 길은 그 방법이 가장 합당했다.

"수완이랑 자연스럽게 시작을 해야 했어요. 드라마로 인연을 맺었다 해도 단발성으로 끝날 수 있기에 어떤 매개체로 장기적으로 이어져 수완이를 알아가고 관찰해야 했으니까요. 다시 내 사람으로 만들기 위해서."

이해할 수 없다는 표정을 하면서도 내 솔직한 변명에 강우빈은 충분히 날카로울 또 다른 질문을 삭이는 듯 보였다.

그러다 조금의 텀을 두고 전혀 다른 말을 꺼냈다.

"지금은 상상도 못하겠지만 두 사람 지금처럼 계속 만나다보면 저절로 알게 될 거예요. 수완이 지난 시간들을 그냥 일만하면서 보낸 거 아니에요. 말씀하신 것처럼 이제이란 사람에 대해 끊임없이 생각하고 자신에 대해서도 곱씹을 대로 곱씹던 고집스런 아이예요. 이런 말까지 하는 게 맞는지 모르겠지만……."

강우빈은 말에 앞서 긴 한숨을 쉬었다.

"여름이면 수완이는 어김없이 지독한 감기를 앓아요. 마치 당장에라도 죽을 것처럼요. 그만큼 당신과의 지난 시간과 추억에 사로잡혀, 그냥은 아플 수도 없어 감기란 핑계를 대서라도 한 번은 반드시 아프고 지나가요. 그렇게, 그런 방법이라도 빌어 한 움큼씩 털어낼 정도로."

"……."

"그 정도로 내면까지 잠식당한 아이가 언제까지 모를 거라 생각합니까?"

당신 그렇게 많이 아팠구나……. 어떡할까? 내가 어떡해야 하니, 지수완.

이 순간, 그저 막연하게 상상하고 예상했던 일을 곁에서 함께한 이에게 들으니 마음은 바로 눈앞에서 저격수에게 찔리고 난도질 당하는 것 같았다.

미끄럼틀 같은 운명의 내리막길에 왜 수완이까지 함께 밀리고

들이받혀서는, 아니 그 누구도 아닌 내가 끌어들이고 최고 속도로 들이박은 것이다. 누구보다 아름답게 빛나던 그 사람을. 내 여자, 지수완을.

"당신 잘못 아니란 거 압니다."

"제 잘못입니다. 저 혼자만 안고 갈 불운 때문에 내 사람이 아팠으니까요."

운명도, 불운의 탓도 아닌 내 잘못. 아쉽더라도 못내 아쉬운 인연으로만 생각하고 다음을 기약하며 흘려보냈어야 하는 지수완을 미치게 원하고 탐닉하고 탐식한 죄.

"수완이 스스로 자연스럽게 알게 되기를 바라는 겁니까?"

질문을 던지는 강우빈의 목소리는 눈빛만큼이나 가라앉고 잦아들어 전반적으로 날 향한 저격의 화살이 처음보다 무뎌진 듯했다. 보고서 내용처럼 이성적이면서도 기본적으로 배려와 사랑이 많은 사람이란 것에 동감했다.

"잘 모르겠습니다. 제 자신이 무엇을 원하고 바라는지. 전 수완이가 조금이라도 덜 아프길 바랄 뿐입니다. 또한 그날을 손꼽아 기다리기보다는 그전에 수완이 마음이 제게 와 닿도록 최선을 다할 생각입니다."

눈빛으로 위로는 하면서도 좀처럼 생각과 의지를 굽히지 않는 내게 어떤 벽을 느끼는지 강우빈은 더 이상의 질문은 하지 않았다.

강우빈이 말한 모든 것들은 내 자신도 수없이, 수백 번도 더 생각했다. 차라리 속 시원하게 털어놓고 다시 새롭게 시작하자고.

하지만 오랜 시간 고통과 통각의 시간을 보낸 난, 상처 입은 사람의 감정이 부서진 상자를 고치고 끊어진 테이프를 이어 붙이듯 단순하고 간단하지 않는다는 걸 잘 안다. 의도한대로 되지 않을 수도 있고, 부작용과 상처가 예상보다 클 수도 있다. 결국 어느 편으로든 쉽지가 않단 얘기다.

강우빈 말대로 수완이 알게 된다면 그건 어쩔 수 없지만 먼저 털어놓지는 않을 생각이다. 수완은 '욕하다 욕망하다'의 시놉 속 솔직하지 못한 남자 주인공을 비난하며 계획적인 접근과 행동에 대해 힐난했지만 그렇다 해도 난 내 방식대로, 이대로 진행할 생각이다.

지금도 난 사고에서 자유롭지 못하다. 기다릴 수완을 생각하며 질주하는 차와 부딪히는 그 순간의 나를, 10년이 지난 지금도 선명하게 기억한다. 여전히 털어내지 못한 안전에 대한 강박증, 불안장애가 내 머릿속 어딘가에서 야금야금 증식하고 있다. 지금은 약물치료와 인지행동치료를 받지 않지만 그때의 사고로 재활치료와 함께 강박증 치료를 무척이나 오랫동안 받았다.

어쩌면 내가 완치되지 못했기에 수완에게 말하는 걸 정도 이상으로 걱정하고 우려하는지도 모른다. 하지만 이게 지금의 내 상태다. 일반적인 방식이 아닌 고집스럽게 나만의 방식으로 가는 것에 대해 비난을 받을 수도 있지만, 모든 사람의 방식과 반응이 동일할 수는 없다. 그럴 필요도 없고.

상황에 따라 지금과 다른 생각을 할 수도 있겠지만 지금의 나에겐 지난 사고에 대해 고백하는 것보다 수완이 하영우를 매 순간 생각하고, 그녀의 마음이 온전히 내게로 향하는 게 더 중요했다. 이제이가 아닌 지금의 하영우에겐.

◈

이틀 넘게 연락이 없어 먼저 연락을 했다. 수완의 모든 보고는 실시간으로 받고 있지만 무엇보다 수완의 목소리가 듣고 싶었다. 지수완의 낮게 울리는 따듯한 음색과 호흡, 향기보다 지독하고 강렬한 숨결이 지금 이 순간 간절하게 필요했다. 더 솔직히는 지수완의 모든 지점과 세포, 온기와 손길이 필요했지만 지금은 어쩔 수 없다. 닿을 수 없는 거리기에.

꽤 긴 신호음 끝에 목소리가 들렸다. 피곤한 듯한 목소리가 마음에 걸렸다.

"목소리가 왜 그래? 무슨 일 있는 거야?"

[아니요, 내일이 오픈이라 긴장되면서 한편으론 내일이면 끝이구나 하는 마음에 긴장이 풀려서 그래요.]

"준비는 다 했고?"

[한다고 했는데 뭔가 놓치고 있는 건 아닌가 싶어요.]

말처럼 수완의 음색은 불안하고 불안정한 듯했다. 완전하지는 않지만 수완의 감정선이 얼마 정도는 느껴지고 전해졌다.

"잘될 거니까 걱정하지 마."

[고마워요. 응원해 줘서.]

"정 불안하면 내가 갈까? 소속사 사람들이랑 중국에 쇼핑 온 것처럼 하면서 잠깐이라도 보면 되잖아."

정말 그렇게라도 수완을 보고 싶었다. 그래야 이 불안감에서 벗어날 것 같았다.

강우빈을 만난 이후 아닌 척, 모른 척하고 있지만 설명할 수 없는 불안감은 내내 주위를 서성이며 굳건히 버티고 있었다. 형태도 향도 없는 불안과 공포란 녀석은 공기처럼 너무도 자연스레 스며들고 있었다.

[아니요, 하영우 씨 오면 더 불안할 것 같아요. 보는 눈이 있어 더 긴장될 것도 같고. 그러니까 당신은 거기 당신 자리에 있어요.]

내 자리는 여기가 아니야. 당신 옆자리지, 지수완.

"당신은 느긋해서 좋겠……."

[미…… 안해요. 하 실장이 자리를 비워서 지금 중국 직원들이 요란한 중국말로 손짓 발짓하고 난리예요. 끊어야겠어요.]

"알았어, 런칭 행사 잘하고 조심해서 되도록 빨리 와."

[…….]

"왜 대답이 없어?"

[……알았어요.]

마지막 톤이 묘하게 심중에 울리고 걸려 입을 달싹이는데 전화가 끊어졌다.

다시 걸어 확인하고 싶었지만 그러지는 못했다. 수완의 시간과 공간에 마음대로 발을 들일 수는 없다. 지난 시간 수완이 일에 얼마나 전념하고 집착하듯 매달렸는지 보고서로 인해 누구보다 잘 알기에 섣불리 침범하거나 욕심낼 수는 없었다.

'사랑은 없다' 시놉과 맘속 깊이 각인되었던 지수완의 이름으로 10년 전 수완과 보냈던 시간들을 완전히, 전부 다 찾았을 때 처음 든 감정은 죄책감이었다. 지난 시절, 수완은 뜨거운 패기로 무장하면서도 순정하고 순수한 사람이었다. 그런 사람이 생애 처음으로 믿었던 감정과 상대에게 우롱 당했다는 모멸감과 함께 지독하게 아팠을 것을 생각하니 가슴은 사고 때보다 더 갈가리 찢어지는 것 같았다.

그때 출장으로 빡빡하게 일정이 잡혀 있던 수완은 생각지도 못한 나와의 정사에 사로잡혀 애초 일정보다 3일을 지체한 뒤 스위스로 가려고 했다. 그때 난 일정에 쫓기는 수완을 붙잡아 함께 가자고 약속했었다. 부모님의 병환으로 서울에 갔던 백제가 돌아왔을 때 갑자기 잡은 스위스 일정만 말하고 뒤돌아서 가는 내게 그런 어이없는 사고가 날줄은 나도, 수완도 몰랐다. 보편적 사고가 개별적 사고를 설명하거나 위로하지 못하는 것처럼, 나에게 닥친 불운은 도저히 수긍하고 납득할 수 없었다.

그때 약속 장소에서 기다리던 수완이 행사 주최 측에 날 찾았다한들 찾지 못했을 거다. 그 당시 난 백제에게 알바를 부탁한 중국인 룸메이트와 그 알바를 대신해 줄 백재의 대타로 나간 복잡한 상황이었다.

그토록 어이없는 사고만 당하지 않았더라면, 아니 조금만 더 조심하고 서두르지 않았더라면, 그 마약에 찌든 삼합회 행동 대장이 운전을 제대로 했더라면 수완이와 난 지금 어떤 모습, 어떤 관계일지 궁금했다. 어쩌면 웃음 많았던 지수완을 꼭 빼닮은 아이가 있을 수도. 그런 생각만 하면 하루에도 몇 번이나 가슴이 터질 듯이 울린다.

기억을 찾고 시놉 속 주인공이 수완과 나란 걸 아렴풋이 짐작하고 확신했을 때, 한동안 생각과 사고는 정물처럼 정체돼 아무것도 할 수가 없었다. 그러면서 후회했다. '조금만 빨리 수완에게 내 모든 상황을 얘기할 것을' 하고.

젊고 건강한 난, 우리에게 시간과 기회가 많은 줄 착각했었다. 한순간, 한꺼번에 인생의 모든 패를 잃어버리게 될 줄은 예상하지 못했다. 광장 시계탑 아래서 다시 만나 우리가 어떤 확률, 어느 경로로 이 소중한 인연을 갖게 됐는지 말해도 될 줄 알았다. 또한 비행기 안에서 충분히 나눌 수 있다고 믿었다.

스물일곱의 난 내게 닥칠 사고를 미리 예상하고 행동할 만큼 어른이 아니었고 조심스럽지도 못했다. 나이답게 열정과 정념에 빠져 수완에게 미치고 취한 상태일 뿐. 서로에게 취한 우린 그때 서로라는 대상과 그 대상이 주는 환희와 열락에 온 세포가 마취당하고 온 마음이 사로잡힌 채였다.

1년 전의 사고로 정신을 차리고 특별한 루트를 통해 지수완에 대해 은밀하고도 면밀히 알아보았을 때, 또 한 번 압박 같은 죄책감을 느껴야했다. 지난 10년, 지수완은 일과 한 몸이었다. 마치 자웅동체처럼. 그 같은 외모와 경제력을 가지고도 그 어떤 연애나 스캔들 없이 단순하고 단조로운 시간을 보냈다. 우리가 함께했던 그 기억의 편린들은 수완의 일상을 파편화해 삭막하게 만들었단 걸 짐작했다. 그런 짐작은 수완의 주변에 강우빈밖에 없다는 사실로 증명됐다. 동성애자 강우빈과 이성애자 지수완의 결합은 필요에 의한, 공생을 위한 눈속임이란 걸.

그때부터 치열하게 고민했다. 내가 과연 지수완을 위해, 우리의 잃어버린 시간들을 위해 무엇을 할 수 있을지. 그 상황에서 내 모든 사유의 방향과 행동의 지표는 다름 아닌 지수완이었다. 수완이란 존재는 내게 그 무엇보다 강력한 동력이 돼주었다.

심사숙고 끝에 내린 결론은 보통의, 일반적인 연애. 수완과 연애부터 시작하고 싶었다.

나 또한 오랜 재활과 뒤바뀐 운명과 얼굴, 완치되지 못한 강박증과 불안감으로 인해 누구와도 제대로 된 만남을 꿈꿀 수 없었다. 동시에 내가 수완에게 느끼는 감정이 단지 겹겹으로 더해진 죄책감이 아닌, 그때처럼 근원적인 사랑의 형태인지 조심스레 알아가며 정확히 확인하고 싶었다. 그때는 분명 확인이 필요 없는 감정이었지만, 10년이란 시간과 긴 동면을 지나 만나도 동일한 감정과 순정인지 만남과 대화를 통해 인연을 확인하고 싶었다.

문득 조력자인 김 감독을 움직여 처음 수완을 대면했을 때가 생각났다. 그전에 내 부탁과 제의로 끈질기게 홍콩행을 유도하던 김 감독과 내내 버티던 수완이 카페 유리의 성에서 만날 때, 난 밖에서 수완을 지켜봤다.

그때의 감정을 뭐라고 설명할 수 있을까……. 시력을 위해 강한 약물치료와 시술을 하면서 변색된 눈 색깔에 그나마 안도하던 마음. 아니면 지금의 너덜너덜한 사지가 아닌 상처 하나 없던 육신으로 되돌려진 느낌. 그것도 아니면 강박증이 있기 전의 건강하고 단단했던 내 모습을 되찾은 기분.

혼란스러우면서도 벅찼다. 그러다 심장이 빠근해 숨이 제대로 쉬어지지 않았다. 창 사이로 지수완을 확인하고 느꼈던 그때의 감정은 그렇게, 그만큼 복잡했다.

수완이 무슨 이유로 홍콩행을 거부하고 거절했는지는 알고 있다. 그녀의 모든 행적을 추적하면서 알게 된 사실 중 하나가 홍콩을 비켜가는 기묘한 행보였다. 짐작은 하고 있었다. 수완이 아픈 기억이 있는 그곳엔 가지 않으리란 사실을.

기대했던 홍콩행이 불발되고 힐튼 호텔에서 처음 만났을 땐, 전율했다. 그때의 소름과 동요는 지금도, 이 순간에도 잊을 수가 없다.

애틋하고 죄스런 마음은 말할 것도 없고 바로 눈앞에 있는 내가 그토록 좋아하던 동그란 짱구이마에 그림처럼 짙은 눈썹, 명민하면서도 석영처럼 빛나는 눈동자가 완벽하게 조화를 이룬 얼굴은, 오랫동안 내 안에서 서식하면서도 도통 수면 위로 드러내지 않던 순정과 성적 포식자의 실체를 요란하게 드러내고야 말았다. 순수한 연애, 보통의 만남을 통해 지난날의 감정을 확인하고, 잃어버리고 잊었던 열정을 되찾고자 했던 다짐은 참으로 보잘것없었다.

내 부탁을 단칼에 거절하던 도도한 지수완은 도전 의식까지 불질렀다. 분명 그날의 목적은 수완을 가까이서 보고자 하는 마음이었는데, 수완을 내 안에 각인시킨 순간 난 순정을 버리고 절대적 탐닉이란 단어를 새겼다.

오색찬란한 내 마음과 달리 차분한 가을빛으로 물들려 하는 마당의 잔디를 눈여겨보는데 익숙한 핸드폰 벨소리가 울렸다. 백재다.

“응.”

[저, 말이야. 저 말이지…….]

“뭔데 저 말이야를 연속으로 찾아?”

[아, 아무래도 네 닮은꼴 이신이 뭔 일을 벌인 것 같다.]

“무슨 말이야?”

[무슨 말이냐면 말이지, 회사 여자 신인 연기자 스캔들 때문에

안면 있는 기자를 한 명 수배했는데…… 이신 뒤에 누가, 아주 거물이 있는 것 같다는 생뚱한 말을 하네. 저번에 지수완 작가랑 터진 기사가 딴엔 의심스러워 비밀리에 캐봤더니 아무것도 안 나오더란다. 마치 일급 보안으로 묶인 듯하다나 뭐라나.]

그 스캔들이라면 우리도 알아봤던 사안이었다. 결국 흐지부지 끝이 나 잊어버리고 있었고.

[그래서 좀 더 캐보라고 하고 우리 쪽에도 이신에 대해 다시 싹 다 조사하라고 하긴 했는데…… 근데 말이지 이건 정말 만약의 만약인데, 이신이 네 스토리 전부 캐서 얼음총한테 아웃팅한 건 아니겠지?]

이신에게, 나에게 그 정도의 유감은 없다고 생각했다. 서로 직접적으로 자리를 하고 만나 인연을 쌓은 사이도, 상하관계도 아닌 우리가 무슨 감정의 골이 있다고.

"왜 그런 생각을 하는데? 나한테 얘기 안 한 거 있어?"

[아…… 아니, 안 했다기보다는 좀 압축하고 많이 축약해서 말하긴 했지. 그러니까…….]

백재의 목소리와 단어 선택이 왠지 심상치 않았다.

"뭐야? 네가 다 책임질 거 아니면 지금 말해."

[내가 뭘 다 책임져? 진짜 주인은 내가 아니고 넌데?]

"서류상 주인은 너야. 난 소속사 배우고."

[인간이 꼭 이럴 때만 주인 의식 타령이야! 얍삽하게.]

"그러니까 말하라고. 나한테 말하지 않은 게 뭔지. 그때 충분히 설명했다고 했잖아."

어떤 이유든 결국은 네임 밸류와 상품가치가 자신보다 높은 배우에게 배역을 빼긴 다는 건 상처가 될 수도 있다는 걸 알기에, 소속사 차원에서 이신에게 충분히 설명하라고 했었다. 슬럼프인 하영우가 왜 그 2부작 드라마를 해야 하는지, 하고 싶은지. 개인적인 이유가 아닌 대외적이고 공식적인 이유를.

[디테일하게는 아니고 대충, 대략적으로다가 설명했지. 그때는 내가 너 때문에 제정신이 아니었단 말이지. 생각해 봐! 특 A급 영화배우가 뜬금없이, 난데없이 드라마 2부작 하겠다고 하는데 내가 정상이었겠어? 네가 등신불처럼 네 몸 내던지면서 나중에 나한테 전후 사정 다 말해서 알았지.]

"그래서 이해시킨 거 아니란 거야?"

[야! 나도 이해를 못 하겠는데 내가 그 상황에 누굴 이해시켜? 하여튼 좀 기다려 봐. 이신이 네 뒷조사하고 일을 벌였으면 뭔가 나와도 나오겠지.]

"그렇다 해도 말이 돼? 배역 뒤집어졌다고 뒷조사를 한다는 게. 이 바닥에서 빈번한 일인데. 다른 이유 있는 거 아니야? 다른 말은 들은 거 없어?"

[없어. 한데! 그러네. 그럼 이신이 정말 지수완 작가 좋아하게 돼서 너한테 열 받은 건가? 기사 날 때마다 회사에서 잡아먹을 듯 타박 먹은 것도 빡치고? 아닌데, 네가 사귀는 사람이 지수완 작가인지 알 턱이 없잖아, 이신이.]

'수완이에게 마음이 기울었다'라. 나이 차이도 그렇고 두세 번의 만남으로 가능할까? 아니다. 뜨거운 시작에, 누군가를 마음에 두는 일에 시간과 노력은 그다지 필요치 않다. 그 사실은 누구보다 내가 잘 안다.

[하여간 추궁이든 취조든 나중에 뭔가 더 나오면 해. 난 더는 할 말 없으니까. 더 이상 책임 추궁할 거면 내 변호사 통해 말하고.]

“네 변호사 내 동생이잖아.”

[야! 네 동생이기 전에 내 변호사야! 난 혈육보다 인권이 먼저고.]

“도영이한테는 핏줄이 먼저라며?”

[이 자식이 정말! 너 이럴 때 보면 꼭 1년 전 너야. 인간이 비정해서는, 상대는 열 받는데 깐족거리기나 하고. 남은 속 답답해 죽겠고만 음흉해서는 감정 없이 콕콕 찌르고 툭툭 내뱉는 거. 아! 짜증나, 끊어!]

전화는 그렇게 끊겼다. 꼭 백재를 닮은 변덕스럽고 요란한 모습으로.

처음 이신이 회사 소속이 돼 스치듯 봤을 때가 생각났다. ‘오페라의 유령’ 팬텀처럼 나조차도 이질적인 가면을 쓰고 있는데, 오래전 나와 많이 닮은 듯한 얼굴의 이신은 낯설면서도 기묘한, 친근한 느낌이 들었지만 감정은 단순하지 못했다. 그런 이유로 이신을 마주하는 자리를 피하지는 않았지만 찾아들지도 않았다. 다행히 서로가 바쁘기에 마주할 일은 많지 않았다. 딱 그 정도였다. 과거의 날 기억하고 회상하게 만드는 인물. 그래서 가까이 하기 꺼려지는 배우.

수완이 ‘사랑은 없다’란 드라마의 남자 주인공으로 이신을 지정했단 말을 들었을 땐 묘한 질투도 났다. 분명 날 대신해 이신을 추천했다는 건 짐작했지만 마음은 복잡했다.

만약 겹겹으로 처진 장막처럼 숨기고 감추어진 내 이력에 대해 이신이 무언가 알게 됐다면 수완에게 어떤 말을 했을까…….

이번 중국으로 가기 전까지 수완에게서는 별다른 변화와 징후를 감지하지는 못했다. 순간 내가 캐치하지 못한 것인지, 아님 수완이 교묘히 잘 감춘 것인지 의문이 들기도 했지만 지금으로서는 무엇보다 수완이 내 곁으로 무사히, 하루라도 빨리 돌아보길 바랄 뿐이다.

이 불필요한 강박증과 불안이 다시 또 날 집어 심키기 전에 내 안, 내 세계로,

우리들의 뜨거운 침실로.

8장

수완이 돌아왔다. 곧장 신지혜가 있는 병원으로 갔지만.

병원에 들렀다 곧장 집으로 간다는 걸 간신히 어르고 달래 집에 왔다 가라고 했다.

일본으로 팬미팅 가기 전, 마지막으로 안았을 때가 생각났다. 그날 수완은 어느 날보다 격렬하게 자신을 태우며 비웠다. 항상 더없이 날 만족시키고 스스로도 꼭 그만큼을 채우고 가져야 만족하던 수완이 그날은 자신만을 위해 즐기는 개인적인 행위인 것처럼 내 남성을 조이고 또 조이며 조련시켰다. 그런 이유로 나는 차 안에서 이성을 완전히 놓아버렸다. 지수완의 위험하고도 관능적인 도발에 제정신 아니었다. 모두가 차가운 외관에 속아 겨울의 모습을 한 지수완은 그날 뜨거운 화마 그 자체였다. 염치없는 난, 오늘도 여지없이 그날의 수완을 기대하며 기다린다.

병원으로 간다는 소식 이후, 두 시간 만에 수완을 애타게 만들었던 신지혜가 드디어 깨어났다는 연락을 받았다. 그 일로 병원에 더 있겠다는 수완의 말에 난 무작정 병원으로 향했다. 간다는 말은 하지 않았다. 어딘가에서 기다린다는 말도.

병원 정문 쪽 주차장에서 한 시간을 기다린 난 자정이 돼서 비실비실 휘청이며 나오는 수완을 낚아채 별장으로 향했다. 수완은 가는 동안 기절한 것처럼 잠을 잤다.

정문에서 잡아끌 때도 느낀 거지만 가기 전보다 말라 보였다. 일주일 사이 무슨 일이라도 있었는지 출국 전날 봤을 때와 달랐다. 런칭쇼 때문에 신경을 써서 그렇다고 해도 수척한 모습에 마음이 무거웠다. 혹시 이신에게 무슨 말을 듣거나 어떤 단서라도 얻은 건 아닌가 하는 우려와 짐작을 하게 했다.

잠든 수완을 침대에 눕히고 조심스레 옷을 벗겼다. 얼굴과 손발까지 정성스레 닦이고 수완을 마주 보며 누웠다. 이제야 날 위협하던 긴장과 불안이 조금씩 모습을 감추며 수면 아래로 사라지는 것 같았다. 완전한 소멸은 아닐지라도 이 순간은 의심 없이 평화로웠다.

지금의 불편한 얼굴을 있게 한 사고 이후 잠은 죽음과 다르지 않았다. 약에 취해 강제로 자지 않는 이상 잠을 자기 위해 그 어떤 노력도 하지 않았다. 잠을 자면 늘 같은, 낯선 곳을 헤매며 누군가를 찾고 기다리다 다시 길을 잃는 그런 악몽을 꾸기에, 잠을 청하지도 원하지도 않았었다. 그런 이유로 몸과 체력은 급격히 나빠지고 한동안 재활은 꿈도 꾸지 못했다.

생각해 보면 그 모든 원인이 곁에 누워 있는 이 사람에게 있었던 게 아닌가 싶다. 절대 손 놓으면 안 되는 사람을 잊고 잃어버려, 스스로를 그렇게도 가혹하게 혹사시키고 벌을 준 게 아닐까.

수완아, 날 용서할 수 있니? 절대 잊으면 안 되는 널 잊고 내 자신조차 잃어버려 우리들의 소중한 시간과 기억을 전부 소실해 버린 나를 넌 다시 사랑해 줄 수 있을까…….

차양처럼 긴 수완의 속눈썹을 조심스레 훑으며 맘속으로 묻고 또 물었다.

시간이 얼마나 지났는지 모르겠지만 오랜만에 잠다운 잠을 잔 것 같다.

아직 눈을 뜨지는 않았지만, 지금 이 순간 착각이 아니라면 누군가의 손끝이 내 감은 두 눈을 훑고 콧대를 지나 인중에 점을 찍더니 입술 라인을 따라 매끄러운 그림을 그리고 있었다. 피부 표면을 훑듯이 스치는 간지럽고도 선명한 손길이 좋아 눈을 뜨고 싶지 않았다. 조금 더 음미해주길 원하고 바랐다.

내 간절한 소망이 통한 듯 가는 손끝은 다시 이마로 가 눈썹을 지나가더니 잠시 숨을 돌리듯 그 자리에 머물렀다. 그사이 난 눈을 떴다. 내 가슴께 모로 누운 수완은 허공에 검지를 들고서 날 올려다보고 있었다.

"……언제 깼어?"

"방금 전."

수완은 눈도 깜박이지 않고 날 응시했다. 그 조용하고 은근한 응시가 조금씩 내 몸을 달구고 데웠다. 수완의 사심 없는 시선도 이젠 명백한 도발이자 자극이다. 그런 욕심과 욕망을 숨긴 난 무척이나 어른스럽게 말했다.

"더 자. 많이 피곤해 보여."

"그러고 싶은데 추워서 잘 수가 없어. 내 옷 어디 있어요?"

이제야 가슴께로 내려가 있는 수완의 의도가 읽혀졌다.

"뭐…… 뭐예요!"

난 단번에 수완의 몸을 끌어 올려 나와 똑같은 위치로, 동전의 앞뒷면처럼 내 몸에 단단히 밀착시켰다. 그러자 내내 숨을 죽이고 기회를 엿보고 있던 분신이 날을 세우고 제멋대로 엔진을 가동시켰다. 뜨겁고도 튼튼한 엔진은 아랫배에서 운신하는 척을 하면서도 집요할 정도로 수완의 배를 두드리며 자극했다.

"……더 자라면서요?"

내 명백한 도발에 수완은 무척이나 어이없는 표정을 하며 물었다.

"더 자. 내 위에서."

나에 비해 무척이나 가는 몸피를 들어 건장하고도 절박한 몸 위에 올렸다. 실크처럼 부드러운 살갗과 적당한 체온이 어떤 최음제보다 강하게 날 휘저었다. 고개를 조금 숙이니 내 가슴으로 인해 짓눌린 수완의 가슴이 시야에 아찔하게 들어왔다. 그 모습에 남성이 바로 즉각적으로 반응을 했다.

"……울퉁불퉁해서 떨어질 것 같아요."

나와는 다른 수완의 건조한 시선과 시니컬한 말투가 간신히 좌정하고 있는 남성을 성나고 성급하게 만들었다.

"떨어지지 않게 고정시켜 줄게."

난 너무도 쉽고 수월하게 수완의 나신을 들어 정확하게 내 분신

위에 꽂아 내렸다.

"아…… 흣!"

내 안의 또 다른 녀석은 꽤나 다급했는지 오차 없이 제 집을 찾았다. 열흘 넘게 쌓여서 기름지고 응축된 윤활유를 토해내는 뜨거운 남성으로 인해 수완과 난 단번에 서로에게 옹이 박혔다. 수완의 팍팍한 내벽 안에서 웅크리고 있던 분신은 제 둥지이자 뜨거운 안식처를 확인하자마자 길이와 부피를 욕심껏 키웠다.

"아…… 앗!"

초 단위로 몸체를 키워 세력을 확장하는 남성으로 인해 수완은 자잘한 비음을 토했다.

"이젠 절대 떨어지지 않을 거야."

본능처럼 서서히 조여오는 수완의 팽팽하고 조붓한, 기가 막힌 내벽으로 인해 나 또한 어쩔 수 없이 신음을 내뱉었다.

"수……… 완아."

머리와 함께 하반신 전부가 전율과 자극으로 저릿했다. 시작도 전에 불붙은 분신은 미세한 세포로 자가 분열을 할 것만 같았다. 이대로라면 거대 증식은 시간 문제였다. 근 열흘의 공백으로 몸은 그동안 쌓고 축적한 욕망의 성을 어서 풀고 싶어 발정을 하며 안달 했다.

이 순간은 그 어떤 불안과 강박을 느낄 수 없어 좋았다. 치달아 오르는 몸과 달리 정신은 고요하고 평화로웠다. 몸은 화형을 당하듯 뜨겁게 타오를지라도 마음은 잔잔한 호수 못지않았다.

서로에게 수갑을 채우듯 하나로 이어진 우린 서로를 바라봤다. 시선은 조용했지만 삼켜져 맞물린 하반신은 역사 속 어느 종교전쟁 못지않게 잔인하며 절박하고 치열했다.

수완은 모자란 잠을 허락하지 않은 일이 못내 아쉽고 미운지 미동조차 하지 않았다. 그로인해 시작은 절박하고 궁핍한, 공복감에 만신창이가 된 내가 했다.

난 엉덩이를 조이는 동시에 드높은 자존감의 남성을 키워 허리를 높이 쳐올렸다.

"으…… 응."

고집스런 수완은 신음을 삭히면서 반응을 아꼈다. 기대와는 다른 저자세와 반항기 어린 태도에 살짝 열이 올라 수완의 상체를 들어 올리면서 자연스레 따라 올라온 미끈한 다리를 양쪽으로 한껏 벌렸다. 비로소 완벽하게 내 위에 안착한 수완은 깊이 파고드는 남성을 저지하듯 내 가슴에 두 손을 짚고서 본능처럼 내밀한 조직의 내벽을 한껏 조였다. 그 한 번의 자극이 날 미치게, 미친 미저리로 만들었다.

"내가 시작하면 당신 다칠지도 몰라. 리드해 줘…… 당신이."

금방이라도 거친 허리 짓으로 난장 칠 것 같은 남성을 다스리며 수완에게 간곡히 부탁하고 애원했다. 그런 내 절절한 부탁을 수완은 거절했다.

그 순간 난 댄디하고 순정한 예의범절은 버렸다. 침대에서 일어나 앉은 난 수완의 다리를 더 크게 벌려 내게 못 박히게 만들면서 온몸으로 수완을 안아 조였다. 미세한 근육들은 금방이라도 피부를 뚫고 나올 듯 생생하게 살아나기 시작했다. 결박이 주는 아픔으로 인해 입술을 깨무는 수완은 자신의 내벽 또한 수축하며 날 코너로 몰았다. 난 이를 악물며 터져 나오려는 쾌감을 씹어 삼켰다.

"당…… 신이 자초한 거야."

그 어떤 반발과 반항도 허락하기 싫어 수완의 입술을 거칠게 빨아먹었다. 오랜만에 맛보는 입술은 미치도록 달았다. 달아서 자꾸만 빨고 끝없이 삼키게 됐다. 단단한 두 팔로 부드러운 나신을 옭아매 한껏 들어 올린 난 한순간 놓아버리는 극단적인 행동으로 내 간절한 애원을 거부한 지수완을 벌주기 시작했다.

"아…… 악!"

비명은 아무런 힘도, 제지도 되지 못했다. 이제 막 길고 짙은, 치열하고도 긴박한 전쟁을 시작한 난 좀 더 크게 남성을 키워 내 눈앞에서 바람 인형처럼, 방패연처럼 흔들리는 수완을 연신 가파르게 찍어 눌렀다. 아직은 쾌감보단 아픔으로 일그러지는 수완의 표정이, 금식하고 금욕한 날 전율하고 절박하게 만들었다.

시작과 함께 행위는 가속도가 붙었다. 가는 허리를 잡은 두 손에 내 모든 힘과 동력을 끌어모았다. 리듬감은 물론이고 강약을 무시한 의지는 나조차도 어쩌지 못할 만큼 수완의 깊고 깊은 곳을 갈망하며 허리를 빠르게 쳐올렸다.

거칠고 방만한 연타에 질겁한 듯 수완이 내벽에 날 위한 쾌락의 거미줄을 쳤다. 벌써부터 시뻘겋게 맞물린 채 쿨렁쿨렁 비명을 토하는 아찔한 조임과 질펀한 애액. 추적하듯 따라붙는 강도 높은 쾌감에 금방이라도 이성을 놓을 것 같았다.

매혹적인 흡혈귀처럼 수축하며 밀착해 달라붙듯 지수완 때문에 미칠 것 같았다. 내 타는 듯한 부름에 기꺼이 응답하고 유혹하듯 달려드는 수완이 미치게 좋아 나 또한 절박한 허리 짓으로 마음을, 욕망을 숨기지 않았다.

"아…… 앗!"

이대로, 이 모습으로 죽는다면 이 또한 나쁘지 않지 싶었다. 수완의 격렬한 조임과 끈적한 애액이 가득한 내벽은 더할 나위 없이 완벽했다. 쾌감에 잠식된 수완은 날카로운 비명과 교태스런 교성을 오가며 내 위에서 애처롭고 애욕 가득한 춤을 췄다. 그 모습이 내게는 나비처럼 보였다. 어딘가에 뿌리내린, 긴 시간을 지나고 관통해 마침내 봉우리를 피운 꽃 위에 살포시 앉아 꽃과 하나가 돼 양분을 빨면서도 또 다른 양분을 주고받는 상생의 관계.

결국 내 목을 감싼 수완은 버거운 쾌감에 울음을 터트렸다. 억눌림이 봇물처럼 터져버린 짜릿한 울음으로 그 어떤 것이 100% 충전된 난, 더욱 험하고 강력한 회전속도로 수완을, 나만의 좁다란 조각배를 좌초시키고 난파시키고 싶었다.

이대로 가다가는 순식간에 파정을 할 것 같아, 결코 빠져나오지 않으려 몸부림치는 남성을 간신히 빼고 의식이 불분명한 수완을 침대에 눕혔다. 메마른 신음을 삼키기 바빴던 내 입술은 연신 진액을 토하는 내벽의 분비선을 기민하게 파고들었다.

"으…… 흣!"

이 순간 난 인간이기 보다는 발정 난 수컷이었다. 발기한 남성을 대신해 빨대처럼 꽂힌 섬뜩한 입술은 좁다란 길을 연신 빨아들이며 흡착하기 바빴다. 집요한 혀 놀림과 빨림에 수완은 숨넘어가는 교성을 지르며 겁도 없이 내게서, 내 영역에서 벗어나려 했다. 그 같은 반항에 흡착은 더욱 잔인해지고 더 강력해져갔다.

"……그…… 만."

그 누구도 아닌 나만을 위해 샘솟는 따뜻하고 달큰한 애액에 취해 버린 난, 아무런 소리도 들을 수 없었다.

집요하게 샘을 파헤쳐 아직까지 끝이 보이지 않는 우물 바닥을 확인하고 싶었지만 화수분 같이 질퍽한 샘은 쉽사리 마르지 않았다. 이 역시 좋았다. 계속해서 파헤치고 파들어 갈 수 있단 사실에 난 마약에 취한 듯 흥분했다. 내 흥분이 수완에게는 가혹한 형벌이자 처벌일 수 있단 걸 알았지만 넘쳐흐르는 애액처럼 나란 짐승의 욕망은 멈출 수 없었다.

지수완은 서른한 가지 아이스크림보다 더 다양한 색과 맛을 갖고 있었다. 지금의 수완은 날 미치게 만드는 불길한 퍼플의 맛. 먹지 않을 수가, 핥지 않을 수가 없다.

"……우 씨, 제…… 발."

언젠가처럼 이름을 부르는 간곡한 호소에 난 비로소 이슬로 범벅이 된 입술을 떼고 사지를 떠는 수완의 몸 위로 재빨리 입성했다. 진입은 어렵지 않았다. 달큰한 애액의 매끄러운 인도로 인해 길은 여느 사행단의 길 못지않았다.

다른 누구도 아닌 나로 인해 무너지고 좌초되는 수완을 내 눈으로 확인하고 싶었다. 벌써부터 신열에 시달려 이성을 잃은 듯한 수완을 불렀다.

"지수완, 나 봐."

어지럽게 비상구를 찾아 헤매는 얼굴을 잡아 방황하는 시선을 간신히 잡아챘다. 열기와 물기 가득한 입술과 눈빛은 남성을 도발하는 최상품의 각성제로 손색이 없었다.

"지수완은 오직 나, 하영우만 담을 수 있는 거야."

아직까지도 열기와 어지러움, 뜨거움에 취한 수완은 답을 하지 못했다. 나 또한 치받는 쾌감에 긴 기다림은 불가해 몸끝을 세워 수완의 미약한 의식을 단번에 일깨웠다.

"아…… 악!"

단발이었지만 강력한 허리 짓에 수완이 기분 좋은 톤으로 앓는 소리를 했다. 그 모양이 마치 그루밍하는 고양이와도 같았다. 지 수완은 내게 이 세상 모든 걸 연상시키고 대입하게 만드는 신기한 재주가 있었다.

"나만 당신의 꽃집에 담을 수 있는 거야, 나 한 사람만."

대답을 유도하기 위해 밀착돼 맞붙은 사타구니를 흔들 듯 거칠게 비벼댔다.

"으…… 응……."

수완은 느린 고갯짓으로 간신히 답했다. 칭찬을 해주고 싶은 마음이 강하게 솟구침과 동시에 분신도 철탑 같은 승부욕에 고개를 곧게, 굵게 세웠다. 기다림에 마침표를 찍은 난 몸끝을 최대한 뒤로 물렸다 빠르고도 빠듯하게 파고들었다.

"아악!"

최대한 거리를 두고 이 세상 단 하나의 과녁에 정중앙으로 박혀 들었다. 한번 커진 진폭은 점점 더 크고 넓게 힘과 활력을 확인하고 싶어 했다.

늘 그렇듯 수완의 반격은 바로 이어졌다. 뒤쫓듯 바싹 조여오는, 결코 만만치 않은 지독한 쾌감에 모든 감각은 미칠 듯 난립했다. 나밖에 안 된다는 강압적인 질문과 나만을 품겠다는 아릿한 수긍이 지금까지와는 또 다른 세계로 우릴 이끌었다.

내 묵직한 탄식은 수완을, 수완의 아릿한 교성은 날 세상에 없는 낙원으로 안내했다. 난 쉼 없이 박고 빠지고, 수완은 숨도 쉬지 못한 채 삼키기 급급했다. 거친 호흡은 비음을 이끌고 높은 비명은 내 흥을, 욕망을 돋웠다.

머릿속은 격한 허리만큼이나 빠르게 최대치로 차올랐다. 차오름은 빠르게 비워지기도 했다. 비워지면 또다시 채워지고 반복은 조금씩 과부하를 유도하며 감각과 이성 모두 결코 바라지 않는 끝을 향해 내달렸다.

"아…… 흣!"

수완의 비명은 점점 안으로 사그라지며 아득하게 음소거 되어 갔다. 마지막 비상에 내 모든 의지와 욕망, 앞으로의 각오와 지나간 과거까지 쏟아 부었다. 모든 진기와 혈기가 좁다란 길을 따라 빠르게 도달하는 듯했다.

깊고도 은밀한 우물을 넘치듯 채우는 흥건한 파정은 지금까지의 길고 지난한 행위에 비해 미진하고 미비했다. 내 격조 높은 감정과 격앙되는 사랑에 비해 몸을 채우는 분신은 한없이 미약했다. 허나 시작은 미약하여도 끝은 창대하리란 말처럼 이 밤은 아직 시작. 글자의 형식을 빌리자면 초성에 불과하다. 장장 열흘을 기다리며 버터온 내게 이 순간은 그저 아이스크림 케이크 상자의 겉 리본만 푼 격이다. 난 아직 박스 안, 값비싼 아이스크림 케이크는 맛도 보지 못했다.

이 밤 무척이나 기대됐다. 아직까지 맛보지 못한 아이스크림의 맛이 몇 가지나 더 있을지.

지수완은 마지막 순간까지 어떤 맛과 색으로 승부를 걸지.

❖

어김없이 해가 떨어지듯 체력이 떨어지고 고갈된 수완을 집에 데려다주고, 차비 대신 타액으로 갈증을 채우고 돌아오니 밤 10시가 넘어 있었다.

거실엔 백재 혼자 맥주를 마시며 TV를 시청하고 있었다. 케이블 방송 프로그램 패널로 출연한 소속사 신인 연기자를 보는 백재의 눈은 예민해져 심상치 않았다. 그 같은 시선이 연기자의 어설픈 행동 때문인지 아니면 이신에 대해 알아 본 후 저절로 지어지는 표정인지는 알 수 없었다.

"네 집 두고 왜 남의 집에서 술판이야?"

"치사한 자식! 너 지 작가 만나기 전에는 우리 둘 항상 원 플러스 원으로 붙어 다녔거든? 사람들이 그랬잖아, 너랑 나 탑이랑 바텀 사이 아니냐고! 내가 그런 터무니없는 소리도 들으면서 절 지켜줬건만."

"그건 수완이 찾기 전이고. 수완이 집에 있으면 어쩌려고?"

"어휴, 저런 인간을 친구라고. 내가 두 번이나 살렸지, 너를."

가끔 저렇게 땅을 치며 우리의 지난 과거와 히스토리를 뱉어내는 백재의 표정과 행동들이 재미있어 난 부러 백재를 도발하고 시비를 걸곤 했다.

미국 부모님들 곁에서 도통 진척이 없는 지난한 재활을 할 때도 백재는 학교와 직장에 다녀오면 늘 온갖 정보와 유머로 내 침체된 기운과 기력을 충전시켜주곤 했다. 그러다 뜬금없이 연기자가 되고 싶다고 했을 때도 백제는 두말 않고 이 세상 모든 젊은이들의 꿈의 직장인 G사를 때려치우고 한국행을 택했다.

수완과 내가 서로를 잊고 살 때, 지수완에게 고매한 인격의 강우빈이 있었다면, 내겐 마이너의 세계관과 사차원의 인격을 고루 갖춘 백재가 있었다. 내 모든 삶의 지점과 고비에 백제가 함께 있어준 사실이 얼마나 고맙고 감사한지 모른다. 그러면서도 비틀리고 수시로 B급 성향이 출몰하는 난 고마운 마음을 한 번도 백재에게 표한 적이 없었다. 늘 이렇게 투닥거림을 즐길 뿐. 이런 모습이 남자와 여자의 다른 점인 듯했다.

"말은 바로 해. 네가 10년 만에 해우한 지 작가랑 고상하게 거실에서 깊고도 넓은 인문학을 나눌 놈이냐? 누가 보고 탐할까 싶어 암막 커튼 치고 하루 종일 흡혈귀처럼 빨아 삼키면서 침대 위에서 반토막 낼 놈이지. 네가 그동안 체력 안배를 좀 철저히 했어?"

"어느 동네 개자식 이야기야?"

내 대답에 백재는 콧방귀를 뀌며 비웃었다.

"그래, 네 은밀한 사생활 까발리기 싫다 이거지? 왜, 내가 얼음총 언급하는 것도 싫으냐? 닳을까 겁나?"

"응, 아까워."

"여자들이 애인 생기면 연락 두절한다고 하더니 그게 딱 내 이야기네. 전부 우리 이야기였어. 어떻게 인간이 그렇게 변하냐? 박제된 사군자처럼 지조와 절개를 지키더니 아주 이제 대놓고 풍유를 즐기는 천하절색 한량이네, 하영우."

돈 벌어 오는 소속사 배우를 씹을 수는 없어서인지 백재는 들고 있던 오징어를 질겅질겅 씹어댔다. 그 모습조차 야한 게 바로 백재다.

백재는 180㎝가 넘는 키에 무척이나 야릇하고 야한 외모를 하고도 연애를 하지 않았다. 나는 사고 후 파편화된 기억과 혼란으로 인해 지난 10년을 자아 찾기와 자아실현이란 분명한 타이틀로 버티며 살았지만, 백재는 완벽한 스트레이트면서도 이반처럼 이성과의 연애에 쉽사리 빠지지 못했다. 그 모든 이유는 한 가지로 압축되긴 했다.

G사에 다닐 때 미국에 입양된 한국계 여자와 만났다는 건 안다. 말하지 않아 무슨 이유로 헤어졌는지는 모르겠지만. 국내에 들어와 엔터테이너 사업을 하면서도 꽤 여러 번 A급 여배우들에게 진한 러브콜이 온 걸로 아는데 백재는 반응하지 않았다. 왠지 수절을 하며 그녀를 기다리는 건 아닌가 싶다.

"이신 말이야……."

말꼬리를 늘이는 게 이제야 진짜 하고 싶은 말을 꺼내려는 것 같았다.

"일찍 돌아가신 어머니를 대신해 할머니와 외삼촌 손에 자란 게 다인 줄 알았는데…… 스토리가 꽤나 복잡하네."

백재는 남은 맥주를 비우고서 TV소리를 줄이고 소파에 기대 앉았다.

"뻔하긴 한데, 그래도 그 뻔한 백그라운드가 어마어마하긴 해. 현진그룹 정 회장의 혼외 자식이란다, 이신."

현진그룹이라. 국내 랭킹 5위의 글로벌 기업의, 혼외지만 셋째 아들이라. 이제 하고 싶은 일만 하면서 조용히 살긴 어렵겠네.

"스캔들 이후 지 작가를 따로 만난 지는 모르겠는데, 너에 대해서 현진그룹 비서실 통해 알아보긴 했나 봐. 네 미국에서의 삶과 사고에 대해서."

의도는 정확히 알 수 없지만 나에 대해 알아본 건 확실하단 얘기다.

"뒤를 캤으니 너의 집안에 대해서도 다 알아봤을 거고. 그래서 알아보는 수준으로 끝냈을 수도 있어. 어쨌든 너희 집안은 백악관으로 통하니까. 사실 캐스팅 하나 어그러졌다고 널 표적으로 뒷조사한 것도 어메이징한데, 상관없는 지 작가한테 그런 디테일한 얘기를 했을까 싶어, 난."

"만나 물어보면 알겠지."

"만나게?"

"만나야지. 내일 이신 스케줄 확인하고 미팅 자리 만들어 줘."

난 대답을 아끼는 백재를 쳐다봤다. 백재의 미묘한 시선은 그의 복잡한 심경을 대신했다.

"확인해야지. 수완이한테 말했는지."

"그 이유가 말도 안 되게 아무것도 아니고 치졸하다 해도 만약 했다면? 그러면 어쩔 건데?"

"똑같이 해줘야겠지."

"……모르겠다, 난. 배역에 미련이 남아 순간적인 치기로 지 작가한테 말을 했다면 수습이 먼저여야 하지 않나 싶다. 말을 했다는 전제 하에 지금으로서 변수는 이신이 아니라 수완 씨야. 하영우가 이제이란 걸 알게 된 지수완."

한 시간 더 이신에 대해 정보를 쏟아낸 백재는 자고 가란 말에도 뒤도 보지 않고 갔다.

어쩌면 터무니없는 이유일 수도 있지만 백재는 사고 전의 내 얼굴을 한 이신에게 묘한 관심과 이해 불가한 배려 같은 게 있었다. 개인적이고도 내향적인 성격도 나쁘다고 하지 않았고, 사람을 가려 사귀는 것도 헤프지 않다며 긍정적으로 평가했다. 그렇다 해도 그건 백재의 사적인 판단이고 내 사람을 건드리는 사람이라면 그게 누구라도 봐줄 마음이 없다, 난.

특히 그 대상이 내게 조금씩 오고 있는 지수완에 대한 일이라면 더더욱.

이신과의 약속 전 수완에게 전화를 하니 병원에 들렀다 출근을 한다고 했다. 몸은 어떠냐는 질문엔 한동안 침묵했다.

침묵의 의미는 여러 가지겠지만 가장 큰 의미는 책망과 경멸, 미쳐 날뛰는 한 마리의 짐승의 포효를 직접 체험한 이로서의 분분한 분노, 이 정도로 해석됐다.

오늘 밤 우리 집에서 저녁을 먹자는 말엔 바로 응답했다. 무리라고. 중국 출장으로 일도 쌓여 있고 무엇보다 회복력이 좋은 신지혜를 돌보아야 한다며 그럴듯하고도 신빙성 있는 이유를 댔다. 그동안 강우빈이 전부 도맡아 그마저 병나게 생겼다며.

영화 시놉에 대한 것도 잊지 않고 챙겼다. 책임감이 남다른 지수완이다.

힘들 거란 걸 알면서도 저녁을 거론한 건 이신을 만난 후, 수완의 표정과 말투, 톤으로 무언가 확인하려는 의도였다.

만약 수완이 하영우가 이제이란 걸 알게 되었다면 지금처럼 마냥 행복하고 욕망 가득한 연애만 할 수 없다는 걸 안다. 나로 인해 수완이 받았던 상처가 부각될 테고, 시도 때도 없이 트라우마란 이름으로 출현할 수도 있다. 결론적으로 지금까지와는 전혀 다른 연애가 될 수도 있단 얘기다.

기억 속 이제이에게 상처 받고 아직까지 완전히 회복되지 않은 수완은 사제 폭탄처럼 불안정하고 위험하다. 그 모든 이유로 불안했다. 잊고 싶은 아픔과 상처를 수시로 복기하고 상기하게 만드는 하영우는 싫다며 떠날까 봐. 이제껏 속이고 자신을 기만한 하영우가 미워 떠날까 봐. 이제는 이런 사랑은 싫다며 전혀 새로운 사람을 만나고 싶다며 결국엔 떠날까 봐.

그동안의 만남과 밀착으로 10년 전 풋풋하고 생기 가득한 지수완보다 냉랭한 표정과 달리 불도가니처럼 뜨겁게 타오르는 지수완에게 완전히 중독되고 빠져버린 날, 기어이 싫다고 할까 봐 이 순간도 두려웠다.

이런 내 의식을 일깨워 준 건 백재의 전화였다.

"응."

[이신 매니저한테 연락 왔다. 지하 주차장에 내려줬다고.]

"그래."

[영우야?]

"응."

[혹시나 해서 하는 말인데 절대로 네 저렴했던 인격 고스란히 다 꺼내면 안 된다. 어떤 상황이 오더라도 흥분해서 인격파탄자로 되돌아가면 절대 안 돼, 알겠지? 너 그러다 이신이 그런 모습 보고 놀라서 지 작가한테 네 이상 성격 일러바치면 안 되잖아. 그

러니까…….]

"너 때문에 소시오패스 같은 성격 이미 수면 위로 올라왔어."

[야! 너 정말 이럴 거야? 상황 복잡하게 만들지 말고 아주 사알짝 떠보기만 하란 말이야. 사실 이신이 지 작가한테 그런 A급 비밀을 말 했겠어? 지한테 득 될 게 하나도 없는데? 그러니까 너도…….]

"끊어. 온 거 같다."

난 일방적으로 전화를 끊었다.

간발의 차이로 노크 소리와 함께 이신이 들어왔다. 난 이신의 인사를 받으며 앉으라고 권했다. 맞은편에 앉은 이신에게서는 그 어떤 긴장감도 느낄 수 없었다.

"바쁠 텐데 이렇게 시간 내줘서 고마워."

"아닙니다. 바쁜 일 없습니다. 지금 찍고 있는 영화도 비중이 작아서 여유 있습니다."

"상수동에 오픈한 가게는 잘 되고?"

"네, 아직까지는 좋습니다. 그사이 입소문이 퍼졌는지 브레이크 타임에도 손님들이 찾아올 정도니까요."

지난날의 나와 데칼코마니라고는 할 수 없지만 상당히 닮은 건 인정하지 않을 수 없다. 이렇게 근거리에서 일대일로 마주하니 회사에서 스치듯 볼 때와는 또 달랐다. 그러면서 그때의 내가, 스물일곱의 내가 이랬었나 하는 의문도 생겼다.

지수완, 당신은 어떤 마음으로 이신을 캐스팅했던 걸까……. 드라마 대본에서 읽히는 것처럼 그런 마음이었을까. 견딜 수 없이 아프고 네 안에 새겨진 나란 인간이 견딜 수 없이 미워서 네 인생에서 남김없이 털어내려고.

"선배님……."

이신의 기묘한 눈총과 가라앉은 톤이 의식을 깨웠다.

"오늘 만나자고 한 건, 내가 우연히 알게 된 사실이 맞는지, 또 맞다면 무슨 이유로 그런 건지 묻고 싶어서야."

"……."

"내 뒷조사를 했다고 하던데."

우회 없이 바로 물었다. 그래야 미화 없는 즉각적인 반응을 읽을 수 있기에.

"네."

"이유는?"

이신은 약간의 숨고르기를 한 후, 기다리는 내 눈을 피하지 않고 말했다.

"내내 영화만 고집하고 고수하시던 선배님이 갑작스레 2부작 단막극을 꼭 하시겠다고 해서 개인적으로 어떤 분인지 알고 싶었고, 저와 얼마나 다른지 확인하고 싶었습니다. 그리고 이건 요사이 알게 된 사실인데 제가 지수완 작가님을 좋아합니다."

'이신이 지수완을 좋아한다' 라. 내 사람을 욕심내는 것도 기막힌데 감히 그런 마음을 내게 말한다. 역시 무시 못 할 백그라운드가 쓸모가 있나 싶었다.

"지 작가님과 개인적인 친분을 쌓고 싶은데 선배님이 계셔서 어렵더군요."

무척이나 아쉬운 듯한 표정인 건 분명했다.

"지수완 작가님이……."

"나에 대해 어떤 사실을 얼마만큼 알아봤는지는 알아. 나도 너에 대해 그만큼은 알아봤으니까. 네가 그 일로 누구에게 뭘 얼마만큼 저당 잡혔는지도 알고. 근데 그럴 필요가 있었나 싶어. 막강해진 네 존재와 자리를 확인하고 싶어서 그런가 하고 생각은 해봤는데."

이신은 놀라지 않은 담담한 표정으로 듣기만 했다.

"그건 네 일이고 네 선택이니까 나와 무관하고. 내가 알고 싶은 건, 지수완에게 네가 알고 있는 사실을 말했냐는 거야. 당사자인 내가 입을 다물고 있는 상황에서 굳이 네가 그 사람한테 말을 했는지."

이 방에 들어와 처음으로 이신의 눈빛이 미세하게 흔들리며 흐려졌다. 그 작은 동요로 답은 듣지 않아도 알 수 있었다. 굳이 말을 할 일이 없다 판단해 뒷조사만 하면 그만이라 생각했었는데 아니었다.

"지수완에게 말한 특별한 이유가 있어? 혹시 내가 네 배역을 빼앗았다고 생각해서? 그럼 나에게 와 따지고 물었어야지, 지수완이 아니라."

"……."

"그러니까 말해 봐. 내가 이런 상황에서도 널 표적으로 삼지 않을, 말할 수밖에 없는 정당한 이유가 있냐고 묻는 거야."

확인하니 슬슬 기분이 나빠지면서 '네가 뭔데' 하고 어깃장도 놓고 싶었다. 그러면서도 옐로우 톤의 백재 얼굴이 깃발처럼 어른거려 말로 뱉지는 않았다.

이신은 잠시 숨을 고르는 듯하더니 내 눈을 똑바로 마주 봤다.

"작가님이 절 추천하고, 김 감독님과 미팅 후 캐스팅이 결정됐을 때, 개인적으론 무척이나 혼란스럽고 힘들 때였어요. 일적으로도 계속 일을 해야 하나 하는 의심과 제 능력에 대한 회의, 의문도 없지 않았고요."

누구나 거치는 과정이다. 인생의 성장통처럼 자신이 택한 직업과 그 세계에서 오는 정체기부터 시작해 익숙한 환멸까지 언제 어떤 모습으로 올지 모르는 것 뿐 온다는 건 틀림이 없다.

"제가 연기에 대한 제 자질을 의심할 때 들어온 '사랑은 없다' 그 작품은 구원은 아닐지라도 위축되고 정체된 절 단번에 일으켜 세우는 충분하고 고마운 동기가 됐습니다."

순간 이신의 옅은 눈빛이 반짝였다.

"선배님께 일방적으로 빼앗기기 전까지는."

"그래서 너와 상관없는 내 개인적인 일을 지수완에게 말을 했다 이건가? 그 정도면 어폐 수준이 아니라 억지라고 생각하는데 난."

"일종의 모멸감을 느꼈던 제 자신과 비슷한, 어쩌면 똑같은 상황을 연출하고 싶었습니다. 기쁘고 간절한 마음으로 계획하던 일이 타인으로 인해, 나보다 크고 절대적인 힘으로 어그러졌을 때, 하 선배님은 어떻게 대응하고 대처하실지. 나처럼 편법을 쓰실지……."

자신의 행동에 대한 변명도, 지금 이 상황에 대한 긴장도 느낄 수 없었다, 이신에겐.

왠지 두고 보는 느낌. 제 실수와 판단 미스에 대해서 충분히 인지하면서도 무마하려는 행동보단 모든 상황을 한발 뒤에서 관조하는 느낌이다. 하지만 차분한 외모와 성격으로 인해 티가 나지 않을 뿐이지 혼란은 느껴졌다.

"지금도 이 일이 네 상황과 동일하다고 생각해? 내 생각엔 억지는 아니지만 설득력이 있지도 않은데. 나쁘게 해석하고자 하면 네게 생긴 고급스런 끈과 파워를 한번 테스트 해본 것 같기도 하고."

내 비난에 마음이 불편하기는 한지 이신의 눈동자가 또 한 번 흔들렸다.

"고민하지 않은 거 아닙니다. 수완 씨가 걱정 돼……."

"정정하지. 수완 씨가 아니라 지수완 작가로."

"……."

"이제까지는 내게 빼앗긴 배역이 단초가 되고, 뒤늦게 알게 된 네 그 대단한 본가 백그라운드를 확인하려 한번 크게 질러보는 걸로 이해할 수도 있지만, 네가 지수완을 수완 씨로 부르는 건 용납을 못 하겠다."

더 이상은 들을 말이 없었다. 들을 필요도. 결국 내가 이 자리에서 확인하고자 한 건, 그 당시 이신의 복잡다단한 심리 상태나 갑자기 알게 된 집안의 스캔들이 아니라 지수완이에게 말을 했냐는 단순한 의문이었다.

지수완이 알았다, 하영우가 이제이란 걸. 얼굴도, 목소리와 미소까지도 다른 하영우가 그 시절의 이제이란 걸. 지금은 그 사실만이 머릿속에 가득해 이신의 아직 하지 못한 이야기, 약간은 투정인 듯한 어느 청춘의 감성 일기가 전혀 귀에 들어오지 않았다.

9장

거실 창문을 타고 내려오는 빗줄기를 눈으로 따라 내려가다 몇 번이나 놓쳐 버렸다. 그러다 한 번은 이미 놓쳤고 이번에는 절대 놓아줄 수 없는 수완이 생각났다.

수완이 내 존재를 알면서도 아무런 내색을 않고 있다. 이신은 수완이 중국 출장을 가기 전에 말을 했다고 했다.

병원에서 본 안쓰럽게 마른 수완의 몸과 상한 얼굴이 기억났다. 이신을 만나기 전엔 런칭에 대한 부담과 장기 출장으로 인한 피로 누적이라고 생각했다. 수완아, 넌 내가 없는 그곳에서 혼자 무슨 생각을 하고 어떤 결론을 내린 거니?

빗줄기를 따라가자 자연스레 그 시절의 지수완이 생각났다. 홍콩행은 해를 넘긴 IT관련 논문 작성과 아버지 회사에서 무보수 인턴으로 일하다 어렵게 낸 일정이었다. 여름휴가를 홍콩에서 유학

하고 있는 백재와 보내기로 약속하고 도착해서 얼마 동안은 둘이 신나게 홍콩을 유람하며 즐겼다. 그러다 백재의 어머님이 아프시다는 소리에 백재는 서울로 급히 떠나고, 남은 난 백재 룸메이트의 부탁을 들어주어야 했다.

미국에서 온 친구를 위해 기꺼이 한 달간 다른 곳에서 지내기로 한 백재 룸메이트의 부탁은 들어주지 않을 수 없었다. 방학 동안 본토로 들어간 중국인 친구는 매년 두 번의 주얼리 박람회 현지 코디네이터 아르바이트를 하는 대단한 갑부의 외아들이었다.

약속과 신의가 중요한 비즈니즈 세계에서 오래된 아르바이트는 결코 무시할 만한 작은 일이 아니었다. 특히 홍콩과 중국 본토간의 무역을 하는 가문에서.

모든 일정을 숙지하고 가이드를 해줄 수완의 미소를 봤을 땐 속이 울렁거렸다. 처음엔 익숙해지지 않는 홍콩의 더위와 습기 가득한 열기에 지쳐 그런 줄 알았다. 긴 갈색 머리를 질끈 묶고 스니커즈에 청바지, 흰색 브이넥 반팔 티를 입은 수완은 목에 걸린 긴 목걸이만큼이나 상큼하니 눈이 부셨다. 클래식한 선글라스를 벗고 소녀라기 보단 악동처럼 환하게 인사할 땐, 목이 마르고 뒷목이 당기기도 했다.

지수완은 영어를 못하지 않았다. 그런데도 중국어를 하는 현지 코디네이터를 의뢰한 건 좀 더 일을 빠르게 처리하려는 의도와 욕심이 있어서였던 것 같다.

내겐 중국어가 어렵지 않았다. 미국에서 IT기업을 이끄는 아버지는 일찍부터 중국어의 필요성을 강조하셨다. 그런 이유로 이민을 갔을 때 영어와 중국어를 함께 배웠다.

박람회 내내 지수완은 적진에 진격하듯 컨벤션 센터를 부산하게 뛰어다녔다. 호기심이 많아 질문이 많았지만 이해력과 습득력도 높아 어시스트를 지치게 하거나 답답하게 만드는 스타일은 아니었다. 자신은 아직까지 신입이라고 말을 하면서도 일처리는 상당히 능숙하고 유능하게 했다.

일을 하면서 눈이 마주치면 수완은 항상 개구지게 웃었다. 집요하다 싶을 정도로 오더에 적극적이라 타이밍을 놓쳐 밥을 못 먹을 때도 미안해하며 웃었고, 기껏 내달렸다 페리를 놓쳐도 괜찮다며 미지근한 탄산수를 건네며 웃었다. 웃음도 많고 호기심도 많은 수완은 얼굴이 주는 이미지와는 모든 게 판이하게 달랐다. 그래서 그렇게 눈길이 가고 마음이 속수무책으로 흘렀는지 모른다.

우린 항상 같은 노천카페에서 맥주를 마시며 하루를 마감했다. 카페는 지수완이 머무는 호텔의 1층에 있었는데, 앞엔 바다가 있어 시원하게 불어오는 밤바람이 매력적인 장소였다.

그때 우린 서로에 대해 무슨 말을 했었지……. 서로의 개인적인 것보다는 여행에 대해, 가본 도시와 그 도시의 풍광에 대해, 그리고 전시회와 바이어와의 작은 계약에 대해 말하며 홍콩에 대해서도 많은 의견이 오갔다. 그러면서도 내 눈은 수완의 눈과 입, 긴 목과 솜털 가득한 귀, 웃음과 눈빛에 내내 고정됐었다.

평소보다 조금 더 마신 수완이 휘청거렸을 때 난 얼른 수완을 부축했다. 그때 맡은 수완의 달큰한 체향은 그 자리에서 땅이 꺼지듯 위험하고 강력했다. 발정 난 수컷도 아닌데 열 때문에 몸이 저렸다.

그때 날 보던 수완의 눈빛이 지금도 선명하게 기억난다. 나와 똑같았다. 한 치도 다르지 않았다.

우리가 마신 그날의 차가운 맥주가 대단한 화학작용을 한 거라고는 생각지 않는다. 또한 홍콩이란 도시가 왕가위 감독의 '아비정전'과 '화양연화', '중경삼림' 처럼 극적인 관계와 기묘한 기운을 한껏 자극했다고도 생각지 않고. 청춘이라는 거대한 이름 속, 우린 솔직했고 끌림과 설렘을 외면 않고 인정했다.

수완과 난 서로를 지정하고 알아보는데 많은 시간과 노력을 소비하지 않았다.

그때 수완은 나의 무엇에 끌리고 어떤 점에 매력을 느꼈던 걸까? 나의 어디가 얼마나 좋았을까. 새삼 모든 게 궁금하다.

내 솔직한 시선, 사소한 말투와 습관, 반듯하고 정갈하다고 내내 칭찬했던 펜글씨, 아니면 자신을 향한 통제 불가능한 동물 같은 욕망과 열병 같은 열망. 갑작스런 열병에 장악당한 우린 서로에게 묻고 싶은 걸 물어보지도 못했고, 확인해야 할 많은 것들을 미처 확인하지 못했다. 우린 그만큼 서툴고 욕망이, 서로에 대한 열정만이 앞섰다. 3일 밤과 낮을 전부 침대 위에서 소비한 우린, 서로의 체향과 살갗, 남성과 둔덕에 취해 모든 시간들을 오직 서로를 향하고 위하는 격하고 격렬한 행위에 쏟아부었다.

서로가 처음이자 시작이었던 우린 왜 그렇게 깊고 진하게 서로를 각인했을까. 완성하지 못한 첫사랑의 아련하고 아릿한 기억으로만 간직했다면, 당신이 그렇게 아프지도 상처받지도 않았을 텐데…….

처음 배우가 되겠다고 마음을 먹은 건, 오랜 재활 덕분이었다.

4년이 넘은 세상과의 철저한 단절은 나 스스로를 최대한 자유롭게 하고, 온갖 경험과 체험을 욕심내고 요구하는 극단적인 마음을 가지게 했다. 결국 언젠가는 가업이 돼버린 기업을 이어야 하지만 그전까지는 어렵게 되찾은 삶의 빛을 온전히 다 경험하고 싶었다. 그러면서도 그림자처럼 따라다니는 불안과 강박에서는 자유롭지 못했다.

그런데도 배우라는 직업을 선택했다. 늘 위험 요소를 동반하는 특별한 직업이란 걸 알면서도 내 스스로는 불안과 사고란 녀석들을 이겨내고 싶었다. 극복하고 싶었다. 불안은 아직까지 내 주위를 서성이며 가끔 날 잠식하기도 하지만 늘 그렇듯 치열하게 분투 중이다. 불안과 강박, 지난 사고의 기억, 어렵게 되찾은 지수완을 지난 시절처럼 온전하고 완전하게 곁에 두기 위해서.

지수완, 내 전부가 되어버린 당신을 사수하기 위해서.

수완의 자연스런 거리두기가 오감으로 느껴졌다.

"얼굴 본 지 3일 넘었어. 하 배우 보고 싶지 않아?"

[매일 꿈에 남자 주인공으로 등장해서 그런지 아직은 잘 모르겠어요.]

"내가 당신 꿈에? 영광이기도 하면서 장르가 무척이나 궁금하네. 어떤 꿈에 나오는데? 액션? 스릴러? 아님 첩보? 코믹……."

[에로.]

"뭐?"

[뭘 놀라요. 당연한 거 가지고. 우린 늘 만나면 침대에서 시작해 침대에서 도돌이표 찍다가 결국 침대에서 패잔병 모습을 하고 끝

나잖아요. 에로배우 버금가는 엽기배우 하 배우 때문에.]

지수완은 그때도 이랬다. 새침하니 깐깐하고 무심한 느낌이 물씬 나는 스타일이면서 말은 늘 언젠가 유행했던 엽기토끼처럼 유쾌하고 흥미롭게 했다.

"내가 당신 꿈속에서 에로버전으로 뭘 하는데? 자세히 말해봐."

[자세히 말하는 건, 피하고 싶네요. 청소년 관람불가라.]

"왜 그런 꿈을 꾸는지 알아? 욕구불만이라 그래. 그러니까 얼굴 보여줘. 내가 당신 그 증상 완벽하게 치료해 줄게. 회사로 데리러 갈까? 바쁘면 내가 김포로 가도 되고."

내 제안에 수완이 어떻게 나오나 궁금했다. 답은 뻔했지만 기대가 됐다. 도망치는 토끼의 하얀 길이 단단히 겨냥하고 있는 포수의 눈에 들어오지 않을 리 없다. 내 순진한 깡총 토끼는 결코 모르겠지만.

[안 돼요. 내수 가을 제품 준비도 벅차고 하루가 다르게 좋아지는 기특한 신지혜 병원에도 가야 해요. 이제껏 우빈이가 대신해 줬는데 이젠 내가 해야죠. 내가 직접 뽑은 우리 회사의 소중한 직원인데. 여유가 생기면 봐요.]

수완의 말이 사실인 건 알지만 전부 다 믿지는 않는다. 새하얀 토끼의 새빨간 거짓말을.

"그럼, 오늘은 퇴근하고 곧장 병원으로 갈 거야?"

[네.]

"그럼 조금이라도 여유 생기면 연락 줘. 내가 슈퍼맨처럼 날아서는 못가도 F1 레이서처럼 전속력으로 달려갈 테니까."

[그럴게요…….]

말끝이 묘하게 떨리고 울리는 듯했다. 늘 그런 것처럼 전화는 수완이 먼저 끊었다.

수완은 모르겠지만 이건 나만의 작은 의식이다. 그동안 본의 아니게 잊고 지내던 시간들 동안 날 기억하고 나로 인해 아팠던 수완에게 보내는 내 작은 위로이자 감사의 마음. 그렇게 아프면서도 끝내 날 놓지 않고 드라마로 세상에 내보인 것에 대한 진심어린 고마움은 이렇게 작고 아무것도 아닌 것에, 지수완 모르게 나만이 아는 작은 의식으로 표현했다.

"청승은. 진짜 짠하니 눈물 나서 못 보겠다, 제인아. 네 오빠가 요즘 저렇게 일부종사하는 아낙이 돼서는 군자처럼 충절을 지키며 산다. 일은 다 내팽개치고. 이러니 회사가 제대로 굴러가겠냐고. 실질적인 주인이 허구한 날 저 타령에 저 모양인데."

언제 왔는지 제인을 대동한 백재가 소파에 앉아 날 능멸하는 시선으로 쳐다봤다.

"왜 이렇게 자주 들어와?"

난 백재는 무시하고 백재 반 토막밖에 안 되는 제인에게 시선을 두며 물었다.

"저 봐라 저 봐. 제인아, 네 오빠가 요즘 저런다. 성격도 왔다 갔다 하고. 아까 지 작가한테 하는 거 봤지? 지금이랑은 톤이나 분위기가 완전 다르잖아. 장래가 촉망되는 다중인격에 사이코패스라니까, 네 오빠."

요즘 백재의 타켓은 분명 나인 것 같다. 하루가 다르게 물고 뜯고 씹는 걸 즐기는 게.

"그땐 일본 출장 갔다 잠깐 들른 거고 이번에는 사직서 던지고 휴가차 들어온 거야. 내 인생의 첫 휴가라고. 기억 안 나? 기억 좀 하지, 가까운 가족끼리."

제인은 그때 백재의 수선으로 수완을 꼭 보겠다며 급히 날아왔었다. 와서는 국제변호사란 직함처럼 맡은 배역을 완벽하게 해냈고.

"사랑에 눈먼 하 배우, 하 에로스한테 시스타도 아닌 일개 시스터가 눈에 들어오겠어? 지금 우리 하 배우 혼자 연출, 각색한 멜로 스릴러 찍고 있는데. 일명 미저리 남동생 하저리. 하저리, 정말 딱이다."

백재는 자기가 내뱉은 단어에 감탄하며 손뼉을 치며 좋아라 했다.

"도대체 어떡하려고 그래? 그러지 말고 말을 해"

말을 하는 게 맞는 걸까? 그런 거니, 수완아. 한다면 당신에게 무슨 말부터 먼저 할까. 우리 이제 과거는 과거로 다 지우고 나날이 새로운 오늘, 지금을 함께 하자고? 그때는 운이 나빴고, 우리들의 타이밍이 서로를 비켜 간 것뿐이니 그때와 감정이 다르지 않은 우리 둘이서 두 손 꼭 잡고 지난했던 과거들은 깡그리 잊자고? 난 그리 쉬운 말을 못하고 있는 걸까…….

"오빠도 그 사고로 기억 잃고 힘들었잖아."

제인은 많이 아프고 힘들었던 지난 시절이 기억나는지 잠시 말을 아꼈다.

그때 제인이 아니었다면 난 지금도 마약에 빠져 살고 있을지 모른다. 소중하고 착한 동생의 뼈아픈 한마디가 그때의 날 다시 살게 했다.

"기억을 잃은 게 오빠 의지가 반영된 것도 아니고 또 다행히 드라마로 2% 부족했던 기억도 완전히 되찾았잖아. 난 두 사람 운명 같아. 그러니까 그분한테 그간 사정 다 말하면 지금처럼 스토킹에 숨바꼭질 하지 않아도 되지 않을까?"

제인은 그간 잘난 줄 알았던 제 오빠의 행보가 답답한지 제 속에 감추고 있던 속내를 토해냈다.

"난 좀 생각이 다른데."

모처럼 냉철해진 백재가 제인의 의견을 반박했다.

"네가 간과하고 있는 게 있어."

"그게 뭔데?"

"우리 모두 지수완 씨가 겪고 보낸 지난 10년의 시간들을 절대로 알 수 없다는 거."

제인을 침묵하게 만드는 그 말이 아프게 내 안에 박혔다.

내 모든 주저함과 망설임도 저 문장 안에 있었다. 대신할 수도 없는 그 절대적 시간들 속에서 순정한 마음을 기만당하고 소중한 성을 우롱당했다며 스스로를 꾸짖고 아파했을 수완이 짐작돼, 내가 이제이니 이제 제대로 한번 잘 해보자는 말이 쉽사리 나오지 않았다. 어쩌면 그건 나 혼자만의 결론이며 손쉽게 잡고 싶은 행복일 뿐, 수완의 생각과 의지는 아닌 것 같아 조심스러웠다.

"알다시피 지수완 씨, 일반 사무직 아니야. 그런 사람들 우리들과는 감수성의 층위가 달라. 그런 사람이 지금껏 버리지도 잘라내지도 못한 감정이야. 그 깐깐한 성격에 감독한테 이신의 캐스팅을 부탁할 정도로 미련하게 놓지 못한 사람이고."

"……."

"영우는 몰랐지만 그 사람은 영화배우로도 그렇고 TV에서 성공하고 행복한 척하는 영우 충분히 봤어. 엉뚱한 스캔들이었지만 여배우들과 염문설도 없지 않았고. 사실은 그렇지 않았지만 그럴 듯한 찌라시까지 돌았지, 사실처럼. 그런데 어느 날 갑자기 사실은 내가 부분적으로 당신의 기억만 선별해 기억을 잃어서 그렇지, 과거의 이제이네 한다고 모두가 희망하는 모두의 해피엔딩이 될까?"

제인의 시선은 나만큼이나 어두워졌다.

"영우가 솔직히 있는 그대로 커밍아웃한다고 해서 그 사람의 상처받은 지난 10년이 이제까지와는 다른 이름으로 타임캡슐에 보관되고 완전히 묻힐까?"

백재의 날카로운 지적은 늘 이렇게 불쑥 뒤통수를 치며 등장한다. 인생 전체를 장난에 가벼움으로 일관하는 것 같으면서도 꼭 필요한 순간 백재는 송곳처럼 아프게 공격하는 잔인한 공격성이 있었다. 그로 인해 지금 무척이나 아팠다.

이 세상에서 스스로가 자신에게 가하는 비난이 가장 무섭고 무겁다고 했던 게 기억난다. 수완은 그런 시간을 무려 10년이나 혼자 보냈다. 주위에 강우빈이 있고 홍진영이란 친구가 있다 해도 홀로인 시간들 속, 아픔은 오직 수완 혼자만의 성찬이고 몫이었으리라.

그 사실을 누구보다 잘 알게 된 내가 이제 와 수완에게 어떤 말로 수완의 아픔을 치료하고 치유할 수 있을까. 언제나 그렇듯 진심만이 답인 건 알지만 지금 내 진심을 말한다고 수완의 오래된 상처가 매끄럽게 도포될 수 있을까…….

결국 난 지금 겁을 내고 있는 거다. 말을 함과 동시에 지수완에게 완벽하게 내버려지고 내쳐질까 봐.

백재는 내 전체를 휘젓는 뿌리 깊은 질문을 던지고서 제인과 훌륭한 저녁 약속이 있다며 집을 나섰다. 저, 소시오패스 같은 자식.

발걸음은 자연스레 수완의 회사로 향했다. 퇴근을 했을 거라 생각하면서도 왠지 수완이 사무실에 혼자, 어느 오래된 초상화처럼 앉아있을 것 같았다. 언젠가처럼 그렇게 아픈 모습으로 술을 마시고 있을 수도.

불필요한 짐작이고 어쩌면 고백에 대한 고민으로 갈피를 잡지 못하는 내 막연한 바람일 수도 있지만 확인하고 싶고, 확인해야만 하는 마음은 잦아들지 않았다.

비밀번호를 눌러 건물 현관으로 들어서 계단을 올라가는 동안 내 마음에는 기대와 쓰라림이 공존했다. 한 계단씩 오를 때마다 있으면 좋겠다 바라면서도, 오늘도 그때와 같은 모습이기를, 차라리 빈 사무실이기를 바랐다.

긴장은 물론이고 두려움과 죄책감이 걸음을 옮기는 발등 위에 묵직하고도 어둡게 내려앉았다. 사무실 문손잡이에 손을 대는 순간, 제법 익숙한 노래가 들려왔다. 수완이 자주 듣던 자우림의 노래였던가.

이 문만 열면 자신만의 오래되고 견고한 성이자 안식처에 꽁꽁 숨어 있는 상처 입은 지수완이 있다. 그래서 아팠다, 저 안에 있을 수완만큼이나.

조이듯 단단히 틀어쥔 손목 힘에 문이 열리고 결계가 풀렸다.

짐작했듯 수완은 그때와 똑같은 모습으로 눈을 감은 채 음악을 듣고 있었다. 눈물은 보이지 않았지만 무슨 생각을 하는지 눈가는 잔물결처럼 떨렸다.

그 외로운 자리에서 지수완, 당신은 무슨 생각을 하고 있니? 하영우가 이제이란 걸 알아버린 당신은 어떤 결론, 어떤 선택을 준비하는 걸까. 결코 묻지 못하는 질문에 갇힌 내게 수완의 우아하면서도 의아한 시선이 곱게 모아졌다.

"어떻게……."

의자에 앉아 있던 수완이 슬로우 비디오처럼 자리에서 일어났고, 난 지수완 바로 눈앞까지, 숨소리가 들릴 만큼 가까이 다가갔다. 서로를 응시하는 우리 주위로 그날의 우릴, 사고 전의 우릴 연상케 하는 가사가 검은 장막처럼 리듬을 타고 떠다녔다.

주위를 맴돌던 음악은 차차 수완과 내 사이를 가르는 경계가 되어갔다. 보이지 않은 거리감과 분명한 경계를 사이에 두고 내 시선은 어떠한 말도 없이 지수완에게 못 박혔고, 수완은 속삭였다.

"안…… 아줘요."

어쩌면 노래 가사에 묻힐 수도 있는 그 작고 소극적인 요구가 내겐 천둥처럼 크게 들렸다. 천둥은 귓가를 지나 가슴을 통과하고 땅을 딛고 있는 하반신 전체로 전해졌다.

난 조금의 주저함도 없이 사무실 문을 잠갔다. 문을 잠그는 순간, 음악은 투명 유리막이 되어 단단한 옹벽을 쌓았다.

무언가를 열망하면서 기대하고 기다리는 수완을 데스크에 올려 앉혔다. 수완의 시선은 내게 고정돼 있었다. 마치 얼굴 뒤 어딘가에 아직 있을지 모를 이제이의 흔적을 찾는 섬세한 복원가의 눈빛과 손끝처럼 세밀하고 섬세했다.

난 눈을 감고도 감각만으로 찾을 수 있는 녹진한 길을 빠르게 찾아들어 앙증맞은 팬티를 벗겼다. 동시에 수완의 차분한 손길로 인해 하늘 높은 줄 모르고 치솟은 남성이 드러났다.

길고 아름다운 다리가 단단한 내 허리를 족쇄처럼 감싸는 순간, 결합은 다급하고 절박하게, 순식간에 이뤄졌다. 수완의 미간에 밉지 않은 주름이 잡혔다.

난 그 상태로 정전을 선언하듯 더 이상 앞으로 나아가지도, 내벽을 휘젓지도 않았다.

검은 H라인의 스커트가 허리까지 말려 올라간 채 남자들의 드레스 셔츠 같은 하얀 와이셔츠를 입고 날 잔뜩 물고 있는 지수완은 다른 차원의 생명체 같았다. 지독하게 색정적이고 야했다. 오래전 그날의 달빛처럼 교교하면서도 어떤 무기보다 파급력이 강했다.

우린 서로에게 전부가 물린 채 서로만을 응시했다. 마치 시작할 타이밍을 놓쳐버린 싸움꾼들처럼 한 동안 서로를 바라만 봤다. 내가 시작하길 바라는 건지 아님 자신의 의지로 느긋하게 시작하고 싶은 건지 수완은 그 어떤 의사 표현도, 의지 표명도 하지 않았다.

그 순간이었다. 수완이 매끄럽고 점도 높은 애액으로 분분한 남성을 감싼 채 황홀한 수축을 하며 섬세한 조직과 선율로 조여온 건.

도발은 완벽했고 충분했다. 이 절절한 감각과 극한의 전율을 대체 어떤 단어로 표현할 수 있을까…….

단 한 명의 주인에게 특별한 직위와 미션을 부여받은 난 감탄과 탄성만 지으며 있을 수 없었다. 주인의 칭찬에 나이기에 가능한 화끈한 충성을 표하고 싶은 내게 섬세한 손길이 내 가슴 안, 검은 돌기를 긁어내듯이 스치면서도 확실한 자국을, 표식을 남겼다.

머리가 정에 맞은 듯 아찔했다. 난 그 같은 기습에 대항하듯 최대한 깊고 넓게, 묵직하고 날카롭게 허리를 쳐올렸다. 그와 동시에 데스크가 히스테릭한 소음을 내며 한쪽 벽으로 밀렸다.

"아…… 악!"

내벽을 지나 자궁 전체를 뚫고 지나갈 듯 꽂힌 남성은 그 자리에서 다른 공격을 준비했다.

수완은 아픔으로 인해 자잘한 경련과 함께 미세한 신음을 흘렸다. 그러면서도 물고 있는 도발은 멈추지 않고 천천히 몸을 기대 붉고 선명한 입술로 내 가슴을 찾아들었다.

가슴을 핥아 오르며 내린 단 한 번의 스침에 그대로 파정할 것 같았다. 늘 숨바꼭질을 일삼던 핑크빛 혀가 가슴 안에 고랑을 파며 온갖 길을 만들었다. 그 현란한 길을 따라 내 모든 감각들이 지류처럼 쪼개질 것만 같았다.

더 이상의 인내와 침묵을 유지할 수 없는 난 길잡이 지수완을 밀었다. 하얗게 드러난 다리 사이에서 갈 길을 정한 난, 단 하나의 목표만 생각했다. 이 밤, 뜻 모를 눈빛을 한 지수완을 삼켜 절대로 뱉어내지 않겠다고. 그 절대적 서약에 몸은 절로 움직였고, 거칠고 편차 높은 파고와 휘몰아침으로 빠르게 전환됐다. 난 십자포화를 일삼는 전투병처럼 수완 안에서 나만의 전투력으로 빠듯한 성벽을 허물기 위해 총력을 기울였다. 호기로운 몸끝은 작은 세상 안에서 저만의 행군 지도를 그리려 했다. 이에 반격을 가하듯 이어지는 빳빳한 조임과 기막힌 결박에 넋이 나갈 것 같았다.

"어…… 헉!"

벌써부터 퍼지는 질펀한 쾌감이 활개를 치며 난동을 부렸다. 수완에게 밀착돼 맞물린 몸은 계속해서 제 주인인 날 부추겼다. 이 순간 지수완은 오롯이 내 것이니 용기 내어 집착하라고.

수완은 거친 용트림에 어지러운 춤을 추다 결국 데스크를 부여잡았다. 우리를 든든하게 지탱하며 받쳐주는 책상은 이유도 모른 채 우리를 따라 무거운 다리를 옮겨갔다. 힘겨움으로 인해 위태롭게 매달린 수완을 난 더한 매달림으로 잡아끌어 나만의 공간, 공란을 빡빡하게 미어질 듯 채워나갔다.

추격전은 한참을 이어졌다. 누군가 좇아오는 것도 아닌데 극렬한 마찰과 원색적인 쾌감에 사로잡힌 난 정주할 수가 없었다. 바이러스 버금가는 파급력과 파괴력을 가진 지수완의 뜨거운 몸과 뜨끈한 물에 전염이 된 난 뇌가 녹고 피가 난동을 부렸다.

"으으—흑!"

미칠 것 같았다. 이 몸에 나를, 내 전부를 잘게 박아 새겨놓고 싶다면 내가 미친 걸까. 지수완은 내 것이라고, 10년 전이나 지금이나 오직 나만의 세상이라고 외치고 싶었다.

완벽하면서도 세밀한 쾌락은 점점 이기적이고 개인적인 정사로 변질됐다. 우리들의 절박한 절규와 드높은 비명이 노래 가사에 고스란히 파묻혔다. 그런 이유로 난 더 깊고 강하게 허리를 미친 듯이 쳐올렸다.

이 순간 난, 백재가 그렇게나 찾아대는 1년 전 B급 성향의 성격, 성적파탄자가 분명했다. 지수완은 사고와 재활 후유증으로 성격이 비틀린 날, 그동안 착하고 선한 모습으로 지내던 날 완벽하게, 제 입맛에 맞게 각성시켰다. 수완만이 이렇게 날 자유자재로, 손쉽게 핸들링 할 수 있다.

파정은 나조차도 어찌할 수 없는 순간 속수무책으로 토해지고 쏟아졌다. 이 세상 단 하나의 우물 속으로.

미색의 블라인드로 도심의 짙은 그림자를 지우고 스탠드만 켠 채 소파에 앉은 우린 아직까지도 음악이란 울타리 안에서 안전하게 맞물려 있었다.

가시지 않은 열기와 땀으로 인해 수완의 얼굴은 자두처럼 보였다. 맛있고 선정적인 색과 모양이 지금의 수완과 닮았다. 자두의 향기는 육향에 가깝다고 했는데 맞는 말이다. 지금 내 분신을 머금은 수완은 에로스의 모습을 한 자두다. 나만의 붉은 자두. 육즙이 흥건한 나만의, 나 혼자만 맛볼 수 있는 사랑스런 자두.

난 아직까지도 잔뜩 힘이 들어간 자두의 팽팽한 배를 손으로 훑으며 물었다.

"병원에 간다고 했잖아."

"가려고 하는데…… 하영우 씨가 온 거예요."

당신, 정말 가려고 했을까? 그래 가려고는 했을 거야. 직원을 책임지고 돌보려는 마음이 그렇게나 고집스럽고 지극하니까. 근데 발걸음이 떨어지지 않았겠지. 내가, 이 하영우가 당신의 시절을 상처내고 사라진 이제이란 걸 알았으니.

나만큼이나 생각이 많은지 수완이 차분한 시선으로 날 주시했다.

"……이 음악 좋아해?"

"……좋아해요."

내 위에서 남성을 물고 있는 수완은 방금 전 두 번째 파정으로 인해 자꾸만 미끄러져 위태로워 보였다. 담을 수 있는 내 여자의 작은 자궁은 한계가 있는데 이를 무시한 처사로 수완의 몸은 꿀렁거리며 토해낸 정을 몸 밖으로 밀어내고 있었다.

질척하면서도 적나라한 이 모습이 비밀을 풀어내지 못하는 내게 묘한 안정을 준다면 내가 미친놈일까. 지독한 열기로 살짝 번진 은은한 눈 화장, 팽팽하게 부어오른 입술로 여성용 드레스 셔츠만을 입고 날 타고 있는 지수완은 지독하게 섰다. 마치 순도 높은 마약처럼.

"……계속 이러고 있을 순 없어요."

수완은 몸을 떼려했지만 엉망진창인 서로의 사타구니와 이 상태가 더없이, 더할 나위 없이 만족스런 나로 인해 운신은 마음처럼 쉽지 않았다.

"물고 있는 건…… 지수완이야."

'물고 있다' 는 이 선정적인 말이 가슴 저리게 좋았다. 앞으로도 이만큼, 이 정도로 완벽한 표현이 있을까 싶다.

"손 풀어요. 그럼 내가 당신 놓을게."

'놓을게' 라는 말이 참 많이 아팠다. 말이 안 되는 걸 알면서도 마치 작두에 난자당한 것처럼 맘이 그렇게 아프고 아팠다.

"……놓지 않아. 그러니까 그런 말 하지 마."

수완은 내 말의 의미를 무척이나 해독하고 싶은 눈빛으로 눈을 맞췄다.

"이 노래가 왜 좋아?"

"……."

"저번에도 이 노래 듣고 있었잖아. 내가 당신 차 주려고 왔을 때."

그날 이 후, 이 노래를 수완만큼 찾아듣게 됐다. 마이클 부블레의 노래와 함께. 강우빈의 숍에서 수완이 강우빈과 어깨동무하며 즐겨듣던 그 노래. 그 몹쓸 사진으로 인해 처음엔 그 노래를 무척이나 죽도록 싫어했다. 지수완과 공간을 향유하며 손쉽게 터치하는 꼴 보기 싫은 강우빈 만큼이나.

"좋은데 이유가 어디 있어요. 그냥 좋은 거지."

"나도 그래."

"뭐가요?"

숨죽이고 있던 분신이 조금씩, 수완에 의해 다시 또 무릎을 세우며 준비 태세를 하고 있었다. 솔직히는 포식자인 스스로를 낮추지 못하는 막강 애로배우로 거듭난 하 배우를 위해.

"나도,"

"……."

"지수완이 그냥 좋아."

내 뜬금없고 맥락 없는 고백에 수완은 무색투명한 판유리를 몇 장 겹쳐 놓은 것처럼 한껏 가라앉은 시선으로 쳐다봤다.

"지수완이 예쁘고 섹시해서 좋아하는 것도, 지금처럼 섹스를 할 때 날 미치게 만들어서 좋아하는 것도 아니야. 당신이 능력 있고 멋있어서 좋아하는 것도 아니고."

"……."

"난 말이야……."

지수완, 당신을 사랑해.

10년 전 청년이었던 이제이도 당신을 사랑했고, 바보처럼 10년을 잃어버린 하영우도 당신을, 당신이어서 사랑해. 당신은 내게 처음부터 사랑이었어.

그땐 이성보다 더 상위에 있는 떨림과 끌림이 정확하게 무엇인지 몰랐지만 지금은 알아. 지수완이 내게 어떤 존재인지. 당신을 안고 당신을 삼킬수록 그 감정은 또렷하고 분명해져.

"당신이 지수완이라 좋아. 당신에게 향하고 이어지는 내 마음은 이유가 없어. 자연스러워. 물이 물살을 만나고 물길이 호수와 강을 지나 지류가 바다로 지어지는 것처럼 그렇게 흘러가. 제 멋대로."

"……."

"나한테 지수완은 그래, 그렇게 자연스러워."

내 고백에 수완의 검은 눈이 더 깊어지고 더욱더 진해졌다.

그 우물 같은 눈빛에 내 남성은 굽어진 무릎을 세워 완전히 기립했다. 이 미친, 기막힌 동력은 어디에서 오는 걸까?

어느 시인이 보고 만질 수 없는 사랑을 볼 수 있고 만질 수 있게 하고 싶은 간절한 외로움이 사람의 몸을 만들어 낸 것인지도 모른다고 너무도 정확한 말을 했다. 지금 내가 그렇다. 이다지도 수완의 몸에 집착하고 취약한 건, 내 지난 시간들 속 분명한 외로움 때문이라 항변하고 싶다. 그래야 이 지독하고 지겨운 갈증이 설명되고 이해된다.

"안아…… 줄까요?"

내가 사랑하는 지수완은 이래서, 이런 사람이라서 더 좋다. 마음속 제일 깊은 곳의 은밀한 소리를 입 밖으로. 이렇게 예쁘게 내뱉는 사람이어서 난 지수완이 더 사랑스럽다. 이래서 당신을 포기할 수가 없어.

"안아줘."

수완은 대답 대신 내 입술을 핥았다.

살며시 입안에 스며든 붉은 자두는 여지없이 흥건한 육즙이 흘렀다. 어떤 동물보다 에로틱한 에로스의 모습을 한 내 자두, 지수완.

지금 이 순간, 난 달디단 나만의 자두를 삼킬 수밖에 없다.

'욕하다 욕망하다'는 수완에 대한 내 사적인 고백이고, 배우 하영우의 마지막 작품이 될 시나리오는 오래전부터 쓰고 있었다.

백악관 사이버 테러 대응 보안 지정업체면서 정보 기술 운영 시스템, 사이버 보안, 정보 관리, 통합 솔루션을 담당하는 IT기업의 수장이신 아버지는 1년 전부터 제스처를 취했다. 처음 배우를 목표로 했을 때 아버지와의 약속은 분명했다. 당신이 원할 때, 서로에게 적당한 타이밍에 미국으로 들어와 가업을 잇기로. 그런 이유로 이번 작품은 배우이자 감독으로서 처음이자 마지막 작품으로 남을 것 같다.

수완을 다시 만나고 품으면서 지난 시절보다 감정의 벡터가 한층 더 커졌기에 미래에 대한 계획도 서두르게 됐다. 수완을 침대에만 머물게 할 수는 없다. 물론 불순분자인 난 침대가 최상이자 최적의 데이트 장소지만, 수완을 좁은 사각의 지점에만, 내 영혼

안에만 가둘 수는 없다.

오늘도 병원으로 들어가는 수완과 동반하고 싶은데 함께하지는 못했다. 모든 걸 서둘러야 할 분명한 명분들이 생겼다.

이제이에서 하영우란 이름으로 이름을 바꾼 건 가족들을 위한 일이었다. 결과를 장담할 수 없으면서도 수없이 반복되는 수술과 긴 고통의 시간들 속에서 의존하지 말아야 할 마약을 찾았던 건 어쩌면 나로서는 견디기 위한 필요악이었다. 지금에야 시작부터가 잘못된 판단이라 생각하지만 그땐 죽음을 선택하지 않기 위한 고육지책이었다.

그 시간과 이력을 갖고 논란이란 단어와 가까운 배우를 할 수는 없었다. 배우가 되었을 때 문제가 될 수도 있고, 무엇보다 그 같은 문제로 가족들이 거론되는 게 싫었다. 가족은 내 개인적인 부분이기 때문에 언론에 노출될 이유가 없다. 지수완도 그렇고. 소중한 내 사람이 누군가의 입에 오르내리며 황당하면서도 지극히 개인적인 평가를 받는 게 싫다.

수완이 조금만 더 감정선을 내보이면 고백을 해야 할 것 같다. 이대로는 장막이 처진 듯해 다른 그림을 그리는 게 쉽지 않다. 가끔 수완에게는 내가 절대 침입할 수 없는 내면의 뒷부분이 느껴지곤 한다. 조금이라도 들여다보고 싶은 내게 절대 허락되지 않는 아득하고 아늑한 심연.

모든 치유는 결국 감정의 정직에서 출발한다고 했다. 수완의 오래돼 정체된 상처를 위로하고 치유하는 길은 내 자신을 커밍아웃하는 솔직한 고백밖에 없다. 반응이 두려워 최대한 시간을 가지려 했는데 봇물 터지듯 샘솟는 감정은 적당한 분출구를 찾지 못해 자꾸 행위와 육체에 편중되고 집착하게 됐다. 사무실에서 몇 번이나 수완을 삼켰지만 갈증은 계속됐다.

수완도 내게 이런, 이만큼의 욕망과 갈증을 느낄까? 느꼈으면 좋겠다. 나란 존재가 수완의 전부라면 얼마나 좋을까……. 나란 인간으로 육체와 정신이 꽉 들어찬 지수완. 생각만으로도 희열과 함께 온몸에 소름이 돋는다.

"혼자 마시는 맥주가 그렇게 맛있냐? 실실 웃음이 나올 만큼?"

아무런 소리도 듣지 못했는데 백재는 살짝 달아오른 얼굴로 거실로 들어서고 있었다. 들어온 백재는 소파에 기대 내가 들고 있는 맥주를 가리키며 저도 한 병 달라고 했다. 벌써 상당히 마신 것 같아 거절하려고 하는데 백재가 시큰하게 웃더니 한숨 짓듯 말했다.

"여우야, 그 기집애가 있잖아……."

가끔 백재는 날 영우가 아닌 여우라고 부른다.

설명할 수 없는 이유로 감정이란 놈이 감당이 안 될 때, 제 안에 있는 누군가가 미친 듯 그리울 때, 그 순간을 백재는 자신에게 신기가 충만할 때라며 농을 하곤 한다.

"누구?"

"서울, 이 나라에 있더라……."

소파에 누울 듯이 비스듬히 앉은 백재는 눈을 감고 있었다. 보통의 여배우는 비교 불가한 그림 같은 짙은 눈썹이 무겁게 내려앉았다.

"무슨 이유를 갖다 붙이던 결국엔 어린 아이들 팔아먹고 돈 챙기는 이 거지 같은 나라엔 절대 들어오지 않을 거라고 하고선 청담동에서 비싼 와인 마시고 있더라고, 탄산 귀신이."

드디어 왔구나……. 온갖 자극적인 맛으로 백재의 심장을 사정없이 갉아먹는 탄산음료가.

"말이 돼? 탄산음료라면 섹스를 하다가도 찾는 중독자가 프랑스 여자처럼 와인을 마시더라니까, 그것도 지를 음침하게 쳐다보는 나이 많은 남자랑."

난 더 들을 필요가 있을 것 같아 냉장고로 가 차가운 맥주를 꺼내 늘어져 있는 백재 손에 쥐여줬다. 처음이다. 백재가 자신의 여자에 대해 이 정도로 말을 꺼내는 건.

"일단 들어왔다는 사실은 고무적인 일 아니야? 떨어져 있는 것보다는 낫잖아?"

우린 서로의 자리에서 잔을 부딪치는 제스처를 한 후 입을 축였다.

아이처럼 입 주위를 닦아낸 백재가 투정을 부리듯 말했다.

"그러니까 그게 이상하다고!"

달아오른 백재의 얼굴은 평소보다 훨씬 야하고 색깔 있게 보였다. 어쩌면 배우는 내가 아닌 백재에게 더 적합하고 어울리는 직업이었다. 요즘 뜨는 섹시하고 창백한 흡혈귀에 저 만큼 타당한 캐스팅이 또 있을까 싶다.

"그렇게 욕을 하고 씹어대던 이 땅에 제 발로 들어오다니. 내가 그렇게 부탁을 하고 애원을 해도 요지부동이었던 계집애가 벌써 3개월 전에 들어왔단다. 그러면서도 날…… 찾지도 않았어."

백재의 표정에는 야속함과 배신감, 쓸쓸함과 헛헛함이 전부 보였다. 꽤나 충격이었나 보다. 저 백 살 먹은 이무기 백재에게.

"어디서 지내는지, 들어와서 자리는 잡았는지 물어봤어?"

"물어볼 것도 없어. 옆에 있는 사람이 그 회사 얼굴이던데, 뭐."

G사에 다니던 특별한 인재가 국내에 들어와 들어 갈 포털 사이트, 더불어 사장까지 얼굴을 아는 기업은 N사밖에 없다.

"다시 만나기로 했어?"

"몰라, 바쁘대. 그 기업이 이번에 글로벌 시장 공략한다고 별도 법인을 설립하는데 지가 그 일을 맡았대. 옆에 앉아 있던 그 총괄이사랑 일본으로 들어갈 수도 있다면서……."

생각해 보면 백재의 표정과 말투, 느낌까지 전부 좌지우지 할 수 있는 인물은 그 여자뿐인 것 같다. 그 사람을 얘기할 때 백재는 늘 다른 사람이 되곤 했다. 내가 지수완을 만나고 품으면 다른 인격이 되는 것처럼 백재도 꼭 그랬다. 우리보다 한참 어리면서도 방자한 계집애, 한 입에 털어 넣을 정도로 주먹만 하네, 미친 탄산귀신이네 말은 하면서도 표정은 애틋하고 열에 들뜬 사람처럼 보였다. 전방위적으로 시큰둥하고 모든 일에 일관되게 열과 흥이 없던 녀석이.

"지 정체성만큼이나 머리를 총천연색으로 염색하고 다니던 계집애가 아주 요조숙녀가 돼서 앉아 있더라. 하마타면 못 알아볼 뻔했어. 너무 단정하고 지적으로 보여서……."

그 모습도 백재에게는 어지간히 예쁘고 숨넘어가게 섹시했나 보다. 저렇게 영혼을 내려놓고 내내 되씹으며 생각하는 거 보면.

"그렇게 미치도록 삼키고 결국엔 내가 미쳤구나 인정할 정도로 사랑하는 여잔데……."

백재가 누군가를 그렇게나 사랑하고 사랑했다는 사실을 난 지금에서야 알았다.

물론 모든 걸 털어놓아야만 직성이 풀리는 사람들도 있겠지만, 백재와 난 사랑할수록, 소중할수록 아끼고 감추는 타입이었다. 제인은 여자들이 그런 스타일을 가장 싫어한다고 충고했지만 우리들의 제 사랑 감추기는 계속됐다.

"분위기랑 말투가 너무 변해서……."

백재가 제 입에 사랑을, 개인 감정을 담은 건 처음이었다.

순간 그런 생각을 했다. 결국 인간을 변하게 하는 건 사랑이라고. 감정이든 성격이든 아님 외향이든 결국 사람을 변하게 하는 요인 중 가장 큰 힘은 사랑이다. 수완의 깊은 우물 같은 눈동자도, 늘 속을 보이지 않던 물음표맨 백재도 사랑 때문에 변하고 달라졌다. 물론 나 또한 같은 이유로 침대 위 그지없는 프레데터가 되기도 하고.

"웃긴 건 그렇게 달라진 모습에도 난 여지없이 그 애를, 그 애만을 원하더라."

백재는 그런 자신이 한심한 건지 서글픈 건지 아프게 웃었다.

"변한 건 외향뿐이니 당연하겠지. 그런데 그 앨 보면서 그런 생각이 들었어. 결국 난 애구나. 아닌 척하고 외면해도 결국 난 애일수밖에 없구나. 웃기지 않냐? 달나라 여행을 예약하는 시대 이런 고전적인 사랑을 하는 너랑 내가?"

사랑이란 대단한 명제 앞에서 자기비하의 늪에 빠진 녀석이 처량 맞고 시리게, 그러면서도 야하게 웃었다.

"……갠 그걸 아는지 날 보고도 아무런 동요도 없어. 난 그 사실이 빡치는 거고."

내게 지수완이 모르핀인 것처럼 백재에게는 총천연색 탄산 킬러가 그런 모양이다. 그 강력한 성분과 작용을 우린 다른 어떤 것으로도 대체하지 못한다. 사랑에 빠진 남자는 자신이 보는 모든 것들 속에서 사랑하는 여인을 찾는다고 하더니 우리가 딱 그렇다. 백재와 나, 우리의 시야는 결국 한 사람에게만 통하고 향한다.

이게 더 없는 축복인지, 다시없는 저주인지.

술국은 어젯밤 함께하지 않은 도영이 끓였다. 아일랜드식탁에 나란히 마주보고 앉은 백재와 난 유치원생들처럼 배식 받은 국을 떠먹었다.

"야, 배도영! 왜 여우 아니 영우 국이 더 많아? 저기 봐봐. 거실에 줄 세운 맥주병들 다 내가 마신 거거덩. 근데 국은 왜 영우가 더 많냐고! 너 지금 직급 차별하는 거야?"

탄산 킬러에게는 찍소리도 못하고 온 놈이 아침부터 애먼 도영을 잡았다. 그렇게 마셔대고도 괜찮은지 아침인데도 백재의 톤은 드높았다. 알코올로 인해 한껏 부어오른 눈초리에 기가 죽을 법도 한데 도영은 늘 그렇듯 평정심을 유지했다.

"북엇국 안 좋아하시잖아요."

"누가 그래? 나 술국은 가리지 않고 먹어. 그리고 밥도 더 줘. 이게 밥이야 새 모이야? 나 이제부터 밥 먹고 힘내야 돼."

백재 등살에 도영은 국을 더 퍼 주고 밥도 더 담아주었다.

"먹는 거에 의미 안두더니 아침부터 웬 밥 타령이야?"

백재와 달리 더는 국이든 밥이든 들어가질 않을 것 같은 난 수저를 놓았다.

어젯밤 둘이 마신 맥주가 거실 테이블을 빽빽이 채운 만큼 속도 그만큼 부대꼈다. 나와 많이 다르지 않을 백재는 전투에 나가는 용병도 아닌데 밥을 꾸역꾸역 씹어삼켰다.

"그 계집애 내 옆에 붙들어 두려면 잘 먹고 힘내야지. 그러려면 체력은 기본이야. 체력을 만들려면 밥도 잘 챙겨먹어야지. 나도 이제부터 운동할 거야. 개인 트레이너 붙여서."

"어제 밤에는 다 잊는다고 했잖아?"

그 소리에 들고 있던 숟갈로 테이블을 치며 백재는 열을 올렸다.

"넌 술김에 한 얘길 곧이곧대로 믿어? 그리고 내 홈그라운드에 제 발로 들어온 먹잇감을 내가 미쳤다고 포기해? 내가 왜 그동안 해탈한 종교인처럼 수절하면서 살았는데? 그 계집애 다시 만나도 떳떳하려고 온갖 유혹과 터치도 이 악물고 참은 나야."

혹시나 했는데 역시나 그랬구나. 이무기 같은 놈.

"이제 나도 하영우 버금가게 짐승으로 살아봐야지."

"가만있는 난 왜 끌어들여?"

"찔리냐?"

백재가 안 그래도 야한 눈을 추켜세우며 물었다.

"아니."

"아니긴. 너 지수완 만나고 매일 두 시간씩 운동 더 하는 거 내가 모를 줄 알았어? 이 트레이너가 그러던데, 너 아주 무섭게 운동한다고. 이번에 아저씨 같은 몸짱 배역 맡았냐……."

"밥 안 들어가시면 요구르트라도 드릴까요?"

적당한 타이밍에 도영이 날 도왔다.

"야! 넌 도대체 영우랑 무슨 밀약을 했기에 사사건건 영우 편이야? 너, 고모한테 다 이를 거야. 사촌 형은 안 챙기고 생판 남을 챙기고 있다고."

백재의 톤 높은 목소리를 능가하는 핸드폰 벨 소리에 백재는 눈을 가늘게 뜨더니 소파로 가 핸드폰을 찾아 들었다.

"으…… 악!"

비명과 같은 소리에 도영과 난 동시에 백재를 봤다.

"누군데?"

내 질문에도 백재는 대답은 않고 핸드폰을 들고 안절부절 못했다.

"와인 마시던 탄…… 산 킬러!"

그리도 기다리던 전화였으면서도 사색이 된 백재는 뜨거운 무언가에 데인 얼굴을 하고는 전화를 받지도 않고 거실을 이리저리 돌아다녔다.

어제도 느낀 거지만 사랑에 빠진 모습은 모두가 똑같다. 지수완의 전화를 기다리던 나도 꼭 저랬다. 바로 받을 수 있는 전화도 왠지 두려워 우물쭈물 하기도 하고, 바로 받으면 감동이 덜할까 시간을 끌기도 했다. 그러다 전화가 끊어지면 언제 또 오나 맘을 졸이기도 하고.

백재는 전화기를 두 손으로 공손히 들고 방으로 들어갔다. 저 모습도 똑같다. 나도 수완과 전화를 할 때는 저렇게 혼자만의 공간과 감정을 원했다. 그 누구에게도 우리들의 소중한 대화와 웃음, 미소와 감미로운 언어를 들려주고, 보여주기 싫었다. 모든 게 다 아까웠다.

수완이에게 말을 해야 한다. 우리의 인연이 얼마나 대단한 인연인지. 내가 얼마나 많은 시간 지수완을 생각하는지. 이제이이자 하영우인 내가 지수완에게 얼마나 미안하고 미안한지. 그 어떤 산술적 계산으로 환산할 수 없는 미안함과 죄책감에도 불구하고 우리가 왜 함께여야 하며 함께일 수밖에 없는지, 수완에게 전부 다 말해야 한다.

그때처럼 늦기 전에, 내 소중한 사람을 또 한 번 어이없이 잃기 전에 용기를 내야 한다.

나도, 이제야 근육 운동과 케겔 운동을 시작한다는 백재도.

10장

서울 시내 한복판에 위치한 호텔 로비에서 수완을 만나 반가울 줄 알았는데 전혀 그렇지 않았다. 강우빈의 생일날보다 더 곱게 차려입은 지수완은 어느 재벌가의 며느리처럼 단정하면서 기품이 넘쳤다.

여자는 서른을 기점으로 지는 꽃이란 말이 우스울 정도로 수완은 주위 사람들의 시선을 끌어모았다. 호텔 로비를 무대삼아 마치 눈이 있는 사람들은 전부 다 보란 듯이 연출하는 네 사람의 다정한 모습은 한 가족임을, 아님 곧 그러하리란 걸 보여주는 것 같았다.

강우빈에 대해 모든 걸 알아보면서 그의 집안 내력까지 꿰게 됐다. 그런 이유로 지금 수완의 손을 잡으며 인사하는 중년 여자가 강우빈의 어머니인 건 단박에 알아봤다. 네 사람은 호텔 지배인으로 보이는 남자의 안내를 받아 로비를 벗어나고 있었다.

"하영우 씨."

뒤돌아보니 오늘 미팅에서 보기로 한 영화사 임원이 손을 들어 보였다.

"난 늦은 줄 알고 놀랐네. 왜 여기 있어요? 올라가지 않고."

약속한 룸이 아닌 로비에서 만난 실장은 감독은 미리 와 기다리고 있다며 올라가자고 권했다. 오늘 미팅은 거절을 위한 자리였지만 제안을 거절도 하기 전에 기분이 바닥을 쳤다.

문병조차 갈 수 없는 나와 달리 이런 공공연한 장소에 저런 얼굴로 다정함을 연출하는 강우빈과 수완을 보니 순간적으로 화가 치밀었다. 동시에 내 안에 숨어 있던 비틀린 인성이 출몰하는 기분도 들면서 이틀 전 사랑을, 내 진심을 전해야겠다는 절절한 마음과 구애가 우스웠다.

오래된 친구 사이고 서로가 서로의 가림 막이자 보호자인 건 저들의 남다른 역사로 충분히 알겠는데 내가 없는 사이 두 번이나 터진 이신과의 스캔들도 그렇고, 나와는 불가능한 것들이 강우빈과는 어렵지 않고 언제든 가능하단 사실이 상처가 돼 아팠다.

엘리베이터 앞에 서서 연신 무언가를 설명하는 영화기획사 실장의 이어진 말을 끊은 난 양해를 구하고 프런트 앞으로 걸어갔다. 프런트 직원이 인사와 함께 원하는 걸 물었다.

구상하는 대작 이야기를 하는 감독에게는 미안하지만 신인 때부터 알고 지낸 감독님이라 지금 내 상황과 앞으로의 계획을 솔직히 설명했다. 그 결과 미팅은 짧게 끝났다.

우리 쪽 미팅과 달리 코스로 저녁 식사까지 이어진 수완을 기다리기 위해 룸을 잡았던 난 영화사 일행과 꾸역꾸역 버티는 도영을 보내고 룸으로 향했다. 도영은 호텔 룸을 잡고 지수완을 기다리는 내게 불안한 눈길을 보냈다.

내내 버티며 안 가려는 도영을 보내고 룸에 들어와 수완에게 전화를 걸었다. 서울 도심이 한눈에 들어오는데도 시야는 뿌옇고 마음도 답답했다.

꽤나 긴 기다림 끝에 수완이 전화를 받았다.

[네.]

통화를 위해 룸을 나왔는지 작게 소곤거리는 톤은 아니었다.

"어디야?"

[호텔에서 저녁 먹고 있어요.]

"저녁을 호텔에서 먹는 거 보니 지수완한테 상당히 중요한 사람들인가 봐. 나보다 더 중요한 사람들이야?"

내 질문에 수완은 잠시 침묵했다. 평소와 다른 묘한 기운을 직감한 듯했다.

[……무슨 일 있어요?]

"말해봐. 나보다 더 중요한 사람들이냐고. 지금 함께한 사람들."

수완은 대답을 아꼈다. 대신 숨소리가 들려왔다. 숨소리는 마치 수완이 바로 내 옆에 있는 것처럼 느껴지면서, 묘한 신경전에 며칠 잠잠했던 내 안의 포식자를 자극했다.

"왜 답이 없어? 어려운 질문인가?"

[무슨 일인지…… 아니요, 하영우 씨보다 중요하진 않아요.]

기다리고 기대하던 답을 들었는데도 마음은 듣기 전과 다르지 않았다. 지금은 그 선을 넘어 지수완을 봐야만 했다. 애초 의도도 그랬지만 수완의 숨죽인 호흡, 불안한 음성, 낮은 떨림으로 인해 지금 이 순간 지수완을, 내 사람을 안아야 숨을 쉴 것 같았다.

"그럼 전화 끊고 당신 핸드폰에 보낸 번호 확인하고 내가 있는 룸으로 와. 지금 당장 오라고 하고 싶은데 강우빈 얼굴도 있고 예의도 아니니까, 저녁 잘 먹고 인사 잘 하고 바로 와. 나한테."

[……봤어요?]

"내 눈에는 지수완만 보이더라."

[같은 호텔에 있는 거예요?]

"응. 우리 같은 곳에 있어."

지금 지수완이 뭘 걱정하고 무슨 생각을 하는지 다 보였다.

[룸은 그렇고 집에 가요. 늦더라도…….]

"여기서 기다릴 거니까 여기로 와. 당신 오기 전까지는 아무데도 안 가."

내 뜬금없는 오기와 난데없는 투정이 염려되는 듯 수완은 작게 한숨을 쉬었다.

[하영우 씨 공인이에요, 여긴 호텔이고. 충분히 오해할 수 있는 공간이니까…….]

"그딴 거 신경 안 써. 관심도 없고. 이신이랑 이태원거리 돌아다닐 때 지금처럼 일일이 신경 쓴 거 아니잖아? 그러니까 아무 생각도 하지 말고 그냥 와. 기다릴게. 근데 너무 오래 기다리게 하지는 마. 기다릴수록 지수완을 향한 내 공복과 갈망은 배로 커질 테니까."

기다리지만 그저 기쁜 마음으로 기다리는 건 아니라는 걸 확실하게 각인시켰다. 그 같은 각인으로 조금이라도 빨리, 한 걸음이라도 먼저 오길 바랐다.

수완의 말이 틀리지는 않았다. 하영우는 공인이고 여긴 보는 눈이 많은 호텔. 한 사람이 아닌 열 명, 백 명도 보고 말이 말을 보태 와전될 수 있는 곳. 그런데 난 지금 그런 모든 게 상관없다.

이제 곧 내가 이제이란 걸 내 입으로 밝혀야 하는데, 도대체 어떤 말을 어떤 장소에서 어떤 얼굴로 해야 하는지 감조차 잡을 수 없는데 호텔에서 지수완을 만나는 게 뭐 그리 대단한 일인가 싶다.

정말 큰일은 아직 그림조차 그려지지 않는데 이까짓 스캔들과 루머가 뭐가 그리 대수라고. 스캔들은 더 큰 스캔들로, 루머는 더 황당한 루머로 대처하면 된다. 이 세계가 그렇듯.

핸드폰이 울려 보니 백재였다. 받기도 전에 전화기에서 스팀이 나는 것 같았다. 도영은 제 선에서 끝낼 문제가 아니라고 판단해 회사 대표에게 급히 도움을 청한 듯했다.

"응."

[응? 너 지금 응이라고 했어? 지금 네가 여유부리며 '응' 할 때야?]

"대표가 품위가 있어야지. 대표씩이나 돼서 소속 배우한테 반말해도 되는 거야?"

[품위? 그럼 일개 배우가 회사 몰래 그것도 호텔씩이나 잡아서 연인 끌어들이는 건 잘하는 짓이고? 그러다 무슨 사달을 내려고! 내가 자중하라고 했지? 네가 지금 이팔청춘도 아니고 이상 호르몬이 그렇게 억제가 안 되냐? 나 봐, 이렇게 청렴결백하게 방사하고

싶은 호르몬 죽어라 누르면서…….]

"탄산 킬러는 만났어?"

[만났지.]

"좋았어?"

[당연히 좋았지. 야! 너…….]

"나도 좋아서, 보고 싶어서 보려는 거야, 백 대표님."

[이 자식! 이럴 때만 대표냐? 집도 있고 별장도 있는데 왜 굳이 눈 많은 호텔에서 본다고 이 난리야? 왜! 너희 벌써 권태기야? 색다른 공간과 분위기가 필요한 거냐고! 그럼 말을 하던가, 내가 호텔보다 더 끝내주는 장소로다가 물색해서…….]

"헛소리 말고 끊어. 이 시간 이후로 전화 하지 말고."

[야! 이제이 아니 하…….]

백재가 이제이라고 부르는 것도 상당히 오랜만이다. 오랜만이라 그런지 격앙된 톤인데도 듣기가 나쁘지 않았다. 백재가 죄 없는 도영을 잡는 그림이 보지 않고도 눈에 선해 도영에게도 역시 미안한 마음이 들었다.

열과 성을 다해 키운 만큼 쑥쑥 커준 회사는 백재에게 주는 선물이었다. 함께했기에 이만큼 자리 잡을 수 있었다. 사실 크기 전부터 회사는 백재의 것이었지만.

모든 일을 설렁설렁 하는 것 같으면서도 백재는 사업적 수단과 감이 뛰어났다. 그런 이유로 앞으로도 클 여지가 충분했다. 하영우란 배우의 이른 은퇴로 얼마간은 어수선하겠지만 이 세계가 그렇듯 곧 다른 이슈로 잠잠해질 테고. 탄산 킬러란 사람이 백재 옆에 둥지를 틀어주면 더 바랄게 없는데, 그건 백재의 몫이다. 수완에게 터트릴 고백이 오롯이 내 문제인 것처럼.

얼마나 기다려야 올까. 그래, 10년을 기다린 수완에 비하면 정말 아무것도 아닌 시간이다. 기꺼이 기다릴 수 있는 기다림. 수완이 내게 오는 길이라면 이 기다림마저 아찔하다.

수완은 정확히 49분이 지나고 내게 왔다. 커프스가 접힌 우아한 크림색의 미니멀한 원피스를 입고 수완의 작고 앙증맞은 속옷만큼 깜직한 클러치를 들고서 룸에 들어서는 수완은 그 어떤 향수보다 고혹적인 향으로 날 자극했다.

생각해 보니 10년 만이다. 이렇게 수완과 호텔 룸이란 특별한 공간에서 시선을 맞추고 오직 우리 둘만의 시간을 갖는 건. 아주 오래전, 침대에서 서식하고 서로에게 기생하던 날들이 정확하게 기억났다.

지금 이 순간 똑같은 버전으로 추억을 복기하고 싶지만 지금은 불가하다는 걸 안다. 지금은 이제이가 아닌 하영우의 얼굴을 한 공인 하영우니까.

"저녁은 먹은 거예요?"

수완이 클러치를 테이블에 두고 창가에 선 내게 다가왔다.

"생각 없어."

옆에 선 수완에게 알 수 없는 향이 났다. 은은하면서도 색다른 향. 마치 강우빈을 연상시키는 향. 나로 인해 배인 향이 아니라 그런지 기분이 좋지 않았다. 이 낯선 향과 흔적을 지우고 오직 나만이 줄 수 있는 향을 수완의 온몸에 배이게 하고 싶은 수컷의 본능이 생겨났다. 이런 내 맘을 알기는 하는지 수완은 말을 아끼고 창밖을 봤다.

언젠가도 이렇게 둘이 동일한 곳을 바라본 적이 있다. 계약을 약속했다는 김 감독의 급한 전화를 받고 그 전부터 수완의 회사 근처에서 기다리고 있던 내가 막무가내로 찾아갔을 때, 나만큼이나 어설프게 복구된 숭례문을 보던 난 수완에게 물었었다. 우리 주변, 개인의 의지가 반영되지 않은 엉뚱하고 황당한 사고에 대해서. 그때 수완은 그런 사고가 절대 일어나지 않길 바라지만, 충분히 가능하다고 인정했었다.

지금 이 자리에서 다 말해버릴까……. 내가 그런 어이없는 경우의 대표적 사례이자 피해자라고. 지수완이 아는 것처럼 난 하영우이자 지난 시절 당신이 뜨겁게 원하고 욕망한 이제이라고. 또한 바보처럼 기억을 잃고 당신을 잊어 미안하고 또 미안해서 바로 말하지 못했노라고. 그 같은 늦은 고백에 당신은 어떤 얼굴을 할까.

"왜 그렇게 봐요?"

당신이 소리조차 지르지 못하고 울지도 못할까 봐 겁이 나. 혼자 있을 때조차 울지 못하고 눈가만 떨리던 당신을 봐서 그런지 겁이 난다, 지수완.

"할 말, 있어요?"

"……당신은 나한테 할 말 없어?"

"나요?"

"응."

고해성사를 해야 하는 건 난데 도리어 수완에게 물었다. 마음과 달리 내 차분한 시선에 수완은 작은 한숨을 쉬었다.

"오늘 일에 대해 묻는 거라면 우빈이 어머님께 오늘 오전에 연락을 받았어요. 시간이 되면 오랜만에 다 같이 저녁이나 하자고."

"……."

"특별한 말씀은 없으셨어요. 잘 지내는지, 회사는 잘 돌아가는지 물으시고는 새로 임명된 국무총리가 '부패와의 전쟁'을 선포해 정재계에 한바탕 바람이 불거라는 말씀만 하셨어요. 정작 물어보셔야 하는 우빈이 신변이나 앞으로의 계획에 대해서는 한 말씀도 안 하시고요. 그러고 보면 부모 자식 간의 관계는 남녀사이만큼이나 어려운 것 같아요."

말을 하면서도 수완의 시선은 창밖에 고정된 채였다. 멍하다기보다 다른 곳에 정신을 판 듯 보이는 수완의 의식을 내게만 고정시키고 싶었다. 내 사람이 내 옆에서 다른 생각을 하는 게 싫었다. 지금 내 상황과 상관없이.

"지수완."

"……."

"수완아."

"……불렀어요? 불렀으면 말을 해야죠."

수완은 책망도 추궁도 아닌 듯 묘한 톤으로 말했다.

"당신한테……."

내 얼굴을 빤히 바라보는 수완은 내 입에서 나올 다음 말을 기다렸다.

"내가 모르는 향이 나."

이 순간, 할 말은 아니란 걸 알면서도 내 입은 어서 진도를 빼야 하는 고해성사가 아닌 전혀 다른 말을 하고 있었다. 내 톤 다운된 투정에 수완은 웃었다. 옅은 미소를 하고.

"가깝게 있어 배었나 봐요. 마음에 안 들면 지워줘요, 당신이."

지수완은 한결같다. 솔직한 점이, 또 조금쯤은 내숭이 있어도 좋을 텐데 내숭까지 없다는 점이,

10년 전이나 지금이나 다르지 않고 똑같다.

솔직하고 투명한데 아름답기까지 하다, 내 사람은.

지수완이 이 정도로 치밀한 전략가인 걸 오늘에서야 알았다. 백재 놈이 무섭다고 했을 때만 해도 웃어 넘겼는데 웃을 일이 아니었다.

"참, 지 작가님도 우리가 힘들 일이 뭐가 있다고 이렇게 감사의 자리까지 마련해 주시고. 그럼 이렇게 뭉쳐서 만난 것도 기념이니 다들 건배할까요? 영우야, 잔 들어야지."

약간 상기된 표정의 백재는 안 그래도 야한 얼굴로 내게 이상야릇한 눈빛을 보내고 도영과 수완도 날 쳐다보며 얼떨결에 들린 잔이 하늘 높이 들리기만을 기다렸다.

난 하는 수 없이 모두의 기대에 부응해 잔을 어깨 높이로 들었다. 백재는 조금 더 들라며 해괴한 눈짓을 했지만 그럴 맘이 없는 난 요구를 묵살했다. 내 단호한 거절에 백재는 이를 가는 듯한 미소를 보이더니 내내 분위기를 잡았다.

"그럼, 우리 모두 두 사람의 공동 프로젝트로 한국 영화계에 길이 남을 작품이 나오길 기대하며, 건배!"

공중에 솟구친 내 손을 중심으로 서로 다른 손이 늑대처럼 달려들었다. 그와 동시에 결코 간단하다고만은 할 수 없는 몇 가지 요리들로 테이블 세팅을 마친 호텔 룸서비스 직원들이 인사를 하고 룸을 나갔다. 백재는 그런 직원들의 모습을 끝까지 확인했다.

"일단 건배 했으니까 마셔. 직원들 아직 문 앞에 있으니까 목소리 톤도 좀 높이고."

백재는 비밀 스파이 버금가는 눈빛과 목소리를 하고선 단속의 끈을 놓지 않았다.

"와아! 건배!"

부러 톤을 높였던 백재는 또 금세 톤을 낮춰 도영을 봤다.

"넌 운전해야 하니까 입만 대, 마시지 말고."

백재는 저 혼자 007 첩보 영화 같은 긴장감 가득한 신을 찍고 있었다.

난 샴페인을 마시며 지수완을 노려보는 걸 잊지 않았다. 그런 내 시선을 충분히 느꼈을 텐데도 수완은 날 외면한 채 샴페인을 마지막까지 다 마셨다.

기분 좋게 샴페인을 한입에 털어넣은 백재는 야시시한 눈웃음을 지으며 수완을 향해 말했다.

"지 작가님, 오늘 일에 대해선 제가 확실히 보은하겠습니다."

분위기 다 깨고선 보은이란다, 보은. 그래, 내가 보은은 모르겠고 보복은 확실히 해준다. 두고 보자, 이 지백 커플.

"아니에요, 백 대표님. 다 같이 샴페인 한잔 하는 것뿐인데요. 너무 부담은 갖지 마세요."

백재를 겨냥한 수완의 멘트가 꽤나 의미심장했다. 내가 느낀 걸 저도 본능적으로 느끼는지 백재가 수완을 꽤나 수상쩍은 시선으로 쳐다봤다.

"두 사람 언제 이런 작당 모의를 한 거야?"

난 백재와 도영을 거쳐 이 상황을 전혀 모른 척 시치미를 떼고 있는 지수완에게 시선을 고정했다. 수완은 노골적인 시선이 부담스러운지 빈 잔을 채워주는 도영의 술을 잘도 받아 마셨다.

"거, 배우씩이나 돼서 말 좀 가려서 해라. 작당 모의라니? 겁도 없이 호텔 잡은 배우를 '미션 임파서블2' 버금가는 작전으로 완벽하게 미화하고 포장해줬더니만. 아무튼 지 작가님 탁월한 지략 아니었으면 우리 하 배우 엉뚱한 루머로 찌라시 장식할 뻔했네요."

지수완이라면 질색하는 백재가 지금은 현자의 모습을 하며 수완을 칭찬했다. 그러고는 테이블을 장식한 음식들로 시선을 돌려 포크를 들고 입맛을 다셨다.

"이왕 이렇게 돈 쓴 김에 남기지 말고 다 먹자고요. 어차피 시간도 때워야 하니까. 도영아, 먹자. 지 작가도 드세요. 영우는……."

대표답게 두루두루 챙긴 백재는 마지막으로 불만으로 살기등등한 나와 시선을 마주했다.

"먹기 싫으면 말고."

내 불편한 심기에도 불구하고 뻔뻔한 백재는 맛있게, 눈치 보는 백도영은 불편하게, 이 모든 상황을 계획한 지수완은 우아하게 샴페인만 마셨다.

난 눈앞의 가시 같은 트라이앵글 때문에 더는 샴페인 맛을 느낄 수 없었다.

호텔에서의 값비싼 성찬은 사양했지만 허기진 배를 주릴 생각은 전혀 없었다. 내 깊은 공복감을 채워줄 지수완은 그 어떤 백합

요리보다 쫄깃하고 어느 라벨의 샴페인보다 향기롭고 향긋했다.

"아…… 흣!"

짭조름한 맛에 뜨겁게 응원하는 수완의 교성까지 보태져 난 샴페인에 취한 것처럼 머리와 하반신이 부글부글 끓어댔다. 차 안, 실내 옷걸이를 생명줄처럼 잡고 버티는 수완의 다리를 가르고 찾아든 샘은 깊숙한 혀 놀림과 정성을 다한 손동작에 오늘도 어김없이 차고 넘쳤다.

유혹하듯 잡아당기는 쫀득한 속살에서 간신히 빠져나온 난 어느새 사랑스런 자두가 돼버린 수완을 잡아당겨 의자에 눕히고 거추장스러운 크림색 원피스를 내버리듯 벗겼다. 아무리 서로의 보호막이자 절친이라지만 강우빈을 위해 곱게 차려입은 수완은 조금도 보고 싶지 않았다.

완전한 나신보다 더 유혹적인 모습을 한 수완은 있지도 않은 비상구를 찾듯 이리저리 부산하게 몸을 움직였다. 그 같은 수고스러움을 덜어주려 난 묵직한 몸으로 수완을 고정시켰다. 따듯하다기보다는 살짝 높은 듯한 체온의 나신이 밀착된 내 육체를 자극하며 흥분시켰다.

"호텔에서의 일은 결코 날 위한 일이 아니야."

수완은 약간은 억울한 듯한 표정을 하고 탐스런 입술을 겁도 없이 달싹였다.

"……호텔이었어요."

"신경 쓰지 말라고 했어, 난."

날 걱정하고 염려한다는 이유로 내게 반하는 행동을 하는 수완에게 섭섭하면서 화도 났다. 그런 이유로 세상 모두는 알아도 수완에게만은 절대 내보이고 싶지 않은 B급 성향이 자꾸 내 몸과 정신 어딘가를 가르고 불쑥 튀어나올 것 같았다.

"내가 무슨 생각을 한 줄도 모르면서…… 당신이 다 망쳤어."

난 바로 삼키고 싶은 마음을 억누르며 벌어진 수완의 입술에 방금 전 깊은 옹달샘을 파고든 손가락으로 그림을 그렸다. 그 순간 밀착된 하반신에 따뜻한 물이 흘렀다.

아련한 시선에 특유의 육향과 풍미까지 더한 수완은 공복감에 시달리는 날 미치게 만들었다. 어두운 밴 안은 온통 지수완의 자극적이고도 도발적인 향으로 가득했다.

"……차고예요."

"차 안이기도 해."

이 순간 조금이라도. 한 번이라도 허기를 채우지 않으면 수완을 상대로 엄청난 포식을 할 것 만 같았다.

"차 안이지만…… 아앗!"

공복감과 상관없이 더없이 공격의 날을 세운 남성은 점성 짙은 애액으로 인해 빨려들 듯이 수완을 갈랐다. 오늘도 기대를 저버리지 않은 조붓한 습지가 주는 기묘한 압박감에 몸은 맹독에 물린 것처럼 순식간에 마비됐다.

왜 당신은 늘 이렇게 좋은 거지……. 우린 왜 서로밖에 삼키지 못하는 고집스런 미식가들인 걸까.

수완의 엉덩이에 손을 넣어 올림과 동시에 잡아당기자 수완이 미간을 찡그렸다.

"너…… 무 깊어서…… 아파요."

밀착을 넘어선 깊숙한 진입이 꽤나 버거운지 숨 가쁜 수완의 목소리가 내 성난 남성을 응원하면서도 묘하게 달랬다.

"……모자라. 난 더 깊이 박히고 싶어, 지수완한테."

아픔으로 긴장한 수완은 내 목에 한껏 매달려 관용과 선처를 바라듯 그렇게 바라보았다. 그렇게 본들 나 또한 답을 줄 수는 없다. 이제 막 본능이 시키는 대로 다급하게 움직여할 내게 수완까지 챙길 여유란 없으니까.

"절대 나한테서 벗어나지 못하게 나란 인간으로 이 작은 몸뚱이, 혈관 전부를 채우고 싶어. 어떡할까, 지수완. 여전히 미진하고 배고픈 난 어떡해야 하지?"

답을 듣지도 않고 묵직하게 허리를 쳐올리고 또 쳐올렸다. 빠르고 격한 스피드에 막혔던 숨이 이제야 좀 쉬어지는 것 같았다. 반동처럼 늘 빠듯하게 조여오는 이 기막힌 기적은 이 순간도 다르지 않았다.

열렬한 반격에 자제하려 했던 방종한 허리 짓은 멈출 수 없었다. 수완의 원색적인 하이 톤 비명과 밀리며 서로 부닥치는 살갗의 마찰 소리, 음탕한 공명은 전부가 날 전폭적으로 지지하는 에너지원이 돼 오늘도 어김없이 과도한 폭식을 유발했다. 미칠 듯한 공복감을 느끼는 난, 가능하다면 이대로 수완을 미세한 나노분자로 녹여 혀끝에서 천천히 녹여 먹고 싶었다.

"수…… 완아."

나만의 정으로 지수완을 꼭꼭 채우고 싶은 난 도리어 수완의 향기와 숨결, 애액으로 온몸이 채워지다 못해 끝내 아끼고 싶었던 파정을 허무하게 쏟아냈다.

욕심만큼은 아니지만 그래도 타는 듯한 갈증은 풀었다. 그렇지만 기이한 공복감은 텀을 두지 않고 바로 재생됐다.

어느 시점에서 전세가 역전되었지……. 차고에서 수완을 급하게 한 번 삼키고 서로를 꽉 문 채 수완을 안고 방 안으로 들어와 침대에 쓰러진 후, 행위의 주체가 단숨에 역전되었다.

아무래도 지수완은 전생에 아름다운 성균관 유생이었지 싶다. 어쩌면 가르치는 족족 이렇게나 잘도 습득을 하고 곧바로 실천에 옮기는지. 순식간에 내 발밑 어딘가로 빨간 망토를 입은 소녀처럼 종적을 감춘 수완은 정말로 날, 내 남성을 입으로, 혀로, 이로 집요하게 물었다.

"으윽!"

이 자극과 공격을 대체 어떤 말, 어떤 은유로 표현할 수가 있을까.

10년 전, 침대에서 서로를 놓지 못한 우린, 아니 수완은 이런 방식으로 날 함몰시키는 방법까진 알지 못했다. 서로가 처음이고 첫정이라 대범한 체위도 서슴지 않았지만 그렇다 해도 순간순간 조심스러웠던 난 감히 수완에게 이런 감동 이벤트까지는 욕심내지 못했었다. 그런데 지금 완숙미와 관능미가 더해진 지수완은 핵탄두급 도발을 서슴지 않았다.

이 순간 수완은 역사 속 요기로운 요부 그 자체였다. 그 고운 혀끝으로 부리는 기막힌 마술에 모든 혈관과 혈류가 녹아내리는 것 같았다. 팽팽한 근육 대신 난립한 혈관으로 바투 선 남성을 양손으로 살포시 잡고서 그 어여쁜 입으로 깊숙이 집어삼키자 하반신은 물론이고 몸 전체가 초미립자 나노 빗방울처럼 공기 속으로 산화돼 사라지는 것 같았다.

"지수…… 완………."

"……쉿!"

윙크를 하듯 파르르 떠는 눈가. 흡입으로 인해 핑크빛에서 붉은색으로 달아오른 혀를 원색적으로 날름거리는 지수완은 타고난 요부가 분명했다. 요부에게 넘어간 역사 속 영웅들 심정이 이해됐다. 이 순간, 서로가 주지 못할 것이, 바치지 못할 것이 없었다.

"이제…… 시작이에요."

미치겠다. 겁 없는, 뒷감당 생각 않는 대범한 지수완 때문에. 선무당이 사람 잡는다고, 1년 전의 내가 어떤 인물이었는지 상상도 못하는 지수완이 일을 크게 벌이고 있다. 핑크빛 입술로 날 음란하게 빨고 삼키며 이 같은 호기를 부리다니.

츄읍츄읍 빨아 삼키는 소리에 사지는 결박당한 듯 침대에 고정됐다. 감히 상체를 들어 앙큼한 일을 벌이는 지수완을 볼 여유조차 갖지 못했다. 그 자극적인 모습을 보면 단박에 사정을 할 것 만 같아 자꾸만 몸을 들어 확인하려는 눈과 의지를 억누르고 억제했다.

가능한 이 모든 시간들을 늘리고 늦추고 싶었다. 요술 빗자루를 타듯 날 타고 올라 생각지도 못한 유아적이면서도 기상천외한 스킬로 옭아매고 빨아대는 지독히 관능적인 지수완을 도저히 포기하고 싶지 않았다.

수완이 입안 깊숙이 또 다른 날 삼키면, 난 어느 바다 속 고래의 입 안에서 무중력으로 유영하는 듯한 엉뚱하면서도 기이한 느낌이 들었다. 이 기막힌 감각이 주는 아찔한 감흥을 일반적인 묘사로 표현하는 건 불가능했다. 자극과 터치에 더없이 민감한 남성의 끝을 이빨로 지그시 물면 뇌수가 녹는 듯했다. 언어학자도 아닌데 지수완 때문에 자꾸만 몰랐던 단어와 비유를 찾게 됐다. 아름다운데 가혹하고 절륜하기까지 한 기막힌 당신 때문에…….

"당신은 이런 맛이구나."

그 말만은 하지 말지, 지수완.

그리 길지 않은 문장이 주는 임팩트에 임계치를 넘어선 난 일어나 수완을 포개 안고 침대에 깊이, 나락으로 떨어지듯 파묻혔다. 내 아래에서 짓밟힌 꽃잎처럼 무참히 깔린 지수완은 버겁지도 않은지 색정적인 얼굴로 날 올려다봤다. 보란 듯이 혀까지 날름거리면서.

"당신, 잘못 건드린 거야."

똑같이 되갚아 줄게. 아니, 지금까지와는 차원이 다른 탐닉으로 당신을 삼킬 거야. 처음은 가볍지 않게. 두 번째는 서두르지 않고. 세 번째는 지치지 않으면서. 네 번째는 절대 기절시키지 않을 딱 그 정도로.

"……응원할게요, 하 배우."

이 밤, 정녕코 마지막은 없을 거야, 지수완.

11장

백재 말대로 전부터 준비하던 일정이고 결코 갑작스런 스케줄은 아니었지만, 내심 초청 배우가 바뀌어 취소되길 바랐는데 행사는 변동이 없었다. 영화 산업의 메카 할리우드가 있는 로스앤젤레스에서 처음으로 제대로 된 규모를 갖추고 한국영화제가 열린다니 고무적이긴 하지만 가고 싶지 않은 게 사실이다.

내 이런 시큰둥한 반응에 백재는 이제야 좀 유명 배우와 소속사 사장 같다며 신 나 했지만, 왠지 난 마음 속 밑바닥에서부터 타고 오르는 듯한 암류를 무시할 수 없었다.

며칠 전부터 마음은 특별한 이유 없이 불안했다. 우리나라 장, 단편 영화 60편이 5일간 여러 극장에서 나뉘어 상영되고, LA한국영화제(KOFFLA) 집행위원회가 폐막작으로 작년 국내에서 평단과 관객의 호평을 받은 내 로드 무비를 선정한 건 감사한 일이지만,

연이어 참석해야 하는 뉴욕 아시안 영화제 일정까지 소화하면 무려 10일 넘게 미국에 체류해야 한다. 뉴욕 영화제에서 배우 특별전에 초대된 일에 대해 백재는 그리 길지 않은 배우 인생에 굉장한 이벤트고, 감독을 준비하는 나에게는 물론이고 회사와 소속 배우들에게도 이번 일을 도약의 발판으로 삼을 수 있는 굉장한 홍보 기회라고 했지만 흥이 나지 않았다.

다소 충동적이긴 했지만 호텔에서 수완에게 고백을 하려다 무산되고, 집으로 와서 이어진 치열하고도 전투적인 정사에 굴복당한 난 결국 하고 싶은 말을 하지 못했다. 인생에서는 무엇보다 타이밍이 중요하다며 백재는 고백에 대해 신중하길 바라지만, 미국 일정을 소화하고 오면 마음은 또 흔들리고 생각과 결정은 원점으로 돌아갈 것 같았다.

수완과 떨어져 있는 시간들이라…….

침대 위에서의 내가 성적 포식자에 지나지 않은 것처럼 수완이 없는 난 불안감과 강박증에 시달리는 환자에 지나지 않는다. 이전에도 늘상 하던 일들이고, 직업상 의무이기도 해 새삼스러운 일도 아니지만 이번에는 이상할 정도로 내키지 않았다. 간 김에 부모님도 초대해 오랜만에 뵙고 오자며 백재는 그럴듯한 떡밥을 던졌지만 수완과 재회하고 이 정도의 일정으로 떨어져 지낸 적이 없어 불안했다.

내 유난스런 불안감에 백재는 위험천만하고 반항기 충만한 탄산 킬러를 두고 가는 자신도 있다며 닦달했지만 백재와 난 다르다. 서로의 의지와 선택으로 떨어져 지낸 연인들과 누군가의 어처구니없는 각본에 의해 헤어질 수밖에 없었던 수완과 난 선택권이 없었다는 점에서 상황이 같을 수 없었다.

당장 내일 저녁 출발이다. 백재는 레드카펫을 밟을 슈트며 행사 일정, 함께 갈 스텝들을 챙기고, 주최 측과는 따로 현지 배우와 관객들의 소통 이벤트까지 준비해야 한다며 들떠서는 무척이나 바빴다.

백재 말대로 내일은 당일이니 만나기 어려워 오늘 만나자고 하니 지수완은,

[애로배우로 대성할 하영우 씨 때문에 보약 먹어야 할 것 같아요.]

이런 뒤늦은 소리나 하고 있다.

"그 보약 내가 보내줄게. 나 때문이라면 난 감개무량이지."

[됐어요. 하 배우랑 일정 거리 유지하는 게 치료고 보약이니까.]

"내일 출발하면 10일 넘게 못 보잖아. 당신은 그 시간들 걱정되지도 않아? 나 없이도 잘 지낼 수 있나 보지, 지수완은."

늘 나만 이 모양이다. 나만 간절하고 나만 애가 닳고 나 혼자만 도도한 지수완을 지독하게 갈구하고.

내 분명한 투정에 수완이 희미한 한숨을 쉬는 것 같았다.

[하영우 씨, 우리 이렇게 만나기 전까지 아주 오랜 시간, 서로 얼굴도 존재도 모른 채 잘 살았어요.]

그랬다. 내 저주스런 사고와 기억상실로 난 지수완을 역사 속 어느 미해결 사건처럼 잃어버리고 완전히 잊고 살았다.

"무슨 뜻이야?"

[무슨 뜻이긴요. 그 시간들에 비해 정말 찰나고 짧은 시간이니까 투정 부리지 말고 잘 다녀오라는 거죠.]

"당신에겐 찰나일지 모르지만 나에겐 영겁이야."

내 극단적 고백에 수완이 기분 좋게 웃었다. 날 만나고 수완이 몇 번이나 웃었나, 순간 궁금해 세어보고도 싶었다. 그만큼 지금의 수완은 스물다섯 때와 달리 웃음기가 전혀 없었다. 개그우먼처럼 그렇게나 타인을 웃게 만들고, 잘 웃던 사람이…….

[그 오글거리는 대사, 영화에 나오는 대사 아닌가?]

이럴 땐 또 영락없이 스물다섯의 지수완이다. 제 할 말 다 하면서도 상대가 기분 상하지 않게 농을 섞어 말하는 고급 스킬은.

"나 고수위 액션도 가능한 개성파 배우야. 내가 어디서 이런 멘트를 하겠어? 등급 높은 지수완 앞에서나 하지."

[투정 그만 부리고 잘 다녀와요. 당신만을 위한 상영을 약속한 것도 그렇고 한인들과 다른 나라 관객들에게 우리 영화를 알리는, 어쩌면 한국 영화의 입지를 굳힐 수도 있는 좋은 자리잖아요. 당연히 참석하고 욕심내야죠. 미래의 감독님께서.]

알고는 있었지만 지수완은 참으로 탐나는 조력자이자 늘 곁에 두고픈 참모다.

[시나리오는 완성해 놓을게요. 돌아와서 감수해 줘요. 내가 맡은 바 일을 잘했는지. 미국에서 잘해낼 하영우 씨처럼.]

"같이 가자고 하면……."

[당연히 불가능하죠. 당신은 일개 소속사 배우지만 난 이래봬도 회사 대표랍니다.]

"그러니까 가능한 일이지."

[요사이 다트서클은 코까지 내려오고 툭하면 지각하고 시도 때도 없이 졸아대는 사장 때문에 우리 직원들 나 왕따 시키고 있

어요.]

"그러니까 더욱……."

[……기다릴게요. 맡은 일 열심히 하면서 때대로 당신 기사 전해줄 TV도 시청하면서 기다릴 테니까 잘 다녀와요.]

얍삽한 지수완. 이런 은근하고 은밀한 톤으로 내 입을 막아버리다니.

"나, 당신한테 듣고 싶은 말 있는데 안 해줄 거야?"

이번에는 수완이 입을 닫았다.

"난 당신한테 늘 했어."

[…….]

"당신이 듣고자 했다면 매순간 들었을 거야, 내 귓속말."

이 침묵의 의미는 뭘까? 어떤 의미로 해석해야 하지?

"그러니까 돌아오면 말해줘. 내가 당신한테 듣고 싶어하는 말."

이번에 다녀오면 나도 당신한테 고백할게. 내가 당신한테 얼마나 미안한지 또 얼마나, 얼마만큼 사랑하는지…….

수완은 긴 호흡과 불안한 숨결로 대답을 대신하며 전화를 끊었다. 나 또한 더 이상의 재촉이나 신호는 보내지 않았다. 지금은 그저 이 상태로만 두고 다녀와서 수완을 내 곁에, 내 옆에 두고 눈을 맞추고 손을 잡고 오래된 고백을, 조금 늦은 고백을 해야 한다.

스물일곱의 내가 스물다섯의 지수완을 만나 얼마나 뜨거웠는지. 똑같이 10년의 시간을 견뎌낸 내가 당신에게 얼마나 미안한지.

내가 당신을 얼마나 사랑하는지.

당신은 날, 그때처럼 열망하고 사랑하는지…….

❖

미국에 도착하고 3일째 되던 날부터 수완과 연락이 되지 않았다.

체한 듯 불편한 내 마음과 달리 뉴욕 아시아 영화제는 예상보다 규모도 크고 반응 또한 나쁘지 않았다. 짧았지만 관객들과 영화계 지망생들과의 대화도 여러 번 있었고 자유로운 영어구사로 인해 인터뷰 요청이나 영화제 홍보를 위해 눈도장을 찍어야 하는 일도 많았다.

수완과의 연락은 여전히 소원했다. 오랜만에 뵙는 부모님들과 함께하는 자리에서조차 안달하는 내게 백재는 시차를 고려하고, 작다 해도 한 회사의 오너인 지수완의 바쁜 일상을 생각해 자중하라고 했다. 하지만 오기 전부터 이상하게 마음이 무거웠던 난, 넉넉잡고 세 시간 후면 수완을 볼 수 있는데도 마음이 급했다.

출발 전 통화를 시도했지만 연결이 되지 않아 메일을 남겼다. 별장에서 기다리겠으니 늦더라도 꼭 오라고. 보고 싶다고…….

인천공항을 밟자마자 별장까지만 함께하겠다는 도영을 보내고 직접 운전해 별장으로 향했다. 가는 동안 몇 번이나 핸드폰을 확인했지만 연락이 없었다. 그로 인해 운전은 빨라지며 빨라지는 속도만큼 마음은 불안했다.

도착해 소파에 몸을 기대니 문자가 도착해 있었다. 늦더라도 갈 테니 기다리라고. 이제야 살 것 같다. 늦더라도 온다고 했으니 수완은 올 거다.

수완이 온다. 조금만 기다리면 이 불안감을 모두 해소하고 해방시켜 줄 지수완이 날 뜨겁게 안아준다. 계속해서 주문을 걸었다. 이제 주위를 뱅뱅거리며 춤을 추던 불안감은 잠정적일지라도 곧 끝이라고.

메일에는 남기지 않았지만 오늘 전부 다 말할 생각이다. 하영우가 누구인지, 그때 뜨겁게 몸과 마음을 나누고도 왜 약속을 지키지 못했는지, 버젓이 같은 서울 하늘 아래 살았으면서 왜 지수완을 찾지 않았는지, 또 지금까지 무슨 생각으로 말을 하지 않았는지.

그러면서 나 또한 묻고 싶었다. 하영우가 이제이인 걸 안 지수완은 무슨 생각으로 지금까지 침묵하고 있는지. 묻고 싶은 게 백 가지가 넘고, 말하고 싶은 게 천 가지도 넘었다.

수완의 몸은 나만큼이나 뜨거운데 마음도 그러한지. 그때처럼 개구지게 웃던 지수완의 미소를 되찾아주고 싶고, 우리가 떠나온 도시도 다시 가보고 싶었다.

가서 우리가 만나기로 한 장소에서 이 모든 시간을 다시 되돌리고 싶은데, 가능할까? 수완아.

순서가 뒤죽박죽인 이런저런 생각을 하는데 무거운 눈꺼풀이 결국에는 주저앉았다. 기대감에 결코 눈을 감고 싶지 않은데도 몸은 스스로를 챙기는 일에 적극적이었다. 이대로 잠을 자게 된다면, 눈을 떴을 때 수완이 날 보고 웃었으면 좋겠다. 그때처럼. 우리가 처음 만나 날 보고 웃었던 그 개구지고 환한, 비타민 같은 웃음을…….

얼마나 잤는지 눈을 뜨니 정말 꿈처럼 수완이 맞은편 소파에 앉아 있었다. 마치 태엽이 풀려 그대로 멈춘 인형처럼 미동도 않고 눈도 깜박이지 않고 앉아 있는 수완은 그리 멀지 않은 거리임에도 표정 때문인지 무척이나 멀게 느껴졌다.

"왔으면 깨우지. 왜 그렇게 멀리 있어. 이리 가까이 와."

"금방 왔어요."

난 소파에 늘어졌던 몸을 일으켰다. 얼마의 시간이 흘렀는지 모르지만 불안정한 수면은 무거운 머리를 더욱더 무겁게만 했다. 미국 일정 내내 잠을 자지 못해 그런지 몸이 천근만근이었다.

언제 준비했는지 수완은 테이블 위에 있던 물 잔을 건넸다. 물 잔이 있던 자리에는 '욕하다 욕망하다'가 단정하게 타이핑 된 상당한 두께의 시나리오가 보였다. 내가 없는 시간동안 내 성실하고 충실한 파트너는 부지런히 시나리오를 완성한 모양이다.

"당신이 말한 기본 골격에 우리가 조율했던 부분들을 수정하고 보탰어요. 내 식으로 완성은 했지만 고칠 부분은 또 있을 거예요. 공석이었던 감독보다는 서툰 각본가의 생각과 의도가 훨씬 많이 보태졌으니까요."

"시나리오 얘기는 나중에 하고, 이리 와. 당신 보고 안고 싶은데……."

"시나리오 각색도 끝났고."

수완은 평소에도 그리 사분사분한 말투는 아니었지만 오늘은 특히나 사무적이었다.

"나 하영우 씨, 그만 보고 싶어요."

마신 물 잔을 테이블에 내려놓으려던 난 공중에서 길을 잃고 그

대로 멈췄다.

"우린 처음부터 일과 서로의 개인적인 상황, 필요에 의해 만난 사이예요. 계약했던 일도 마무리한 상태고, 이렇게 먼저 말하는 거 결코 불성실하거나 실례라고 생각지 않아요."

다 듣고 이해는 한 것 같은데 결국에 무슨 말인지 알아들을 수가 없었다. 계약한 시나리오 작업은 이렇게 마쳤으니 이제 그만 만나자. 지금 지수완이 날 보고 그런 말을 하고 있었다. 무척이나 무미건조한 얼굴과 말투로.

"로맨스 소설에나 나오는 이런 흔하고 유치한 말 하고 싶지 않았지만 우리도 결국엔 합의에 의해 계약하고 시작한 연애니까……."

퍽—

내던진 유리잔은 엉뚱하게도 벽이 아닌 카페트에 고개를 처박았다. 너무도 기막힌 말에 균형감을 잃은 난 의지대로 겨냥을 하지도 못한 모양이다.

"내 생전에 지수완한테 계약 연애라는 말을 들을 줄 몰랐네."

기막히고 어이가 없어 그런지 말투는 묘하게 비틀리고 비아냥스러웠다.

"무슨 말인지……. 뭘 그만 하고 싶다고?"

말은 제대로 하고 있는 건지 알 수가 없었다. 지수완이 황당한 말을 해 나까지 이상해진 것 같았다. 아니면 아직까지도 시차 적응이 되지 않아서 수완의 말과 의도를 왜곡해 듣고 있는 건 아닌지, 내 자신이 의심스러웠다.

그래, 이건 다 아직까지 밤낮을 구별하지 못하는 내 예민하고 불안정한 신경 탓이다. 계속 잠도 못 자고 수완을 품지 못해 내 고질병인 강박과 불안감에 잠식당해서.

"하영우 씨, 그만 만나요."

수완은 마치 한글을 처음 접하는 아이를 가르치듯 최대한 정확한 발음으로 말했다.

"우리, 자기 결정권 있는 성숙한 어른들이고 만나다 헤어질 수도 있다는 거, 서로가 각자의 경험으로 알잖아요. 그러니까……."

"그러니까 지금, 다시는 보지 말자는 얘기를 하고 있는 거야?"

몇 번을 물어도 다시금 묻게 되는 기묘하고 이상한 말이었다.

"네."

'네' 라고 대답하는 수완의 얼굴과 표정은 차분하니 현재 더없이 이성적인 판단을 하고 있다는 뉘앙스를 풍겼다. 그러거나 말거나 난 이 기막힌 촌극을 받아들일 의사가 없었다.

"열흘 전, 당신은 영화제에 잘 다녀오라고 했어. 그래서 난 가기 싫은 걸음을 억지로 떼 다녀오겠다는 인사를 하고 지금 이렇게 돌아왔지. 근데 그사이 무슨 일이 있었기에 지수완이 이런 황당한 말을 하는 거지?"

예상 못한 반응에 멍해져 내내 린치당한 표정만 할 순 없다. 무엇보다 수완의 숨은 의도를 알아야 하기에 참아야 한다. 이 순간 미칠 것처럼 화가 난다 해도 참아야 한다. 죽어도, 죽도록, 죽기 살기로 이 순간을 참아야 해, 하영우.

"안 들려? 묻잖아."

"……."

"나 없는 그 열흘 사이 무슨 일이 있었기에 그런 황당한 말을 하는지."

내 톤 높은 비명과 연이은 질타에 수완의 표정이 한층 독한 가면을 썼다.

"아무 일도 없었어요."

수완의 시선은 얄밉도록 냉랭하고 침착해 난 감정이 한층 더 격앙되고 날이 섰다.

"아무 일도 없었는데 헤어지자는 거야? 왜! 왜 헤어져야 하는데? 당신 말대로 아무 일도 없었다면, 열흘 전과 다를 게 하나도 없는데 왜 헤어져야 하는 건데!"

이 순간 난 지수완의 표정, 눈빛, 호흡, 어떤 것도 놓칠 수 없어 내 모든 감각과 신경을 오직 앞에 있는 지수완에게 모으고 쏟았다.

수완은 고집스러울 정도로 침착했다. 마치 내가 없는 그 시간 동안 하루 24시간을 꼬박 연습하고 복습한 사람처럼 꼿꼿했다. 이별을 말하는 이 기막힌 순간에도.

"아무 일 없이도 사람들은 헤어져요. 우리가 다른 보통의 연인들처럼 진심을 나누면서 연애를 한 사이도 아니고……."

수완은 호흡이 달리는지 아주 잠깐 호흡을 챙기고 말을 이었다. 갑작스레 호흡이 달린다기보다는 맨 정신에 내뱉은 거짓에 그녀 자신조차 버거워 그러지 싶었다.

"솔직히 우린 사회적 위치와 결혼적령기란 타이틀에 갇혀 쉽사리 풀지 못한 욕망을 각자가 인정한 상대와 합의 하에 나눈 것뿐이에요. 난 내 사람을 지키고, 당신은 당신의 네임 밸류에 어울리는 그간의 이미지를 지키기 위해서……."

정말이지 군더더기 하나 없는 근사한 답변을 하고 있었다, 지수완은.

"이젠 그만하고 싶어요."

"그러니까 왜 그만하고 싶어졌냐고 지금 묻잖아?"

지수완이 나에게 무슨 말까지 하나 눈으로 보고, 귀로 듣고, 맘에 담아두자 싶었다. 나중에 이 상황의 진의가 드러나고 진정되면 도로 다 갚아주리라 소심하게 다짐하면서.

"당신을 좋아하지도 사랑하지도 않아요, 난."

"……!"

그때 날 기다리던 수완의 심정이 딱 이랬을까 싶다. 이렇게 비참하고 이렇게나 무너져 내린 심정을 하고 스위스로 떠난 건가, 당신은. 늘 막연하게 어땠을 거라 추측하고 짐작만 했었는데 이제야 그때의 심정을 제대로 체감할 수 있었다.

분명 저런 소름끼치는 눈을 하고 저런 독한 말을 아무렇지도 않게 내뱉는 여자의 마음은 진심일 거다. 하지만 지금 내 앞에서 딥 그레이 톤의 모습으로 차분하니 감정을 읊조리며 읽어 내려가는 사람은 다른 누구도 아닌 지수완이다.

시키지도 않았는데 나란 인간을 10년 동안 가슴에 꼭꼭 싸안고 살아온 여자. 침대 위에서는 그 누구보다 뜨겁고 열정적으로 호응하며 내 모든 걸 갈구하는 연인. 내가 이제이란 걸 알면서도 한 마디 묻지도, 확인하지도 못하는 천치에 겁쟁이.

당신은 내가 그런 당신의 말을 다 믿을 거라고 생각하는 건가? 당신 참 바보다. 지금까지도 여전히 순정하고 순수한 지수완은 나란 인간을 모르는구나. 그래, 당신은 지난 10년 동안의 내 모습을 한 번도 본적이 없으니 알 수가 없겠지.

반듯한 강우빈이 선한 기운으로 당신을 오늘까지 든든하게 지켜준 사람이라면, 난 말이야 이제 당신의 전부를 소유하고 숨결 하나까지 전부 억압하고 강탈할 나쁜 놈이야.

"지수완."

내 조용한 부름에 수완이 피했던 시선을 마주했다. 맑은 눈빛이 고요해 보였다. 물론 그 조차도 다 트릭에 거짓이겠지만.

"착각하나 본데……."

"……."

"섹스는 감정 없이도 할 수 있는 유희이자 놀이야."

내 담백하고도 간결한 정의에 수완의 눈빛이 처음으로 흔들렸다. 아주 잠깐이었지만 정교하고 세밀한 밀랍인형의 탈을 쓴 수완이 충격으로 인해 자신도 모르게 감정을 드러냈다. 기껏 이 정도에 그런 눈빛을 하다니……, 당신 참 어설퍼.

왜 이러는지 모르겠지만 그래, 지금은 모르니까, 알 수가 없으니까 응수해 줄게. 이 정도 가면은 나에겐 아무것도 아니야. 내가 어떤 어둠의 시간들을 지나고 보낸 후에 이 자리에, 당신 앞에 왔는지 당신은 상상도 못할 테니까.

"좋아하지 않아도 돼."

"……."

"사랑?"

충격 때문인지 내 목소리는 말하는 나조차도 당혹스러울 만큼 시니컬했다. 소름 끼칠 정도로 비정하고 비열하게까지 들렸다.

"나도,"

"……."

"그딴 감성 필요 없어."

내 감정이 격앙될수록 덤덤했던 수완의 표정도 좌표를 잃은 사람처럼 당혹스러워 하더니 점차 의혹이, 긴장이, 실망감이 넘실거렸다.

상관없다. 이 순간, 최고로 저열한 인간이 되어야 한다면 못할 이유가 없다. 목표가, 대상이 분명한 난 못할 짓이 없어, 수완아.

"그딴 감정보단 지수완의 빡빡한 샘, 쓸모 많은 몸뚱이가 필요한 거니까."

난 회백색으로 굳어서는 밀랍 인형으로 회귀한 수완을 단번에, 격하게 안아 올렸다.

이 순간 내게 배려란 말이 있을 이유가 없다.

수완을 위해서 또 내 자신을 위해서도.

늘 궁금했다. 지난 흑역사를 고스란히 간직한 억눌린 감정과 사나운 성격이 언제쯤, 어느 타이밍에 어떤 대상을 상대로 저열하고 비루한 얼굴을 내밀지…….

꽤 오랜 시간 마약에 길들고 고통에 무릎 꿇으며 절망에 익숙했던 B급 성향, 성격이 생각지도 않은 순간 불쑥 튀어나와 지수완을 두렵게 할까 봐 늘 자중하고 자제했었다. 그랬던 내가 지금은 전혀 두렵지 않았다. 오히려 적절한 타이밍에 출몰해 줘서 고맙기까지 했다. 적당한 순간, 이렇게 천박하고 거친 본능이 빛을 발해줘서.

"아…… 악!"

분노 때문인지 어느 때보다 바투 선 남성은 지치지도 않고 수완을 치받으며 죽일 듯이, 부술 듯이 휘저으며 무책임하게, 근성 있게 쳐댔다. 제 주인과는 또 다른 분노를 느끼는지 몸끝은 본능에 충실했다. 잠시도 쉬지 않는 강렬한 허리 짓에 수완은 비명을 질렀지만 동요하지 않았다. 이 막다른 순간 동요할 수 없었다.

"참지 마! 싫으면 소리 질러! 날 밀어내?"

"아흣!"

"욕하라니까, 지수완!"

토해내는 내 절절한 진심에 남성은 도리어 흥이 나는지 연이은 가격에 즐거워하고 목표로 삼은 희생양을 압박하며 미친 듯이 몰아치고 쑤셔 박고 비비며 상처 냈다.

기막힌 밀착과 기이한 쾌감에 흥분 지수는 최대치로 높아져만 갔다. 죽을 만큼 굶주리다 근 열흘 만에 접한 수완의 몸은, 찰진 내벽과 깊은 우물은 날 점점 미치게, 미쳐 날뛰게 만들었다.

얽어든 서로의 무성한 음모, 두 사타구니의 음기 가득한, 질척이는 음률이 기묘한 안정감을 주었다. 그 든든한 응원에 수완을 관통해 있는 남성이 더 음란해져갔다.

"……발…… 그……."

여지없이 녹아내리는 나와 다르게 그 어떤 전희나 애무 없이 시작된 거칠고 난잡한 행위로 몸과 마음이 고통스러운지 수완은 시작부터 지금까지 벌어진 입을 다물지 못하고 덜덜 떨었다. 나와 동일한 쾌감을 느끼지 못하는 모습에 가슴이 아팠지만 난 외면하고 침묵했다.

"제발 뭐? 말을 해!"

이 모든 게 결국엔 우리들을 위한 일이라고 핑계를 대면서 수완의 양팔은 물론이고 사지를 힘으로 압박하고 굴복시킨 난, 위험한 쾌감에 빠져 가학적 욕망을 거둬낼 수 없었다.

애초 거짓을 말하고 진실을 숨기는 수완을 괴롭히고 자극하기 위해 시작한 행위에 나도 모르게 동화돼 이 순간 때려죽인다 해도 이 위험천만한 쾌락지수를 포기할 순 없었다. 극렬히 거부하면서도 내 거대한 남성을 본능처럼, 마치 숙명처럼 조여오는 기막힌 모범생 지수완 때문에 넋이 나갈 것 같았다.

늪처럼 빨아당기고 죄어오는 기막힌 합주에 깨물린, 사로잡힌 몸끝이 얼얼했다. 이대로는 자멸은 물론이고 원치 않는 사정을 할 것 같아 억지로 입을 뗐다.

"……소리 질러!"

입으론 욕설을 유도하면서도 몸은 지수완을, 수완만을 욕망했다.

이런 당신이, 이렇게 꽉 물어 삼키고 빨아들이는 지수완이 하영우를 사랑하지 않는다고? 헤어지겠다고? 그래, 그렇게만 해봐. 내가 당신을 어떻게, 어떤 지경으로 몰고 가는지…….

"난 지수완을 이런 방법으로만 욕망할 테니까."

"아…… 흣!"

"그러니 날 욕하라고!"

수완의 얇은 팔목을 한 손으로 잡은 난 다른 손으론 수완의 하반신을 들어올려 더 깊은 결합과 밀착을 이끌었다. 빡빡한 결속이 주는 진한 쾌감에 흥분한 난 더 깊게, 과감하게 난동을 부렸다. 어느 한구석 사정을 두지 않고 분노를, 실망을, 감정을, 욕망을 퍼부었다. 이대로 녹아 천천히 지수완에게 스며들고 싶었다.

어느 순간부터 고음의 비명이 끈끈한 교성과 무지갯빛 현란한 리듬을 타고 있었다. 동시에 내벽은 쉴 새 없는 마찰에 달아올라 버거울 정도로, 데일 정도로 뜨거웠다.

계속된 자극에 민감해진 초감각 환부는 뒤처지지 않고 열성으로 조여들었다. 이 기막힌 조임 미학으로 인해 파정이 멀지 않았음을 직감했다. 어느 길이든 결국엔 수완의 몸 안이고 내게만 허락된 순정한 우물이기에 자제하거나 멈출 생각은 없었지만, 난 결국 첫 번째 아끼고 아꼈던 정을 토했다.

내게서 빠져 나간 욕망의 결정체가 수완에게 흘러가는 이 기묘하고도 충만한 쾌감은 그 어떤 말로도 대신할 수 없었다. 이렇게 지독한 연극, 기이한 가면놀이를 하는 순간에도 지수완에 닿은 이 길이 행복이고 천국인 건 분명했다.

수완은 눈을 감은 채 날 보지 않았다. 철저한 부정과 외면. 내게 속하고 뜨겁게 반응을 하면서도 지수완은 날 거부하고 있었다. 다른 누구도 아닌 나로 인해 목이 쉬도록 교성을 지르고 이렇게나 뼈와 살, 뇌수까지 녹는 환희와 쾌감에 몸부림치면서도 수완은 날 부정했다.

화보다는 성이 나고, 약이 오르면서 오기가 생겼다. 뻔한 진실 앞에서 버티는 지수완이 미워 그런지 자꾸만 건들고 괴롭히고도 싶었다.

"하고 싶은 대로 해."

온갖 터치와 쓸림, 눌림과 흡착에 붉은 기운과 손자국이 가득한 상체를 하고도 수완은 눈을 감는 행위로 제 감정을, 제 의지를 표했다.

"나도 내가 하고 싶은 대로 할 테니까."

난 고집쟁이 지수완을 안아 들었다. 그러자 놀랐는지 수완이 움찔했다.

욕실로 들어간 난 문을 잠갔다. 그 소리에 수완이 흠칫하는 걸 느꼈지만 개의치 않았다.

얇은 수건을 챙긴 난 수완을 욕실에 세우고 눈을 마주하려 했지만 그 또한 응하지 않았다. 순진한 지수완은 그런 행동이 명백한 도발이자 남자의 흥분지수를 높이는 요인이 된다는 걸 전혀 모르고 있었다.

"아직도 헤어지는 게 가능하다고 생각해?"

수완은 이 상황에도 한마디도 하지 않았다. 눈을 뜨기라도 하면 내게 들킬 것 같아 겁이 나는지 몸을 움츠리기만 하고 대응을 바라는 나와 눈을 맞추지 않았다.

"그래, 버터야 지수완이지."

난 수완을 좁은 샤워 부스 안에 가뒀다. 심상치 않은 기운을 감지한 수완이 그제야 눈을 떴다. 아직은 완벽한 자두의 모습은 아니었지만 그럼에도 불구하고 기회주의자인 남성은 되살아나 작은 공간 안에서 춤을 추듯 흔들리며 부피를 키웠다. 이 같은 자생력이 꽤나 놀라우면서도 두려운지 내내 입을 봉했던 수완이 그 고운 입을, 앙큼한 혀를 뗐다.

"이런다고 달라지지 않아요. 당신에게 익숙해진 몸은 마음과 다른 말을 할 수 있어요. 그렇다고 그 동물적 반응을 감정이라고 착각하지 말아요. 그야말로 반응이에요."

반응 자체를 부인하지 않았다. 사실 부인하려 해도 너무도 정직하고 적나라한 반응을 아니다 할 수는 없겠지. 지금처럼 화를 내며 분기에 차 소극적인 반항심은 표출한다고 해도.

"맞아. 달라질 건 없어."

"……."

"내가 무슨 짓을 하든, 당신이 무슨 말을 하든 우린 변하지 않아."

내 말이 아리송한지 수완의 시선이 의미를 헤아리려 분주히 움직였다.

"헤어지자고? 그만 보자고 했어?"

수완이 아닌 내 입을 통해서 나온 말인데도 분노로 인해 톤이 높아졌다. 이러는, 이럴 수밖에 없는 이유를 이야기하고 함께 해결할 생각은 않고 꽁꽁 입을 봉하고 마음을 숨기려 하는 답답한 지수완에게 견딜 수 없이 화가 났다.

"버텨 봐."

"……!"

"내가 갖고 싶은 만큼, 삼키고 싶은 만큼 당신을 갖고도 지수완이 그런 말을 한다면 놔줄게. 당신 인내의 한계를 시험해 보자고. 여태 최상의 만족도를 제공한 지수완의 한계를 넘어선 절절한 바람이라면 못 들어줄 것도 없어. 다른 사람도 아니고 날 기막히게 조이고 조련하는 지수완이 그렇게나 원한다면야."

난 최대한 치졸하고 저렴하게, 천박하게 표현했다. 내 이런 저열하고 저급한 표현에 분노한 수완이 호기롭게 반응하고 반항하길 바라며.

지수완, 이 바보야. 우리가 보통의 연인들처럼 그렇게 만나다 헤어진 사람들이었다면 당신 놔줄 수도 있었겠지. 하지만 우린 다른 보통의 연인들과는 달라. 당신과 난 각자 치열한 시간을 정통으로 관통해 지금 이 자리에 있는 사람들이잖아. 그런 내가 당신 말 한마디, 거절 한 번에 어떻게 아무런 의심도, 의문도 없이 당신을 놓을 수가 있니?

"그러니까 내가 무슨 짓을, 어떤 더러운 행위를 하든 이 악물고 버텨."

긴장한 수완은 내가 하는 말과 입에 시선을 모았다. 그 모습이 아이처럼 순진해 보여 순간 내 간악한 음심과 부적절한 낭심에 불을 질렀다.

"헤어지자는, 헤어지고 싶은 당신의 의지를 보여 봐. 표현의 시대잖아. 그 빌어먹을 의지 표명 확고하고 확실하게 하면,"

"……."

"놔줄게."

아니, 난 지수완을 놔줄 생각이 전혀, 티끌만큼도 없어. 그저 혼란스런 당신을 자극해 미친 듯이 취하고 싶은 생각뿐이지. 머리가 복잡할 땐 본능과 욕구에 빠져 시공간을 잊는 것도 나쁘지 않거든. 반복되는 고통이 두려워 내가 약에 취했던 것처럼, 지금은 내가 당신의 강력한 약이 돼줄게. 당신을 충동질하면서 이 같은 극단적 선택을 하게 만드는 두려움과 걱정으로부터 벗어나 봐. 당신을 사랑하는 하영우가, 추억 속의 이제이가 기꺼이 응수해 줄 테니까.

난 경고 비슷한 의지 표명만 하고 바로 시작했다. 나로 인해 늘

너덜너덜한 패잔병이 되는 수완의 내벽과 둔덕을 닦아주기 위해 준비했던 얇은 천으로 자신을 샤워 부스 한쪽 기둥에 묶는 날 멍하니 쳐다보던 수완은 사태의 심각성을 파악하고는 버둥거리며 소리를 질렀다.

"범죄예요."

손목을 꽉 묶은 날 올려다보며 수완이 침착하면서도 긴장된 표정으로 차갑게 일갈했다.

"범죄? 범죄라고 했어?"

범죄라니. 강간이라고 하지 않는 걸 고마워해야 하나. 진심이 아닌 줄 알면서도 지수완의 입을 통해 나오는 말을 들을 수밖에 없는 난 이 순간 참 많이 아팠다.

"사람 마음 농락하고 의심 없이 믿게 해놓고, 이렇게 불쑥, 자기 멋대로 헤어지자고 하는 이 빌어먹을 경우는 중범죄 아니고?"

"기억 안 나요? 하영우 씨랑 나, 시작이 어땠는지?"

"……."

"각자 지키고 싶은 거, 지켜주고 싶은 사람에게 상처 주기 싫어서 시작한 관계였어요!"

"그래서!"

"그랬던 관계가 어쩌다 보니 몸이 동해 몸을 섞었고 서로가 주는 쾌감이 나쁘지 않아 계속된 육체적 관계, 그 이상도 그 이하도 아니에요, 우린."

하, '어쩌다 보니'라. 본심은 아니라고 생각을 하면서도 고르고 고른 듯 아픈 말을 하는 지수완은 이 순간 지독하게 사악했다.

"내 경우와 지금 이 경우는 전혀 다른 사안이에요. 풀어줘요."

백재가 얼음총이라 부르면서 수완을 지독하게 저평가했던 이유를 이제야 알 것 같다. 지난 10년 강박증으로 비틀린 내가 아니었다면, 난 지금 수완의 말에 상처 입고 이대로 무너졌을 지도 모른다. 저 말의 이면, 진짜 속내는 전혀 짐작도 않고 곧이곧대로, 고지식하게 말과 단어 그 자체를 믿기만 하는 그런 얼치기 남자로. 날 단단하게 만들어준 그 지난 시간들이 지금 이 순간 얼마나 고맙고 감사한지.

"착각이야."

"……!"

"내겐 한 치도 다르지 않고 똑같아. 상대가 원하지 않는데 결국엔 독단적으로 한다는 게 다르지 않아. 당신이 내게 일방적으로 통고했듯이 나도 일방적으로 취해줄게. 견뎌! 정말로 헤어질 생각이 있다면 말이야."

매어진 매듭에서 손을 내린 난 욕실 부스에 무릎을 꿇었다.

암연 속 협주라고 해야 하나……. 수완의 달큰하고 비릿한 애액. 그로인해 자꾸만 고여 드는 타액. 이 둘의 절묘한 조합과 협주는 파고들고 파헤치는 혀를 든든하게 응원했다.

속일 수도, 결코 둔감해질 수도 없는 지독한 통각에 도망치며 달아나려는 수완의 두 다리를 단단히 고정하고 찾아든 내 작은 감각의 놀이터는 오늘도 여지없이 달콤하니 환상적이었다. 손가락과 혀가 주는 음행적이고도 창의적인 이중주에 여지없이 놀아나는 수완은 아직까지 가쁜 숨만 토하고 신음과 교성은 초인적인 인내로 참아내고 있었다. 참으로 칭찬해 주고 싶은 절제의 미덕이다.

그런 어리석은 주인과 달리 연신 맑은 물을 토하는 우물은 제 주인에게 상처 나고 너덜너덜해진 날 달래려는 듯 수축과 조임에 여념이 없었다. 인간의 의지와 본능이 이렇게나 다르다는 게 신기했다.

고지가 멀리 않음이 본능적으로 느껴졌다. 내 자신도 한계인지라 더는 끌고갈 수 없어 혀끝에 마음을, 상처 가득한 진심을 실었다.

"……발…… 그만…… 죽을 것…… 아."

뻔하고 아무것도 아닌 것 같으면서도 남자에겐 가장 자극적이고 만족스러운 말. 이 순간 난 훈장이 그득한 전쟁 영웅이 하나도 부럽지 않았다. 남자란 동물은 이만큼이나 유치하다는 것도 모르고 지수완은 날 도발했다.

만족한 난 석고대죄하는 이처럼 굽혔던 무릎을 펴 움츠렸던 몸을 일으키고 그동안 의지와 다르게 밑에서 내내 숨죽이며 호시탐탐 기회를 엿본 방만한 몸끝에 자유와 방종을 허락했다. 기둥에 매달려 농밀하고 현란한 기교에 축 늘어진 수완의 하반신을 가뿐히 들어올린 난, 하얘서 더 야한 내 여자의 다리를 가르고 중심에 박혔다.

"으…… 윽!"

시작은 늘 그렇듯 빠듯하고 빡빡했다. 그런 이유로 시작부터 미치게 좋았다. 서로에게 긴장과 흥분, 희열을 기대하게 만드는 이 기막히게 짧은 타이밍. 그 누구도 아닌 나로 인해 기진맥진해서는 비로소 육즙 가득 특유의 풍미와 육향을 풍기는 자두로 숙성되고 완성된 수완이 가물거리다 물기와 음심 가득한 눈을 떴다.

"이제…… 시작이야."

시작도 전에 진이 다 빠져 버린 듯 몸에 힘이 실리지 않은 수완은 이끄는 대로 자신의 다리로 내 허리를 감쌌다. 그러자 안정감이 들며 조력자를 얻은 듯 든든했다.

"나쁘지 않을 거야, 느껴."

곤두선 감각과 달리 나태한 지수완의 입은 연신 달싹이기만 했다.

"할 수만 있다면 끝까지 버티라고."

매달린 모습으로 인해 클림트의 그림처럼 아름다운 수완의 팔과 당겨진 가슴, 팽팽하게 힘이 들어간 상반신이 기묘하게도 내 입맛과 욕구를 자극했다.

"응원할게, 지수완."

서로 다른 민낯의 사타구니가 톱니바퀴처럼 맞물렸고, 동일한 비중의 환희와 탐닉을 선물해 줄 수완의 입술 끝을 난 지그시, 여유롭게 물었다.

그때와 똑같이 돌려주고 싶었다. 그 앙증맞은 입으로 겁도 없이 내 남성을 물고 삼키면서 이제 시작이라며 웃음을 흘리며 통보하던 요염한 지수완처럼, 나도 할 수만 있다면 그때 그 톤, 그 발칙함을 기저로 열렬히 응원하고 싶었다. 낮보다 아름다운 우리의 밤은 지금부터 시작이다.

오늘 이전의 밤은 이제 없다. 이 세상 단 하나, 지수완을 대상으로 새로 쓸 쾌락 본능과 욕망일지가 기대됐다.

이 밤, 우리의 몸과 정신이 얼마나, 어느 순간까지, 몇 번, 몇 시간이나 버텨줄 지…….

부디 끈질기게 버텨줘, 지수완.

내가 당신 안에서 정신을 놓을 때까지. 그 황홀한 순간까지.

❖

정신없이 자고 있는 날 깨운 건 백재였다. 백재가 큰소리로 깨웠을 때도 난 약에 취한 듯 정신이 없었다.

엄밀히 말하면 약은 약이다. 하영우에게는 늘, 언제 어디서나 통하고 먹히는 종합 진통제이자 초강력 흥분제.

백재는 수완의 차가 없다는 말로 수완을 찾을 내 입을 막았다. 오늘이 며칠인지, 지금이 몇 시인지도 모르겠다. 입 가벼운 백재가 통 말을 안 해서.

반나절이 지난 건지, 수완이 꼭 하루를 버틴 건지, 아니면 이틀쯤은 견디다 내가 잠든 새 서둘러 내 품을 벗어난 건지 아직 모르겠다.

청나라 어느 아편굴에서 시간과 시국을 잊고 사는 아나키스트가 떠오른다는 백재의 등살에 씻고 나오니 식탁에는 그럴싸한 브런치가 차려져 있었다. 공복감은 느끼면서도 별생각 없다는 말에 백재가 한숨을 길게 쉬었다.

"먹어. 먹어야 할 거다. 이제부터 부지런히 발품 팔려면."

무슨 소린가 해서 쳐다보니 백재가 케이블 뉴스 채널을 틀었다. 뉴스 전문 채널에선 국무총리가 발표한 '부패와의 전쟁'에 대해 이야기하며, 그 부패 척결을 도맡아 줄 현 검찰총장의 숨겨진 가정사라며 기사거리도 되지 않을 잡다한 이야기를 뉴스랍시고 떠들고 있었다.

늘 정도 이상으로 톤을 높이며 작은 사건도 크게 부풀려 보도하는 종합 뉴스 채널 특유의 경박한 보도 내용을 틀어준 백재의 저의가 궁금해 눈을 맞추는 순간.

[……해외 자원개발, 방위사업 관련 비리, 건설회사 비자금 의혹 등 전방위적인 수사에 압박을 느낀 정치권과 재계가 한 목소리로 검찰총장을 비방하며 모함하더니 결국 아들 강 모 씨의 사생활을 폭로한 것으로 보입니다. 현 검찰총장의 외아들 강 모 씨의 이번 결혼 소식은 소위 찌라시에서 나돌고 있는 괴소문에 대해 강 총장 개인의 강력한 대응인 동시에 외아들 흠집 내기에 지쳐 보여주는 한 수로 보입니다. 강 모 씨의 약혼자 지 모 씨는 작은 기업을 운영하고 있는 일반인입니다. 지난번 저희 채널 나인에서 단독 보도한, 서울 유명 호텔에서의 가족 회동에 참석한 것으로 알려져 있습니다. 그날 강 총장과……]

강우빈과 결혼할 지 모 씨라면……아니야, 아닐 거야. 그럴 리가 없어.

내 이런 생각을 읽기라도 했는지 백재가 뉴스 볼륨을 줄였다.

"그러니까 밥 먹으라고."

"저게 다 무슨 소리야?"

난 입으로는 말을 하면서도 눈으로는 핸드폰을 찾았다. 그러자 백재는 내 핸드폰을 제 주머니에서 꺼내 건네며 말을 보탰다.

"누굴 찾는지 알겠는데 지수완 씨 지금 연락 안 돼. 회사랑 집에도 없고. 도영이가 벌써 확인했어. 그러니까 밥부터 먹고……."

"저게 다 무슨 소리냐니까!"

결코 백재에게 화낼 이유가 없는데도 답답하고 놀란 마음에 소리부터 지르게 됐다.

난 빤히 쳐다보는 백재의 시선으로 차츰 안정을 찾아가며 다시 물었다. 물을 수밖에 없었다.

"찌라시에 돌고 있는 강우빈 이야기는 뭐고, 갑자기 누구랑 약혼을 했다는 거야?"

아닐 거다. 수완이는, 지수완은 절대로 아닐 거야. 엊그제 밤부터 지금까지 나랑 몸을 나누고 내가 토한 정을 몇 번이나 받으며 함께 있었는데 그런 사람이 누구랑 무슨 약혼을 한다고.

"방금 들었잖아. 현 검찰총장 아들 강우빈 씨가 지 모 씨랑 약혼했대. 너랑 나, 미국에 있는 동안 약혼식 했다고 하더라."

허, 약혼이라니……. 동성애자가 이성애자인 지수완과 뭘 한다고? 이건 말이 안 된다.

내 품에서 온갖 신음과 비명을 지르며 기절 직전까지도 날 옥죄며 내 안에서 희열과 쾌락에 몸부림 쳐댄 지수완이, 그런 사람이 아무런 떨림도, 전율도 없는 강우빈과 결혼을 한다고?

"우리 쪽 사람들한테도 그렇고 기자들 통해 무슨 일인지 알아보고 있는 중이니까……."

난 백재의 말을 자르듯 강우빈의 전화번호를 찾았다.

지금 이 순간 제일 급한 건 강우빈을, 절대로 지수완이란 여자와는 결혼할 수 없는 강우빈을 만나야 한다.

약속 시간보다 먼저 도착 한 난 창가에 서서 서울 시내를 내려

다봤다. 그새 여름 뒤로 가을이 바싹 추격한다 싶더니 지금은 물이 올라 완숙해진 가을빛으로 시내가 한 톤 다운돼 보였다. 기분 탓인가 싶어 나무를 보니 그건 아니었다. 주변의 풍경이 두 계절을 섭렵한 간절기 옷으로 갈아입은 상태였다.

지수완을 다시 만나고 이렇게 의미 없이 두 계절이 가고 있다. 10년 전엔 단 6일, 그 중 3일을 침대에서 보내고 우리들의 인생이 완전히 달라졌는데 지금은 두 계절을 보내면서도 어중간한 길 위에서 국적 없는 이방인처럼 해매고 있었다.

백재 말대로 수완은 어디에도 없었다. 수완의 회사에 24시간 붙여놓은 사람들에게도 아무런 소식이 없고, 수완의 집과 홍진영이란 친구 주위에도 수완의 흔적은 없었다. 기자들의 입을 통해 들은 건, 두 사람의 결혼식이 다음 달 초 S호텔에서 진행된다는 사실 뿐.

지수완이 결혼을 한단다. 그것도 강우빈과. 코미디도 이런 코미디가 없고, 픽션도 이런 황당무계한 픽션이 없다. 수완이 강우빈과 결혼을 한다면, 그건 논픽션에 논의의 여지가 충분한 기획 다큐다.

우리가 실질적으로 함께한 시간은 꼬박 하루와 반나절. 그 시간 동안 난 수완의 피까지 전부 빨아 삼켰다. 감당하기 버거운 쾌감에 수완의 목덜미를 깨물어 피가 나는 걸 난 모두 받아 마시며 혀와 타액으로 지혈을 했다. 그 생각지 못한 수혈로 방만한 내 허리짓은 더 활개를 치고 수완은 피와 기가 모두 빨려 버티지 못하고 의식을 놓아버렸다. 그럴 때면 난 수완을 어김없이 섭식하고 폭식했다.

정신을 잃은 수완을 보며 그녀의 온몸을 깨물고 빨며 내 거란 낙인을 부지런히 찍었다. 그러다 수완의 의식이 돌아오면 다시 또 탐닉하고 정을 질펀하게 토하고……. 10년 전과 한 치도 다르지 않고 똑같이 했다. 서로에게 기생하는 사람들처럼 서로를 먹고 마시고 삼키고 토하면서 보낸 미몽의 시간들.

그런 지수완이, 나 외에는 그 누구와도 그럴 수 없는 지수완이 다음 달에 결혼을 한단다. 아직까지도 내가 토해낸 정으로 가득할 것 같은 지수완이, 나만이 탐닉한 몸뚱이를 가지고 강우빈과 결혼을 한다니 기가 막혔다.

노크 소리와 함께 강우빈이 룸으로 들어섰다. 짧은 눈인사를 하고 자리에 앉은 난 강우빈에게서 시선을 떼지 않았다. 의자에 앉는 강우빈의 제스처는 깔끔하니 여느 모델 부럽지 않았다. 나와 비슷한 키에 단정한 얼굴선을 하고도 묘하게 우울하고도 깊은 눈빛은 강우빈을 여타 다른 사람들과 차별화시켰다. 동성애자가 아니었다면 강우빈은 지수완이 진작에 사랑했을 남자긴 하다.

문득 든 생각이 싫어 대번에 질문을 던졌다.

"어디 있습니까? 수완이."

"모릅니다. 바람 쐬고 싶다고 어제 갑자기 연락이 왔으니까요."

강우빈의 눈빛은 '당신이랑 같이 있었다는 거 다 알아', 이렇게 말하고 있었다.

그래, 그렇게 다 알면서 결혼을 하시겠다, 내 여자랑.

"결혼, 하신다면서요? 수완이랑."

"네."

'네' 라니. 그따위 대답이 잘도 나오는구나, 당신은.

"제가 알기론 강우빈 씨, 사랑은 할 수 있지만 우리나라 제도권 안에서 정상적인 결혼은 어렵지 않겠습니까? 그런데도 수완이랑 결혼을 한다고요?"

내 질문에 놀라거나 동요할 강우빈이 아니란 걸 안다. 모든 게 첨예하게 다른 우린, 이미 서로에 대해 충분히 알아보고 검증했다는 걸 잘 안다. 우리 두 사람은 지수완을 각자의 영역 안에 각자의 방식으로 포함하고 있었다. 난 내 전부에, 강우빈은 자신의 가족이라는 새로운 카테고리에.

"저도 그런 줄 알고 포기하려고 했었는데 해보려고요."

"……."

"수완이와의 결혼."

수완의 이름을 거론하는 것도 그렇고 결혼이란 단어에 웨딩드레스를 입은 수완의 영상이 떠올라 순간 꼭지가 도는 것 같았다.

"말이 된다고 생각합니까?"

"안 될 거 없습니다, 이제이 씨."

강우빈은 자신의 상처를 건드리는 내게 소극적인 반항을 하고 있었다.

"수완이 각본입니까, 아님 그쪽 아버님이신 검찰총장님의 시나리오입니까? 뭐, 어느 쪽이든 저란 인간을 각성하게 한 각오는 하셔야 할 겁니다."

경고라기 보단 일종의 통보였다. 사실 경고든 통보든 내가 원하는 건 수완의 귀에 흘러 들어가기만 하면 되기에 어찌 듣던 그건 강우빈의 마음이다.

"결혼에 대한 각오, 각오라기 보단 결혼에 임하는 자세나 마음

가짐, 충분히 하고 있습니다. 더욱이 수완이와 하는 결혼이라면요."

꽤나 진지하니 전혀 모르는 사람이 보면 누구나 딸을 맡기고 싶을 만큼 강우빈은 믿음직해 보였다. 또 자신이 말한 대로 의지 또한 남달라 보이기도 했다.

강우빈은 그만둘 생각이 전혀 없음을 우회적으로 표했다. 그래, 가문도 가문이거니와 아버지의 사회적 지위와 편견을 깡그리 무시할 순 없겠지. 특정 예술가도 연예인도 아닌 일반인 아들이 동성애자란 타이틀로 평생을 살아야 한다는 건 쉽지도 만만하지도 않을 테니까 눈 가리고 아웅을 하시겠다 이건가.

"재밌네요. 그런 쓸데없는 각오를 다 하고."

"……."

"뭐, 굳이 하신다니 말씀드리는 건데……,"

"……."

"사회는 필요 없습니까?"

이런 신선한 시나리오라면 얼마든지 출연할 의사가, 욕심이 생겼다. 지수완이 굳이 이런 촌극까지 해보고자 한다면 못할 것도 없다. 식장에 들어가는 게 뭐 그리 대수일까. 그 식장에서 누구의 손을 잡는가가 중요하지.

"필요 없습니다."

"그런가요?"

난 강우빈을, 강우빈은 나를, 우린 서로를 응시하고 주시했다. 마치 숙적처럼.

"불가피하게 필요한 상황이 오면 조금도 고민 말고 연락 주세요. 다른 사람도 아니고 지수완 작가님의 결혼식인데 보은하는 차원에서라도 제가 꼭 했으면 하니까요."

난 최대한 정중하게 말했다. 꼭 지금의 이 마음이 진심인 것처럼. 어느 영화에서보다 더 진실되게 메소드 연기를 선보였다.

이로서 확실해졌다. 강우빈은 절대 수완의 행선지를 말할 위인이 아니다. 백재 말처럼 이제부터라도 발품을 팔아야지 싶었다. 기막히고도 기함할 각색의 지존인 지수완에게 평생 충성 서약이라도 했는지 도통 입을 열지 않는 강우빈과 헤어지고 무작정 한강으로 향했다.

수완이도 바람을 쐬러 간다고 했던가……. 터무니없는 가족극이자 홈드라마에 얽혀 연인을 배신한 고약하고 고결한 여배우에서 심청이처럼 희생하려니 답답도 하겠지.

그때, 호텔로비에서 모두가 보란 듯이 단란하고도 완벽한 시트콤을 연출해 꼭 저럴 필요까지 있나 싶었는데 이런 꼼수가 숨어있을 줄은 몰랐다.

환부만을 도려낸다는 애초 개혁 의지와 다르게 전방위적이고도 압박적인 검찰 수사에 불편함을 느낀 재계의 더러운 음모와 사찰. 그 같은 사찰에 분노한 현 검찰총장이 아들에 대한 커밍아웃 없이 아들의 오래된 우정에 기대 덕을 보시겠다. 더불어 친구와 친구의 가족을 의리와 우정으로 모두 보듬으려는 지고지순한 지수완과, 이로 인해 엉뚱하게 불똥이 튀고 버려지듯 내쳐진 나, 충무로 하배우. 대충 이런 눈물 나는 감동의 시나리오가 그려지긴 했다.

이런 최고의 시나리오에 최고의 개성파 배우가 빠지면 안 되겠지, 지수완. 내가 기꺼이 당신 뜻대로 무리 없이 가도록 힘써볼게.

당신 뜻이라는데, 당신을 이렇게 원하고 앞으로도 여지없이 원하는 내가 못할 것도 없지.

기대해, 수완아. 그렇게 꽁꽁 숨어 내 레이더 안에서 벗어난 듯해도 곧 당신 귀에 들어갈 내 축하 메시지를 당신은 어디에서든 보고 듣게 될 테니까.

한번 시험해 보자. 내가 10년 전의 당신이 돼서 기다릴게. 여기 이 자리에서 당신을, 당신만을 기다리는 내게 지수완이 오는지, 그때의 당신이 돼서 기다릴게. 그때 당신이 얼마나 아팠는지, 약속을 저버린 이제이에게 어떤 모멸감을 느끼며 어떤 허무감에 완패 당하면서까지 날 기다렸는지 똑같이, 동일한 심정으로 기다릴게.

기다림은 이 순간부터 시작이야. 난 내 모든 걸 올인해 당신, 지수완을 잡을 테니까 비겁한 당신은 그렇게 도망만 쳐. 언제까지 가능할지 모르겠지만 당신 뜻이 정 그렇다면 어디 한번 도망쳐 봐. 난 당신을 끌어당겨 내 앞에 세우는 데 내 전부를 걸 거야.

맞대응이 무척이나 기대돼. 솔직히 두근거린다고 해야 하나. 당신과 다시 재회한 그날처럼, 지금도 내 모든 혈류가 난동을 부리는 것도 같아. 겁쟁이 지수완이 오랜 시간 동고동락하면서 다져진 우정을 선택할지, 10년이란 시간과 세월, 끈질기게 붙들고 버틴 나란 남자를 선택할지…….

수완 이야기

12장

3일이 지나서 그런지 제법 익숙해진 집은 처음처럼 어색하지 않았다.

이 집에 오기 전, 우빈이 판교라고 해서 분당 같은 초고층에 흔하디흔한 아파트려니 했는데 단독주택에 마당은 가든이라 부를 만큼 넓었고, 탁 트인 뷰에 바람까지 불어 근사했다.

2층으로 지어진 집의 1층은 카페이자 갤러리 같고 2층은 별 다섯 개짜리 초호화 호텔 같았다. 부담감에 선뜻 있겠다고 말을 하지 못하는 내게 우빈은 친한 지인의 소유이니 안심하라고 했다. 주인은 현재 외국에 머물고 있는 상태라고.

며칠 전까지만 해도 우빈과 말 한마디 않고 냉기류가 만연한 상태로 지냈다. 단 한 번도 내 결정에 대해 크게 반대하거나 화를 내지 않던 우빈이 이번 결정에 대해서는 처음부터 반기는 물론 한 번도 내지 않았던 화를 냈다. 그렇다 해도 모두의 필요에 의해 진행된 계획은 변경이 불가능했다.

이 결혼은 오롯이 우빈이만을 위한 일도 아니다. 우빈이와 나, 하영우, 아니 이제이를 위한 일이다.

우빈이 아버님이자 검찰 총장이 휘두르는 칼에 사활이 달린 국내 기업들이 우빈의 사생활에 대해 입소문과 함께 무책임하게 찌라시를 찍어대는 상황에서 같이 사는 나까지, 그러면서 나와 엮인 하영우까지 거론하고 음해할 줄은 상상도 못했다.

강우빈은 태생부터 게이고, 그런 자신의 성 정체성이 문제될까 바람막이로 같이 사는 여자는 성생활이 복잡한 여자라는 억측에 힘을 실어준 게 하영우와의 비밀스런 관계였다.

누구에 의해 어느 정도로 퍼진 정보인지 모르지만 들은 바로는 상당히 노골적인 단어들이 등장하는 한편의 저급한 성인영화 같았다. 우리 세 사람을 둘러싼 해괴한 루머는.

그 상황에서 우빈 아버님의 부탁은 거절하기 어려웠다. 기본적으로 하영우에 대한 기사나 루머 전부를 당신의 책임 하에 덮으시겠다는 단단한 약속과 함께 결혼하고 2년이 지나면 서로 합의 하에 헤어져도 무방하다고 말씀하셨다. 그때는 당신이 이번처럼 개입하거나 억지로 인연을 이어붙이지 않겠다고, 그러니 이번만은 모두가 상생하는 방향으로 당신들을 도와달라고.

하영우를 번외로 놓더라도 그동안 내 지지부진하고 우울한 삶에서 지대한 영향과 반짝이는 일상들을 선물해 준 우빈을 놓을 수는 없었다. 우빈이 강력하게 반대하며 날 홀대하고 반역자 다루듯 냉대한다 해도.

하영우, 그 사람을 생각하면…… 마음이 아프다. 아프지만 아프다는 이유로 그 사람을, 그 사람의 영혼과 존재를 흠집 낼 수는 없다. 그 사람이 어떤 시간들을 통과해 내게 왔는지 아는데, 아픔과 고통으로 점철된 시간들을 다 알게 됐는데, 내가 어떻게 당신을 나와 함께 욕되게 할 수 있을까.

얼마나 아팠는지, 얼마나 상처 입었었는지, 얼마나 많은 시간을 거쳐 지금처럼 리버럴하면서도 단단하게 단련됐는지 알게 됐는데 감히 나란 여자가 당신의 그 시간과 노력들을 무위로 만들 수는 없잖아……. 차라리 날 욕하고 원망하는 게 낫지. 굴곡의 시간들을 관통해 자신을 욕하고 욕망하란 당신을 내가 어떻게 망가트릴 수 있겠어.

당신은 내가 당신을 얼마나 미워하고 욕했는지 상상도 못할 거야.

난, 나만 아픈줄 알았어. 나만 기만당하고 나만 모멸감으로 괴로운 줄 알았어. 나 혼자만 홍콩 어디쯤에 뜨거운 심장을 묻어버려 감정이 메마르고 감성이 논바닥처럼 쩍쩍 갈라져 결국엔 딱딱해진 줄 알았어.

나, 그렇게 혼자 착각하면서 지냈어. 당신이란 비가, 상서로운 기운이 닿기 전까지 난 당신을 끝도 없이 원망했었어.

그때 호텔에서 샴페인을 터트릴 때, 백재 사장이 내게 보은이란 단어를 거론한 걸 빌미로 당신의 지난 시간들을 복기해 들었을 때 나, 그 자리에서 주저앉고만 싶었어. 백재 사장과 헤어져 혼자 남았을 땐, 당신이 가여워 목 놓아 울었어.

"제이, 여러 번 죽으려고 했었어요. 약에 중독된 것도 심했지만, 불면증과 수술 후유증에 의지도 버리고 자신도 포기하면서 한동안 시체처럼 누워 지냈어요. 그 상황에서 지수완 씨와의 기억 잃어버리지 않고 그대로 가지고 있었다면…… 제이, 아마 자살했을 거예요. 수완 씨에 대한 죄책감에 미안함, 그리움까지 보태져 제 자신을 놓았을 겁니다."

그런 말을 시작으로 당신의 지난 시간들을 한 권의 묵직한 책으로 듣고 확인한 내가 당신을 욕심내고, 내 소중한 친구를 이 이기적이고 천박한 세상에 내놓을 순 없잖아.

이 정도로 내 자신과 내 선택을 변호한다면 당신은 이런 날 이해할 수 있을까……. 그렇게 뜨겁게, 나 자신을 잊으면서까지 열렬히 호응하고 반응해 놓고 이제 와 다른 이와 결혼을 약속했다고 하면, 당신은 나란 여자를 어찌 생각할까. 천박하다고 하겠지. 거짓말쟁이에 위선자라고 손가락질할 거야. 그래, 그랬으면 좋겠어. 그렇게 날 욕하고 원망했으면 좋겠어. 그러다 잊으면, 전처럼 까마득하게 잊어버리면 더 좋고.

가끔 당신이 나를 묘한 시선으로 응시하며 그 아름답고 섹시한 입을 조심스럽게 달싹이기라도 하면, 난 두려워지면서 걱정이 앞섰어. 난 아직 어떤 말로 대응하고 응수해야 할지 아무런 준비도 못 했는데, 만일 당신이 모든 과거를 고백하고 토해내면 대체 어떤 얼굴과 말로 당신을 위로하고 내 자신을 추슬러야 할지 모르겠어. 지금껏 당신을 욕하고 원망함에 내 모든 기운과 기력을 탕진하며 나이를 먹은 내가, 이제 와 어떤 간사하고 현학적인 말로 당신을 위로하고 당신의 기막힌 상황을 이해한다며 고개를 끄덕여야 하는지.

겨우 이 정도야. 그때 이후 한 걸음도 성장하지 못했다고 하면 당신은 지난 내 시간들을 짐작할 수 있을까…….

생각하고 짐작하는 것만으로도 버거웠다.

아침이라 그런지 실내 공기가 제법 차가웠다. 소름이 돋을 만큼. 이런저런 생각에 질식할 것 같으면서도 하영우에게 늘 뜨겁게 달궈지고 일정 온도 이상으로 유지되던 몸은 이 아침 이 정도의 한기에도 부르르 떨었다.

마지막 성찬 같았던 섹스가 떠올랐다. 어느 그리스 신보다 문란하며 파격적이고 색달랐던 지독한 행위가. 겁도 없이 이별을 거론한 내게, 몸의 주인이 직접 계획하고 실행했던 처절하고도 완벽한 응징을 난 기꺼이 받아들였다.

늘 그렇듯이 전투적으로 우물을 찾는 성난 남성이 여지없이 파고들 거라는 사실에 기대하면서도 기다렸던 그 환락과 몰아애의 시간들. 난 기꺼이 내 조붓한 길 전부를 매끄러운 애액으로 도포해 감싸듯 인도했지. 뚝뚝 끊어지는 교성과 비명이 난무한 침실에서 난 당신으로 인해 다시없을 천국과 다시없기에 분명한 지옥을 끝도 없이 오갔어.

우리들의 뜨거웠던 침실에 당신을 두고 나오기 직전, 내가 당신을 얼마나 탐하고 탐닉했는지 시차와 체력 고갈로 잠에 취한 당신은 모를 거야.

난 내 욕망인자가 원하고 자행하는 대로 당신을 빨고 물고 삼켰어, 꼭 그때처럼. 10년 전 겁도, 이성도 없던 그때의 용기 무쌍한 스물다섯의 지수완이 돼서. 그때만큼 행복한 마음으로 당신을 내 안에 새겼어, 이제이 당신을. 그런 내가 무얼 더 원하고 욕심낼 수 있을까…….

핸드폰은 내 이런 뒤늦은 추억놀이가 우습다는 듯, 마치 모두를 위한 희생양인 척하는 내가 역겹다는 듯 요란하게 몸을 털며 소리를 분사했다. 우빈이었다.

"응, 우빈아."

[어디야?]

"어디긴 네가 마련해 준 안식처지. 왜?"

[지금, 뉴스 채널 좀 틀어 봐.]

"지금? 왜 또 무슨 기사 났어? 네 아버지……."

[일단 봐봐.]

전화는 묘한 톤으로 부탁 같은 당부를 하면서 끊어졌다.

거실 벽면 웅장한 스케일과 샤프한 스타일의 TV를 틀어 채널을 돌렸다.

어느 순간, TV 가득 클래식한 정정차림의 하영우 얼굴이 잡혔다. 좀 마른듯하면서도 각이 살아 있는 날렵한 페이스는 어김없이 이국적이면서도 설레었다. 마지막으로 얼굴을 본 지 고작 3일 지났을 뿐인데도 내 몸속 이온 같은 나노분자들은 하영우의 목소리에 기립하며 그가 주는 진한 사향에 목말라 했다.

[방금 말씀드렸듯이 제 결혼은…….]

지금 뭐라고 한 거지. 결혼, 결혼이라고…….

[이번 달 말일이고, 제 오랜 연인이자 예비 신부는 이번에 제가 출연한 특별 2부작 드라마 '사랑은 없다'를 집필한 지수완 작가입니다.]

저, 저 사람. 지금…… 뭐하고 하는 거야, 도대체.

[저희는 10년 전에 만났고, 저희들의 의지와 달리 어쩔 수 없는 상황과 이유로 헤어졌다가 이번에 드라마로 어렵게 다시 만나게 됐습니다. 일전에 발표한 열애설도 이 사람이었지만, 작가라 해도 아직 신인이고 일반인에 가까운 제 사람을 보호하기 위해 어쩔 수 없이 나이와 직업을 다른 이로 표기하고 말씀드린 점 죄송하게 생각합니다. 결혼은 말씀드렸다시피 이번 달 말일이고, 이 같은 갑작스런 결정에 늘 얘기되는 속도위반은 아닙니다. 전 몹시도 바라는 바고 지금도 원하는 입장이지만…….]

미쳤어. 하영우 당신, 미쳤구나.
이 기막힌 연출을 미쳤다고 인정한 나와 달리 TV 속 하영우는 여유와 함께 매력적인 미소로 기자회견장을 어느 영화 시사회처럼 편하고 여유로운 분위기로 리드하고 연출했다.

[오늘 같은 갑작스런 결정은 매달리는 제 입장에서 하루라도 빨리 식을 올리고 싶어서 제 피앙세를 괴롭혀 정말 어렵게 얻어낸, 감사하고 고마운 결정이니까 기자분들 괜한 추측성 기사는 올리지 말아주십시오. 제 연인의 성격이 작가라 그런지 상당히 예민하면서도 은둔형이라 놀라고 상처받은

마음에 숨어버릴지 모르니까, 제가 그런 난처하고 어이없는 상황에 처하지 않도록 따뜻한 배려, 다시 한 번 부탁드립니다.]

TV를 정면으로 응시한 하영우는 내내 여유 만만했다.

더는 볼 수가 없어 움켜쥐고 있던 리모컨으로 TV를 껐다. 일전에 지면을 수놓은 기사를 보고 듣고, 또 우빈을 직접 만나 확인까지 한 사람이 도대체 무슨 생각으로 일을 이렇게 조작하고 연출하는지 모르겠다.

그래, 이 사람은 지금 날 자신의 게임으로 초대한 것이다. 꽁꽁 숨어버린 날 밖으로, 자신의 옆으로 부르기 위해 이 가혹하고 지독하게 이기적인 세상에 먹잇감으로 미련 없이 자신을 내던졌다.

사람들은 천박하고 남의 말하기 좋아하면서도 자신이 하는 말들이 타인을 아무렇지도 않게 죽이고 살릴 수 있다는 것을 모른다. 그런 무지하고 극악무도한 사람들에게 시원하게 물고 뜯으라고 자신을, 하영우란 배우를 이렇게 어이없이 내던졌다.

꼭 이렇게까지 해야 했어, 당신? 그렇게 잔인하고 무섭게 나를, 당신을 벼랑 끝으로 몰아야 했어?

우리가 뭐 그리 대단한 사랑이라고.

서로를 얼마나, 어떻게 사랑했다고.

그깟 사랑이 뭐라고…….

이틀이란 시간이 지난 지도 몰랐다.

그런 내게 전화기 너머 우빈의 동굴 목소리는 평소보다 훨씬 더 낮게 울렸다.

[수완아.]

왜? 불렀으면 말을 해야지, 강우빈.

[수완아?]

"……으응."

대답을 한 줄 알았는데 착각한 모양이다. 생각에 빠져 말을 잃은 시간들이 상당해 자연스레 입은 무거워지고 감각과 촉은 투박해졌다.

[이틀 지났어.]

그래, 알고 있어. 네가 이렇게 확인사살 시켜주고 있으니까.

[하영우가 지수완 작가랑 한다는 결혼식은 딱 일주일 남았고. 알아보니 결혼식이랑 관련된 모든 걸 다 최상으로 준비한 모양이더라. 그것도 직접. 아무리 비공식 결혼식이라지만 연줄에 기대 보러 오는 사람들도 상당할 테고. 이번 결혼 잘못되면 하영우, 그 세계에서 매장되거나 따돌림 당하는 건 시간문제일 거야.]

그렇겠지……. 만약 그런 비극적인 상황이 오면, 이 세상 모든 인간들은 그 사람을 물고 뜯고 자신들 취향에 따라 조각내려 하겠지.

[너에 관한 건 다 극비고, 그쪽 소속사에서 철저하게 관리하는 것 같던데.]

이틀 동안 잠을 한숨도 자지 못했다. 아무래도 하 배우는 자신이 나 때문에 못잔 잠을 나에게도 동일하게 선물하고 싶었나 보다. 지독하고 엄격한 이기주의자.

[살아 있는 거 확인했으니 이만 끊는다.]

"……."

[수완아.]

"……응."

[생각을 지워. 이 세상은 오직 네 판단으로 돌아간다고 생각해. 그럼 네가 찾고자 하는 답이 잘 보일 거야.]

생각을 지우라고? 난 지금 어떤 생각을 하고 있었는지도 모르겠어, 강우빈.

[네 생각만 해. 너 하고 싶은 대로. 네 답이 결국은 내가 하고 싶은 일이니까.]

마치 주술 같고 신앙 같은 말을 나지막하게 쏟아낸 우빈은 짧은 인사를 끝으로 전화를 끊었다.

난 내내 고수하던 침대를 벗어나 거실로 나갔다. 이 집은 한낮에도 뷰가 나쁘지 않지만 밤은 낮과는 비교 불가했다. 다른 집들보다 더 높은 곳에 위치해 위치가 주는 특유의 전경이 시선을 잡아끌었다. 사거리 찻길과 인위적으로 만든 다리지만 그 위를 비추는 작은 등들은 보고 있으면 묘한 안정감을 줬다. 마음이 샤프와 플랫으로 오르락내리락하는 내게, 길지 않은 다리는 마치 하영우에게 가는 길을 안전하게 인도하는 것 같았다.

순간 작위적이고 이기적인 나만의 해석에 웃음이 났다.

물론 선택이란 걸 하긴 해야 하지만, 모르겠다. 선택이란 단어가 지금 적절하고 적당한지. 선택보다는 설명을 듣고 싶은 게 먼저였다. 아무도 다치지 않고 어느 누구에게도 해가 되지 않는 방법을 두고 왜 굳이 전부를 내던지는 위험한 도박을 하는지.

지금 이 순간도 시간은 가고, 내게 주어진 두 개의 결혼이 내 목을 바싹 조여왔다.

너무도 분명하고 잔인한 템포로.

❖

이틀이 또 지났다.

회사는 급한 대로 중국의 하 실장을 불러들여 대리로 앉히고 우빈에게 전반적인 일들을 부탁했다.

회사가 어수선한 건 보지 않아도 알 수 있다. 늘 건물 관리인 아저씨만큼이나 사무실을 사수하던 사장이 모습을 감추고, TV에서는 검찰총장 아들과 결혼하는 것처럼 나오더니 지금은 이 나라 대표 영화배우가 자신들 사장과의 결혼을 운운하니 충격은 물론이고 뒤통수를 맞은 것 같을 거다.

금세 회사가 문을 닫을 것처럼 소문이 무성할 거다. 그렇다 해도 한동안은 어쩔 수 없다.

하 배우의 일급 시나리오대로라면, 하영우와 지수완은 결혼식을 올린다. 그가 손수 꾸민 호화롭고도 비밀스런 식장에서.

아무리 생각해 봐도 답이 보이지 않았다. 뾰족한 수도 없는 생각을 고르고 고르다 이대로는 도저히 답을 낼 수 없다는 생각에 몇 번이나 핸드폰을 보았는지 모른다. 그러다가도 결국엔 핸드폰에 뜬 이름을 지웠다.

그러길 수십 번 반복하다 보니 이젠 끝을 보고 싶었다. 수습을 하려면 지금 당장 해야 한다는 생각이 머릿속에 가득했다. 이대로 더 망설이고 주춤한다면 세상 밖 어딘가로 숨어들 것 같았다.

하 배우의 전화기가 내내 꺼져있다는 우빈의 말을 기억하고, 새로 개통한 전화기로 백재 사장을 찾았다. 모르는 번호여서 그런지 기다려도 도통 받지 않았다. 할 수 없이 문자를 보낸 후, 약간의 텀을 주고 다시 전화를 걸었다.

[지, 지수완 씨!]

"안녕하세요."

[지금 내가, 이 어지러운 시국에 안녕하게 생겼습니까? 잘못하면 사기꾼에 허언을 날조한 혐의로 이 세계에서 매장당하게 생겼는데.]

"하영우 씨 연락이 안 된다고 하던데 어디 있나요? 그 사람."

비난은 당연했지만 그렇다 해도 듣기가 싫어 말꼬리를 돌렸다.

[내가 정말 고집스런 당신들 때문에…….]

목소리가 꼭 한이 맺힌 듯 음울하고 간헐적인 떨림까지 느껴져 처음으로 미안한 마음이 들었다. 이 백재란 묘한 이름과 야릇한 외모를 한 남자에게.

[별장에 있어요.]

"감사해요."

최대한 천천히, 그러면서도 정확하게 말했다. 이제까지 심적으로 받았을 압박감과 스트레스에 대해 적절한 위로와 고마움을 표하기 위해.

[영우, 잠 좀 재워요. 지수완 씨 사라지고…….]

순간 긴 한숨 소리가 마치 대숲에서 울리는 기이한 휘파람 소리처럼 길게 꼬리를 빼듯 이어졌다.

[그래요, 죽이든 살리든 지수완 씨 거니까 알아서 해요.]

백재 사장은 상황이 상황인지라 특유의 오만함과 유유자적한 신랄함은 간데없고 연이어 한숨만 짓더니 전화를 끊었다.

목적지가 분명해진 난 서둘러 가방을 챙기다 거울 속 내 모습을 확인했다. 여성미와 섹시미는 말할 것도 없고, 활력과 생기보단 우울하고 침울한 기운이 가득해 보여 내 나이가 고스란히 보였다. 나이가 보인다는 게 당연한 일인데도 이 순간 난 그런 내 모습을 인정하기 싫었다. 어쩜 이번이 마지막일 수 있는 만남, 누구보다 아름다워 보이고 싶었다. 지금의 이 어이없고 긴박한 상황과 다르게 마음에 품은 남자 앞에서는 늘 동백 잎처럼 윤기가 흐르고 꽃처럼 아름답게 보여야 한다고 생각했다. 뒤돌아서는 모습도, 마지막을 언급하는 잔인한 입도, 매혹적인 하영우로 인해 흔들리고 어쩌면 좌초될 수도 있는 내 불안한 눈동자도 오닉스처럼 매끄럽고 아름답길 바랐다.

난 작은 의식을 위해 가방을 내려놓고 욕실로 갔다. 상당히 오랜 시간 공을 들여 몸을 씻고 나에게만 어울리는 듯한 향기를 전신에 입혔다. 화장은 그 어느 때보다 공을 들였지만 결코 티가 나지 않도록 주의했다.

준비는 끝났다. 어떤 결론을 위한 준비 태세인지는 미리 알 수 없지만, 어떤 타이틀이든 하영우를 만나러 가는 난 그때만큼, 스물다섯의 내가 연상될 만큼 충분히 아름답고 싶었다.

여자의 마음이란 게 이렇게나 요사스럽고 요망하다. 마지막을 예상하고 준비하는 지금 이 순간까지 어느 하나도 놓치고 싶지가 않았다.

당신과 나,
우리들의 이 짧은 이별의식까지도.

❖

밀폐된 건물의 디자인만큼이나 묵직한 현관문은 조심스런 내 마음을 읽은 듯 조용하게 입을 열었다. 믿을 수 없게도 현관에서부터 하영우 특유의 체향이 나는 듯했다. 민트향처럼 시원하고 청량한 느낌까지 드는 하영우만의 고유하고 특별한 향기.

고작 며칠이나 금식했다고 이 사람의 향은 이별을 입에 담고 거짓을 말해야 하는 나를 이렇게나 매혹시키며 내 안 깊은 곳의 관능에 불을 당길까.

이 순간 이런 생각을 마음에 담는 내 자신에게 어처구니가 없어 맘이 불편했다.

"……왔네."

조금은 비아냥에 시비를 거는 듯하고, 며칠 사이 얼마간 굳어져버린 체념으로 인해 갈라진 저음은 평소보다 더 깊게 공명하며 내 안에서 울렸다.

거실은 어두웠다. 두터운 암막 커튼이 드리워진 데다, 내내 꾸미고 치장하느라 시간을 오래 보내서인지 오후 늦은 시간의 거실은 하영우의 음침한 목소리만큼이나 적요하고 스산했다.

그 어떤 굴절 없이 곧은 시선이 마주친 순간부터 아득하고 아찔했다. 거실 끄트머리와 정 중앙에 마치 대척점처럼 벌어진 거리에서 하영우의 형형한 눈빛은 늘 그렇듯 내게 박히고 꽂혔다.

"계속 기다렸어……."

이제야 찾아온 나를 분분한 기운에 말로 베고 무참히 상처 낼 줄 알았는데, 하영우는 기묘하면서도 한편으로 기력이 빠진 말투로 반기는 듯도 하고 안도하는 듯도 했다. 분명 기다린 건 맞는데 날 아프게 상처 내려는 의도는 조금도 느낄 수 없었다.

그런 눈으로 날 보는 당신을 무참히 잘라내고도 난 무사할 수가 있을까……. 행복을 위장하면서 당신 없는 내 자신을 공허함과 외로움 속에서 꿋꿋하게 지켜낼 수 있을까. 결계가 풀리듯 당신으로 인해 달디단 과육의 맛을 알아버린 난, 어느 밤 치명적인 단맛에 저절로 침이 고이면서 하영우 당신을 찾으면 어쩌지.

내 딴엔 매몰찬 이별을 준비해 놓고도 그런 다짐이 우스울 만큼 시작부터 흔들렸다. 소파에 마주보고 앉은 우린 한 동안 서로를 탐색할 뿐 말을 잇지 않았다.

무슨 말을 할까……. 사실 이렇게 이 자리에 있는 내가 다른 말을 하는 게 무의미했다. 어쩌면 이 자리에 있는 난, 벌써 답을 하고 있는지도 모른다.

아니다. 난 마지막 마무리를 위해 온 것일 뿐, 다른 의도는 없다.

너무도 많은 말과 생각으로 인해 도리어 무거워진 입은 무언가를 배출할 구멍이 꽉 막힌 듯 내내 떨어지지 않았다. 그 간극을 하영우의 탁하고 허스키한 음색이 파고들었다.

"내가 이제이라고 선뜻 밝히지 못한 건."

"……!"

"두려움 때문이었어."

메마른 심장을 준비하고 들으려 했던 말은 결코 이런 말이 아니었다.

내 커진 눈동자를 직시하며 하영우, 아니 이제이는 계속 말을 이었다.

"당신의 기억 속 풋풋했던 이제이의 모습을 잃고 지금의 모습을 한 난, 솔직히 고백할 자신이 없었어."

고백은 너무도 뜻밖이라 난 아무런 말도, 호흡도 할 수가 없었다.

"여자들이 연인 앞에서 아름답길 바라고 원하는 것처럼 남자도, 사랑하는 여자 앞에서의 남자도 다르지 않아. 내가 당신을 원하고 바라는 만큼 내 외모도 당신 마음에 들길 바라. 하지만 내 자신조차 낯설고 이질적인 얼굴로 당신에게 당당할 수 없었고, 그때의 지수완이 내 어떤 모습을 좋아했는지 모르는 난……."

"……."

"계속 기회만 엿봤어."

어떤 모습을 좋아했는지 궁금했구나. 난 말이야, 이제이 당신의 전부를, 어쩌면 당신의 땀 한 방울까지 모두 다 사랑했어. 어느 한 군데가 아니라 우주처럼, 천체처럼 당신 전부를 사랑했어.

그 감정이 너무 낯설고 강렬해 그저 서툴기만 했던 난 내 마음을, 우리의 감정을 몸으로 나누고 전하는 것밖에 몰랐지. 지금 생각하면 우린 그때 참 순진했어.

"처음엔, 확인하고 싶었어."

무엇을 확인하고 싶었을까, 당신은.

"우리들의 감정이 정확하게 무엇이었는지, 기억을 되찾고 또 당신의 이름과 시놉으로 우리들의 감정이 어땠는지 전부 알게 됐지만, 그렇다 해도 10년이란 시간이 지났고 '사랑은 없다' 시놉은 그때의 우리 사랑을 원망하고 지우려는 의지가 강한 듯해서……."

맞아. 그랬어. 나도, 살아야 하니까. 누군가의 말처럼 타고난 재화를, 여자라면 당연히 누리고 즐길 감정과 욕망을 단지 당신을 욕하고 원망하는 에너지로 다 탕진할 순 없어서. 그래, 그래서 당신을 지우려 했어.

"내가 이제이라고 커밍아웃 하면서 그때 사고로 인해 강제로 지우고 멈춰진 감정을 다시 이어갈 순 없을까 하고 용기 있게, 좀 더 빨리 묻질 못했어."

그래, 사고라고 해도 10년이란 시간은 너무 길었어. 난 그 시간들 동안 늘 차가운 빗속에 혼자 서 있는 것처럼 시리고 추웠거든.

"수완아, 난……."

'수완아' 하고 당신이 그렇게 부르면 날더러 어쩌라고. 당신이 그렇게 불러주면 난 어김없이 몸이 떨리고 살갗이 데인 것처럼 뜨거워. 당신, 그거 모르지? 모를 거야. 몰라야 해.

내 감정과 동요를 염려하는 것 같은 하영우의 톤 낮은 시선을 난 꿋꿋하게, 죽을힘을 다해 방어했다. 그래야만 이 순간을 끝까지 버틸 것 같았다.

"수…… 완아……."

"오지 마!"

떨리는 목소리는 앞뒤 문장 없이 간신히 그 말만을 뱉었다.

쥐어짠 듯한 음색에 무얼 느끼고 감지했는지 영리한 하 배우는,

"지수완."

날 부르며 무작스레 흔들었다. 마치 다 아니까 이제 그만하라는 듯.

"수완아."

땅이 뒤집히고 하늘이 뒤바뀔 것 같았다. 이만큼 강한 흑마술과 주술이 이 세상에 또 있을까. 어떤 부족의 오래된 미신이 당신의 목소리만큼 날 옥죄이고 옭아맬 수 있을까…….

아니야. 이렇게 당신에게 취하고 빠져 있을 때가 아니야. 난 당신의 고백이 아닌 내 의지와 예정된 미래를 상기시키고 똑바로 각인시키려 온 거야. 그래, 내가 당신을 찾은 이유는 바로 그거야.

"내가 말하고 싶은 건……."

난 정확하고 분명하게 말하고 싶었다. 하영우의 강한 존재감에 위축되지 않고 내 의지를 피력하고 싶었다.

"당신과 내가 3일 후에 결코 같은 곳에 설 수 없다는 거예요. 그 이유는 말하지 않아도 알 거예요. 난 이미 강우빈과 결혼을 약속했고……."

"의리 때문에 강우빈과 결혼을 하는 건 억지고 바보 같은 일이야. 그런 결정이 당장은 상황을 모면할 수 있겠지만, 거시적으로 보면 당신은 물론이고 강우빈에게도 큰 상처가 돼. 더 나아가서는 강우빈이 자신을 비하하고 해할 수 있는 빌미도 될 테고."

아닌 척해도 피곤에 점령당한 듯한 목소리는 다그친다기보다 사실을 알려주고자 하는 마음이 강해 보였다. 또한 투명한 시선과 눈빛은 그게 뭐든 다 알고 있는 듯도 했다.

TV에서 떠들어대는 적나라한 기사로 얻어 들은 게 아니라 이미 예전부터 알고 있었다는 듯 하영우는 그렇게 속을 털어내고 비우

듯이 말했다.

"TV에서 하는 말 믿지 말아요. 우빈이는……."

"그래. 강우빈이 동성애자든 아니든 나와는 상관없는 일이야."

"……."

"지금 내게 중요한 건, 당신이 여기 왔고 내 옆에 있다는 사실, 우리가 절대 떨어지지 않는다는 그 사실 하나 뿐이야."

"하영우 씨……."

"옛날처럼 제이 씨라고 불러주면 좋겠는데……."

이질적인 얼굴에서 유독 향수를 자아내는 코코아빛 눈빛을 쏟아대며 조금씩 곁으로 다가온 그는 어느새 자신의 자리라고 말한 내 옆에 와 있었다. 마치 처음부터 여기, 내 옆에 있었던 것처럼.

"뭐…… 뭐하는 거예요?"

하영우는 날 번쩍 들어 자신의 단단한 허벅지 위에 품듯이 앉혔다. 난 반항하며 마성의 자리를 외면하려 했다. 그렇지 않으면 언제나 그렇듯 단박에 허물어지고 그게 뭐든 인정할 것 같아 난 강하게 거부의사를 표했다.

"진정해. 당장은 안 잡아먹을 테니까."

"하영우 씨!"

"지금은 그럴 기력도 없어……."

예상치 못한 우악스러운 힘에 난 하영우 위에 안착해 있었다. 끌어 앉혀져 눈을 마주한 하영우는 처음으로 미소를 보였다. 그 같은 미소에 홀리듯 금세 취할 것 같은 난 마주한 시선을 필사적으로 피하려 했다. 그럴수록 하영우의 힘은 강해지고 제재하는 힘도 세졌다.

"수완아, 내 얘기 들어줘."

수완아. 그 아무것도 아닌 짧은 언어에 몸은 전투적인 반항을 멈췄다. 내 미약한 의지와는 상관없는 몸의 즉각적이고 본능적인 반응이었다.

"중요한 건, 누가 언제 누구랑 결혼한다더라가 아니라 지금 지수완이 나와 함께 있다는 거야. 당신이 약속한 결혼과 내가 말한 결혼 둘 다 하지 않아도 좋아. 상관없어. 다시 한 번 말하지만 중요한 건, 당신이 나에게 와 우리가 지금 함께 있다는 거, 그리고 앞으로도 이렇게 늘 함께할 거란 거야. 꼭 결혼이란 형식과 제도가 아니라고 해도 말이야."

"……."

"하지만 원한다면 생각은…… 해볼게."

"지금 무슨 말을 하는 거예요? 우린……."

"지수완. 수…… 완아……."

언어적 유희와 사슬에 혼몽한 사이, 손목엔 철재 수갑이 채워졌다. 순간 놀란 난 왜인지 모르지만 자꾸만 고개가 떨어지는 하영우에게 시선을 돌렸다.

한 번, 두 번 무섭게 떨어지는 고개와 함께 점점 작아지던 눈이 결국엔 다 감겼다. 그러면서 마지막으로 한 멘트는,

"나 좀…… 워…… 줘."

'나 좀 재워줘' 라니. 블랙코미디도 아니고 이별을 말하려는 심각한 상황에 하영우는 잠에 빠졌다. 나에게 수갑을 채운 채로.

"안전과 불안에 대한 강박증도 문제지만 무엇보다 불면증이 심

해요. 영우는 내가 자신의 상태를 모르는 줄 알아요. 사실 그렇게 알고 있길 바라서 말을 하지 않은 것도 있지만 심각한 상태에요. 사고 때처럼 약으로 잠을 청할 정도까지는 아니지만, 그렇다 해도 강박증보다 더 우려되는 건 불면증이에요. 심적으로 불안감을 느끼면 전혀 잠을 못 자는 영우의 예민한 성향이 병을 키우고 있어요."

당신에겐 지수완이 강박증과 불면증을 유발하는 핵심 키워드 중 하나라는 건가. 나란 존재가 당신에겐 그리도 아픈 상처고 빼내지 못하는 가시였던 거야? 당신도 꼭 나처럼 그렇게 당신 자신을 벌주고 상처주면서 여기까지 버텨온 거야?

하영우, 당신 뭐야. 그 지독한 사고와 힘든 수술도 결국엔 털어내고 감쪽같이 날 속였으면서 고작 이 불면증이 뭐라고 이기지도 못해. 도대체 얼마나 잠을 자지 못했으면 이 결정적 타이밍에 내게 이런 어이없고 비겁한 모습까지 보이는데? 처음 만났던 그 모습은 아니라고 해도 이렇게 약하고 부서질 듯 예민한 신경선을 이렇게 다 내보이면 안 되는 거잖아. 우리들의 만남을 끝내려 온 날 이렇게 흔들면 안 되는 거잖아, 당신.

약속했단 말이야. 우빈이랑 우빈이 부모님들을 이 무시무시하고 무도한 세상으로부터 내 능력껏 지켜주기로. 그런데 난 내가 뭐라고 그 같은 약속을 겁도 없이 덜컥 한 걸까.

제이 씨, 나 어쩌면 좋을지 말 좀 해봐. 그렇게 태평하게 잠만 자지 말고 일어나서 그럴싸한 묘책이나 방안을 내 보라고! 이제이, 이 자식아!

하영우는 오만 가지 단어 조합과 날선 방언으로 욕을 생산하는 나와 달리 평화로워 보였다. 마치 오늘 처음으로 안락함과 편안함에 기대 잠을 청한 사람처럼, 내 품에서 숲속의 잠자는 미녀처럼 단잠에 빠졌다.

13장

잠자는 모습이 태가 고운 여자처럼 아름다웠다. 자신이 우리들의 빛나던 한때를 공유했던 이제이라고 말한 것밖에는 없으면서, 뭐 그리 대단한 일을 했다고 이리도 마음 놓고 자는지 어이가 없어 웃음이 났다.

소리 죽인 웃음은 차차 소리 없는 울음으로 변질됐다. 이 고운 얼굴에 우리들의 아름답던 한때, 단절되고 기형화 된 청춘, 깨끗한 단면처럼 베어내지 못하는 질기고 아린 감정들이 혼란스럽게 보였다.

예기치 못한 순간 강탈당한 몸과 잃어버린 기억으로 인해 나보다 더 무기력하고 혼돈의 시간들을 보냈을 하영우의 지난한 시간들이 온몸으로 전해지고 느껴졌다.

난 당신과 이별할 수 있을까……. 어쩌면 이렇게 당신에게 온 것부터가 우정이 아닌 사랑을 택한 건 아닐까.

몇 번을 생각해도 난 절대 여기 오면 안 되는 거였어. 모른 척, 나와는 상관없는 척 침묵을 지키고 있어야 했는데…… 그게 안 됐어. 당신이 걱정되고 궁금해서, 미치게 보고 싶어서 오지 않을 수 없었어. 이대로 당신을 못 보면 죽을 것 같아서, 당신과 밤새도록 미치도록 사랑을 하고 싶어서 왔다고 하면, 난 형편없이 밝히는 몹쓸 여자가 되는 걸까.

이 순간도 당신의 눈꺼풀에 입을 맞추고 싶고 탐스런 입술도 남김없이 삼키고 싶어. 난 여전히 그때처럼 당신만 보면 이렇게, 대책 없이 몸이 타오르고 달아올라. 여지없이 침이 고이고 지층처럼 쌓이기만 하는 열감으로 눈이, 머리에서 발가락까지 전부 따가울 지경이야.

호시탐탐 기회를 노리며 난 하영우 전부를 혀끝과 입술로 도포하기 시작했다. 지조 높은 처마 끝을 자랑하는 입술에서 시작해 날개를 편 듯 우아한 눈썹, 차양처럼 다소곳한 속눈썹까지 남김없이 핥고 음미했다. 달콤함에 몸이 새봄처럼 부풀고 몸 안 어딘가에서는 욕망분자가 기지개를 폈다. 이 순간, 까무룩 하고 잠든 하영우가 벌떡 깨어난다 해도 멈출 수 없었다.

이 순간 내가 이곳에 온 이유도. 목적도 전부 잊었다. 지금 내 앞에 놓인 천근 같은 문제가 무엇이든, 지금은 날 탐하고 날 욕망하며 모든 걸 내 안에 가르치고 새긴 이 남자의 전부를 갖고 싶었다. 누군가 이런 날 천지분간 못한다고 욕해도 지금은 도저히 아닌 척할 수가 없다.

끝내 고고한 척 우아 떨면서 외면하지 못하겠어, 나.

"흡!"

유혹의 길을 찾던 입술은 하영우의 입에서 발목이 잡혔다.

대체 무슨 정신으로 이렇게 호응을 하는지 숨을 뺏는 기운이 방금 전까지 깊은 숙면에 빠진 사람 같지 않았다. 입안을 파고드는 익숙한 혀끝이 어느 무사의 칼끝처럼 비범했다.

달아올라 절절 끓던 몸이 이 키스로 마그마처럼 출렁거렸다. 어찌 이리도 내 자극점과 감각선을 잘도 파고들며 쥐락펴락할 수 있는 건지, 왜 난 또 이 사람의 거침없는 탐욕이 감사하기만 한 건지 도저히 모르겠다, 나란 여자를.

간신히 서로의 입술을 놓은 우린 거친 숨을 내쉬었다. 이젠 완전히 잠에서 깬 하영우가 특유의 리버럴한 미소를 지으며 날 바라봤다.

"꿈인 줄 알았어."

나도 이런 방탕한 열정과 허기, 깊고 뜨거운 관능의 바다를 원하는 나란 인간이 전부 다 허상이었으면 좋겠어.

"당신과 사랑하는 꿈을 꾸고 있었어. 우리가 몇 번이나 전율하고 절정을 느꼈는지 당신은 상상도 못할 거야."

그래, 당신은 모를 거야. 그런 말을 하는 당신이 얼마나 섹시하고 색정적인지. 그래서 나란 여자가 얼마나 당신을 욕망하는지 상상도 못할 거야. 모두가 이런 날 한 소리로 비난하겠지만 그럼에도 불구하고 난 당신에게 이런 말밖에 할 수 없다는 걸.

"꿈속에서 우리가 어땠는지 알려줘요."

날 응시하던 하 배우의 시선이 점차 미소로, 웃음으로 변해갔다.

"세세하고 세밀하게."

누구도 아닌 이 사람을, 이 남자를 미혹시키고 싶었다. 그런 이유로 강한 전파와 전류를 흘려보냈다. 내가 보낸 고주파 시그널을 하영우는 단박에 감지했다.

인간은 예측하지 못했던, 결코 순응하고 싶지 않았던 요인들에 이끌려 현재의 처지에 놓여 있다고 했다. 이 상황과는 다른 이야기 같지만 내가 꼭 그렇다. 처음에는 냉정하고 소름끼치는 톤으로 이별을 말하고자 했다. 한 번도 이런 방탕한 기운에 이대로 자멸될 것이라는 생각은 하지 않았다. 그런데도 결국엔 이런 상태가 됐다. 이 남자의 손을 타면 난 여지없이 열락을 꿈꾸는 모아이가 돼버린다.

"아흣!"

꿈의 해석이자 복기의 시작은 가슴이었다. 이른 기대와 흥분으로 짙은 분홍빛으로 물들어가는 가슴을 하 배우는 단번에 물었다. 아직 꿈속의 여운과 아쉬움이 가득한지 평소와 같은 부드러운 애무 없이 시작부터 지독하게 빨아 굴리다 마지막엔 알약처럼 삼켜 버렸다.

그 순간 몸 안에 퍼지는 저릿저릿한 쾌감은 상상 이상이었다. 흡입하는 흡착력은 지독하게 강해서 순식간에 가슴 끝이 까진 듯 아렸다.

그 같은 반복에 벌써부터 하반신에서는 또 다른 시그널이 왔다. 하영우의 흡입과 함께 조금씩 우물이 차오르고, 저절로 앓는 소리와 탄성을 생성하는 나만의 비밀 주머니가 터져 버렸다.

하영우는 날 번쩍 들려 했지만 자기 전 채운 수갑이 우리의 열정과 흥분을 분절시켰다. 난 그때까지도 우리가 수갑으로 서로에게 묶여 있다는 걸 잊고 있었다.

"풀어줘. 당신 만지고 싶어."

"싫어, 이대로 당신 갖고 싶어."

"이제이는 이런 보조 기구 사용하지 않았어요."

"그랬겠지. 이제이는 기구 활용 같은 건 꿈도 못 꾸는 동정남이었으니까. 그렇지만 하 배우는 색다른 자극도 두려움 없이 시도할 수 있는 농염한 나이와 연륜을 갖고 있어. 일회성 쿠폰이다 생각하고 이용해 봐. 실망하지 않을 거야."

"하지만……."

항변은 통하지 않았다. 수갑처럼 옥죄는 하 배우에게 한껏 매달린 난 물린 입술에 굴하지 않고 똑같이 그의 입술을 빨고 삼키며 미친 듯 탐닉했다.

어찌된 일인지 이 남자의 입술은 삼킬수록 솜사탕처럼 달기만 하다. 마치 입 주위에 슈거 파우더를 뿌린 것처럼 날 자꾸만 끌어당기며 중독 시킨다.

수갑으로 인해 윗옷을 포기한 우린 하반신만 탈의한 채 성급하게 얽혀들었다. 지독한 갈증으로 제대로 된 준비도 못한 채 난 하영우만을 원했고, 하영우는 나만을 소유하고 싶어 했다. 우린 어떤 날보다 다급하게 상대의 취약점을 파고들었다.

내 유혹과 애원에 드디어 고개를 바짝 쳐든 남성이 입구 언저리에 얄궂은 흔적을 묻히며 여유를 부리더니 결국엔 얼마 못 가 묵직하게 제 습지를 관통해 들어왔다.

"아흣!"

시작은 늘 그렇듯 약간의 두려움과 고통이 수반된다. 개인적으론 이 순간이 최고로 기대치가 높은 순간이기도 하다. 내벽은 하 배우를 열렬히 환영하면서도 공격적인 기세에 늘 위축이 돼 이렇게 자동 수축이 되곤 했다.

"어…… 헉!"

그럼 이처럼 여지없이 들려오는 하 배우의 신음 가득한 우아한 탄성. 이 반응과 공명에 몸이 활짝 열린다. 마치 만개한 꽃처럼. 화려한 천만 개의 산호초처럼.

기묘한 이질감과 감각을 과하게 날조하는 듯한 트릭이 싫어 경계했었는데 차가운 금속성의 수갑은 분명 우리들의 쾌감지수와 육욕을 올리는 데 동조한 듯 보였다. 두 사람을 일정 거리 안으로 이끄는 딱딱하면서도 차가운 물성이 기묘한 안정감과 함께 짜릿한 흥분을 자아냈다. 그로인해 수축과 조임은 어느 날보다 성실했고 부지런했다.

"지…… 수완…… 진짜……."

오늘은 전부 다 이상했다. 하 배우의 신음과 탄성은 다른 날보다 한층 자극적이고 요염하기까지 했다. 여자인 나보다 더 요염한 반응과 뜨겁게 치받는 허리 짓에 숨이 목 끝까지 차올랐다. 진입하자마자 사정을 두지 않고 몰아치더니 어느 순간 진폭을 조절하며 허리 짓을 단속하고는 내 얼굴을 꽃송이 잡듯 살짝 잡았다.

난 신음과 거친 호흡을 동시에 내뱉으며 하 배우가 이끄는 대로 그의 얼굴을 보며 눈을 응시했다. 하 배우의 시선이 약간 긴장한 듯 보였다. 무슨 말을 하려고 이러나 싶으면서…….

"항상 하고 싶었던 말이었어."

목이 타는 건지 색정적인 입술을 핥은 하 배우는 지독하게 아름다워 보였다.

"……내 안의 또 다른 난, 꿈속에서 누군가에게 늘 똑같은 말을 했었어."

난 숨도 삼키지 못하고 긴장한 채 들었다.

"……사랑해, 수완아."

"……."

"이제이를 잊지 않고, 지우지 않고 기억해 줘서…… 고마워."

코끝이 시리다. 마치 나 혼자만 겨울인 것처럼. 절대 그런 일은 없는데.

늘 상상했었다. 어느 밤, 퍼붓듯 목 안에 쑤셔 넣은 술에 취해 울다 지쳐 기절하듯 쓰러지면 가끔 운명적인 신의 계시처럼 듣기도 했다. 이제이와 함께한 6일이란 시간 속, 여름 한낮의 지열보다 더 뜨겁고 강렬했던 침대 위에서의 3일. 그 시간들 속에서 한 번도 듣지 못한 말이었지만 꿈속에서는 들었던 말.

사랑해. 사랑해, 수완아…….

꿈속의 이제이는 내게 미안하단 말은 한 번도 하지 않았다. 그 이유 하나로 버틸 수 있었던 시간들이었다. 미안하다고 하지 않고 그저 사랑한다고 하니 미련한 지수완은 잊지 못하고 무참한 기억에라도 기대 기다릴 수밖에 없었다. 꿈속 언어에 기대 오늘까지 왔다고 하면 당신은 어떤 표정, 어떤 말을 할까…….

내 의지와 상관없이 몇 년 만에 눈물이 났다. 흘어내리는 눈물이 아닌 삼키는 눈물. 이 순간 펑펑 우는 눈물은 보이고 싶지 않았다. 무엇보다 이 밤의 끝, 절정에 도달하지 않았기에 여기서, 이쯤에서 멈추고 싶지 않았다.

난 눈물을 흘리는 대신 하 배우의 단단하고도 매끄러운 엉덩이를 잡아 쥐었다. 잡으려 해도 마음처럼 잡히지 않았지만 그 행위로 내 기분과 기대감을 대신했다. 그 순간, 내가 보내는 시그널을 기막히게 캐치한 그가 포효하기 시작했다. 하 배우가 제일 잘하고, 늘 자신만만해하는 색광 캐릭터가.

어느 순간 눈앞의 모든 사물이 정신없이 흔들리고, 휴식에 빠졌던 둔덕과 내벽도 금세 열기와 열감으로 빠르게 순환됐다. 동시에 호흡과 숨결도 내 의지와 욕망만큼 거칠어져 갔다. 거칠게 대지를 누르고 밟은 말처럼 내 안을 질주하며 온몸을 부술 듯 쳐대고 긁어대며 거칠게 비벼대 이대로 좌초할 것 같았지만 늘 그렇듯 나답게 버티고 견뎠다.

난 사랑한다는 말에 그 어떤 대답도 하지 않았다. 하고 싶지 않았다. 지금의 내 대답은,

"어흑! 아…… 앗!"

이런 교성과 비명뿐.

내 고집스런 함구가, 은밀한 비명과 관능적인 교성이 하 배우에게 어떤 물리 작용과 화학 작용을 했는지, 둔덕을 헤치고 파고드는 길고 굵은, 나만의 난폭하고 절륜한 흉기는 내내 감췄던 속내를 털어내 홀가분한지 내 위에서 위험천만하고 요란한 난장을 쳐댔다.

하영우는 여우처럼 약고 노련하게 욕망인자를 뿌려댔다. 난 이처럼 하영우가 발끝에서 머리끝까지 전투적으로 주입하는 주입식 교육이 좋았다. 반골기질이 있는 난, 하 배우가 주고 지수완만이

받을 수 있는, 우리 둘만의 은밀한 개인 레슨이라면 어디서든, 몇 번이든 상관없었다. 오늘밤의 주체는 하 배우이면서 지수완이라 말하고 싶다.

난 하 배우가 기다리고 기대하는 대답을 대신해 이 밤 몸을 사리지 않는 투혼과 열정으로 전부 다 보여줄 생각이다. 오랜 기다림 끝 당신의 고백에 대한 내 심정과 감정은 어떤지. 내 대답은 대체 어떤 자음과 모음의 조합인지.

결혼식은 더할 수 없이 아름다웠다.

동화 속 엄지공주처럼 작고 깜직한 신부는 내 눈에도 사랑스러웠다. 신부에 비해 중세 유럽의 화려한 성처럼 생긴 야시시한 눈빛의 신랑은 차분한 신부와 달리 울다 웃다 화내다 제정신이 아니었다.

오늘 식장을 들어서기 전까지 이런 상황을 몰랐던 백재 사장은 친구가 준비한 오늘의 이 서프라이즈 웨딩에 감동하면서도 자신의 옆에 선 새침한 신부에게서 한시도 눈을 떼지 못했다.

하 배우가 들려준 신랑 신부의 러브스토리는 꽤나 흥미로웠다. 하 배우의 동선을 꿰고 있는 신랑 모르게 007 작전 버금가게 일본에서 은밀히 진행된 바쁜 어린 신부와의 만남은 진땀나는 프로젝트였다고 회상했다. 그렇다 해도 어떻게 이런 생각을 이끌어냈냐는 질문에 하 배우는 자신을 두 번이나 살린 백재에 대한 고마움과 감사, 오랜 우정이 만든 자신만의 최고가 이벤트라며 웃었다.

하 배우가 공표한 우리들의 결혼식 날, 탄산 킬러란 묘한 애칭을 가진 어린 신부와 그 어린 신부에게 침을 흘리는 게 눈에 보일 정도로 흥분한 백재 사장의 결혼식이 치러졌다. 자진해 사회를 맡은 하 배우는 자신의 배우 생활 은퇴를 하객들에게 알리며 오늘의 웨딩에 대한 의문과 친구에 대한 감사의 마음을 진솔하게 표하는 것으로 식을 시작했다.

사회자의 본분을 충실히 수행한 하 배우는 결혼식 내내 나와 함께 했다. 내 손을 잡은 하 배우는 하객들에게 일일이 날 소개시켰다. 오늘 결혼식에 대한 소동을 자신의 은퇴 기사로 덮은 그는 원래 이 세계가 이러니 신경 쓰지 말라며 걱정하는 날 다독였다.

오늘의 결혼식 말고 일주일 후에 있을 또 다른 결혼식, 나와 우빈의 결혼식은 예정대로 가면서 신부만 바뀌었다. 내가 아닌 신지혜로. 이 모든 것들을 뭐라고 설명해야 할까. 아끼는 신지혜와 소중한 친구의 이 혼란스런 결혼에 대해.

내가 판교에서 햄릿증후군에 걸린 것처럼 결정 장애로 괴로워하는 동안, 이젠 거의 다 회복된 신지혜가 우빈을 찾아왔다고 했다. 지수완이 아닌 자신의 손을 잡으라고 말한 신지혜에게 우빈은 놀라고 어이없고 황당했다고 했다. 그러면서 민진이에게 좋은 아빠와 좋은 환경을 만들어주고 싶다는 말로 자신의 감정을 숨기는 신지혜를 우빈은 거절하기 어려웠다고.

굴곡진 시대를 지나 내려온 몇백 년 된 명문가. 사회적 위치와 체면을 무시할 수 없는 부모님을 위해 반드시 해야만 하는 입장에서 우빈은 신지혜의 변명에 속아줄 수밖에 없었단 걸 안다.

내가 아닌 신지혜란 카드에 우빈의 부모님들은 반대하거나 이견을 내지 않으셨다. 사실 더 반기셨다는 말이 맞을지도 모르겠다. 미혼모라는 신분을 사랑이란 큰 명제로 감싸 안은 눈물 나는 러브스토리로 아름답게 각색하고 승화시킨 어른들의 이기심은 아들의 성 정체성만 무마되고 수면 아래로 가라앉는다면, 어떤 상대, 어떤 카드도 문제가 되지 않았다.

황당한 결론을 낸 두 사람을 만났을 때, 우빈은 시선은 혼란스러움과 함께 공허하게 가라앉아 있었고, 그에 반해 신지혜는 환하게 또 시리게 웃었다.

우빈이 통화를 위해 자리를 비운 사이 난 신지혜에게 물었다. 이 결혼의 의미에 대해, 또 이 결혼을 선택한 이유에 대해서.

"거창한 이유나 의미 같은 건 없어요. 우리 민진가 아무 힘도 경제력도 없는 저 혼자보다는 든든한 친가 식구들과 따듯하고 인자한, 모든 면에서 민진이를 배려하고 위해주는 아빠까지 있는 제대로 된 가정에서 자랐으면 했어요."

그 모든 말들에 거짓은 없어 보였다. 그래서 더 마음 아픈 말이었지만.

"그럼 신지혜는? 우빈이를 사랑하는 마음으로 내내 우빈이 등만 보면서 외롭게 살려고? 민진이 위해서 그렇게 살면 나중에 민진이가 고맙다고 할까? 영민한 신민진은 그 전에, 다 크기도 전에 알 거야, 제 엄마의 외로운 희생과 분투를. 그러니까……."

"인간은 누구나 다 외롭대요."

"……."

"미칠 것처럼 사랑하는 사람과 결혼한다고 해서 외로움이 전부 사라지지는 않는다잖아요. 그 말에 기대서 살아보려고요. 그렇게 사랑하는 사람들도 어느 순간, 문득문득 죽을 듯이 외롭다는데, 저희처럼 시작한 사람들의 외로움은 어쩌면 당연하잖아요."

신지혜는 예쁘고 단정하게, 제 얼굴처럼 웃었다.

넌 지금 웃음이 나오니…….

저 웃음 때문에라도 난 이 결혼을 방관할 수 없단 생각을 했다. 이 결혼으로 신지혜가 저 웃음까지, 저 고운 웃음까지 잃어버리게 될 것 같아 두려웠다.

"신지혜, 나는……."

"사장님, 아시잖아요. 저 꼭 민진이 위해서만 이러는 거 아니에요. 제가 원하고 사랑하는 우빈 씨 옆에 있을 수 있고, 그 사람과 함께 먹고 자고 소소한 일상을 함께할 수 있어요. 그 정도면 돼요. 저, 더 이상은 욕심 없어요."

그 소소한 일상조차도 사랑 없이는 불가능하다는 걸, 버거울 수 있다는 걸 신지혜는 외면하고 있었다. 아니, 알면서도 애써 모른 척하고 있었다. 그러다 통화를 마친 우빈이 제 옆자리에 앉는 모습을 보는 신지혜의 표정, 근육의 떨림을 목격한 난 이 결혼을 막을 수 없다는 걸 알았다. 신지혜는 이제껏 내가 본 적 없는 해사한 얼굴로 행복해했다. 계산에 의한 가식과 가면이 아니라 진정으로 제 옆에 우빈이 있다는 사실 하나에 긴장하면서도 사랑에 빠진 모습으로, 그리 예쁜 미소로 행복해했다. 꼭 나처럼.

내가 하 배우와 있을 때 저렇게 기대하고 긴장하면서도 저런 모습으로 행복해한다는 걸 알기에 더는 신지혜의 결정에 이견을 낼 수가 없었다.

난 마음속으로 빌었다. 강우빈의 정체성은 어찌할 수 없다 해도, 그 이유가 산처럼 요지부동이라 해도, 저 둘이 사는 동안만이라도 신지혜가 외롭지 않기를, 혼자 눈물 흘리는 일이 많지 않기를, 사랑을 대신한 우빈의 묵묵하고 예민한 배려가 신지혜에게 칼이 되고 독이 되지 않기를 빌었다. 이 모든 기도가 부질없다 해도 두 사람을 아끼는 내가 할 수 있는 건 기도밖에 없었다.

딱 일주일 후, 두 사람의 결혼식은 재벌가 결혼 못지않게 비밀스러우면서도 거창하게 치러졌다. 정재계 유명하다 싶은 인물들은 모두 얼굴 도장을 찍었고, 나와 하 배우도 자리를 함께했다. 자식이라 해도 공직자 가정의 결혼식이라고 보기엔 무리가 있을 정도로 와서는 안 되는 인물들까지 전부 함께한 결혼식은 마치 잘 짜여진 한 편의 연극과도 같았다.

어떤 말들이 난무한다 해도 어깨가 넓은 신랑은 듬직했고, 단아한 미를 자랑하는 신부는 아름다웠다. 눈물 나도록.

민진의 손을 꽉 잡은 난 설명보단 영민한 민진이 스스로 보고 느끼길 바랐다. 자신의 엄마가 선택한 이 결혼을, 조금은 낯설지만 아빠란 이름으로 제 곁을 든든히 지켜줄 우빈의 모습을 있는 그대로 받아들이길 바라며 한 손엔 하 배우 손을, 다른 손으론 민진이 손을 꼭 잡았다.

결국엔 백재 씨의 사랑도, 신지혜의 사랑도, 하 배우와 나의 사랑도 제각각 당신들만의 스타일대로 굳건히 이어지길 마음속으로 기도했다.

이번 달 말이면 하 배우의 부모님이 계시는 미국과 철없는 내 부모님이 연일 강태공으로 살고 계신 알래스카로 인사를 드리러 간다.

은퇴에 대해 모두 갑작스러워 했지만 본인은 구상한 지 꽤 됐다는 이유로 덤덤했다. 시간이 남아돌게 된 하 배우는 이참에 미국 종단 여행을 제안했지만 난 거절했다. 그간 뜨거운 감자처럼 말도 많고 탈도 많았던 내 개인적인 일들로 인해 구석진 방에서 버려졌던 회사를 챙겨야 하는 난 한 달이 넘는 종단 여행은 상상할 수 없었다.

척척박사 버금가게 일을 살뜰히 하던 신지혜마저 신혼여행과 신혼기간 적응기로 두 달간 휴가를 낸 상태라 회사가 난리도 아니었다. 또한 제일 막내가 들어오자마자 결혼을 한 일로 회사에 잔존하고 있는 연륜 높으신 비혼인자들의 질투와 격노가 만만치 않았다.

퇴근 후 기승전 '술' 로 이어지는 자리를 난 두 눈 뜨고 지켜야 했다. 사장인 난 그네들의 헛헛한 심장과 상처 난 심사를 섬세하게 다독이며 그들의 질타와 분노에 일일이 응대해 줄 책임과 의무가 있었다.

중국 매장도 내 입김과 손길이 필요한 건 마찬가지였다. 겨울 물건 디자인을 진작에 마쳤어야 했는데 연이어 터진 일로 디자인 컨셉을 결정하지도 못해 이래저래 정신이 없었다. 소설이나 드라마를 보면 능력 있는 남자 주인공이 '짠' 하고 등장하면 모든 것이 해피엔딩이지만 일선에 있는 내 입장에서 그런 일은 절대 없다. 그건 일종의 환상특급여행이다. 남자 주인공이 등장했다 해서 굉장한 디자인이 떠오르는 것도, 밀린 수금이 잘 되는 것도, 불량품이 없는 것도 아니니 내가 할 몫은 이전과 다르지 않았다.

이런 내 상황을 모르는 하 배우의 협박은 날로 늘어났고, 오늘처럼 불법 감금도 불사했다.

미국으로 출발하면 생길 공백을 채우기 위해 몸이 열 개라도 부족한 날 픽업트럭에 태울 생각에 토요일 오후 내내 진을 치며 주차장에서 관리인 아저씨와 농담을 하며 기다리던 하 배우는 한계에 달해서는 결국 내 손을 잡고 별장으로 향했다. 주말은 꼼짝없이 이 별장에 갇혀 몸앓이를 하게 생겼다.

날 거실에 들어앉힌 하 배우는 시작부터 괜한 분위기 조장에 심혈을 기울였다.

"잡은 물고기한테 떡밥 주지 않는다고 하더니 지수완 정말 이럴 거야?"

"누가 잡은 물고긴데요?"

"누구긴 누구야? 하영우지."

"난 당신이 아니라 난줄 알았죠."

"당신이 잡은 물고기면 난 당신처럼 이렇게 굶어죽을 정도로 방치하지는 않아. 매일매일 사랑과 관심으로 만든 떡밥을 주면서 길들이고 교화시키지."

교화란다, 교화. 교성이라면 모를까…….

"무슨 교화를 해요?"

"당신 교화라는 뜻 모르나? 가르치고 이끌어서 좋은 방향으로 나아가게 한다는 말."

"그러니까 당신을 좋은 방향으로 이끌 일이 뭐가 있다는 거예요?"

이 남자 알수록 모르겠다. 그간 나 모르게 모든 일을 치밀하게 계획하고 한 치의 실수도 없이 실행한 의지의 한국인인 남자가 이럴 땐 마치 아무런 생각이 없는 미취학 아동처럼 철없기만 하다.

"난 아직도 불안과 강박증이 있는 불안정하고 불완전한 남자야."

아, 저 소리. 저 강력한 매뉴얼 또 등장하셨다.

"그럼 연인이란 사람이 내 안위를 위해 몸과 마음을 다해 내 강박증을 치료하고 내 심신을 달래줄 의무가 있잖아. 교화가 뭐겠어? 그런 게 다 교화지."

"당신 안전에 대한 강박증은 당신 자신만이 극복할 수 있는 문제예요. 난 당신과 함께할 뿐이지 그 문제를…… 으악! 나 아직 말 안 끝났어요!"

이래서 이곳에 오는 게 두려웠다. 어느 순간, 어떤 타이밍에 날 안아 들어서는 저 지옥문이자 천국의 계단으로 이끌까 내내 눈치를 보게 돼 한순간도 긴장의 끈을 풀 수가 없었다. 아니나 다를까 정신을 차리니 역시나 난 침대 끄트머리까지 내몰려 이상야릇한 눈빛을 발포하는 하 배우의 표적이 돼 있었다. 이 순간 누가 오소린지, 누가 순진하고 힘없는 뱀인지 모르겠다.

먹이사슬이 묘하게 돌아간다, 정말이지.

"그래, 당신 말처럼 함께해야지. 극복은 내 문제라고 해도. 안 그래?"

이제야 만족스러운지 하 배우는 느끼한 얼굴과 표정을 하고 허락도 없이 자신의 웃옷을 벗었다. 아무리 과학기술이 진보했다고 해도, 그 옛날 그리도 풋풋하고 싱그럽던 얼굴이 어떤 의술의 변형으로 지금의 저 얼굴이 된 것인지 이해가 안 갔다.

몇 달 전 신문에 너무도 잘생긴 남자가 쿠웨이트에서 추방당했다는 기사가 생각났다. 하 배우가 딱 그렇다. 잘생김은 부정하지 않겠는데 그 추방당한 남자처럼…… 느끼하다. 아무리 사랑의 힘으로 무시하고 극복하려 해도 저 느끼함은 어쩔 수가 없다.

"내가 누구처럼 '극뽁' 하게끔 당신이 내게 선처와 선행을 베풀란 말이지, 내 말은."

"선처와 선행이 아니라 끝없는 유희를 위한 희생과 봉…… 아악!"

말을 다 끝맺기도 전에 내 위로 몸을 날린 하 배우가 두 손을 잡아 날 실험실의 개구리 모양으로 만들었다. 곧 이어질 소름끼치는 해부학이 기대되고 연상돼 난 저절로 몸서리가 쳐졌다.

"봉사라고 하기만 해!"

하 배우는 안 그래도 큰 눈을 떠 날 잡아먹을 듯이 봤다.

"봉사 맞는데 뭘."

"봉사는 내가 당신의 쾌감을 위해 이런 일을 하는 게 봉사지……."

어느새 풀린 블라우스 단추 사이 진일보한 하 배우의 손길은 내 가슴을 단숨에 잡아 쥐었다.

"으흣!"

몸의 반응은 참으로 솔직했다.

경우에 따라 좀 아닌 척도 하고 싶고, 무감할 필요가 있는 지금 같은 상황에도 몸은 일관되게 정직하고 적나라했다.

"종단 여행 하는 거다."

"안 된다고 했어요, 난."

"난, 가는 걸로 알 거야."

"그럴 일은 없어요."

"가는 거야, 지 사장."

"하 배우가 백수니 나라도 벌어야 먹고 살지 않겠어요?"

지극히 현실적인 내 대답에 하 배우는 뭐가 그리 좋은지 환하게 웃더니,

"뭐야? 그런 걸 다 걱정했던 거야? 설마 우리 두 사람 굶어 죽기야 하겠어? 이 오빠만 믿어. 이 오빠가 우리 지 사장 배곯게는 안 할 테니까. 그러니까 지금은 배고픈 이 오빠 좀 거둬 먹여줘. 정말 죽을 것 같아, 수완아……."

가슴에서 둔덕으로 급격하게 내려간 입술은 제 길을 찾은 듯 거침없이 파고들었다.

"아…… 악!"

우리의 감정이 늘 이만큼 뜨겁길 바라면 욕심일까. 오랜 시간 외롭고 굴곡진 길을 돌고 돌아 서로에게 다다른 우리에게 누군가 더는 시련과 상처를 주지 않길 바란다면 그 또한 이기적인 걸까.

그렇다 해도 난 희망한다. 우리에게 더 이상의 아픔이 없길……. 하 배우의 불안과 안전에 대한 강박이 나로 인해, 우리들의 사랑으로 조금씩, 그러다 언젠가는 완전히 완벽하게 치유되길.

사랑한다는 말보다, 그 흔하고 익숙한, 반짝반짝 빛나는 단어보다 내 마음 길이 10년 전이나 지금이나 오직 당신에게만 이어진다는 걸 이 순간 난 말하지 않을 거야. 내가 당신을 얼마나 소중히 생각하는지, 얼마나 애틋하게 생각하는지.

"지수완."

"……!"

"딴 생각 말고 나 좀 욕망해 줘, 좀!"

난 늘 당신을 욕망해. 뒤끝이 있는 관계로 욕도 하면서.

순정한 스물다섯의 나도, 물이 오를 대로 오르고 성욕과 성감대가 날로 번창하는 서른다섯의 나도, 농염할 것이 너무도 분명한 마흔다섯 또는 그 이상의 나이가 된다 해도 난 늘 당신을 지금처럼 뜨겁게 욕망할 거야.

지난 10년, 마음과 다르게 수절하며 이 숨넘어가게 좋은 성애와 관능적 섹스를 경험하지 못한 내 지난 시간들을 위로하고, 그 원인을 제공한 당신을 순간순간 욕하면서 지금 이렇게 내 옆에 있다는 사실에 감사할 거야. 그러니까 걱정하지 마.

나 지수완은 오직 느끼하고 니글니글한 하 배우만을

욕하고 욕망하니까.

〈THE END〉

에필로그

지수완은 자신이 예쁜 나이 스물다섯인 줄 아는가 보다. 그러니 아직까지 결혼의 'ㄱ' 자도 꺼내지 않고 있지.

아, 정말 그때 심한 수면부족으로 실언을 했었다. 꼭 결혼이라는 제도를 빌리지 않아도 된다고……. 내가 도대체 왜 그랬을까. 남자들만의 미묘한 자존심이 걸려 있는 수컷들의 세계에서는 이보다 더 민감한 문제가 없는데, 사태의 심각성을 모르는 지 사장은 태평하기가 이를 데 없다.

자신을 이 시대 둘도 없는 정자왕이라고 자부하는 백재 자식은 허니문 베이비가 생겼다는 이유로 내 생식 능력에 문제를 제기하며 잘 아는 의사를 추천하는 만행을 저지르고 있는데, 그것도 모르는 지수완은 늘 그놈의 일, 일 타령이다.

내가 없던 그 시간들을 어찌 살았는지 안 봐도 알 것 같다. 딱 지금과 같았을 거다. 일하고, 일하고. 디자인하고, 디자인하고, 다시 일하고, 일하고.

일정을 몇 번이나 미루다 이제는 정말 미국으로 들어가야 하는 상황에서 회사는 정리를 하고 있는지 일절 말을 하지 않는 지 사장은 내 얇고 넓은 지식으론 도저히 이해할 수 없는 그 업계 사정과 영업 이론을 설파하며 아직 회사 일을 맡을 적임자, 즉 이 인자를 결정하지 못했다고 변명만 늘어놓고 있다.

나도 백재 자식이 탄산 킬러의 임신을 알리기 전까지는 이 정도로 조급하거나 불안해하지 않았다. 그런데 막상 탄산 킬러의 임신 소식을 들으니 불안과 함께 어떤 압박 같은 걸 느꼈다.

몇 번의 크고 작은 사고로 나에게 문제가 있는 건 아닐까 하는 익숙한 불안. 수완에게 문제가 있으면 어쩌지 하는 앞선 우려. 그러면서 백재에게만은 절대로 지고 싶지 않은 오기.

사실 이대로 올해 안에 아이가 생기지 않는다면, 백재의 아이가 내 아이의 형이나 오빠, 아님 언니나 누나가 된다. 이건 결코 좌시할 수 없는 사안이다.

백재 자식이 누구 때문에 그 같은 행복한 결혼 생활을 누리고 있는데? 불면증에 시달리던 내가 일본까지 날아가 거의 무릎을 꿇는 듯한 모습으로 무심한 탄산 킬러를, 백재를 사랑하면서도 통 이를 인정하지 않는 지수완 버금가는 어린 고집쟁이를 어르고 달래 만든 프로젝트였건만, 것도 모르는 백재 자식은 하루하루 날 놀리고 빼기는 맛으로 지낸다.

벌써 육아휴직을 생각하고 있는 백재 자식은 미친 게 분명하다. 자기가 일반 회사 근로자도 아니고, 그 큰 회사를 운영하는 놈이

육아휴직은 무슨. 죄 없는 도영이만 죽어나가게 생겼다.

여튼 내 이런 다급하고도 긴박한 상황을 수완에게 어떻게, 어떤 방식으로 전할지, 내 여자가 조금도 상처받지 않으면서도 단번에 내 강한 시그널을 캐치하는 방법이 없을지 요사이는 정말 이 생각뿐이다.

"하 배우!"

"……."

"하영우 씨!"

내가 방법을 모색하는 동안 수완이 날 부른 모양이다.

오늘도 여지없이 요염함과 완숙미를 자랑하는 수완이, 나만의 육즙을 간직한 자두가 날 쳐다보고 있다. 갑자기 흥분이 몰려오면서 몸이 동한다. 요기로운 자두가 말을 걸다니 꼭 만화영화 안에 있는 기분이다.

"응, 왜?"

이 밤을 불태우고 싶은 마음에 말이 절로 나긋나긋해진다. 이 또한 지수완만의 능력이다. 날 이처럼 쉽게 다루다니.

"내일 백재 사장 내외랑 저녁 약속 했는데……."

"안 가!"

순간적으로 기분이 확 상했다. 뭔가 와르르 무너지는 기분도 든다.

"그러니까 당신도 가지 마. 우리가 지금 그럴 정신이 어딨어?"

그 자식 잘난 척, 다 가진 척 우쭐해하는 건 죽어도 못 보겠다. 내가 그 자식보다 못하는 걸 인정할 바에야 당분간 안 보는 게 낫지. 이대로 그냥 미국으로 들어갈 생각도 하고 있다.

"무슨 소리예요? 이미 초대했는데 가지 말라니?"

"그러니까 그 커플을 왜 초대하냐고! 그 사람들은 자기들끼리 잘 지내니까 그냥 둬. 그냥 우리끼리 분위기 좋은 데서 저녁 먹고 와인도 한잔 하면서 정말 우리에게 필요한……."

"하 배우, 백재 사장이 아이 아빠 돼서 부러워요? 그래서 지금 함께하는 거 의식적으로 피하는 거예요?"

"부럽기는 누가 부럽대?"

그래, 오늘을 분수령삼아 달려보는 거야. 아직 걱정하고 무언가를 속단하기는 일러. 난 몸도 마음도 건강해. 물론 수완이도 그렇고.

"그럼 왜 피하는데?"

수완이 상당히 의심스런 눈으로 날 관찰했다. 오늘따라 수완이 예뻐보인다. 늘 아름다운 사람이지만 이렇게 보니 어제보다, 오늘 아침보다 지금 이순간이 훨씬 더 탐스럽고 문란하게 남심을 저격하는 나만의 여신, 딱 그 모습이다.

오늘이 결정적 타이밍 같다. 나만의 자두를 오늘 한입 베어 먹어야겠다.

"안 피해. 피할 이유 없어. 난 다른 사람들이 우리 사이에 끼는 게 싫을 뿐이야. 또 그쪽 커플 아직 신혼인데 우리랑 만나 시간 보내는 거 좋아하지 않을 거야. 친한 사람들끼리 더 서로를 이해하고 배려해야지, 안 그래?"

난 최대한 담담하고 무심하게 말했다. 절대 수완이 신경 쓰고 상처받지 않게 하고 싶었다.

정말 수완은 아무 문제가 없는데, 그간 사고와 오랜 약물치료로, 또 지금은 거의 완치수준으로 미약하지만 강박증에서 오는 자잘한 스트레스로 나에게 문제가 있는 건지도 모르는데 수완에게 걱정을 안겨주고 싶지는 않았다.

"그럼, 우빈이네라도 부르는 거 어때요? 되도록……."

"난 되도록 우리끼리만 보내고 싶어. 사실 당신 늘 바빠서 제대로 분위기 잡고 우리 둘만의 시간 가진 적 별로 없잖아."

강우빈네 커플, 그쪽 가족은 더 불편하다. 뭔가 완벽한 커플 같으면서도 한편으론 긴장감이 느껴지는 듯하고, 서로를 챙기고 위하는 모습을 보면 정말 강우빈의 성 정체성이 의심스러우면서 혼란스럽기도 하다. 그러면서도 그 둘 사이에서 두 사람을 자연스럽게 연결시켜주는 영민하고 사랑스런 민진을 보면, 민진이 같은 내 아이가 더 많이, 주체할 수 없이 욕심난다.

날 살피듯 보던 수완이 어깨를 으쓱하더니 이내 담담하게 말했다.

"알았어요. 그럼 백재 씨네 커플이랑 한 약속 취소할 테니까 어디 가지 말고 집에서 우리끼리 저녁 먹어요."

다행이다. 수완이도 맘 상한 것 같지 않고, 어찌됐든 내 뜻대로 됐으니.

"좋아. 참, 당신 아까 오자마자 씻었지? 나도 금방 씻고 올 테니까 자지 말고 기다려. 지수완, 오늘은 절대 먼저 자면 안 돼. 약속했다."

난 수완이에게 은근하고도 은밀한 미소를 쏘아댄 후 서둘러 욕실로 들어갔다. 오늘도 생각 없이 시간을 끌었다가는 수완이 또 자고 있을지 모른다.

요사이 지수완은 날 기다리지도 않고 수시로 먼저 꿈나라로 가는 만행을 부린다. 난 수완의 살내음이 없으면 잠이 오지 않는데 지수완은 딱히 그렇지도 않은가 보다.

오늘의 거사를 위해 몸도 마음도 깨끗이 해야 한다. 이렇게 조금 올라온 수염도 완벽하게 밀고…… 으악! 피, 피다! 시작이 좋지 않다.

티슈로 핏자국을 닦아내고 휴지통에 티슈를 버리는데…… 어, 이게 뭐지? 아, 뭐더라?

그래, 이…… 이건, 세상에!

요즘 아침 드라마에서 종종 보던 작고 깜찍한 체온기, 아니 임신 테스트기.

헌데, 가만 있자…… 줄이 두 개면? 어! 두, 두 개!

"수…… 완아! 약, 약속 취소하지 마……!"

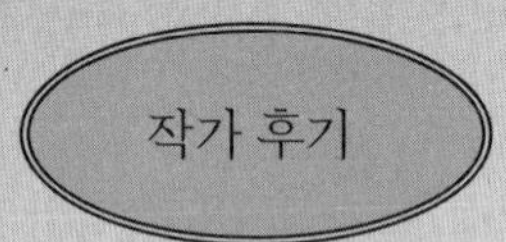

처음 '욕하다 욕망하다'를 구상하고 쓴 건 2007년이었습니다. 그해 드라마 공모전에 응모했다가 떨어진 아이죠. 그러고 보니 지금도 조금씩 수정하고 있는 '대한제국비사'보다 먼저 공모전에 내 놓았던 아이네요. 참고로 '대한제국비사'는 판타지로 방향전환을 하고 있답니다.

한동안 잊고 지내다 진한 사랑 이야기를 써보고 싶단 생각에 당첨된 아이가 '욕하다 욕망하다'입니다. 원제목은 '뒤로 가는 남과 여'였지요. 그랬던 아이가 비로소 한 권의 책으로 세상에 나오게 됐습니다. 참으로 감사한 일입니다.

처음 담당 편집자께서 글을 보고 '작가님 무슨 일 있으세요?' 하고 물어왔었습니다. 글이 다소 어둡고 건조하다고요. 그 같은 소감을 듣고 내심 잘됐다 싶었습니다. 전작인 〈일상의 초대〉와는 또 다른 이야기를 선보이고 싶었거든요.

늘 조금씩 다른 글을 쓰는 작가이고 싶습니다, 전. 그러니 지켜봐 주세요. 저란 사람이 어떤 소재와 변주를 거쳐 독자 분들께 내놓을지. 저 또한 그러기 위해서 부지런히 달리겠습니다.

겨울에 나올 차기작은 로맨스 출판계 이야기입니다. 로맨스 책을 만드는 사람들, 읽어주시고 서평을 해주시는 독자분들, 늘 스토리텔링에 골몰하는 작가들의 이야기이니 약간은 기대해주세요.

2015년 7월

다미레

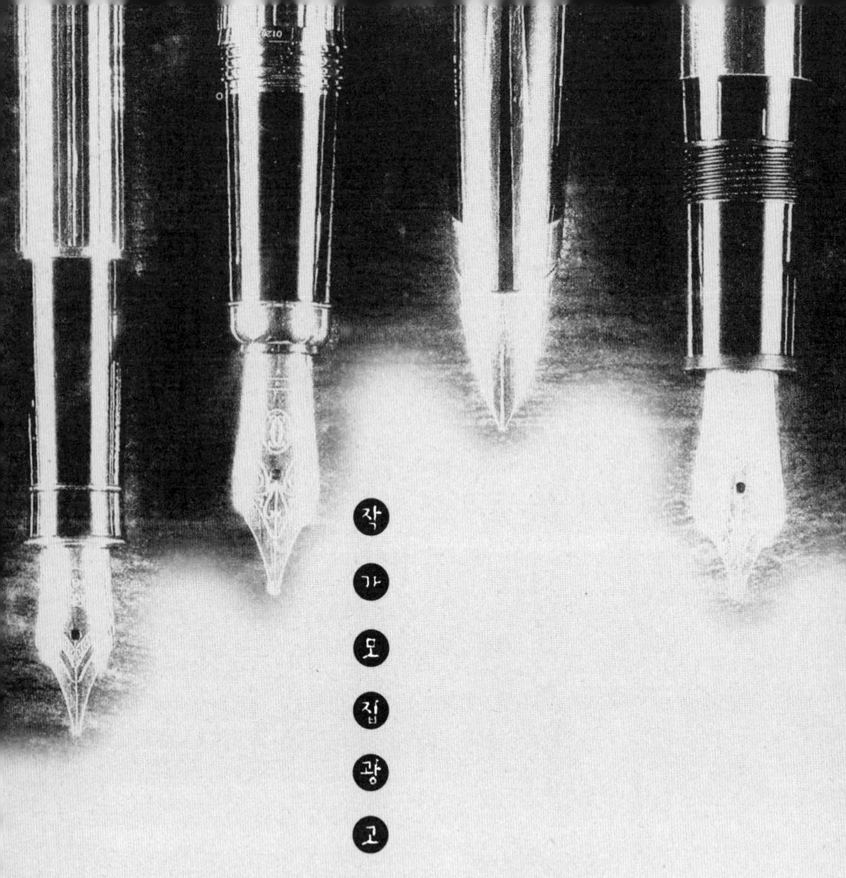
작
가
모
집
광
고